KB059072

허를 찔리면서 한 발 물러난
펠드웨이를 무시하고
베루글린드를 안아든 것이다.

"―마사유키?"

전생했더니
슬라임이
었던 건에
대하여 1
Regarding
Reincarnated to Slime

Story by Fuse, Illustration by Mitz V

후세 지
밋츠바 일러스
도영명 옮

전생했더니 슬라임이 었던건에 대하여 ⑲

Regarding
Reincarnated to Slime

목차 — 왕도소란(王都騷亂) 편

천사장, 움직이다

Regarding Reincarnated to Slime

그건 꿈이라는 것을 이해하고 있었다.

이뤄지지 않는 꿈.

완전한 형태로 '성룡왕' 베루다나바가 부활하도록 하는 것은 단순한 권능에 지나지 않는 '미카엘(정의지왕)'의 힘으론 가능한 일이 아니었다.

하지만 그래도 바라지 않을 수 없었다.

베루다나바가 없는 세상 따위는 미카엘에겐 아무런 가치도 없었으니까.

....

....

......

미카엘은 눈을 떴다.

쓸데없는 감상을 떨쳐버리려는 듯이 가볍게 고개를 저었다.

처음으로 감정을 드러낸 자기 자신을 느끼면서 당혹감을 감출 수가 없었다.

(나는 루드라만큼 안일하지 않다고 생각하고 있었다. 하지만 내 생각이 틀린 것 같군.)

결론을 말하자면, 이렇게 될 수밖에 없었을 것이다.

아무도 믿지 않고 장기 말로 이용했다. 처음부터 그렇게 했다면 오베라의 배신을 저지할 수 있었을 테니까.

그러지 않았던 것은 펠드웨이를 믿고 있었기 때문이다. 친구인 그가 믿는 부하들은 미카엘도 충분히 믿을 수 있는 자들일 것이라고 생각하고 있었던 것이다.

하지만 그건 실수였다.

자신의 손에 연결해둔 얼티밋 스킬(궁극능력) '아즈라엘(구제지왕)'이 돌아온 시점에서 미카엘은 자신의 실수를 깨달았다.

오베라가 배신했다.

관리자 권한을 이용하여 '아즈라엘'을 제거하면서까지 미카엘의 지배에서 벗어난 것이다.

그 실수를 돌이키기 위해 지배하에 둔 천사 계열 보유자들에게 펠드웨이를 통해 '얼티밋 도미니언(천사장의 지배)'을 이용한 지배강화를 실행한 셈인데——.

(이걸로 팬텀(요마족)은 문제가 없다. 인섹터(충마족)는 배신할 가능성이 있지만, 이해관계는 일치하고 있지. 필수적으로 감시해야겠지만, 전장을 마련해주면 그다음은 어떻게든 될 것이다.)

전장이란 바로 인섹터와 계약한 땅을 말한다. 미카엘은 제라누스를 상대로, 자신이 지정하는 구역 하나를 떼어준 뒤에 그곳을 그들의 소유영토로 삼아도 된다는 계약을 했던 것이다.

그랬다.

그곳에 사는 자가 있었다면 인섹터가 처리해주기로 했다. 즉, 미카엘은 가장 격전이 벌어지는 곳에 제라누스를 보낼 생각을 하고 있었던 것이다.

그 장소는 나중에 고르기로 하고, 지금은 문제가 몇 가지 남아 있었다.

첫 번째는 말할 것도 없이 배신한 오베라의 처리였다.

팬텀은 펠드웨이에게 충성을 맹세하고 있기 때문에 사기가 저하될 우려는 없었다. 그렇다면 위험도만을 생각하여 나중으로 미뤄도 된다는 판단도 내릴 수 있지만, 그건 악수라는 생각이 들었다.

오베라의 역할은 '멸계룡' 이바라제의 감시였다. 그러나 현재는 그 중요도가 낮아져 있었다. 이계가 어찌 되든 미카엘이 알 바가 아닌 데다, 정 필요하면 이바라제가 기축 세계에 나타나는 상황도 전략에 포함해 놓고 있었기 때문이다.

즉, 오베라가 임무를 방치하더라도 상관없었던 것이다. 단, 마왕 리무루나 마왕 기이 같은 적 세력에 가담한다면 얘기는 달라질 것이다.

그런 우려의 싹을 뽑아내기 위해서라도 선수를 치는 게 확실하다는 생각이 들었다.

그럼 누구를 보내야 할까?

그게 문제가 되었다.

이 결정에는 다음 문제와도 연관이 있었다.

다음 표적을 예정대로 진행해야 할 것인가. 오베라를 처리한다면 계획을 다시 검토해야 하지 않겠는가 하는 고민이 생긴 것이다.

사사로운 문제가 아니었다.

왜냐하면 오베라 휘하의 군단은 미카엘 군대의 한 축을 담당하고 있었기 때문이다.

자신의 실수로 인해 전력을 상실하는 결과가 되다 보니 미카엘은 불쾌한 기분을 느끼고 있었다. 이것도 또한 처음 겪는 경험이었다.

마나스(신지핵)인 미카엘에게 있어서 '감정'이라는 것은 이해하기 어려운 것이었다. 그런데도 최근에는 음악에 노이즈가 생기는 것처럼 사고가 흐트러지곤 했다.

그랬기 때문에 문득 그 기분을 맛보기로 할까 하는 생각이 들기도 했다.

(이게 감정이라면 오히려 운이 좋다고 생각해야 할지도 모르겠군. 완벽한 답이 하나밖에 없더라도 거기까지 다다르는 방법은 무수히 있으니까. 거기까지 최단 거리로 돌파하는 것이 꼭 정답이라고 할 수 없는 이상은 과정을 즐기는 것도 괜찮겠지.)

문제가 발생할 때마다 감정이 흐트러진다면, 그것을 즐기는 게 더 건전할 것이다.

초조함은 시야를 좁히며, 분노는 사고를 둔하게 한다.

후회해도 의미가 없으며, 이 이후에 실패하지 않도록 노력하는 것이 건설적이라고 할 수 있을 것이다.

그렇다면 지금 현재 이 고민의 이유에 어떻게 대응할지에도 대해서도 하나의 대답이 도출되었다.

"……그렇군. 내가, 스스로, 역적을 토벌하면 되는 일이다."

실점은 그날 안에 만회해야 하는 것이다.

자신의 실수를 타인에게 떠넘기는 것보다 조속히 만회해버리는 게 더 나을 것이다. 그렇게 하면 더 이상 상처가 벌어질 걱정도 없으며, 차분하게 다음 문제에 도전할 수 있게 될 것이다.

그런 답이 나오자 미카엘의 기분은 고양되었다.

그것도 또한 처음 겪는 경험이었으며——

('감정'이라는 것도 의외로 나쁘지 않군.)

미카엘은 그렇게 느꼈다.

*

이계에는 중력이란 것이 존재하지 않았다.

하늘과 땅이라는 개념도 없다는 점에선 우주 공간과 비슷하다고 할 수 있을 것이다.

아무것도 없는 공간에 마력 요소가 응축되면서 생기는 물체가 간간이 존재하고 있을 뿐이다. 그런 물체는 강도가 '마강'급인데다 강력한 인력을 발생시키고 있기 때문에 그걸 가공하여 거점으로 삼고 있었다.

과거에 엔젤(천사족)이었던 팬텀(요마족)은 중력권에서의 생활을 잊지 않으려는 듯이 그런 거점을 이용하여 기축 세계와 같은 생활을 하고 있었던 것이다.

소행성에 필적하는 규모인 오베라의 거점은 이바라제를 상대하기 위한 최전선 기지였다. 그 강도는 다른 거점의 추격을 허용하지 않는 수준이었으며, 팬텀에게는 가장 중요한 시설 중의 하나였다.

미카엘은 그 거점을 향해 도약했다.

'천성궁'에서 오베라의 거점으로 '공간이동'해보니, 그곳은 이미 텅 비어 있었다. 하지만 곧바로 가까운 곳에서 대규모 군대의 기운을 감지했다.

거기냐──. 미카엘은 그렇게 생각하면서 시선을 돌렸다.

오베라도 미카엘의 존재를 느꼈는지 즉시 반응하면서 요격태세를 갖추고 있었다. 일사불란한 움직임으로 만천(滿天)의 진형을 치고는 미카엘에게 적의를 드러냈다.

하늘과 땅이 없기 때문에 진형의 종류는 지상의 그것과는 달랐다. 만천의 진형이라는 것은 적이 소수라는 전제 하에서 구축되는, 상하좌우에서 포위하여 섬멸하는 것이 목적인 전술이었다.

클립티드(환수족)를 상대하기 위한 필승진형이었다.

클립티드는 개별적인 전투능력에 특화되어 있어서 좀처럼 무리를 갖추지 않는다. 그렇기 때문에 다수로 포위하는 전술이 아주 유효했다.

오베라는 늘 최전선에서 계속 싸웠던 만큼, 그런 쪽의 지휘도 훌륭했다. 그리고 그 지휘에 따르는 장병들도 칭찬하기에 충분한 움직임을 보이고 있었다.

(아아, 실로 아깝구나. 기왕이면 이 전력도 유효하게 활용하고 싶었는데──.)

미카엘은 그렇게 탄식했다.

오랜 시간동안 클립티드를 봉인해온 맹자들이다. 그 유용성은 나무랄 데 없었으며 여기서 잃어버리기에는 너무나도 아까웠다.

하지만 교섭의 여지는 남아 있지 않았다.

배신자를 제거하고 실점을 만회하겠다는 미카엘의 결단은 오베라와 부하들을 앞에 두고도 흔들리지 않았던 것이다.

"생각보다 빨리 오셨군요."

오베라가 그렇게 말했다.

미카엘도 그에 응하기 위해 입을 벌렸다.

"나의 실수를 깨닫게 해줬다는 점에선 너의 행동에도 의미가 있었다. 그러나 그걸 용서하는 일은 없다고 생각하도록 해라."

"처음부터 당신에게 용서를 구걸할 생각 따윈 없었어요. 미카엘이라고요? 권능의 의지인지 뭔지 모르겠지만, 그런 수상쩍은 상대의 명령을 따를 의무 같은 건 없으니까요."

두 사람의 뜻이 확인되었다.

그리고 자연스럽게 전투가 벌어졌다.

먼저 움직인 것은 오베라였다.

그녀의 뜻에 따라 수십만 명의 군인들이 움직였으며, 이계를 멸살의 빛으로 가득 채웠다.

만천의 진형에 의해 장병들은 3차원적으로 반구를 형성하듯이 전개되어 있었다. 전면에는 방위를 전문으로 맡는 자들이 나란히 섰으며, 그 뒷줄에 선 자들이 서로 교대하듯 움직이면서 공격을 쉴 새 없이 퍼부었다.

그로 인해 빛으로 가득 채워진 것처럼 느껴진 것이다.

반구의 모든 방면에서 미카엘을 향해 집중되는 빛.

클립티드를 상대로 실력을 키워온 군대는 전군 규모라도 문제없이 제 기능을 발휘했다. 철저하게 효율을 중시한 에너지파를 활용한 공세는 부대가 교체되어도 연속으로 발사되었다.

당연히 회피는 불가능했고―― 미카엘에게 집중포화가 직격했다.

그러나 미카엘은 당황하지 않았다.

어떤 공격이든 '캐슬 가드(왕궁성새)'에는 통하지 않기 때문이다.

──하지만 여기서 문제가 발생했다.

"윽, 이건── 고통, 인가?"

모든 공격을 무효로 만들 수 있어야 할 '캐슬 가드'가 무슨 이유인지 발동하지 않았다. 그 결과, 서로 합치면서 엄청난 에너지로 바뀐 오베라 군의 집중포화가 미카엘의 몸을 불태운 것이다.

그건 미카엘에겐 믿기 어려운 사실이었다.

차츰차츰 자신의 몸이 상처를 입기 시작했다. 그 사태에 당황해하지도 않은 채, 미카엘은 왜 그렇게 된 것인지에 대한 원인을 알아내려고 했다.

(……'캐슬 가드'에 에너지가 전해지지 않았어? 그렇군…… 아무래도 나에겐 그 누구도 나에게 충성을 맹세하지 않았군.)

미카엘은 그게 이유라는 것을 납득했는데, 그 추측은 정답이었다. 루드라라는 카리스마에겐 제국 신민이라는 절대적인 지지층이 있었다. 그러나 미카엘에겐 충실한 부하가 아무도 없었던 것이다.

그것도 그럴 것이, 세상에 미카엘의 존재를 아는 자는 적었으며, 그리고 그 얼마 되지 않는 자들에겐 이미 주인이 있었기 때문이다.

또한 그런 주인들과는 이해관계로 엮여 있을 뿐이지, 서로를 신뢰하지도 않았으며, 결코 충성을 맹세할 만한 사이는 아니었던 것이다.

유일한 예외가 펠드웨이였지만, 그와는 우호관계로 맺어져 있었다. 더구나 미카엘 자신의 병렬존재인 얼티밋 스킬(궁극능력) '미카엘(정의지왕)'을 양도하고 있었기 때문에 동일 존재로 취급되고 있었다.

'캐슬 가드'라는 권능을 발현시키려고 해도 자신의 충성심은 의미가 없었다. 그건 실로 당연한 결론이었다.

(그렇군, 나는 자신의 권능에 대해서 아무것도 몰랐구나.)

인간은 의외로 자신에 대해서 잘 모르는 법이다. 그와 마찬가지로 미카엘도 '미카엘'에 대해서 착각하고 있었던 것이다.

예전에 비공선 위에서 리무루 일행과 대치했을 때, 자신의 '캐슬 가드'로 펠드웨이를 지키고 있다고 생각했다.

하지만 그게 아니었다.

펠드웨이는 펠드웨이 나름대로 자신의 권능을 사용하고 있었던 것이다.

당시와는 다르게 지금의 미카엘은 루드라에게 바치는 사람들의 충성심을 이용할 수 없었다. 그렇기 때문에 '캐슬 가드'는 효과를 발휘하지 못했던 것이다.

모든 공격을 무효로 만드는 만큼, 그 권능의 이용조건은 엄격히 적용되어야만 했다. 미카엘은 자신의 고통을 통하여 그 사실을 깊이 이해한 것이다.

공격한 측인 오베라도 예상외의 전개에 놀라고 있었다.

입수한 정보를 통해서 미카엘의 '캐슬 가드(왕궁성새)'에 대해 알고 있었기 때문이다.

어떤 공격도 의미가 없다고 들었기 때문에 미카엘이 대미지를 받고 있는 모습을 보고 당혹해하고 있었다. 하지만 그게 좋은 기회인 것은 틀림없는 사실이기 때문에 고민하기보다 명령을 먼저 내렸다.

"전력으로 공격을 계속하세요! 자연스럽게 연계하여 결코 미카엘에게 쉴 틈을 주지 않아야 합니다!!"

장병들도 잘 알고 있었기 때문에 명령을 받을 필요도 없이 전력 전개로 공격을 감행하고 있었다.

오베라는 생각했다.

미카엘이 쫓아올 것은 예상한 일이었다. 천사 계열의 권능을 제거한 시점에서 배신한 것을 들킬 가능성이 높았으며, 그 시점에서 어떤 식으로든 자신을 공격하러 올 것을 각오하고 있었다.

왜냐하면 자신이라면 틀림없이 그렇게 할 것이기 때문이다.

그렇게 된 경우의 대처 방법으로는 지금처럼 전력공격을 시도하면서 몰래 철퇴전을 이어갈 생각이었다.

도망치는 곳은 숙적(宿敵)들의 영역.

미카엘을 적절하게 유도하여 클립티드(환수족)와 맞붙일 생각을 하고 있었던 것이다.

그러나 현재의 상황을 보면 그럴 필요가 없을 것 같았다.

오베라가 보기에 미카엘의 에너지양은 자신의 몇 배는 더 많았다. 그래서 무시무시한 전투능력을 숨겨놓고 있을 것 같았지만, 그의 전투경험은 예상했던 수준만큼은 되지 않는 것 같다는 생각이 들었던 것이다.

(혹시 이대로 싸우면 이길 수 있을까? 아냐, 아무리 그래도 그건 너무 안일한 생각이야. 말단 병사들에겐 미안하지만 미끼가 되어줘야겠어.)

오베라는 냉철하면서 우수한 지휘관이었다.

군단을 숫자로 파악하며 약한 부하를 희생시키는 것도 마다하지 않았다. 다수를 살리기 위해 소수를 희생하는 결단을 내릴 수 있는 것도 대군단을 지휘하는데 있어선 필수조건이었다.

그렇기 때문에 망설이지 않고 부하를 향해 '죽어라'라는 명령을 내릴 수 있었던 것이다.

누구를 살릴 것인지에 대한 선별은 마친 상태였다. 미카엘이 움직이지 않는다면 그 틈에 '전송'시켜버리면 된다.

미카엘이 여기에 온 지금이라면 이계의 안쪽에서 대문──'천공문'을 열 수 있을 테니까.

거기까지 꿰뚫어 본 것은 물론이고, 오베라는 책사이기 때문에 이 탈주극에 걸어보기로 했다.

"오마, 이대로 제1군단을 이끌고 전선을 이탈하세요. 당신이 갈 곳은 우리의 주인, 마왕 밀림 님의 곁입니다."

충실한 심복에게 오베라는 그렇게 명령을 내렸다. 자기 자신은 이 자리에 남아서 마지막까지 지휘를 맡을 생각이었다.

제1군단이야말로 오베라의 부하들 중에서 최정예였다. 오마 또한 훌륭한 부관이며 그 전투력은 단연코 뛰어났다. 데스맨(요사족)이라는 육체를 얻으면서 힘도 늘어났기 때문에 분명 앞으로 마왕 밀림에겐 없이신 안 될 존재가 될 것이다.

그렇게 믿고 오베라가 내린 마지막 명령이었다.

하지만.

그 명령을 따를 오마가 아니었다.

데스맨이 된 시점에서 말을 되찾은 오마가 유창하게 주장했다.

"농담이 심하십니다. 문의 열쇠는 '시원'에 해당하는 당신밖에 다루지 못하지 않습니까. 그렇지 않더라도 무인으로서 지켜야 할 주군을 놔두고 도망치는 일은 할 수 없지만 말이죠."

그렇게 말하면서 조용히 미소를 지어 보였다.

그에 동조하듯이 오베라 휘하의 장병들 전원이 목소리를 최대로 높이면서 외쳤다.

""""우리의 영광은 당신과 함께!!""""

오베라가 없다면 살아남아도 의미가 없다. 그게 그들의 거짓 없는 심정이었으며, 긍지였던 것이다.

만약 오베라에게 '미카엘(정의지왕)'이 깃들어 있었다면, 절대적인 '캐슬 가드'가 발현되었을 것이다. 무너지는 일 없는 지휘와 충실한 장병이 실현되었겠지만, 그건 아쉽게도 가정의 이야기에 지나지 않았다.

"너희들……."

오베라는 고민했다.

최악의 경우는 여기서 모두 죽는 것이다. 적어도 누군가가 밀림에게 도착하여 자신들의 상황과 현재 알고 있는 정보를 빠짐없이 전해야만 한다.

(내가 남을 것인가, 오마에게 뒷일을 맡겨야 할 것인가――.)

일이 이렇게까지 되면 감정은 관계가 없다. 중요한 건 어느 쪽이 더 성공률이 높은가 하는 판단이었다.

오베라는 결단을 내렸고, 그 결단을 말하려고 하다가――.

"전원, 전력을 다해 산개하라!!"

이변을 감지하고는 재빨리 명령을 내렸다.

오베라는 생각하면서도 집중포화를 받고 있던 미카엘에게 의식을 계속 집중시키고 있었던 것이다. 전장에서 빈틈을 보일 만큼 어리석지는 않았다.

그래서 알아차릴 수 있었다.

갑자기 미카엘의 에너지가 줄어들지 않게 되었던 것이다.

그건 즉 대미지를 입지 않게 되었다는 뜻이 되지만, 그 원인을 알아내기 전에 미카엘이 방대한 에너지를 응축시키는 것을 감지했다. 그래서 고민하기 전에 입을 먼저 연 것이다.

오베라의 명령에 따라서 수십만 명의 군인들이 일제히 움직이기 시작했다. 외곽부에 가까운 자들일수록 속도가 빠르기 때문에 정체되는 일 없이 사방팔방으로 산개하려고 했다.

하지만 그 움직임을 비웃는 듯이 미카엘의 기술이 발동했다.

"카디널 액셀러레이션(작열룡패가속려기)."

베루글린드를 받아들일 때에 얻은 권능을, 완전히 자신의 것으로 만든 일격이었다.

수많은 머리를 지닌 심홍의 용이 오베라의 군대를 유린했고, 만 명을 넘는 자들이 순식간에 절명했다.

그건 그야말로 악몽 같은 광경이었다.

하지만 이건 그나마 나은 수준의 피해였다. 만약 오베라가 눈치채지 못했다면 그 한순간에 모든 것이 끝났을 테니까.

"이, 이 자시익──!!"

귀여운 부하들이 살해당하는 바람에 격노하는 오베라. 그러나 그녀는 분노하면서도 냉정했다.

방금 그 공격을 분석했고, 그 위력을 통해서 전력비를 산출했다.

그뿐만 아니라 적과 아군 사이에 압도적인 차이가 있다는 결론을 내리고 있었다.

이대로 가면 최악의 결말을 맞을 것은 명백했다.

사실, 산개하면서도 반격으로 전환한 수만 개의 광선이 미카엘이 펼친 배리어(빙벽)에 반사되었던 것이다.

(베루글린드 님의 힘만 쓰고 있는 게 아니야. 저건 혹시 베루자도 님의 힘인가──.)

희푸르게 빛나는 다이아몬드 더스트(아름답고도 가느다란 얼음)가 미카엘의 몸을 감싸고 있었다. 대기조차 존재하지 않는 이 이계에서도 아무 관계 없다는 듯이 미카엘의 오라(신기)가 초자연현상을 발생시키고 있었던 것이다.

그리고 그 권능은 틀림없이 '백빙룡' 베루자도의 '스노 크리스털(설결정순, 雪結晶盾)'이었다.

모든 공격을 막는다고 일컬어지는 절대방벽. 물리현상으로 분류되는 방어기술이면서도 그 성질 때문에 온갖 파장조차도 단절시킨다고 한다.

영자공격이라면 통하겠지만, 관통하려면 베루자도에 필적하는 수준의 에너지가 필요해진다.

지금의 미카엘은 그 베루자도에 필적── 아니, 그 이상의 존재가 되어 있었다. 즉, 오베라 혼자서는 '스노 크리스털'을 파괴하는 건 불가능하다는 결론에 이른 것이다.

애초에 오베라의 부하 중에서 '디스인티그레이션(영자붕괴)' 같은 영자공격을 쓸 수 있는 자는 적었다. 설령 살아남은 자들 모두의 힘을 결집시켜서 '디스인티그레이션'을 시도한다고 해도 이제 미카엘에겐 통하지 않을 거라는 생각이 들었다.

"오마, 당신에게 임무를 맡기겠습니다. 도망치세요. 그리고 밀림 님께——."

"따를 수 없습니다. 오베라 님, 저는 '참모'로서 당신의 명령을 거역할 수 있는 권한을 가지고 있습니다. 지금이 바로 그 권한을 쓸 수 있는 최고의 순간이라고 할 수 있겠군요!"

좀처럼 하지 않는 명령 거부를 오마가 다시 하고 있었다.

오베라는 그 모습에서 오마의 각오를 느꼈다.

그렇다면 채택해야 할 행동은 하나였다.

"여기를 맡기겠습니다. 다들, 사력을 다해 싸워주세요!!"

죽으라고, 오베라는 명령을 내린 것이다.

그런데도——.

오베라의 부하들은 누구라고 할 것 없이 모두 기쁜 표정을 짓고 있었다.

""""우리의 목숨은 당신을 위하여!!""""

그 선언이 신호가 되었다.

무자비한 유린이 재개되었으며, 그리고——.

제1장

최초의 싸움

Regarding Reincarnated to Slime

모두를 거느리고 '전이'한 곳은 극한의 땅이었다.

일면 전체가 은세계였다.

마치 기이의 성에 잘못 들어온 것 같은 착각이 들 정도였다.

'전이용 마법진'을 이용하려고 했더니 마법이 발동하지 않았다. 그래서 감시마법 '아르고스(신의 눈)'로 확인할 수 있는 한계지점으로 '공간전이'한 것인데, 피부를 찌르는 듯한 냉기가 우리를 맞아 준 것이다.

마음까지 얼어붙을 만큼 추웠다.

이건 말하자면 그거로군.

추위를 차단할 수 있는 나도 추위를 느꼈으므로 이건 틀림없이 베루자도의 힘이 영향을 끼치고 있는 것이라는 생각이 들었다.

대기를 뒤흔들 만큼 강한 기운이 감돌고 있었으며, 이곳이 전장이라는 것을 알려주고 있었다.

그중에서도 가장 큰 힘의 발생원은 기이와 베루자도가 대치하는 선상이었다. 제3자의 개입을 허용하지 않을 만큼 절대적인 죽음의 공간을 만들어내고 있었다.

그런고로 그곳은 방치하기로 했다.

어떤 시선이 느껴지긴 했지만 무시했다.

이 자식, 나를 무시하다니——. 그런 분노의 파동이 내게 쏟아진 것 같았지만, 깊게 생각해선 안 된다.

나도 제3자이므로 개입은 허용되지 않을 테니까 말이지.

《……》

누군가가 어이없어하는 기운을 느꼈지만, 내가 내린 결론은 바뀌지 않는다.

위험하다는 걸 알고 있는 장소에 스스로 뛰어드는 건 지혜가 있는 인류가 고를 선택이 아닌 것이다.

그러므로 나는 어디에 개입할 것인지 찾았다.

그다음으로 강하게 느껴지는 기운은── 이런, 디아블로로군.

상대는 자라리오인 것 같은데, 이곳도 방치하기로 했다.

그러기로 하자.

디아블로가 있으니까 맡겨두면 문제없을 것이다.

그 녀석이 감당하지 못할 수준이라면 내가 가봤자 소용이 없으니까.

《아닙니다. 아무리 그래도 그 정도는──.》

쯧쯧쯧, 뭘 모르는군. 시엘은.

최근에 깨달은 건데, 디아블로 녀석은 말이지, 내가 보고 있으면 게으름을 피운다고.

아마 본인은 자각이 없는 것 같지만, 내 활약을 보고 싶어서 제할 일을 하지 않으려 드는 것 같단 말이지.

《……과연, 납득했습니다.》

오오, 오랜만에 시엘을 말로 꺾었네.

나는 유쾌한 기분을 느끼면서 모두에게 지시를 내렸다.

"밖은 그냥 놔두고 레온이 있는 곳으로 가자. 전장이 여럿 있는 것 같으니까 적절하게 대응해다오!"

베니마루, 소우에이, 란가와 쿠마라가 내 판단을 수긍하면서 따랐다.

구체적이지 못한 지시지만 지금은 긴급한 상황이다. 일단 모두가 함께 가는 게 옳을 것이라는 판단을 내렸다.

하나 더 말하자면, 바깥의 전장은 한 군데(?)가 더 있었다.

지상 부근에서 농후한 마법의 잔재가 느껴지고 있었던 것이다.

하지만…… 내 본능적 직감이 그곳은 무시해야 한다고 호소했다.

왜일까?

이유도 근거도 전혀 없는데, 나는 그 직감을 따르기로 했다.

뭐, 지금은 고민하고 있을 때가 아니므로 즉시 행동으로 옮기기로 했다.

다른 동료들도 이견은 없는 것 같았으며, 모두 성을 향해 이동하기 시작했다.

*

시계는 최악이었다. 최선을 다해서 '만능감지'를 발동시키고 있는데도 거리감조차 잡을 수가 없었다.

그 이유는 간단했는데, 베루자도의 눈보라가 마력요소로 오염되어 있기 때문이다. 그 정도면 '자연영향무효'도 무효가 될 법도 하지.

대기 중에 존재하는 마력요소의 반사를 이용하여 거리감을 감지하고 있는 이상, 공간이 마력요소로 가득 차버리면 모든 것이 애매모호해지게 된단 말이지.

그래서 우리가 할 수 있는 것은 마력요소가 크게 흔들리는 방향으로 나아가는 것이었다. 그리고 그건 정답이었으며, 우리는 이내 레온의 성에 도착할 수 있었다.

성안은 그나마 나은 편이었다.

시각도 원래대로 돌아왔기 때문에 한숨을 돌렸다.

그래서 나는 누군가가 싸우는 기척을 찾았다.

"좋아, 레온의 기운을 감지했어. 나와 베니마루가 갈 테니까 너희는 다른 전장을 도우러 가다오."

"알겠습니다!"

"알겠어요!"

"맡겨주십시오."

내 명령에 이견을 제시하지 않고 란가, 쿠마라, 소우에이, 세 명은 각자 움직이기 시작했다. 그들을 배웅하지도 않고, 나는 베니마루와 함께 '공간전이'를 발동시켰다.

왜냐하면 우리가 성에 들어간 순간, 전투의 기운이 크게 팽창했기 때문이다.

오싹해지는 기운. 지금 내가 지닌 모든 힘을 상회할 만큼 격렬

27

한 에너지가 감지되었고, 이건 위험하다는 판단을 내린 것이다.

우리가 도착한 곳의 광경은 그야말로 시간과의 승부라는 느낌이 드는 양상을 보이고 있었다.

나는 수억 배의 속도로 '사고가속'을 실행하면서 상황을 읽어 들이려 했지만——.

마지막 기력을 짜낸 유우키를 선두로, 라플라스와 티어가 한 명의 여성을 지키고 있다.

그 여성은 낯이 익었다. 유우키의 비서이며—— 마왕 카자리무의 빙의체인 것으로 기억하고 있다. 이름은 카가리라고 했으며, 마지막에 만났을 때에는 콘도 중위의 조종을 받고 있었지.

뭐가 어떻게 된 건지 모르겠지만, 이제는 자유의지를 되찾은 것 같았다. 아니, 지금은 그런 것보다 적이 발사하려고 하는 큰 불덩어리가 더 문제였다.

궁극의 권능으로 강화되면서 순수하게 열량과 파괴력이 높아진 그 큰 불덩어리는 영자조차도 박살 낼 수 있는 수준이었다.

쉽게 말해서 '영혼'마저도 파괴할 수 있을 것이다.

그리고 그것은 이미 예전에 발사된 상태였다.

나는 무사했다. 내 '아자토스(허공지신)'라면 파괴의 힘을 모조리 먹어치울 수 있기 때문에 방출 계열 기술에 대한 방비는 완진했던 것이다.

당연하게 베니마루도 그 영향 하에 있었기 때문에 걱정할 필요는 전혀 없었다.

하지만 큰 불덩어리에 노출된 채, 그 직격을 정면에서 받게 된 유우키와 동료들은 이미 대미지를 받은 상태였다.

저래서는 이젠——.

《아닙니다. '아자토스'로 먹는다면 어쩌면——.》

당장 실행해!
모든 설명이 끝나기도 전에 나는 명령을 내렸다.
시간차도 없이 시엘이 행동으로 옮겼다.
하지만——.
그 결과는 성까지도 날아가 버릴 것 같은 대폭발이었다.
유우키가 빛에 휩싸인 채 사라져갔다.
그리고 라플라스도.
공간이 일그러질 만큼 거대한 폭발은 내 힘으로 대부분 억제하고 있었다. 하지만 직격을 받고 있는 두 사람에겐…….
'지금까지 여러모로 폐를 끼쳤지만, 당신을 싫어하진 않았어, 리무루 씨.'
'나도 그래. 당신이 와줬으니 안심이 되는군. 뒷일은 잘 부탁하겠어!'
——그런 목소리가 들린 것 같았다.
환청이라고 생각했다.
유우키와 라플라스는 흔적도 없이 사라졌으니까.
그 말대로, 폐를 끼치기만 했다.
하지만 유우키는 시즈 씨가 내게 부탁한 동향 출신이었다.
그리고 라플라스도 지금은 미워할 수 없는 자이며 앞으로 친하게 지낼 수도 있을 거라고 생각하고 있었는데…….

《──그 두 사람은 끈질기니까 어디선가 살아 있을 가능성도 제로는 아닙니다.》

위로의 말은 필요 없어.

이 상황을 보면, 그게 새빨간 거짓말이라는 것은 일목요연하니까.

하지만 뭐, 그 말을 듣고 현실로 돌아올 수는 있었어.

나는 시엘에게 감사하면서 머릿속을 리셋시켰다.

유우키와 라플라스는 희생되었지만, 애초에 그 두 사람은 이번 승리 목표와는 관계가 없었다. 그리고 내가 아는 한 가장 끈질긴 녀석들이므로 혹시나 하는 가능성은 분명히 존재하고 있었다.

그렇다면 감상에 빠지는 건 나중으로 미뤄야 한다.

나에겐 내가 할 일이 남아 있으니까.

그걸 해내지 못하고 후회에 사로잡혀 있으면, 그거야말로 그들에 대한 모욕이 되고 말 것이다.

유우키와 라플라스가 벌어준 시간은 헛되지 않았다.

유우키와 라플라스가 온 힘을 짜내서 펼친 '결계'를, 티어가 자신의 몸을 바치면서까지 전력으로 받쳐냈기 때문에 카가리는 큰 부상을 입는 일 없이 무사했던 것이다.

그걸 알 수 있는 것은 내 '위장'에 격리해서 지금도 상태를 관찰하고 있기 때문이다.

그걸 성공시킨 것은 시엘이었지만, 쉽게 말해서── 유우키와 라플라스가 그렇게 움직여준 덕분에 티어와 카가리를 늦지 않게 구출할 수 있었던 것이다.

두 사람의 안부확인을 마친 뒤에야 나는 적을 향해 시선을 돌렸다.

한 명은 펠드웨이.

그리고 또 한 명은 풋맨――이 아니로군.

아무래도 기척을 보니 다른 사람인 것 같았다.

어떻게 되어 있는지가 궁금했던 레온은 낯선 누군가와 싸우고 있었다. 아니, 얼굴은 에르땅과 똑같이 생겼지만, 이쪽도 또 다른 사람이라는 걸 느낄 수 있었다.

엄청 강한 기운이 느껴지는 것은 에르땅과 마찬가지였지만, 뭐라고 할까, 본질적으로 다르다는 느낌이었다. 누구인지 묻는 것은 나중에 하기로 하고, 그녀가 같은 편이라는 것은 보고 알 수 있었다. 레온과 호각으로 싸우고 있는 것 같으니 레온은 그녀에게 맡기고 적에게 집중하기로 하자.

"레온을 노릴 거라는 예상은 하고 있었지만, 생각보다는 출근이 늦었는걸."

일단 그렇게 도발해봤다.

그런 기색을 내보일 생각은 없었지만, 유우키와 라플라스를 구하지 못한 것은 분했다. 나 자신에게 화가 났기 때문에 용서할 마음은 아예 없었던 것이다.

"누구냐? 나를 방해하려 들다니 예의가 없어도 너무 없구나."

"자히르여, 그 녀석이 가장 중요한 인물 중의 한 명인 마왕 리무루다. 기억해두도록 해라."

흠흠.

풋맨의 육체를 차지한 것으로 보이는 남자의 이름은 자히르란 말이지. 방금 그 공격을 날린 장본인이니까 틀림없이 위험한 녀석일 것이다.

적은 두 명, 우리도 두 명.

내가 펠드웨이를 상대할 테니까, 자히르는 베니마루에게 맡기게 될 것이다. 하지만 딱 봐도——.

"자히르란 말이지. 내가 상대해주마."

잠깐, 베니마루 군?

내 걱정은 아랑곳하지도 않고 기쁜 표정을 지으면서 앞으로 나섰네.

이렇게 되면 걱정해봤자 아무런 소용이 없다. 일단 될 대로 되라고 생각하면서, 나도 강하게 나오기로 했다.

"홋. 여기서 싸우는 건 예상외였지만, 수고를 덜게 되었군."

"그건 내가 할 말이거든!"

나는 그렇게 대꾸하면서 검을 뽑았다.

*

싸우기로 마음먹었다면 진지하게 싸울 것이다.

미카엘에겐 '캐슬 가드(왕궁성새)'가 있으므로 공략하기가 어렵지만, 다행히도 이곳에는 없었다. 이 기회를 살려서 펠드웨이만이라도 처리해두고 싶다는 게 본심이었다.

그리고 한번 결단을 내리면 주저하지 않는 게 내 방식이다.

전투를 오래 끌거나 방해꾼이 끼어들기라도 하면 좋은 일이 없다.

이럴 때는 필살의 일격으로 승부를 빨리 지어야 한다.

그렇다. 이럴 때를 위해서 준비해둔 것이다.

동서고금, 소년만화의 주인공이 보유하고 있는 그것—— 필살기를.

"이매지너리 블레이드(허무의 검격)!!"

한 명을 상대하는 싸움을 할 때 최강의 위력을 발휘하는 검기가 뭐냐고 묻는다면 답은 정해져 있다.

영자조차도 베어버리는 멜트 슬래시(붕마영자참)이다.

그럼 한 명을 상대하는 싸움을 할 때 최고의 기량을 자랑하는 기술은 무엇인지를 묻는다면, 그 답이 '오보로 백화요란'이라는 사실은 절대불변일 것이다.

이 둘의 속성을 겸비한 것이 최종오의라고도 불리는 베니마루의 필살기—— '오보로 흑염 백화요란'이다.

이 검기는 최고의 기술의 형을 그대로 유지하되, 궁극의 권능을 덧씌워서 위력을 높인 것이다. 따라서 그 위력은 영자를 파괴하는 영역에 도달할 정도로까지 강화되었기 때문에 멜트 슬래시에 필적할 수 있는 것이다.

위력 면에서도 기량 면에서도 최강인 것은 틀림없을 것이다.

그래서 나도 생각했다.

베니마루에게 질 수는 없겠지, 라고.

그래서 시엘에게 사용하기 편한 필살기를 고안해달라고 부탁했다.

물론 의견만큼은 내긴 했지만.

설명을 들어도 이해하기 어려운 '허무붕괴'를 유용(流用)하여 검기의 위력을 높여주면 좋겠다고 말이지.

그리하여 탄생한 것이 이 '이매지너리 블레이드'인 것이다.

영자를 베는 것이 아니라 잡아먹는다. 그게 이 기술의 특징이었다.

잡아먹어서 '허수공간'으로 보내기 때문에 사실상 방어가 불가능한 수준의 파괴성능을 발휘하는 것이다.

이에 대항할 수 있는 유효한 수단은 피하는 것뿐이다. 검으로 막아내도 바로 끝이 나기 때문에 대적하는 상대는 절대 살려두지 않는 필살기로서의 측면도 완벽하게 갖추고 있었다.

'필살기는 필살의 위력을 갖출 것'이라는 것이 내 미학이다. 두 번째가 통하지 않는다는 것은 내 동료들에겐 당연한 얘기니까 말이지.

한 번이라도 보여준다면 대책을 강구할 테니까 진정한 필살기는 실전까지 보여줘선 안 되는 거다.

뭐, 베루글린드처럼 '병렬존재'로 대처하는 방법도 있지만, 고위 정신생명체끼리 싸운다면 에너지를 뺏고 뺏기는 것에 주안을 둬야 하므로…… 쉽게 말해서 상대를 먼저 피폐하게 만드는 쪽이 이기는 거란 말이지. 일격필살은 아니더라도 무시무시한 필살기라는 것은 틀림이 없었다.

나는 이 상황에서 펠드웨이를 여기서 처리하겠다는 강한 의지를 담아 그 필살기를 아낌없이 공개한 것이다.

그럼에도 불구하고——.

공간이 삐걱거리는 소리를 내더니, 내 검은 막히고 말았다.

《──?!》

시엘의 놀라는 기척이 느껴졌다.
그야 그렇겠지. 나도 깜짝 놀랐으니까.

《설마 마스터(주인님)가 두려워하던 그 징크스가 증명될 줄이야…….》

응?
저기, 징크스라니?

《네. 필살기를 처음부터 쓰면 막힌다는 것이 소년만화의 정해진 패턴
이라고…….》

푸우읍!!
너 진짜, 이런 진지한 장면에서 그런 말을 하는 바람에 나도 모
르게 뿜고 말았잖아!!
아니, 내가 말하긴 했지.
확실히 그런 말을 했고말고.
그래도 설마…… 응?
………….

《…….》

휴우.

35

잊어버리자.

이런 일도 있을 수 있어.

농담처럼 검으로 쉽게 받아내는 바람에 아주 약간 동요하고 만 것 같다.

나는 심기일전한 뒤에 펠드웨이에게 의식을 집중시켰다.

시엘은 나보다 먼저 어떻게 막아낸 건지에 대한 원인 규명을 시작하고 있었다. 결과가 나오기 전에는 공격해도 소용이 없겠지만, 일부러 의식하지 않는 척을 할 필요가 있었다.

지금은 허세도 섞으면서 펠드웨이와 대화를 시도해보기로 했다.

"헤에, 방금 그걸 막아내다니 제법이잖아."

속으로 느낀 동요를 감춘 채 칼로 베면서 내가 먼저 말을 걸었다. 무시당할 줄 알았는데, 의외로 반응이 있었다.

"느와르(검은색의 왕)가 따를 정도면 얼마나 대단한 자일지 궁금했는데, 전혀 위협이 느껴지지 않는군."

짜증 나는 말투로 말하는 녀석이로군.

디아블로와 날 비교한들 아무렇지도 않지만, 모처럼 새로운 필살기까지 썼는데 꿈쩍도 하지 않는다니…….

《아닙니다, 아무리 생각해도 부자연스럽습니다. 그 공격을 위협으로 느끼지 않는 자가 존재하리라고는 생각할 수 없습니다. 굳이 말하자면 '캐슬 가드'로 보호를 받고 있는 미카엘 정도이며——.》

그렇게 말해도 말이지. 실제로 지금도 전혀 통하질 않았잖아.

이 반응을 보면 카레라가 미궁 안에서 쓰는 것을 보고 배운 '어비스 어나이얼레이션(종말붕축소멸파)'마저도 통하지 않을 것 같은데.

보아하니 펠드웨이의 검도 갓즈(神話)급인 것 같으며, 신기(神氣)라도 두르고 있는 건지 '이매지너리 블레이드'는 통하지 않을 것이다. 당연하게도 하위호환인 멜트 슬래시 같은 건 의미가 없을 것 같았다.

그럼 육체를 베면 된다고 생각하겠지만, 그게 그리 쉬운 게 아니었다.

그도 그럴 게, 펠드웨이 녀석은 평범하게 강하니까.

이렇게 검을 나눠보고 느꼈지만, 펠드웨이의 실력도 상당한 수준이었다. 순수한 검기만을 봐도 나와 동등하거나 그 이상은 될 것이다. 아마도 베니마루와 호각인 실력이지 않을까.

나도 '용종' 비슷한 존재가 되었으니까 신체 능력이 대폭 상승된 상태였다. 비유가 아니라 예전보다 몇 배는 더 빠르게 움직일 수 있었다. 그뿐만 아니라 검의 실력도 숙달되었다고 생각하고 있었는데, 펠드웨이에겐 통하지 않았던 것이다.

내 경우는 온갖 편법을 동원하고 있으니까 나름대로 대처할 수 있는 것은 물론이고 여차하면 시엘이 대신 상대한다는 방법도 남아 있었지만, 정정당당한 진검승부를 벌인다면 승산은 없을 것 같았다.

그렇게 되면 검으로는 막아낼 수 없는 마법공격으로 전환해야 하겠지만, 대규모 마법을 쓰면 레온의 왕국에 막대한 피해가 생길 것이다.

그러므로 한 명을 상대할 때 쓰는 마법밖에는 선택지가 없단 말이지.

방금 말한 '어비스 어나이얼레이션' 같은 것은 이 별에까지 영향을 줄 수 있는 파괴력을 지니고 있기 때문에 어차피 사용은 불가능했다.

그래도 위력 면에선 최강 클래스이기 때문에 예를 들어본 것이지만, 이걸 넘어설 수 있는 대인마법은 좀처럼 생각이 나질 않았다. 기껏해야 '디스인티그레이션'이 필적할 만한 것이며, 나머지는 언급할 것도 없었다.

가볍게 쓸 수 있는 대인용 핵격마법 : 뉴클리어 캐논(열수속포) 같은 건 '디스인티그레이션'에 비하면 많이 모자라는 위력이고 말이지…….

궁극의 권능으로 위력을 덧씌울 수 있다고는 하나, 상대도 궁극능력을 지닌 자라면 대처할 수 있을 것이다. 그렇지 않더라도 공격할 방법은 없는 상황이었다.

그나마 다행인 것은 펠드웨이가 상황을 지켜보는 것에 치중하고 있는 점이라 할 것이다.

반격으로 전환했다면 나도 여유가 없었을 것이다. 어찌 됐든 지금은 대화를 나누면서 타개책을 모색하는 것이 최선의 방법이라는 생각이 들었다.

나는 짜증이 난 것을 펠드웨이가 눈치채지 못하도록 입을 벌려 말했다.

"나는 무해한 슬라임이니까 말이지. 위협이라는 생각이 들지 않는 것도 당연해."

"훗, 헛소리를 지껄이는군. 그런 면을 보면 녀석과 주종관계라는 게 이해가 된다."

"달갑게 들리진 않는데?"

"그런가? 내 입장에서 네놈은 방해가 되니까 달가운 소리를 해줄 이유도 없지. 기분이 나빠졌다면 아주 만족스럽군."

무시당할 줄 알았는데, 의외로 대화가 이어지는걸.

그래서 더욱 아쉬웠다.

대화도 통하지 않는 상대라면 아무런 망설임도 없이 쓰러트릴수 있을 텐데…….

뭐, 지금은 한창 공략법을 찾고 있는 중이니까 그런 건방진 소리를 들어줄 만큼 여유가 있지는 않지만.

그건 그렇고 마음에 걸리는군.

펠드웨이는 왜 반격에 나서지 않는 걸까?

내 입장에선 잘된 일이지만, 이대로 가면 팽팽하게 싸우는 상태로 돌입할 것이다.

나는 '허무붕괴'를 쓰고 있었지만, 방출이 아니라 흡수 계열이므로 그렇게까지 피곤하진 않았다. 하지만 그건 대미지를 받지않는 펠드웨이도 마찬가지였다.

어떤 권능을 써서 방어를 굳히고 있는 것 같은데, 수비 일변도로 대응하고 있기 때문에 피로는 경미할 것 같았다.

펠드웨이도 막아내지 못할 검기로 공격을 시도하는 것도 하나의 계책이긴 했다.

실은 나는 진짜 비장의 수를 하나 더 숨겨두고 있었던 것이다.

베니마루와 카레라의 '백화요란'을 힌트로 삼아서 개량 및 진화시킨 기술이며, 시엘의 전면적인 백업이 없으면 다루지 못하는 필살오의이긴 하지만 말이야.

지금의 내 실력으로는 감당하지 못하는 기술이기 때문에 상당히 비겁한 꼼수라는 기분이 들어서 쓰기를 주저했던 것이다.

　하지만 지금은 그런 말을 하고 있을 상황이 아니니 기회를 봐서 써볼까 하는 생각을 하고 있었──지만, 도저히 성공할 것 같은 이미지가 떠오르지 않았다.

　뭔가 불길한 느낌이 들었던 것이다.

　그건 시엘도 같은 의견인 것 같았으며, 어쨌든 지금은 펠드웨이의 비밀을 파헤치는 것을 우선해야할 것이다.

　그런 식으로 생각했기 때문에 비등비등한 상태가 되어 있는 것이지만, 반대로 생각하면 차분히 전황을 확인하기에는 딱 좋은 상황이었다.

　다른 자들의 안부도 궁금하던 참이었다.

　나는 펠드웨이에 대한 경계를 늦추지 않은 채, 동료들이 어떤지도 살폈다.

*

　걱정이 되는 건 베니마루였다.

　상대가 아무리 봐도 더 강했기 때문에 시선을 돌리지 않은 채 '만능감지'로 어떤 상태인지 살펴봤다.

　응?!

　자히르가 불길한 기운이 도는 핏빛 창을 휘두르고 있었다.

　언제 어디서 꺼냈는지 확실히 모르겠지만, 그 창에서 엄청난 힘이 느껴졌다.

《저 창은 오리진 블러드(신조(神祖)의 혈창(血槍))라고 하는 것 같습니다. '신조님으로부터 받은 이 창으로 네놈을 꿰뚫어주마!'라고 큰소리를 쳤습니다.》

그, 그렇군…….

시엘은 나와는 달리 베니마루 쪽의 전황도 파악하고 있는 것 같군.

뭐, 확실히 지금은 방심할 수 없는 상황이긴 하지만 절박하지는 않았다. 나는 베루도라가 있으므로 최악의 경우 죽어도 부활할 수 있으니까. 그렇기에 위기감이 부족하다고 할 수는 있겠지만, 공략방법을 찾아낼 때까지 조바심을 내는 건 금물이었다.

그런고로 관찰을 속행했다.

자히르라는 자가 어떤 존재였는지는 모르겠지만, 풋맨의 몸을 차지한 것치고는 위화감이 없었다. 쉽게 말하자면, 경쾌하게 움직였으며 창 놀림도 모양이 잡혀 있었다.

지각속도를 수억 배로 늘려놓았으니까 보면 알 수 있는데, 아무리 봐도 달인의 움직임이었다. 다른 사람의 몸이라는 생각이 들지 않는 수준인지라 자히르가 얼마나 성가신 상대인지는 그것만 봐도 명백했다.

더구나.

자히르의 존재치는 베니마루의 세 배 이상이었으며, 믿기 어렵게도 저 창── 오리진 블러드라는 것도 존재치는 1,000만 이상으로 추측되었다.

반칙 아냐? 그런 무기를 쓰는 건.

이곳은 라미리스의 미궁 밖이므로 정확한 수치까지는 확실히 알 수 없지만, 종합하여 계산하면 네 배 이상의 전력 차이가 있는 셈이다.

레벨(기량)은 베니마루가 더 높기 때문에 그나마 겨우 승부가 될 만한 상황이었다.

아니, 베니마루에게 '양염'이 없었다면 이미 패배를 맛봤을 것이다.

그 정도로 저 자히르라는 녀석은 골치 아프기 짝이 없는 존재였던 것이다.

사실은 지금 당장이라도 도와주러 가고 싶다.

하지만 나에겐 그런 여유가 없었기에, 베니마루가 열심히 싸워주길 바랄 수밖에 없다는 게 실제 상황이었다.

그리고 또 한쪽의 전황은 어떤지를 말하자면——.

이쪽은 완전히 비등비등했다.

레온을 상대하고 있던 정체불명의 여자, 에르땅과 똑같이 생겼으니까 혈연인 것이라 생각되는데, 각성마왕에 필적할 만한 실력자였다.

아니, 그 이상이려나?

보아하니 얼티밋 스킬(궁극능력)을 보유하고 있는 것 같았으며, 레온을 상대로 한 발도 물러서지 않고 잘 싸워주고 있었다.

《두 사람의 전투 스타일이 아주 비슷합니다. 사제관계일 것으로 추측할 수 있겠군요.》

흠흠.

종류가 다른 무기를 쓰고 있어서 알아차리지 못했지만, 듣고 보니 같은 것 같기도 하다. 어쩌면 저 여성이 레온의 스승일지도 모르겠군.

그리고 얼티밋 스킬의 계통까지 비슷하다고 한다.

서로가 서로의 수를 다 알고 있으니까 이쪽도 팽팽하게 맞설 수 밖에 없는 것이다.

이 정도면 쉽게 끝날 거란 생각이 들지 않았다. 도움은 기대할 수 없지만, 도와줄 필요가 없다는 것만으로도 그나마 다행이라고 생각해야했다.

"리무루 군, 맞지? 이쪽을 관찰할 여유가 있다면 좀 도와주면 좋겠는데?"

이런, 꽤나 감이 날카로운 사람이네.

뚫어져라 관전하고 있던 것을 들키고 말았다.

나에게도 여유는 없었지만, 다른 사람의 싸움을 바라보고 있었던 것은 분명한 사실이니까 거절하기가 어렵겠다는 생각이 들었다.

그러므로 지금은 단단히 마음을 먹고 솔직하게 대답했다.

"죄송합니다. 이쪽도 방법이 없는지라 그만 딴 데를 보고 말았군요."

"뭐어? 머릿속이 어떻게 되어 있으면 여유도 없는데 그런 짓을 할 수 있는 거지? 에르한테서 상식이 없다는 얘기를 듣기는 했지만, 당신은 좀 자중하는 게 좋을 것 같아."

지당하다 못해 지나치다 싶은 의견이었다.

들킬 거라 생각하지 않았기 때문에 방심하고 있었지만, 그 말대로 전투 중에 딴 데를 보는 건 상식 밖의 짓이었다.

"주신 의견은 한번 가져가서 진지하게 검토해보겠습니다."

"으—음, 개선할 생각이 없다는 뜻으로 들리는데 말이지. 뭐, 좋아. 그건 그렇고 그쪽은 이길 수 있을 것 같아?"

날카롭네, 이 사람.

가볍게 얼버무려서 넘길 생각이었는데, 간파하고 말았어.

이런, 슬슬 진지하게 대응해야겠는데. 펠드웨이가 무시무시한 형상으로 나를 노려보고 있어.

서서히 반격이 올지도 모르기 때문에 나는 그에 대비하면서 질문에 답했다.

"지금은 무리겠네요. 파고들 틈이 없어요."

그 말을 듣고 펠드웨이가 코웃음을 쳤다.

그리고 예상외로 대화에 참가했다.

"훗, 나와의 전투 중에 다른 곳을 볼뿐만 아니라 느긋하게 대화까지 나누다니 어이가 없군. 그런데도 '파고들 틈이 없다'고? 가소롭구나. 그게 네가 할 말이냐?"

"시끄러워—! 모처럼 내가 비장의 수를 보여줬는데 네가 쉽게 막아버린 것이 원인이잖아! 얌전히 그걸 맞고 당해줬으면 나는 쓸데없는 고생을 하지 않아도 됐다고!"

"웃기지 마라. 네놈이 날 방해하지 않았으면 계획은 더 빨리 실현되었단 말이다. 애초에 네놈 밑에 있는 느와르(검은색의 왕) 때문에 우리 계획이 대체 몇 개가 실패로 끝났다고 생각하느냐?!"

아무래도 너무 도발한 나머지 분노하게 만들어버린 것 같다.

"디아블로 건에 대해선 난 관계가 없어."

"기르는 주인이 책임을 져야지."

"아니, 그렇게 오래 알고 지낸 사이가 아니거든."

난 말이지, 필요 없는 책임까지 지지 않는 성격이야. 지금은 단호하게, 자신에겐 잘못이 없다는 걸 주장했다.

"정말로 건방진 녀석이로군."

"으―음, 동의하는 바야. 대단해, 당신. 이런 상황에서 이렇게까지 여유 있는 모습을 보인다니 조금은 존경스러워!"

칭찬이 아니로구먼, 이건.

아니, 그렇다면 당신도 레온에게 집중하라고!

나도 따지고 싶네.

그런 말을 했다간 긁어 부스럼 수준으로 끝나지 않을 테니까 절대 말하지 않겠지만.

"그건 그렇고, 당신은 누구죠?"

"아아, 나? 난 말이지, 에르의 엄마야. 실비아라고 불러줘!"

놀라운 자기소개였다.

아니, 뭐, 엘프는 장수종족이니까 그럴 수도 있겠지만…… 에르땅과 똑같이 생긴 사람이 엄마라는 말을 해도 전생(前生)의 상식이 방해를 하는 바람에 순순히 수긍이 되지 않는 기분이었다.

슬쩍 눈을 돌려 관찰해보니 말할 수 있는 여유가 있다는 게 신기할 정도의 접전을 연무하듯이 벌이고 있었다.

그랬다. 그야말로 연무라는 표현이 딱 맞아떨어진다는 느낌이 들 정도로 레온도 실비아 씨도 서로의 검을 종이 한 장 차이로 피하면서 반격으로 전환하는, 마치 약속된 대련 같은 싸움을 벌이고 있었던 것이다.

그런 상황에서 가벼운 말투로 입을 놀리고 있는 걸 보면 이 사람도 상당히 대담한 것 같다.

"그건 그렇고 레온은 감당할 수 있겠습니까? 스승이잖아요, 당신."

"아, 알아보겠어? 스승이라는 건 부정하지 않겠지만, 이기는 건 무리일 것 같아. 솔직하게 까놓고 말하자면, 레온 군이 이렇게까지 강해져 있을 줄은 미처 예상 못 했단 말이지……."

그 대답은 반쯤 농담조였지만 아마도 진심인 것 같았다.

우리가 오기 전부터 아슬아슬한 전투를 계속 벌이고 있었으니까 슬슬 집중력이 떨어져도 이상하지 않았다. 지금의 균형 상태는 어딘가가 하나만 모자라도 붕괴하기 때문에 그다지 느긋한 대화를 나누고 있을 상황이 아닌 것은 확실할 것이다.

그렇게 되면…… 나는 레온을 어떻게 대처할 것인지 고민했다.

레온을 대비해서 짜놓은 계책이 있긴 하지만, 과연 그걸 실행해야 할까. 기왕이면 더욱 효과가 큰 타이밍을 노리고 싶지만, 지금은 그럴 때가 아닌 것 같았다.

빠듯한 상황이지만, 아직 균형 상태를 유지하고 있으니까 말이지. 여기서 무리하면 오히려 위험에 노출될 수도 있다는 생각이 들었다.

레온에 대해선 상황을 계속 지켜보기로 했다.

그런 판단을 하고 있으려니, 베니마루도 불평을 늘어놓았다.

"리무루 님, 그쪽이 여유가 있다는 건 알겠습니다만, 저는 정말 힘들어 죽겠습니다!"

웬일로 베니마루가 우는 소리를 하고 있네——. 아니, 그것도 무리는 아니겠군.

4배 이상의 차이는 역시 버겁겠지.

"위험해?"

"정말 위험합니다."

그렇겠지.

자히르의 특기는 화염 계열인 것 같았으며, 상성을 따지면 베니마루에게 유리했던 것이 그나마 다행이었다.

그렇지 않다면 이미 패했을 테니까, 지금의 상황은 기적적이라고까지 할 수 있었다.

자, 그럼 어떻게 한다…….

이 균형이 무너진 시점에서 판세가 정해지겠지만, 나에게도 여력은 없었다. 비장의 수는 몇 가지 숨겨두고 있었지만, 꺼낼 타이밍이 어렵게 느껴졌다.

상대하는 적이 어떤지 말하자면, 레온은 일단 제쳐두더라도 펠드웨이와 자히르는 여유가 있는 것처럼 보였다.

압도적으로 우리가 불리했다.

그렇게 되면, 다른 데서 적을 쓰러트리고 누군가가 달려 와주기를 기다리거나 비장의 수 중의 하나인 악마소환을 실행하여 테스타로사라도 불러내야 할지도 모르겠다.

하지만 그랬다간 상대도 비슷한 짓을 할 수 있으니까 단번에 진흙탕 싸움으로 발전할 수 있다는 우려가 있었다.

역시 지금은 조금 더 상황을 지켜보는 것이 좋을 것 같다.

"베니마루 군, 조금만 더 버텨줘!"

"잠깐, 정말로 그렇게 시간을 벌 수가 없다니까요!!"

베니마루의 그런 한심한 대답은 오랜만에 듣는군.

나는 그런 생각을 하면서 이 상황을 타파할 수 있는 수단이 없는지, 시엘과 함께 한 번 더 검토하기 시작했다.

●

리무루와 따로 행동하게 된 란가, 쿠마라, 소우에이는 각각 다른 상대를 원호하기 위해 이동했다. 딱히 의논하지도 않고, 적의 대략적인 실력에 따라서 자연스럽게 갈 곳이 정해진 셈이었다.

란가가 간 곳에는 베가가 있었다.

가장 큰 기운을 발산하고 있었는데, 그 기세는 란가도 상회할 정도였다.

그리고 예상대로 그곳이 가장 격렬한 싸움이 벌어지고 있는 곳이었다.

(으음, 역시 나보다 강한 것 같지만, 시간을 벌고 있으면 소우에이 공 일행이 적을 처리하고 도와주러 오겠지…….)

란가는 동료를 신뢰하고 있었다.

그러므로 의심도 없이 그렇게 확신하고는, 강적을 상대로도 겁을 먹지 않고 도전한 것이다.

"도와주겠소!"

란가는 그렇게 소리치면서 베가에게 달려들었다.

그걸 보고 기뻐한 사람은 메텔이었다.

레온의 부하이자 백기사단 단장인 화이트 나이트(백기사경) 메텔은 필사적으로 회복하는 역할을 맡고 있었지만, 지금의 전력만으로는 시간을 버는 것에도 한계가 있었다.

레인과 미저리의 부하인 다섯 명의 악마——미소라, 스콜, 울리히, 알반, 게오르그라는 이름을 가진 '데몬 로드(악마공)'들은 구마왕 세력에도 필적할 만한 실력자들로만 갖춰져 있었다. 그럼에도 불구하고 상대하는 베가의 존재치는 1,000만을 넘었으며, 실력 차이가 너무 컸다.

지휘를 맡은 공작급인 미소라는 레인의 부관인 만큼 아주 우수했다. 늘 게으름을 피우는 경향이 있는 레인을 돌보고 있다 보니 시야도 넓었고 커버도 빈틈이 없었다.

하지만 그래도 베가의 일격을 맞고 행동불능에 빠지는 자도 있는지라 지휘 같은 걸 하고 있을 상황이 아니었다.

그럼에도 불구하고 전선이 붕괴하지 않은 것은 미소라가 열심히 노력한 덕분이었다. 그리고 그걸 필사적으로 받쳐주고 있던 것이 메텔의 회복마법이었던 것이다.

원래는 개인주의에 자존심이 강한 대악마들 다섯 명이 아낌없이 상호협조로 싸우는 데다 자잘한 환각마법을 동원한 눈속임까지 구사하면서 어떻게든 전선을 유지하고 있었다. 하지만 울리히와 알반이 동시에 쓰러지면서 남은 자들의 부담이 커졌다. 메텔의 회복도 쫓아가지 못하면서 전멸이 눈앞까지 닥쳐온 상황이었다.

그런 위기의 순간에 란가가 난입한 것이다.

"뭐냐, 이 강아지 녀석! 날 방해하겠다는 거냐?!"

베가는 한껏 의기양양해 있었다.

큰 힘을 손에 넣으면서 지금의 자신은 무적이라고 착각하고 있었다.

그렇기 때문에 이 자리에 마물 한 마리 정도 늘어났다고 해서 큰 위협이 되지는 않는다고 판단한 것이다.

하지만 그건 잘못된 생각이었다.

란가의 존재치는 베가의 반도 되지 않았지만, 그 전투경험은 얕볼 수가 없었다. 늘 리무루의 그림자 속에 숨어서 다양한 싸움을 목격하기도 했다.

그래서 란가는 임기응변으로 적에 맞춘 싸움을 할 줄 알았다.

이번의 전략적 승리는 희생자를 내지 않고 이 위기를 넘어서는 것이다. 그걸 이해하고 있기 때문에 자연스럽게 자신이 맡을 역할도 보이게 된 것이다.

"나를 방패로 삼고 태세를 정비하는 게 좋겠소. 원군은 반드시 올 거요. 나의 주인이 질 리가 없으니까!"

꼬리를 연신 휘두르면서 란가는 그렇게 단언했다.

그것만으로 미소라와 악마들도 리무루가 도착한 것을 알아차렸다.

미소라는 정확하게 란가의 의도를 파악하고, 어떻게 움직이는 것이 가장 적합한 답일지를 이끌어냈다.

"그 말을 따르겠습니다. 메텔 공은 란가 공에게 집중해주세요."

그리하여 재빨리 전술을 대체하여 란가가 중심이 되는 싸움으로 바꾼 것이다.

그 이후로 베가의 절정기는 끝을 맺게 되었다.

자신보다 격이 낮다고 단정했던 란가가 예상 이상의 움직임을 보였기 때문이다.

베가는 아무 생각도 없이 란가를 제거하려고 들었다. 자신의
권능인 얼티밋 스킬(궁극능력) '아지 다하카(사룡지왕)'를 아낌없이 발
휘하여 순수한 힘으로 제압하려고 했다──.

얼티밋 스킬(궁극능력) '아지 다하카(사룡지왕)'는 베가의 생애에 기
인하여 획득하게 된 권능이었다.

베가는 로조의 연구 성과 중 하나인 '마법심문관'의 피를 이어
받고 있었다. 마물과 인간의 성질을 함께 지녔으며, 먹이만 있다
면 어떤 부상에서도 부활할 수 있는 괴물이었다.

그걸 유우키가 개조하면서 이미테이션 슬라임(의사인조점생체)이
라고도 불러야 할 존재가 된 것은 비밀이었다.

베가의 몸은 극소 박테리아(마성세균)의 집합체였던 것이다. 따
라서 재생도 자유자재였으며, 신체의 수십 퍼센트만 남아 있어도
문제없이 부활할 수 있었다.

생물의 구조를 모방하는 것은 쉬운 일이었으며, 확률에 따라서
는 잡아먹은 상대의 스킬(능력)까지 획득할 수 있었다.

그런 베가이기 때문에 얼티밋 스킬 '아지 다하카'를 획득할 수
있었던 것이다.

이 권능의 진면목은 베가의 본질 그대로 잡아먹은 대상의 힘을
흡수하는 것에 있었다.

리무루가 소유하고 있었던 '벨제뷔트(폭식지왕)'과 아주 비슷한 권
능이었으며 '초속사고, 병렬사고, 해석감정, 유기지배, 복제양산,
능력흡수, 다중결계'라는 무시무시한 스킬(능력)의 집합체였다.

그 성능은 아주 높았다.

잡아먹은 상대에게 육체가 있다면 '유기지배'로 정보를 읽어 들여 그 종족의 능력을 획득한다.

정신생명체라고 해도 '능력흡수'로 에너지를 빼앗을 수 있는 것은 물론이고, 소유하고 있는 스킬을 자신의 것으로 삼을 수도 있었다.

그뿐만 아니라 소재가 될 유기체만 있다면, 자신과 닮은 '복제체'를 양산하여 조종하는 것까지 가능했다.

제대로 구사할 수만 있다면 한없이 강해질 수 있는 것이 얼티밋 스킬 '아지 다카하'의 전모였던 것이다.

구사할 수만 있다면…….

아쉽게도 베가는 태어난 이후로 그 정도로 많은 경험을 쌓지 못했다.

무시무시한 속도로 성장했고 그 힘만은 강해졌지만, 권능을 구사할 수 있는 수준까지는 이르지 못했던 것이다.

베가가 다룰 수 있었던 것은 '유기지배'를 통한 육체강화와 '해석감정'을 통한 적의 약점파악, 그리고 '능력흡수'를 통한 적의 약체화뿐이었다.

무의식적으로 '초속사고'를 사용하고 있었기 때문에 나름대로의 판단력은 있었지만, 아쉽게도 '병렬사고'까지는 이르지 못했으며, 압도적으로 유리한 상황에 놓여 있으면서도 승리를 손에 넣지는 못하고 있었던 것이다.

무엇보다 베가 본인은 자신의 강함을 즐기고 있었기 때문에 자신이 최대의 기회를 놓친 것조차 깨달을 일은 없었지만…….

──그리고 흉악한 힘을 담은 베가의 주먹이 란가를 꿰뚫었다.

"──음?"

아무것도 느껴지지 않는 반응에 베가는 의아해했다.

분명 관통했을 텐데 아무런 감촉도 없었다.

에너지를 빼앗기는커녕, 적의 '해석감정'조차도 할 수가 없었던 것이다.

그 이유는 란가가 자신의 권능을 완전히 구사하고 있기 때문이었다.

란가의 권능── 얼티밋 스킬(궁극능력) '하스툴(성풍지왕)'에는 자신의 몸을 '마풍(魔風)'으로 변화시킬 수 있는 효과가 있었다.

접촉하는 모든 것을 감염시키는 무시무시한 '마풍'으로 변한 란가에겐 물리공격 같은 건 통하지 않았다. ──그뿐만 아니라 접촉하는 순간, '죽음을 부르는 바람'을 통해 역으로 대미지를 입힐 수 있었다.

지금의 란가는 마법 그 자체였다.

칼리온의 버스트 로어(수왕섬광후)와 원리는 같았으며, 형체를 유지하고 질량이 있음에도 불구하고 정신생명체처럼 파괴 에너지를 담은 의지를 갖춘 입자로 변화되어 있는 것이다.

단순한 몸통박치기조차도 거대한 파괴력이 담긴 공격이 되었다. 이게 얼마나 무시무시한 기술인지는 말할 필요도 없을 것이다.

더구나 란가의 경우는 칼리온과 달리 필살기가 아니라 상태변화의 카테고리로 분류되었다. 당연히 에너지 소모율이 높아지긴 하지만 '마풍' 상태로 바뀌었다고 해서 어떤 제한이 가해지는 것은 아니었다.

이게 바로 권능을 완전히 다룰 수 있는 자의 강함인 것이다.

존재치로는 베가가 이기고 있지만 실력을 따지자면 란가의 압승이었다.

"핫핫핫, 그 주먹은 나에겐 효과가 없는 것 같은데?"

실은 란가도 놀라고 있었다.

베가가 더 강할 것이라 예상하고 경계하고 있었기 때문이다.

리무루가 늘 신중하기 때문에 란가도 비슷하게 변해 있었다. 그렇기 때문에 자신보다 배 이상인 에너지를 가지고 있는 베가를 상대로 방심 같은 건 일절 하고 있지 않았다.

그랬기 때문에 오히려 무슨 함정이 있는 것이 아닐까 하는 의심까지 했을 정도였다.

"빌어먹을! 강아지 주제에 날 얕보다니."

그렇게 소리치면서 격노한 베가의 주먹을 받아보고서야 비로소 상대가 바보라는 것을 깨달은 것이다.

'마풍'으로 변한 란가를 아무 대책도 없이 때린다면 그 결과는 자신을 해치는 행위와 다를 게 없다. 베가가 혼자 멋대로 대미지를 입으면서, 란가를 황당하게 만드는 결과를 낳고 있었다.

이런 경우의 정답은 권능으로 강화한 오라로 주먹을 감싼 뒤에 때리는 것이다. 무기로 공격할 경우에도 마찬가지로 권능에는 권능으로 대처하는 것밖에는 방법이 없는 것이다.

정신생명체라면 기력을 높여 궁극의 권능 못지않은 효과를 발휘할 수 있지만, 베가는 그런 생각도 일절 하지 않았다.

얼티밋 스킬 '아지 다하카'를 제대로 구사할 수 있다면, 이런 꼴사나운 모습을 보일 일도 없었던 것이다.

"어리석은 녀석. 나를 속이고 있는 건 줄 알았는데, 아무래도 그게 네 진짜 실력인 것 같구나. 그렇다면 이제 한 방에 끝내기로 할까."

란가는 그렇게 선언하자마자 진심으로 질주하기 시작했다. 베가를 농락하는 칠흑의 바람이 되었고, 소리조차 앞지르면서 땅에서 하늘로 이동하여 잔상으로 공간을 메워나갔다.

그리고 그건 공간 내부로 반사되어 울리는 하울링이 되었다.

란가가 '하스툴'의 '음풍지배'로 자신의 속도와 파괴력을 증폭했고, 질주하면서 '공간지배'로 역장을 구축했다. 그리고 마무리로 '천후지배'를 통해 역장 안에 '데스 스톰(흑뇌람)'을 발생시켰고——이윽고 그것은 모든 것을 파괴하는 '아포칼립스(종말의 뇌명)'를 울려 퍼지게 했다.

그 기술의 이름은 '아포칼립스 하울링(종말마랑연무, 終末魔狼演舞)'이라고 한다.

란가가 만들어낸 대인용 최강공격기였던 것이다.

참고로 하늘을 향해 울부짖는 것처럼 포효하면 지향성을 지닌 빔으로 쏠 수도 있었다. 원래는 그게 더 간단하며 올바른 사용법이지만, 더 큰 대미지를 주려고 한다면 이번처럼 공간을 한정한 상태에서 발사하는 게 나았다. 대상을 가둬두면 에너지의 낭비를 줄일 수 있으므로 더 큰 효과를 기대할 수 있었다.

베가는 이 기술을 직격으로 맞았지만, 놀랍게도 살아 있었다.

'아지 다하카'를 제대로 구사하지 못하면서도 무의식적으로는 육체에까지 권능의 영향을 주고 있었기 때문이다.

더구나 베가의 특징은 끈질기다는 것에 집약되어 있었다.

무사하지는 않아도 '유기지배'와 '복제양산'을 발동시킴으로써 소멸하기 전에 자신의 육체를 늦지 않게 재생시킬 수 있었다.

에너지(마력요소)양의 크기는 역시 무시할 수 없다고 할 수 있었다.

베가는 크게 숨을 들이쉬면서 온 힘을 다해 울부짖었다.

"빌어먹을, 빌어먹을, 빌어먹으으으을━━!!"

그리고 란가를 부릅뜬 눈으로 노려봤다.

베가는 마음을 진정시키려는 듯이 심호흡을 한 뒤에 내뱉듯이 말했다.

"쳇! 연달아 싸우다보니 아무래도 나도 지친 것 같군. 오늘은 비긴 걸로 치고 넘어가 줄 테니까 다음에 만날 때는 각오해둬라! 그럼 이만."

베가는 겁쟁이이기 때문에 위기를 감지하는 것만큼은 우수했다. 상황이 불리해졌다는 것을 깨닫고 즉시 도망친다는 판단을 내린 것이다.

란가도 이견은 없었다.

자신의 최강기술을 버텨낸 것을 보더라도 알 수 있듯이 존재치만 놓고 따진다면 베가가 더 수준이 높았다. 방금 그 일격으로 처치하지 못한 시점에서 베가를 쓰러트릴 수 없다는 것을 이해하고 있었다. 그렇다면 무리할 필요는 없다고 생각하고 있었다.

전술목표는 시간을 버는 것이었으며, 베가가 물러날 정도로 몰아붙였다면 좋은 성과였다. 따라서 란가가 베가와의 교전을 나중으로 미룬 것도 실로 적절한 판단이었던 것이다.

이리하여 최고의 격전이라고 할 수 있는 베가와의 싸움은 종식

되었다.

  그건 그렇고, 일동은 란가가 도와주러 온 것을 기뻐하고 있었
지만──.

  미소라는 이런 생각을 했다.

  (이 란가라는 마랑은 마왕 리무루 님의 애완동물이었지. 그런
데 왜 이렇게 강한 거야?!)

  그 실력은 말이 안 되는 수준이었다.

  베가와 란가의 에너지가 어느 쪽이 크고 작은지는 미소라도 대
충 짐작하고 있었다. 강자인 자, 적의 강함을 가늠하지 못한다면
살아남을 수 없기 때문이다.

  미소라가 보기에는 란가도 보통이 아닌 수준이지만, 그래도 베
가 쪽이 훨씬 더 까다로운 상대라고 생각하고 있었다.

  그런데도 결과는 란가의 압승이었다.

  지금부터 란가를 방패로 세우고 전술을 다시 짜자는 생각을 하
고 있었는데, 그게 빗나가는 바람에 얼떨떨한 느낌이었다.

  '미소라, 이 세상에는 엄청난 존재가 있어. 너도 리무루 님을 보
면 지금의 내 기분이 이해가 될 거야.'

  레인(상사)의 말을 미소라는 떠올렸다.

  "과연…… 애완동물을 보면 주인의 실력도 가늠할 수 있다는
말이군요. 레인 님의 말씀을 의심하고 있던 건 아니지만, 이제야
진심으로 이해했습니다."

  미소라가 자신도 모르게 중얼거리자, 남은 네 명의 '데몬 로드(악
마공)'들도 고개를 힘차게 끄덕였다.

그리고 마력이 거의 바닥 난 화이트 나이트(백기사경) 메텔은 아예 자신이 나설 차례가 없었다는 사실에 망연자실하고 있었다.

결국에는 현실도피에 가까운 생각까지 했다.

(나는 개를 좋아해서 키워보고 싶었어. 이렇게 믿음직스럽다니. 이 싸움이 끝나면 당장 애완동물 가게로 사러 가야겠네!)

완전한 사고방치였다.

참고로 이 세계에 존재하는 애완동물 가게에는 애완견 같은 건 팔고 있지 않았다. 테이머(조교사)가 길을 잘 들인 덕분에 함께 싸울 수 있는 동물이나 마물 등이 고액으로 매매되고 있었다.

나중에 메텔은 구입한 포레스트 울프(삼림마랑)에게 란가 2세라는 '이름을 지어주게' 되지만, 그건 지금과는 상관없는 이야기였다.

●

적기사단 단장인 레드 나이트(적기사경) 프란과 황기사단 단장인 옐로 나이트(황기사경) 키조나는 오르리아를 상대로 고전하고 있었다.

고전이라는 표현은 현재 상황을 정확히 묘사한 것이 아니었다.

오르리아가 진심으로 두 사람을 죽일 생각을 하고 있었다면, 그 순간에 승패가 정해졌을 것이기 때문이다.

"큭, 너무 강해……."

입술을 잘근 깨물면서 프란이 중얼거렸다.

그 말에 동의하는 자는 오르리아의 공격에 노출되어 있는 키조나였다.

"우리를 가지고 놀고 있네. 다음은 메이스(곤봉)야? 아까는 숏소드(단검)였는데, 점점 약한 무기를 쓰면서 우리를 가지고 성능을 시험하는 걸까?"

키조나의 지적은 정확했다.

처음에 오르리아는 모닝스타(성구곤)를 들고 있었다.

그 일격을 맞고 키조나의 전신 갑옷이 파괴된 것이다. 다음 일격으로 죽을 것을 각오했는데, 그때 오르리아가 취한 행동은 무기를 바꾸는 것이었다.

자신을 얕보는 것이라는 생각밖에 들지 않았지만, 자신도 모르게 운이 좋았다는 생각이 든 것도 사실이었다.

"이렇게까지 얕보이는 것도 내키진 않지만, 이렇게나 실력 차이가 크다면 어쩔 수 없나⋯⋯."

"좋게 생각하자고. 시간을 벌다보면 분명 레온 님이 구하러 와주실 거야!"

프란과 키조나는 있지도 않은 희망을 품은 채, 포기하지 않고 오르리아와 맞서 싸웠다. 두 사람 다 그런 희망은 환상이라는 것을 이해하고 있었다.

자신들의 주인인 마왕 레온은 더욱 힘든 상황에 처해 있으리라고 생각했다.

그렇지 않으면 레온이 부하를 저버릴 리가 없기 때문이다.

그러므로 그녀들이 할 수 있는 건 구원해줄 사람이 올 때까지 살아남도록 노력하는 것이었다.

그러나 그것도 이미 한계였다.

실력 차이가 너무 컸다. 싸움이 시작되고 나서 10분도 지나지 않았는데, 이미 두 사람은 만신창이가 되어 있었다.

그리고 오르리아도 어느 정도는 자신의 권능을 다 시험해본 뒤에 만족하고 있었다.

"응, 이 정도면 된 것 같은데?"

오르리아는 그런 말을 하자마자 무기를 트라이던트(삼지창)로 변형시켰다. 그건 과거에 '오르카'라는 이름으로 불렸던 여성의 메인 장비였다.

오르리아의 분위기가 바뀐 것을 프란과 키조나도 이해했다.

(여기까지인가……. 노력했습니다만, 사명을 완수하지 못했습니다. 죄송합니다——.)

프란은 그렇게 생각하면서 절망했다.

키조나는 좀 더 속물적이었다.

(마지막으로 케이크를 먹고 싶었어…….)

그런 생각을 하면서 최후의 시간을 기다리고 있었다.

하지만 그런 시간은 찾아오지 않았다.

대신 찾아온 것은——.

"보아하니 곤경에 처하신 것 같군요. 섣불리 나서는 것은 예의가 아니라는 생각도 들지만, 이 자리는 저에게 맡겨주세요."

경국지색의 미녀로 변한 쿠마라가 프란과 키조나를 보호하듯이 오르리아의 앞을 가로막고 섰다.

이리하여 쿠마라와 오르리아의 싸움이 시작된 것인데, 이번에도 다시 일방적인 싸움이 전개되었다.

아까와 달라진 것은 오르리아가 완전히 밀리고 있다는 점이었다.

"말도 안 돼. 어떻게……?!"

경악하며 외치는 소리가 오르리아의 입에서 흘러나왔다.

오르리아의 얼티밋 인챈트(궁극부여) '멀티 웨폰(무창지왕)'은 다양한 성능을 지닌 갓즈(신화)급의 무기를 만들어내는 권능이다. 착용하고 있는 전신 갑옷도 또한 당연히 갓즈급이었다.

그런데도 쿠마라가 꼬리를 조종하여 발사하는 구미천공격(九尾穿孔擊)은 갓즈급의 장갑을 무시한 채 오르리아에게 대미지를 입히고 있었던 것이다. 장갑이 파괴되지는 않았지만, 충격이 침투하여 오르리아의 체력을 깎아먹었다.

"약하군요. 이 정도면 팔부중을 꺼낼 필요도 없겠어요."

쿠마라는 미수(꼬리짐승)를 꺼내서 적의 전력이 어느 정도인지 알아볼까 고민했지만, 한 번 겨뤄본 뒤에 그럴 필요는 없다고 판단했다.

오르리아는 일류 전사이면서도 수준 높은 마법까지 다룰 줄 아는 무시무시한 상대였다. 하지만 그 동작은 인간의 영역을 벗어나지 못한 수준인지라 쿠마라의 예상을 전혀 뒤집지 못했다.

칼리온이나 프레이 같은 강적을 상대로 경험을 쌓아온 쿠마라의 기준에서 본다면 너무나도 부족한 상대였던 것이다.

조심해야 할 오르리아의 무장도 또한 쿠마라에겐 위협이 되지 못했다.

왜냐하면 쿠마라는 새로운 진화를 이룩했기 때문이었다.

나인테일(천성구미)에서 신호(神狐)로.

쿠마라는 신성을 띠게 되면서 그 힘이 크게 늘어나 있었다.

물론, 오르리아도 세라핌(치천사)이 깃들어 있기 때문에 신성을 띠고 있기는 했다. 그리고 존재치만 놓고 비교한다면 양쪽 다 그렇게 큰 차이는 없었다.

쿠마라는 약간 성장하긴 했지만, 그래도 200만이 채 못 되는 것에 비해 오르리아는 200만을 약간 넘은 수준이었다. 수치만 놓고 비교한다면 오르리아가 유리했다.

그런데도——.

인간으로서의 경험밖에 없는 오르리아는 힘을 쓰는 방법이 너무 편협했다.

인간일 때의 오르리아—— 오르카와 아리아는 유우키 직속의 혼성군단 중에서도 간부급인 자였다. 제국 내에서 최강집단이었던 로열 나이트(근위기사)에도 필적하는 강자, 그녀들은 그런 자들이었다.

그런 두 사람의 '영혼'이 뒤섞이면서 데스맨(요사족)으로 각성했고, 세라핌의 힘까지 얻었다. 그뿐만 아니라 미카엘로부터 부여받은 얼티밋 인챈트 '얼터너티브(대행권리)'가 '멀티 웨폰'으로 진화했으니 지상에 자신의 적은 없다고 확신하고 있었던 것이다.

그걸 확인해보기 위해서 프란과 키즈나를 데리고 실험해본 결과, 오르리아는 자신의 힘이 최강이라는 확신을 얻었다.

권능으로 만들어낸 무기는 현존하는 어떤 갓즈급에도 밀리지 않았다. 그 증거로서 프란과 키즈나의 공격은 오르리아에게 일절 통하지 않았다. 자신의 몸에 닿지도 못했으며 갓즈급인 갑옷에 의해 튕겨 나갔다.

그리고 그 무기는 가볍게 휘두르기만 해도 적의 무기를 분쇄했다.

오르리아는 자신의 힘을 과신하고 말았다.

그렇기 때문에 현실을 인정하지 못하고 발악했다.

"날 우습게 보지 않았으면 좋겠는데! 지금부터는 진지하게 싸우겠어!"

이제 실험은 끝났다는 듯이, 지니고 있는 기술을 전부 구사하면서 오르리아가 트라이던트를 휘둘렀다.

아리아의 장기였던 마법을 번개로 바꿔서 감쌌고, 오르카의 잘 다듬어진 기량으로 만들어낸 그 창을 맞는다면 쿠마라라고 하더라도 분명 치명상을 입을 것이다.

하지만.

신기를 두른 아홉 개의 꼬리가 자유자재로 움직이면서 트라이던트를 막아낸 것이다.

이 정도라면 누가 보더라도 실력 차이는 명백했다.

신체 능력이 같아도 인간의 실력에 차이가 있는 것이 당연한 것처럼 무술을 배운 사람과 싸움의 초보—— 아니, 그 이상의 차이가 두 사람 사이에 존재하고 있었던 것이다.

두 강자의 싸움을 가만히 지켜보고만 있던 프란과 키조나도 그 차이를 명확하게 이해할 수 있었다.

"괴, 굉장해……."

"저기, 저 사람도 마왕 리무루 폐하의 부하야?"

"나도 모르겠지만, 우리 편인 건 확실한 것 같아."

"뭐랄까, 절대로 적대해선 안 된다는 게 이해가 되네. 그도 그럴 게, 우리가 모르는 사람이지만 저렇게나 강한걸……."

63

"입 다물어. 말하지 않아도 같은 생각이니까."

그런 대화를 나누면서 쿠마라의 용맹한 모습에 반해 있었다.

요염한 미녀인 쿠마라의 본체는 한 걸음도 움직이지 않은 채 우아하게 서 있었다. 그 사실을 깨닫기만 한다면 누가 더 위인지 논할 필요도 없다는 걸 알 수 있을 것 같았다.

"자, 이제 각오는 됐나요?"

더 깊이 미소를 지으면서 쿠마라가 물었다.

"인정할 수 없어. 그래, 인정 못 해. 나는, 우리는 최강의 힘을 손에 넣었어. 위대하신 미카엘 님께 도움이 되어야만 이 힘이 존재하는 의미가 있는 것이니까!"

"흐—응, 그런가요. 하지만 저에겐 통하지 않아요."

분노하는 오르리아에게 쿠마라가 무자비하게 선고했다.

그건 분명한 사실이었지만, 오르리아를 화나게 하기에는 충분한 모욕이었다.

"웃기지 마시지! 나는 오르리아. 미카엘 님의 적을 쓰러트리는 자다!!"

오르리아는 자신의 긍지를 걸고 전력으로 쿠마라를 공격했다.

하지만 그건 무모하다고 표현할 수밖에 없었다.

아무런 대책도 없는 특공 따위는 쿠마라에겐 무의미한 공격일 뿐이니까.

오르리아의 창은 쿠마라의 꼬리에 튕기면서 밀려났고, 그녀의 팔다리도 네 개의 꼬리에 의해 꽁꽁 묶였다.

관절을 부수는 둔탁한 소리가 울려 퍼졌고—— 오르리아에겐 무정한 결말이 찾아왔다.

"제 '이름'은 쿠마라. '키메라 로드(환수왕)' 쿠마라랍니다. 저승길 선물이니까 잘 기억해두세요."

움직이지 못하게 된 오르리아에게 꼬리로 공격을 가하면서, 쿠마라는 늦게나마 자신의 이름을 알려줬다.

●

아리오스는 얼티밋 인챈트(궁극부여) '산달폰(단죄지왕)'을 구사하면서 청기사단 단장인 블루 나이트(청기사경) 오키시안과 미저리의 부관인 칸을 상대로 압도하고 있었다.

아리오스가 들고 있는 버스터 소드(한손검)도 오르리아에게서 빌린 갓즈(신화)급이었다. 인간이었던 시절에는 생각도 하지 못했을 만큼 강력한 힘을 손에 넣으면서 한껏 우쭐해진 상태였다.

그래서 아리오스는 두 사람을 죽이는 것을 뒤로 미루고 있었다. 자신의 힘을 시험해보기에 자신보다 약한 두 사람은 딱 좋은 놀이 상대였던 것이다.

오르리아는 물론이고 아리오스도 강자가 약자를 괴롭히는 것은 좋은 말을 들을 만한 행위가 아니라는 것은 알고 있었다. 베가와는 달리 두 사람은 상식을 갖추고 있는지라 원래는 한창 임무를 수행하는 중에 사적인 감정을 개입하는 짓은 하지 않는다.

하지만 이번에는 사정이 달랐다.

지금까지와는 크게 달라진 힘을 지금 시험해보지 않으면, 앞으로의 싸움에 지장이 생길 것이라고 생각한 것이다.

자신이 뭘 할 수 있고 어디까지 무리해도 괜찮은지 그것을 파악하는 것도 일류 전사로서 필요한 일이었다. 그래서 이 기회에 어느 정도 노는 것을 스스로 허용한 것이다.

오키시안과 칸도 그런 아리오스의 의도쯤은 이미 꿰뚫어 보고 있었다. 긍지 높은 두 사람에겐 굴욕 그 자체이긴 했지만 이번에는 그렇게 나오는 게 반가웠다.

승리조건이 시간을 버는 것이었으며, 두 사람의 실력으로는 그걸 완수하는 것이 힘들었기 때문이다.

그래서 자신들을 가지고 놀고 있다는 걸 이해하면서도 필사적으로 아리오스와 맞서 싸울 수밖에 없었던 것이다.

이지적인 오키시안이라면 모르겠지만, 오래된 대악마인 칸의 속마음은 마그마처럼 끓어오르고 있었다.

(죽인다. 이 녀석은 절대 용서하지 않겠어!!)

칸은 미저리의 부하 중에서 필두였으며, 평소에는 냉정한 리더를 맡고 있었다.

그러나 인내력은 미소라에 미치지 못했다. 그 레인 님 밑에서 용케도 참고 산다고 생각하면서 늘 동료에게 경외의 마음을 품고 있었을 정도였다.

그렇기에 지금 이 정도의 굴욕을 맛보면서 칸의 울분은 최고조까지 달해 있었다.

하지만 아리오스와의 사이에는 잔혹할 만큼의 벽이 존재했다.

실력 면에선 차이가 없었다. 오히려 오키시안과 칸이 더 강할 것이다.

그런데도 이렇게나 일방적으로 밀리는 것은 존재치에 몇 배나 되는 차이가 있기 때문이다. 더구나 아리오스에겐 무시무시한 '산달폰'이 있었던 것이다.

갓즈급의 무기만이라면 어떻게든 상대할 수 있겠지만, 궁극의 권능을 상대로는 맞설 수가 없었다.

짧고도 긴 고통의 시간이 이어졌지만, 그것도 이제 곧 끝나려 하고 있었다.

아리오스의 표정이 변한 것을 기척으로 감지할 수 있었다.

"헤헤, 이제 충분하겠군. 너희도 그럭저럭 강한 자들이겠지? 뭐, 제법 재미있게 즐겼으니까 더 이상 괴롭히지 않고 편하게 죽여주겠어."

자신의 힘을 충분히 시험한 아리오스는 슬슬 노는 걸 끝내자는 생각을 한 모양이다. 칸과 오키시안에게 그렇게 선고하듯이 말했다.

이렇게 되면 아무런 방법이 없다고 생각하면서 오키시안은 각오를 굳혔다.

(뒷일은 레온 님에게 맡길 수밖에 없군. 마지막까지 임무를 다하지 못하게 된 것을 저세상에서 사과하자!)

오키시안은 그렇게 속으로 잘못을 빌었다.

칸도 또한 분노를 '영혼'에 새겨 넣고 있었다.

(여기서 죽어도 원한은 잊지 않을 것이다. 아리오스라고 했지? 그 이름은 기억했다. 반드시 부활해서 죽여주마!!)

악마에게 있어서 죽음은 단순한 상태변화일 뿐이었다.

마음(심핵)만 손상되지 않는다면 몇 년 후에는 부활할 수 있었다. 대미지의 과다에 따라서는 수백 년 이상의 세월이 필요해지지만, 그래도 반드시 되살아날 수 있었다.

그래서 칸은 복수를 맹세한 것이다.

참고로 심핵까지 손상을 주려면 영자에 간섭할 필요가 있었다. '디스인티그레이션(영자붕괴)'가 그걸 대표하듯이 영자를 파괴하지 않으면 '정보자'까지는 영향이 전해지지 않는다.

지금의 아리오스에겐 '산달폰'이 있으므로 그 사실을 알고 있다면 심핵도 파괴할 수 있을 것이다.

하지만 칸은 그렇게 걱정하지 않았다.

아리오스의 검기, 체술, 권능, 그 모든 것은 일류라고 해도 과언이 아니었지만, 그 정신은 인간의 수준에서 벗어나지 않았기 때문이다.

인간이 아닌 존재를 상대해본 경험이 적은 것 같았으며, 어떻게 해야 악마의 숨통을 완전히 끊을 수 있는지는 미처 숙지하지 못하고 있는 것 같았다.

그렇기 때문에 칸은 죽은 척을 하면 이 자리를 벗어날 수 있으리라고 생각한 것이다.

아리오스의 검이 오키시안을 노렸으며, 그의 손에 들린 총이 칸에게 향했다.

칸의 육체는 이미 한계였다. 아리오스가 진심으로 싸우기로 마음먹은 이상, 더 이상의 전투 속행은 불가능했다. 오키시안에게는 미안하게 생각하면서도 냉정하게 맺고 끊을 수 있는 것이 칸의 강점이었다.

(여기까지로군. 적당히 물러나서——.)

칸이 그렇게 생각하고 있으려니, 아리오스가 큰 소리로 웃으면서 칸을 바라보다가 방아쇠에 손가락을 걸었다.

"햣하! 우선은 너부터——."

지금은 마음껏 웃어라——. 칸은 그렇게 생각했지만, 그때 놀랄 만한 일이 일어났다.

아리오스의 뒤, 발밑에 있던 그림자에서 누군가가 뛰쳐나와 검을 휘둘렀기 때문이다.

위기 상황은 이 시점을 기하여 종료되었다.

*

칸은 그자를 본 적이 있었다.

마왕 리무루의 부하이며, 자신의 이름을 소우에이라고 밝혔던 걸 떠올렸다.

거의 같은 타이밍에 오키시안도 알아차렸다.

"소우에이 공, 원군이 늦지 않게 도착한 것이군요?!"

희색을 띠면서 소리치는 오키시안에게 소우에이는 씁쓸한 표정을 지으면서 대꾸했다.

"쳇, 일격으로 끝을 낼 생각이었는데 내 생각이 좀 안일했던 것 같군. 그 녀석은 아직 살아 있으니까 너희도 방심하지 마라."

리무루 앞에선 신사적인 소우에이였지만, 기본적으로는 자신만만하고 자기중심적인 성격을 갖고 있었다. 다른 나라의 국가원수 정도라면 모를까, 간부 따위에게 저자세로 구는 짓은 하지 않았다.

하물며 지금은 긴급한 상황이었다. 당연하다는 듯이 이 자리의 주도권을 장악하고는 오키시안과 칸을 자신의 지휘 하에 둔 것이다.

한편 아리오스는 불의의 기습을 받았지만, 소우에이의 말대로 살아 있었다. 피를 토하면서도 어떻게든 다시 태세를 정비했다.

아리오스는 소우에이의 권능인 '일격필살'을 동원하여 사각에서 시도한 필살의 일격── 어새시네이트(암사(暗死)의 일격)를 직전에 알아차리고 심장을 꿰뚫었어야 할 공격을 아슬아슬하게 피하는데 성공한 것이다.

"이 자식, 제법이잖아."

"너의 반응속도도 대단하구나. 하지만 다음 공격은 절대 빗나가지 않는다."

두 사람은 그렇게만 말하고는 바로 전투에 돌입했다.

아리오스는 오만불손하지만 조심성이 많은 성격이었다.

'요천'으로 다시 태어나기 전에는 '이세계인'으로서 나름대로 강자에 속했던 남자였던 것이다.

암살 임무에도 종사하면서 각종 기술을 배웠다. 대인전의 전문가이며, 자신이 표적이 되었을 때에 주의해야 할 방법을 본능적으로 활용할 수 있을 만큼 철저하게 익혀두었던 것이다.

그렇기 때문에 어떤 상황에서도 방심은 하지 않았다.

오키시안과 칸을 몰아붙이면서도 주위에 대한 경계를 게을리하지 않았다.

그게 목숨을 구했다.

하지만 그뿐이었다.

"흠, 힘은 나보다 우위인가. 정공법으로는 힘들 것 같군."

"그렇다면 어떡할 거지?"

비등비등한 실력.

그리고 서로의 목숨을 뺏는 싸움.

아리오스는 자신이 살아 있다는 것을 실감하고 있었다.

상처를 입은 곳은 이미 깨끗이 나았다. 이상하다는 생각이 들 정도로 생명력이 강화된 것은 물론이고 세라핌(치천사)의 힘까지 자신의 것이 되어 있었다. 아직도 인간이었을 때의 습관에서 완벽히 벗어나지 못했을 뿐이지, 아리오스도 이미 인간의 영역을 벗어나 있었다.

(마왕조차도 능가하는 이 힘이 있으면, 어떤 자도 내 적이 되지 못한다!)

그렇게 자화자찬하면서 소우에이가 다음에는 어떤 공격을 할지 기대하면서 기다렸다.

아리오스는 이미 알아차리고 있었다. 소우에이가 말한 대로 자신의 힘이 더 강하다는 걸.

기량 면에서도 그렇게 큰 차이가 없다는 걸 실감하고 있었기 때문에 자신의 승리를 의심하지도 않았다.

그건 방심이 아니었——지만, 소우에이를 상대하면서 오만이 지나치고 말았다.

소우에이는 처음부터 아리오스를 상대로 제대로 된 승부 따윈 겨루고 있지 않았던 것이다.

싸움은 이겨야만 한다.

아무리 훌륭한 승부라고 해도 지면 끝인 것이다.

그러므로 소우에이는 이기는 방법에 연연하지 않았다.

처음부터 '별신체'를 잠복시켜둔 채 계속 아리오스의 빈틈을 살피고 있었던 것이다. 그리하여 접전을 벌이는 척하면서도 조금씩 패배할 것 같은 분위기를 풍겨서 아리오스의 방심을 유도했다.

사력을 다하고 있는 것처럼 보여주면서, 아리오스의 패를 한 장 한 장 확인하며 확실하게 승리로 가는 길을 구축해나갔던 것이다.

그리고 그 순간이 찾아왔다.

"핫하! 네놈은 강적이었다. 내가 인정해주지. 그러니까 내 비장의 수로 죽여주마!"

그렇게 말하면서 얼티밋 인챈트(궁극부여) '산달폰(단죄지왕)'의 오의이자 필살의 일격, '저지먼트(신멸탄)'를 발사한 것이다.

그걸 맞고 소우에이의 '별신체'가 산산이 흩어졌다. 그걸 본 아리오스는 승리를 확신했다.

무리도 아니었다.

'저지먼트'는 하루에 한 번밖에 쏘지 못하지만, 최강의 공격수단이니까. 콘도 중위가 쐈던 것보다 위력은 낮지만, 그래도 파괴하지 못할 것이 없는 일격이었던 것이다.

소우에이의 죽음은 확실하다는 생각을 하고 만 것도 무리는 아니었지만, 그게 바로 소우에이가 노리는 것이었다.

"천수영살(千手影殺)."

"뭐?"

그림자가 늘어나면서 아리오스를 붙잡았다.

"자, 잠깐――."

그대로 움직임을 봉인한 소우에이는 손에 든 쌍검으로 아리오스의 심장을 파괴한 것이다.

교착상태에 빠져 있던 전황을 바꾼 것은 펠드웨이의 한 마디 말이었다.

"──슬슬 시간이 되었나. 이 이상의 전투는 무의미한 것 같군."

나는 그 말을 듣고 생각했다.

더 빨리 결단을 내리라고.

여기서 이 녀석을 몰아붙일 수 있다면, 그게 가장 좋은 일이다. 하지만 아쉽게도 굳이 말하자면 우리가 불리하다는 걸 느끼고 있었다.

이대로 계속 싸우고 있으면 응원군이 올 거라고는 생각했지만, 솔직히 말해서 확신은 없었다. 란가 쪽은 질 리가 없겠지만, 지나치게 낙관적일 가능성도 부정할 수 없었다. 왠지 성안에서도 위험한 기운이 느껴졌으니까 어쩌면 고전하고 있는 게 아닐까 하는 불안감이 들었다.

나는 기본적으로 반드시 이길 수 있는 승부에만 도전하고 싶다.

그런데도 이번에는 준비가 부족했다.

설마 통신까지 차단될 줄은 몰랐으며, 적의 전력을 분석하지 못한 채 전쟁터까지 오고 만 것이다.

디노가 보고해준 덕분에 어느 정도는 예상할 수 있었지만, 실제로 싸워보니 그 이상의 전력이었다.

저 자히르도 그렇고, 베니마루를 압도할 정도라니 반칙이잖아.

나는 평소처럼 베니마루라면 곧바로 적을 쓰러트려 줄 거라고 생각했단 말이지. 그런데도 우리가 쓰러지지 않은 게 신기하다는 생각이 들 정도로 믿기 어려운 상황에 처했으니……

그러니까 뭐, 여기서 물러나 준다면 우리도 굳이 막을 생각은 없었다.

없지만── 여기서 도발을 해두는 것을 잊지는 않았다.

"이런, 도망치겠다는 생각을 하다니 안일하지 않아?"

그 말을 듣고 눈을 부라린 것은 레온을 상대하고 있는 실비아 씨였다. 쓸데없는 말을 하지 말라는 듯한 표정으로 나를 노려보고 있었다.

에르땅과는 달리 속마음을 숨기는 관록은 별로 없는 것 같네.

이런 건 본심을 숨기는 쪽이 이기는 법이다.

힘들 때야말로 그와는 반대되는 말을 해서 상대를 속이는 게 요령이라고.

"훗, 우리는 '메타트론(순결지왕)'의 소유자인 레온을 동료로 끌어들인다는 목적을 완수한 것은 물론이고, 방해가 되는 배신자를 색출해서 처리했다. 덤으로 네놈의 실력이 어느 정도인지도 파악할 수 있었지. 이 정도면 상당한 전과다."

으─음, 역시 이 정도 도발에는 넘어오지 않는단 말인가.

애초에 그게 목적이긴 했다.

진 것을 인정하지 않는 것처럼 말하면 상대는 기분 좋게 물러나 줄 테니까 말이지.

이 타이밍에선 '역시 계속 싸워야겠어'라고 말하는 게 내 입장에선 더 곤란하다.

그래서 속으로는 '돌아가, 돌아가. 어서 돌아가라고!'라고 생각하면서, 나는 펠드웨이를 계속 도발했다.

"보아하니 너, 지금 겁을 먹은 거지? 뭐, 이해는 돼. 이제 곧 내동료들이 달려올 테니까 말이야. 그렇게 되면 우리가 이길 테니까 도망치고 싶은 기분도 이해가 되고!"

그렇게 말하면서 맹공을 퍼부었다.

내 말을 듣고 약간은 동요했는지 펠드웨이의 검이 한순간 둔해졌다. 내 칼이 몸을 스치고 지나간 감각이 느껴졌지만, 그래도 펠드웨이는 멀쩡했다.

이거 혹시 내가 잘못 생각한 건가?

아니, 아니, 아무래도 아까부터 몇 번 정도 스친 것 같긴 한데 말이지……

"그 느와르(검은색의 왕)의 주인이다 보니 짜증 날 정도로 건방진 녀석이긴 하군. 다음에 네놈을 만날 때엔 절망적인 전력으로 짓눌러줄 테니까 각오해두도록 해라."

"그건 내가 할 말이거든! 보아하니 너는 디아블로를 껄끄러워하는 것 같으니까 다음에는 그 녀석을 상대로 붙여주겠어!"

"……"

내가 학원폭력물 만화에 나오는 캐릭터처럼 그런 대사를 대뜸 내뱉자 펠드웨이는 말문이 막힌 모습을 보였다. 정말로 질색이라는 표정을 지은 것을, 나는 그냥 보고 넘기지 않았다.

이게 바로 비기, 남에게 떠넘기기!

하지만 이번 것은 아주 효과적이었기 때문에 디아블로가 싫어하더라도 떠넘기자는 생각을 했다.

뭐, 그 자리의 분위기를 파악한다거나, 타인의 반응을 관찰하는 것은 사회인이라면 필수적으로 갖춰야 할 기능이니까 말이지. 상대를 잘 보고 있으면 어떤 것을 좋아하고 어떤 것을 싫어하는지 자연스럽게 알게 되는 법이고.

그런 경험은 물론이고, 인간관계가 모든 것을 좌우하는 건설업에서 10년 이상 굴러본 나에겐 이런 방식으로 괴롭히는 것은 장기라고 할 수 있었다.

펠드웨이의 언동을 보면, 디아블로를 탐탁지 않게 생각하고 있다는 게 뻔히 보였으니까 말이지. 혹시 내 착각일지도 모른다고 생각하여 던져본 말이었는데, 아무래도 정답인 것 같아서 안심했어.

"정말로 마음에 안 드는 녀석이구나, 네놈은."

"칭찬해줘서 영광이로소이다."

"——쳇, 지금은 얼마든지 까불어라. 자히르, 레온, 물러나겠다."

펠드웨이는 나와의 말싸움을 피하고는 물러날 것을 선언했다.

정신적 승리——라는 건 농담이고, 실제로는 전술적 승리였다.

"흐음. 여기서 끝을 내지 않는 건가?"

"그래. 미카엘 님의 명령이다."

"——뭐, 좋아. 너에겐 받은 은혜가 있으니까 말이지. 내 몸 상태도 아직 완벽하지는 않은 것 같으니 이 자리는 지시에 따라주마."

자히르는 베니마루를 압도하고 있었는데, 내키지 않는 반응을 보이면서도 지시를 따랐다. 솔직히 말해서 이 녀석이 떼를 쓰기라도 하면 귀찮아진다고 생각하고 있었기 때문에 내 입장에선 다행이라는 기분이 들었다.

그렇게 생각하고 있으려니—— 베니마루가 자히르를 도발하기 시작했다.

"홋, 도망치는 건가? 조금만 더 싸우면 승산이 보일 판이었는데, 여기서 처치하지 못한 것은 내가 미숙하기 때문이겠지. 다음에는 이길 테니까 그렇게 알고 있어라."

무슨 짓을 하는 거냐고 생각했지만, 먼저 시작한 게 나인지라 뭐라고 따질 수도 없었다.

뭐 하는 거야, 이 녀석들──. 그런 뜻을 담아서 바라보는 실비아 씨의 시선이 따갑네.

그 기분은 잘 이해가 된다.

나도 제3자의 시점에서 본다면 멍청이들이라고 생각했겠지…….

"분수도 모르는 벌레 놈들이……!! 마도대제인 나를 우롱한다면──."

"자히르, 그게 그 슬라임의 수법이다. 냉정함을 잃는다면 이길 싸움도 패할 수 있다."

그렇게 착각해줘서 고마워!

수위조절을 약간 잘못한 것 같기도 하지만, 그렇게 받아들여준다면 만만세다.

나는 처음으로 펠드웨이가 좋은 녀석이 아닐까 하는 생각을 했다. 이것도 뭐, 내 평소의 행실이 좋았기 때문이겠지만, 나를 필요 이상으로 경계하도록 만드는 것에는 성공한 것 같군.

"흠…… 그렇군. 지금은 네놈의 체면을 세워주지. 애송이들아, 다음에는 이런 기회가 없을 거라고 생각해라."

자히르도 성질이 급한 것처럼 보였지만, 의외로 사려가 깊은 성격인 것 같았다. 한 번 더 싸우려고 들지도 모른다고 생각하면서 대비하고 있었지만, 지금은 순순히 펠드웨이의 말을 따르고 있었다.

그리고 레온은 조종당하고 있기 때문에 반론을 하지 않았다.

의견이 일치된 세 명은 부서진 천장을 통해 하늘로 날아가 사라졌다.

그걸 지켜본 나와 베니마루는 그 자리에 힘이 빠지면서 주저앉았다.

싸움이라는 것은 도발하여 부추긴 쪽이 승리자라고 생각하지만, 이번에는 역시 도가 지나쳤다. 다음에는 좀 더 신중하게 행동하지 않으면 역효과가 날 수도 있을 것이다.

그런 식으로 생각하고 있으려니, 베니마루가 완전히 지친 상태에서도 나에게 투덜대는 게 아닌가.

"리무루 님, 그런 상황에서 도발하는 건 너무 위험하지 않습니까!"

내가 할 말을 빼앗겼다는 느낌이 강하게 들었다.

"네가 할 말은 아니지! 얘기가 마무리 지어지려고 하는데 자히르를 도발하다니, 제정신인가 싶어서 당황했다고!"

"아니, 저는 리무루 님을 따라 했을 뿐입니다. 주군이 물러서지 않겠다는 태도를 보인다면 제가 겁을 먹은 태도를 보일 수가 없지 않습니까. 그리고 뭐, 그대로 끝났으면 제가 진 것 같다는 생각도 들고 말이죠."

보기 좋은 미소를 짓는 베니마루를 보면서, 그게 본심이었을 거라고 나는 생각했다.

그리고 그런 우리를 어이없다는 듯이 가늘게 뜬 눈으로 보는 실비아 씨가 있다는 것을 알아차리긴 했지만, 나와 베니마루는 시치미를 뚝 뗀 표정을 지으면서 아무 일도 없었던 것처럼 굴었다.

●

베가는 란가한테서 도망쳤지만, 자신이 졌다는 생각은 하지 않았다.

반성하지 않는 것이 베가의 결점이지만, 그 긍정적인 성격만은 본받을 점이 있었다.

그런 베가가 도착한 곳은 쿠마라와 오르리아가 싸우고 있는 전장이었다.

기척을 숨긴 채 상황을 훔쳐보는 베가.

승부는 이내 결말이 났다.

쿠마라의 꼬리를 이용한 연속공격에 의해 오르리아가 치명적인 대미지를 받은 것이다. 더구나 베가의 입장에선 운 좋게도 베가가 숨어 있는 장소 근처까지 밀려서 날아왔다.

(이거 운이 좋군. 하늘이 나에게 이 녀석을 잡아먹으라고 말하고 있는 것 같잖아!)

베가는 자기 좋을 대로 해석하면서 받아들였다. 동료의식 같은 건 없는 거라 마찬가지였으며 상대를 도와주려고 하는 그런 기특한 마음과는 전혀 무관했다. 이용가치가 없는 자라면 더욱 그랬다.

베가는 입맛을 다시면서 오르리아에게 몰래 다가갔다.

"여어, 꼴좋구먼."

"베, 베가야? 덕분에 살았네. 저 녀석, 생각보다 강해——."

"그런 것 같군. 하지만 안심해. 지금부터는 내가 제대로 원수를 갚아줄 테니까."

베가에게도 친절한 구석이 있었구나. 오르리아는 그렇게 생각했──지만 그게 착각이었다는 것을, 그 직후에 격통을 느끼면서 억지로 깨닫게 됐다.

부드럽게 만지던 베가의 손이 오르리아의 피부를 불태웠다. 그리고 그대로 침식을 시작하더니 오르리아를 잡아먹기 시작했다.

"꺄아아, 뭐, 뭐하는 거야──?"

"너의 '영혼'까지 통째로 먹어줄 테니까 그 권능도 나에게 넘겨. 그렇게 하면 저런 잔챙이들은 쉽게 처리할 수 있을 거야."

"그런 짓을, 미카엘 님이 허용하실 리가──."

"시끄러워─! 이 세상은 약육강식이거든? 미카엘 녀석도 당연히 내가 더 강해지는 걸 기뻐할 거라고!"

그렇게 외치면서 베가는 천박하게 웃었다. 그리고 괴로워하는 오르리아의 반응은 아랑곳하지도 않고 그대로 침식을 가속했다.

그건 이윽고 목까지 이르렀으며, 와그작 하고 오르리아를 물어 뜯어 죽였다.

"그야말로 악귀 내지는 짐승이나 할 짓…… 참혹하네요."

"그런 말은 나에겐 칭찬이야."

사실 오르리아를, 동료를 잡아먹는다는 것이 다른 사람이 보기엔 비인도적이기 그지없는 잔학행위라고 해도 베가에겐 자신의 생명을 유지하기 위한 자연스러운 행위였다. 본능에 따라서 얼티밋 스킬(궁극능력) '아지 다하카(사룡지왕)'를 구사했다.

그 결과, 오르리아는 '유기지배'에 의해 완전히 분해되면서 베가의 피와 살이 되어갔다.

"좋아, 아주 좋은걸! 이 힘으로 내가 더 강해진 것을 실감할 수 있어!"

베가는 한껏 우쭐한 기분을 느끼면서 오르리아한테 이어받은 권능을 시험해봤다.

자신의 것으로 받아들인 갓즈(신화)급——청룡창을 '금속조작'으로 다시 만들어낸, 온몸에 두른 이질적인 갑옷이 핏빛으로 빛났다. 그리고 그의 두 손, 두 발, 팔꿈치와 무릎에까지 짐승의 이빨과 발톱 같은 무장이 생겨났다.

베가의 마인형태가 더욱 불길하게 진화한 순간이었다.

쿠마라는 그런 베가를 직접 눈으로 보고 있었지만, 처음부터 경계심을 최대한으로 가동하고 있었다. 오르리아에게 마지막 공격을 하지 않고 던져버린 것도 끈적끈적한 시선을 느끼면서 손을 잘못 놀렸기 때문이었다.

그 정도로 베가의 불길한 기운은 못내 다 감출 수 없었던 것이다.

결과적으로 오르리아는 죽었지만 베가가 강화되고 말았다. 이자리에 온 시점에선 부상을 입은 것처럼 보였으니, 이건 완전히 쿠마라의 실수라고 할 수 있을 것이다.

(실수했군요. 중요한 건 양보다 질. 적을 강화해주다니 리무루님을 볼 면목이 없어요.)

속으로 식은땀을 흘리면서도 쿠마라는 어떻게 만회할지를 생각했다.

칼리온, 그리고 프레이를 상대로 연패를 경험했던 만큼, 쿠마라는 자신의 힘을 과신하고 있지 않았다. 이 자리에서 베가를 처치하는 것이 가장 좋겠지만, 아무래도 자신의 힘으로는 감당하지 못할 것이라는 것을 이해하고 있었다.

강자와 만났을 때에는 상대의 역량을 완벽하게 파악해야만 한다. 그걸 실패한다면 기다리는 것은 패배—— 즉, 죽음이었다.

그런 결과는 결코 허용할 수 없다는 걸 쿠마라는 진심으로 이해하고 있었다. 죽지 않는 미궁에서 밖으로 나왔으니까 자칫 자신이 죽을 수도 있는 실수만큼은 피해야만 한다는 것을.

그런고로 베가를 강하게 만들어버린 건에 대해선 부끄러움을 느끼면서도 거기에 계속 얽매이다가 더 큰 실수를 초래하는 사태만큼은 피할 수 있었던 것이다.

정말로 한순간의 차이가 명암을 갈랐다.

만약 쿠마라가 짧은 생각으로 베가에게 무작정 덤볐다면 분명 반격을 받으면서 잡아먹혔을 것이다. 하지만 쿠마라가 상대의 역량을 살피는 것에 치중함으로써 이 자리에 제3자의 개입을 허용한 것이다.

"물러나라는 명령이 내려졌습니다. 베가, 전투는 여기까지입니다."

그 자리에 갑자기 나타난 인물이 공격태세를 갖추고 있던 베가를 제지했다.

그 인물은 바로 조용히 지켜보기만 하고 있었던 후루키 마이였다.

펠드웨이가 전원을 회수하라는 명령을 내리자 오르리아의 위치좌표로 '순간이동'한 것이다. 하지만 그 자리에 그녀는 없었으며, 기이하게도 베가의 폭주를 말리는 꼴이 되고 만 것이다.

베가는 얌전히 따랐다. 큰 힘을 막 얻은 상태이니 더 이상은 먹이를 먹더라도 다 흡수할 수 없다는 것을 본능적으로 이해하고 있었기 때문이다.

이리하여 쿠마라의 위기는 사라졌고, 이 자리의 전투는 끝이 났다.

베가를 회수한 마이가 간 곳에선 아리오스가 말 그대로 다 죽어가고 있었다. 소우에이가 심장을 파괴하면서 아리오스의 패배가 확정되었던 것이다.

애초에 아리오스를 비롯하여 '요천'이 된 자들은 심장이 없어도 죽지는 않는다. 심장이 보내는 것은 혈액이 아니라 마력이나 정신력으로 불리는 힘의 원천이니까.

숙련되면 뜻대로 힘을 조절할 수 있게 된다.

하지만 심장이 없으면 큰 힘을 발휘할 수 없게 되므로 위기상황이라는 것은 분명한 사실이지만.

아리오스의 경우는 인간이었을 때의 잔재도 아직 다 사라지지 않았기 때문에 치명적인 약화를 초래하고 말았다.

이대로 가면 마지막 공격을 허용하면서 죽음을 면치 못했을 것이다.

"누구냐?"

소우에이는 기척을 느끼면서 재빨리 뒤로 뛰어서 물러났지만, 마이를 향해 누구냐고 물었다.

대답한 자는 베가였다.

"내 이름은 베가. 하찮은 잔챙이에게 일부러 가르쳐준 거다. 고맙게 여기면서 기억해두도록 해."

그 말을 듣고 소우에이는 자신의 얼굴에서 표정이 사라지는 줄 알았다.

소우에이는 실은 자신이 화를 잘 낸다는 것을 자각하고 있었다.

하지만 은밀이라면 그건 감점 요소이므로 머리와 마음을 분리해서 분노를 에너지로 바꾸는 방법을 익혀놓고 있었던 것이다.

평소에는 분노하면서도 냉소를 지으면서 냉정하게 적을 공격하여 괴롭히겠지만, 이번에는 그것도 어려울 것 같았다. 한 번 보기만 해도 소우에이는 비정상적이라는 생각이 들 정도로 베가가 강해져 있다는 것을 이해했기 때문이다.

(이 녀석은…… 분명 '케르베로스(삼거두)'의 보스 중의 한 명인 베가인 것 같군. 예전의 조사결과와는 많이 달라져 있는데, 그 짧은 사이에 무슨 일이 있었던 거지?)

이 세상에는 어떤 계기로 인해 다른 사람처럼 힘이 늘어나는 일이 있다.

소우에이의 주인인 리무루도 또한 마왕화나 '용종'화 같은 초강화를 경험했던 몸이다. 따라서 소우에이도 그런 사례 그 자체는 이해하고 있었다.

하지만 그렇다고 해서 순순히 수긍할 수는 없었다. 베가의 몸에 무슨 일이 일어난 것인지, 그에 대한 의문을 해소해둘 필요가 있다고 소우에이는 생각한 것이다.

하지만 그 기회는 사라졌다.

마이가 쓸데없는 소리를 하는 것을 흔쾌히 여기지 않으면서 그 자리에서 바로 물러났기 때문이었다.

"……저 여자, 기척도 없이 나타났다가 아무런 전조도 없이 사라지다니 베가보다 더 버거운 상대일지도 모르겠군."

자신도 모르게 그렇게 중얼거린 소우에이.

그 말에 동의하면서 고개를 끄덕인 것은 칸이었다.

"저건 아마 '순간이동'인 것 같군. 마법이든 스킬이든 공간을 넘어가려면 전 단계가 필요한 법이야. 그걸 무시하고 흔적도 남기지 않은 채 그 자리에서 순식간에 도약하는 건 태초의 악마분들조차도 불가능할 거야. 이론상으로는 가능하다고 여기고 있지만, 아직 아무도 실현한 적이 없는 환상의 기술이지."

소우에이의 근처까지 걸어오면서 마이가 무엇을 한 것인지에 대한 추론을 늘어놨다.

만신창이 상태이면서도 칸의 태도는 당당했다. 마계의 대악마로서 소우에이가 도와준 것을 연신 고마워했다.

오키시안도 다가와서 칸과 같은 말을 했다.

"고맙다는 말을 들을 정도는 아니오. 나는 단지 리무루 님의 명령을 따른 것뿐이니까."

두 사람의 감사 인사를 받으면서도 소우에이는 불만스러운 표정을 짓고 있었다.

적을 놓친다는 것은 소우에이에겐 큰 실수이기 때문이었다.

"──그리고 저 아리오스라는 남자를 미처 처치하지 못했소. 이제 적에겐 우리의 정보가 흘러 들어간 것으로 생각해야 할 테니 다음엔 더 고전하게 될 거요. 살아남는다는 전술목표는 완수했지만 기뻐하고만 있을 수는 없겠지."

소우에이가 평소대로 담담하게 대꾸하자, 칸과 오키시안은 서로의 얼굴을 바라봤다. 두 사람의 입장에선 이 자리에서 살아남은 것만으로도 감지덕지했던 것이다.

애초에 소우에이에겐 결코 여유가 있었다고 할 수 없었으므로 다음을 경계하는 것이 당연했다.

어쨌든 적의 정보를 얻은 것은 자신들도 마찬가지였다.

그걸 바탕으로 삼고 향후의 전략을 다시 세울 필요가 있다고, 소우에이는 실수를 반성하면서도 그렇게 생각하며 머릿속을 리셋시켰다.

●

전투는 종결되었다.

성 밖에서 싸우고 있던 세력도, 펠드웨이가 물러남과 동시에 공격을 중단하고는 그 자리에서 사라진 것이다.

그런고로 우리는 무사히 남은 회의실에 모여 있었다.

도중에 참가한 나와 베니마루, 그리고 소우에이. 덤으로 디아블로.

레온 세력의 기사단장들.

그리고 기이와 악마들.

정체불명의 도우미이자 에르메시아의 어머니라고 하는 실비아 씨도 참가했다.

또한 잊어서는 안 되는 것이 이번 일의 중요참고인이자 과거에 마왕이었던 카자리무, 즉, 카가리 씨다. 아슬아슬한 타이밍에 격리에 성공했기 때문에 큰 부상도 없이 무사했던 것이다.

하지만 카가리를 감싸고 있던 티어는 큰 부상을 입고 있었다.

회복약으로도 치유가 되지 않았기 때문에 현재는 병실에서 회복이 전문인 백기사단 단장 메텔 씨가 옆에 붙어서 간호하고 있다고 한다.

궁극의 권능이 실린 공격은 본인의 의지로 극복할 수밖에 없다. 티어가 쾌유하길 빌 뿐이다.

뭐. 티어도 걱정이 되긴 했지만, 내가 해줄 수 있는 것은 얼마되지 않는다. 지금 중요한 것은 향후에 대한 대책이기에 이렇게 우리는 모인 것이다.

각자의 보고를 취합하여 적에 대한 정보를 공유할 것이다. 그런 뒤에, 앞으로의 전략을 다시 검토하는 것이 목적이었다.

눈이 마주치자마자 나에게 시비를 걸듯이 따지는 녀석이 있었다.

"리무루 군──."

기이였다.

전장에서 무시한 것을 아직 속에 담고 있는 것 같고, 틀림없이 불평을 늘어놓을 것 같으니까 지금은 무시 스킬을 최대한 전개하여 넘기기로 하자.

"너 이 자식, 아까는 잘도 나를 무시했겠다."

"아, 아이 참! 무시라니, 무슨 얘기인지 잘 모르겠네."

"나와 눈이 마주쳤을 텐데!"

"저, 전혀 몰랐어. 그보다 다들 무사해서 다행이네!"

"이봐, 논점을 흐리지 마. 그리고 말이지, 레온이 끌려가고 말았으니 다들 무사한 게 아니잖아!"

그러네요.

하지만 뭐, 그 건은 이미 예상했던 바잖아?

"자자, 레온 건은 말하자면 우리가 예정했던 대로 된 거잖아."

"네가 말했던 그 계획 말이야? 문제를 뒤로 미룬 것으로밖에 생각이 안 되는데, 정말로 괜찮은 거겠지?"

"아마도……."

기이가 있는 대로 나를 노려봤다.

실은 레온의 문제에 대해선 사전에 대책을 생각해두었던 것이다.

시엘이 제안한 대로 레온을 '포식'하여 '지배 회로' 그 자체를 파괴하는 것이 확실한 대항수단이었다.

내가 그렇게 하지 않은 것은 레온을 믿고 있었기 때문——이 아니라, 생리적으로 왠지 내키지 않는다는 게 큰 이유였다.

물론 농담……이라고 할 수도 없지만, 진짜 이유는 따로 있었다.

우선 첫 번째 이유는 미카엘이 섣불리 경계하는 것을 방지하기 위해서였다.

여기서 레온을 방치해둠으로써 미카엘 녀석이 우리에겐 대항수단 같은 것이 없다고 생각하도록 하고 싶었던 것이다.

그리고 두 번째 이유 말인데, 이건 잘 풀리기를 바라면서 시도하는 작전이었다.

"하지만 의논했을 때에 너도 찬성했잖아? 적의 지배하에 있는 레온이 공격해온 뒤에 제정신을 되찾는다면 전력 차이를 단번에 뒤집을 수 있다는 이유로."

"그러긴 했지. 레온이 무사하다는 게 전제지만, 그 작전이 합리

적이라는 건 인정하겠어. 레온이 공격해온 지점에 네가 가서 맞아준다면 그것만으로도 우리가 유리해질 거야."

그런 의도가 담겨 있었던 것이다.

문제를 뒤로 미룬다는 말은 옳았으며, 과연 우리가 원하는 대로 내가 맞으러 갈 수 있는가 하는 문제도 남아 있지만, 이 계획이 잘 풀린다면 쉽게 적의 일각을 무너트릴 수 있는 것이다.

아무리 적의 세력이 강하더라도 레온 급의 전력이 적에서 아군으로 바뀐다면, 그 싸움은 이긴 것이나 다름없을 것이다. 시엘로부터 그런 제안을 들은 시점에서 나도 마음을 굳혔다.

어찌 됐든 주사위는 던져졌다.

레온을 데려가 버린 이상, 작전이 성공할 것을 믿고 행동할 수밖에 없는 것이다.

"저기, 레온 님은 괜찮으실까요?"

알로스가 그렇게 묻는 것을 듣고 나는 힘차게 고개를 끄덕여 보였다.

"해방할 방법은 있으니까 걱정하지 마."

갑자기 처형이라도 당한다면 최악이지만, 아무리 미카엘이라도 그런 의미 불명의 짓은 하지 않을 것이라 생각한다. 그러므로 나도 시엘의 계획을 승인한 것이다.

"어찌 됐든 우리에겐 방법이 없었습니다. 리무루 폐하를 믿기로 하죠. 그러면 향후의 방침을 정해야겠군요."

클로드가 그렇게 말하면서 그 자리의 분위기를 환기시켰다.

기이는 아직 불만인 듯했지만, 이걸로 화제를 돌린다는 목적은 달성——.

"레온은 그렇게 넘어간다고 쳐도 말이지. 리무루 군, 아까 나와 눈이 마주쳤지?"

젠장, 이 녀석…… 단단히 앙심을 품고 있었네.

"저기, 무슨 얘기인지 모르겠는데……?"

"시치미 떼지 말라고! 이 자식, 내가 베루자도를 상대로 고전하는 중이었는데, 도와줄 낌새도 보이지 않고 도망쳤겠다!"

"도망친 게 아냐. 나는 말이지, 너를 믿고 있었다고!"

"뭐어? 여전히 입만 산 녀석이로군. 애초에 네가 바로 도와주러 왔으면 나는 고생을 할 필요가 없었다고!"

잠깐만. 그건 내 탓이 아니잖아.

"이것 봐, 아무런 연락도 없었으면서 무슨 소리를 하는 거야? 나는 철저하게 경계하면서 말이지, 최대한 빨리 대응하고 있었거든?"

"뭐어? 그러기 위해서 '전이용 마법진'이 있는 거잖아!"

"발동하지 않았다고! 아니, 그건 그렇고 말이지, 이 반지가 있으면 어떤 상황에서도 통화가 가능했던 것 아니었어?"

그랬다. 마왕이 되었을 때에 받은 데몬즈 링(마왕의 반지)이라면 어떤 상황에서도 연락을 할 수 있다고 들었다.

그랬는데, 기이한테서도 레온한테서도 연락은 오지 않은 것이다.

디노가 알려주지 않았다면 대응이 더 늦어졌을지도 모른다. 그걸 감안한다면 나는 지금보다 더 좋은 평가를 받아야 한다고 생각한다.

"아아, 그거 말이군. 그 반지는 베루자도가 만든 거야. 그 녀석이라면 쉽게 방해할 수 있지. 미안해, 나도 잊어버리고 있었어."

어, 그렇게 당당하게 말하면 나도 뭐라고 대꾸하기가 난감해지는데······.

"어, 응. 그럼 말이지, 이번 일은 피장파장으로 치고 넘어갈까."

"그러자고. 우리 사이에 괜한 감정이 남아 있는 것도 문제니까, 이번 일은 이쯤에서 싸움을 멈추기로 하지."

그렇게 하기로 했다.

석연치 못한 점도 조금 있었지만, 솔직히 말해서 더 이상 다투는 것도 귀찮으니까 말이지. 지금은 내가 어른스럽게 대응하기로 하자.

그건 그렇다 치고.

"그런데 이 사람들은 왜 무릎을 꿇고 앉아 있는 거지?"

내가 시선으로 가리킨 쪽에 있는 사람들은 레인과 미저리였다.

무슨 이유인지 이 방에 초대받고 도착한 시점에서 이미 바닥에 무릎을 꿇고 앉아 있었던 것이다.

참고로 레온의 성은 돌로 만들어져 있기 때문에 바닥도 대리석이 깔려 있었다. 다다미 위에서 꿇어앉아 있는 것도 힘든 일인데, 이런 곳에서 무릎을 꿇은 채 앉아 있는 건 상당한 고행일 것같았다.

"아아, 그 녀석들 말이야? 듣고 싶어?"

듣고 싶으냐고 물으면 도리어 난감해진단 말이지.

왠지 기이의 눈빛도 위험하게 느껴지는 데다 괜히 얽히는 건 사양해야 할 것 같은 분위기다.

"아, 딱히 흥미는 없──."

"실은 말이지, 이 멍청이들은 우리가 필사적으로 싸우는 중에 적이랑 술을 나눠 마시면서 흥청망청 놀고 있었어. 나도 살짝 발끈했지 뭐야. 이제 어떻게 처리할지 고민 중이야."

아아, 그랬구나——. 잠깐, 흥미가 없다고 말했는데 기이가 먼저 불평을 늘어놓고 싶었던 거잖아.

아니, 그건 그렇고 정말로 그런 짓을 했단 말이야?

"정말이야?"

나는 기이가 아니라 레인과 미저리를 보면서 슬쩍 물어봤다.

그러자 미저리는 먼 곳으로 눈을 돌리면서 입을 다물고 있었지만, 레인이 눈물을 글썽거리면서 호소하기 시작했다.

"아닙니다. 이건 슬픈 오해일 뿐입니다, 리무루 님."

나는 그 말을 듣고 바로 감이 왔다.

이건 오해가 아니라는 것을.

"듣지 마. 귀가 더러워질 뿐이야."

"알았어. 시간도 없으니까 어서 정보부터 교환하자고."

나는 기이의 말을 덥석 물었다.

우리의 대화를 지켜보고 있던 다른 자들도 이 건에 대해선 침묵으로 일관하려는 것 같았다. 디아블로만이 어이가 없다는 표정으로 고개를 절레절레 젓고 있었지만, 끼어들 생각은 없는 것 같았다.

그런고로 훌쩍거리며 우는 시늉을 하는 레인과 달관한 듯이 보이는 미저리를 그냥 내버려 둔 채, 본론에 들어가기로 했다.

*

일단 모두의 의견을 순서대로 들었다.

도중에 쓸데없는 해프닝도 한 번 있었지만, 보고는 순조롭게 진행되었다.

참고로 쓸데없는 해프닝이란 건 칸과 미소라가 보고했을 때 일어난 일이었다.

자신의 순서가 된 칸과 오키시안이 자리에서 일어났는데, 그때 칸이 모두에게 양해를 구한 다음 기이에게 머리를 숙이면서 부탁한 것이다.

"원래는 저희의 왕인 루쥬(붉은색의 왕)께 이런 말씀을 드리는 것이 용서받을 수 없는 큰 죄라는 것은 잘 알고 있습니다. 하지만 부디 들어주시길 바랍니다——."

너무나도 진지한 그 태도를 보고는 기이가 발언을 허락했다.

허락을 받고 칸은 "저의 주인인 미저리 님의 죄를, 부디 용서해 주실 수 없겠습니까?"라고 간언한 것이다.

이건 나도 이해할 수 있었다.

얘기를 나누는 도중에도 계속 무릎을 꿇은 자세로 앉아 있었으니까 말이지. 악마이니까 괜찮을지도 모르지만, 이제 슬슬 풀어줘도 될 것 같은 생각이 들어서 계속 마음이 쓰였던 것이다.

하지만 그 말을 듣고 격노한 건 기이가 아니라 벌을 받고 있는 당사자인 미저리였다.

"칸! 이 부끄러움도 모르는 자가 감히 내 허락도 없이——."

무릎을 꿇고 앉아 있음에도 불구하고 엄청난 박력으로 칸을 꾸짖으려고 한 것이다.

그걸 제지한 것은 기이였다.

"잠깐. 나에게 그런 말을 할 수 있게 된 걸 보면 칸도 성장을 한 것 같군. 좋다. 이번에는 너의 공을 봐서 미저리를 용서해주기로 하마."

그 말대로 기이는 미저리를 용서했으며, 참석자 전원에게 마실 것을 갖다 주라고 명했다.

여기까지라면 괜찮았지만, 문제는 그다음에 일어났다.

예상했던 대로 아직 계속 무릎을 꿇고 앉아 있던 레인이 말썽을 일으킨 것이다.

이번에는 미소라가 일어나서 발언할 차례가 되었는데, 그때 칸과 마찬가지로 그녀의 주인인 레인을 벌에서 풀어줄 것을 원했다.

하지만 기이가 그걸 허락하지 않았다.

재탕은 의미가 없다는, 그런 쩨쩨한 이유 때문이지는 않은 것 같았다.

나도 그 자리의 분위기를 파악하는 것은 자신이 있기 때문에 기이가 짜증이 나 있다는 것은 이미 알아차리고 있었다. 미소라도 그걸 눈치챘는지, 안 된다고 말하자 바로 물러난 것이다.

물러설 때를 안다는 건 유능하다는 증거다. 미소라라는 레인의 부하답지 않게 상당히 능력이 있는 사람이라는 생각이 들었다.

그런데.

꼭 있단 말이지, 분위기를 파악하지 못하는 인간이.

"왜 그러는 거야, 미소라?! 네가 칸보다 더 우수한데 왜 그렇게 쉽게 포기하는 거냐고? 더 분발해서 나를 도와줘! 미저리는 해방 되었는데 왜 나만 계속 무릎을 꿇고 앉아 있어야 하는 겁니까? 납득이 되지 않습니다!!"

뭐, 그렇게 울며불며 떠들었다.

나는 확신했다. 역시 레인은 막무가내로 구는 막내 속성 캐릭터라고.

그런 레인에게, 미소라가 타이르듯이 말했다.

"포기하십시오. 그 이상 죄를 저지르면——."

거기까지 듣고서야 레인도 겨우 냉정해질 수 있었던 모양이다.

기이 쪽으로 시선을 슬쩍 돌리면서, 자신이 위험한 입장에 처했다는 것을 이해한 것 같았다.

"너는 말이다, 좀 더 진심으로 반성해야 해. 아니, 애초에 뭘 잘못했는지 이해하고는 있는 거냐?"

"네?"

기이가 묻자 어리둥절한 표정으로 고개를 갸웃거리는 레인. 귀엽긴 하지만, 본성이 다 드러나 버린 지금은 약삭빠르다는 느낌밖에 들지 않았다.

기이가 진심으로 지친 표정으로 레인에게 선고하듯 말했다.

"이런 짓을 하고 있을 때가 아니긴 하지만, 너의 악랄한 짓을 계속 넘어가 주다간 내가 힘들어지니까 말이지. 그 눈집 안에 뒹굴고 있던 빈 병 말인데, 시중에 쉽게 나오지 않는 고급술이었지? 어떻게 조달한 거냐? 훔친 건 아닌 것 같고, 또 부하들한테서 갈취한 거냐?"

어, 그런 짓까지 저질렀다면 완전히 악당이잖아.

아니, 악마가 갈취라니, 그래도 되나?

그렇게 시시한 범죄를 저지르지 않아도 경제적으로 궁핍해 보이지는 않는데…….

그런 생각을 하고 있으려니, 더 이상은 보고만 있을 수 없었는지 미소라가 끼어들었다.

"한 말씀 드려도 되겠습니까?"

"허락한다."

기이의 허가를 받고, 미소라가 기이를 옹호했다.

"아무리 저희 주인이라고 해도 그렇게까지 고루한 짓을 하시진 않습니다."

"고, 고루하다니……."

레인이 그렇게 말하면서 항의하려고 했지만 다들 무시했다. 그걸 보니 평소의 행실이 중요하다는 생각이 들었다.

"최소한의 상식은 있는 분이므로 그 점만큼은 부디 믿어주시길 바랍니다."

"흠."

"애초에 레인 님께 가장 필요한 건 돈이 아닙니다."

"음? 그렇다면 이 녀석은 어떻게——."

레인의 말에는 귀를 기울이지 않았는데 미소라의 호소에는 진지하게 대응하고 있었다. 그런 모습을 보니, 기이는 의외로 착실하다는 감상을 나도 모르게 품고 말았다.

그때 이상한 일이 일어났다.

"자자, 이제 충분하지 않습니까. 향후의 방침을 정하는 중요한 얘기를 하는 중이니까 레인의 처벌은 대수롭지 않다고 할 수 있지 않을까요."

디아블로가 레인의 편을 들어준 것이다.

그 모습은 너무나 명백하게 부자연스러웠기 때문에 나만이 아니라 기이까지 디아블로를 응시하고 있었다.

"역시 믿을 수 있는 건 디아블로뿐이네요!"

레인이 눈을 반짝반짝 빛내면서 감격한 듯한 표정으로 그렇게 말했지만, 다른 자들은 한껏 곤혹스러워하고 있었다.

뭔가가 있다.

내 감이 그렇게 알려주고 있었다.

"수상하군."

기이도 같은 의견이었는지 그렇게 중얼거리고 있었다.

"디아블로, 뭔가를 숨기고 있는 건 아니겠지?"

"쿠후, 쿠후후후후. 리무루 님, 저는 리무루 님께 아무것도 숨기고 있지 않습니다. 단지 저자가 불쌍하게 느껴졌기 때문에 도움의 손길을 좀 내밀어주자는 생각을 했을 뿐입니다."

아니, 아니, 아니, 너는 그런 성격이 아니잖아──라는 말이 나올 뻔했지만, 꾹 참고 속으로 삼켰다.

그 대신, 가늘게 뜬 눈으로 바라봤다. 이럴 때는 이게 아주 효과가 좋다.

그러자 예상대로 디아블로의 눈이 정처 없이 헤매기 시작하는 것이 아닌가.

악마 주제에 멘탈이 약한 녀석이라고 생각하고 있었는데 역시 그랬다. 곧바로 당황하다가 진실을 말했다.

"아뇨, 그 고급술 말입니다만, 실은 제가 레인에게 선물한 것이라⋯⋯."

"뭐?"

"이상하잖아. 아무리 협정을 맺은 사이라고 해도 얼마 전까지는 서로 으르렁대던 네가 왜 레인에게 선물 같은 걸 준 거지?"

그 말이 전적으로 옳았다.

뭐, 디아블로가 쉽게 자백한 이유는 이해했지만.

다 마신 술병이라는 증거가 남아 있으므로 유통 루트는 바로 알아낼 수 있으니까 말이지. 이곳에는 소우에이도 있으니까 시치미를 떼는 것은 무리라고 판단했겠지.

그건 그렇다 쳐도 문제는 레인과의 관계로군.

기이와 디아블로가 말싸움을 시작한 것은 아랑곳하지 않고 나는 소우에이 쪽을 보면서 눈짓으로 신호를 줬다. 그러자 내 뜻을 바로 알아듣고 재빨리 증거품을 확보해줬다.

마흑미로 만든 감주, 일본 술과 비슷하게 만든 것, 흑청주 등등 점점 도수가 높아지는 각종 술의 빈 병이 놓이는 것을 보고 있으려니, 생산량이 적은 시험제작 단계의 술까지 나왔다.

이런 건 시장에는 나와 있지 않으니까 아무리 돈을 많이 줘도 살 수 있을 리가 없다. 우리나라에서만 입수할 수 있으니 소우에이가 아니라도 범인을 알아내는 것은 쉬울 것이다.

그건 그렇고 말이지…….

"저기, 아까 적이랑 술을 마시면서 놀고 있었다고 들었는데, 이렇게 많이 마셨단 말이야?"

"그래. 내가 화를 내는 것도 당연한 일이지? 너도 뭐라고 한 마디 해줘, 리무루."

아니, 그 정도면 화가 나긴 하겠네.

"농담하는 거지?! 다들 열심히 할 일을 하고 있을 때에 자신들끼리만……?"

내가 기이를 동정하게 될 줄은 몰랐지만, 부하가 저지른 실수의 뒤처리는 상사가 할 일이니까 말이지. 무릎을 꿇린 것만으로 끝내다니, 기이 치고는 관용을 베풀었다는 생각이 들 정도였다.

그런데도 레인은 변명을 입에 올렸다.

"아닙니다. 이건 고도의 심리전에 필요한 아이템으로 썼을 뿐이지, 결코 저희끼리만 즐기려 했던 게 아닙니다!!"

"심리전?"

"그렇고말고요. 저는 피코와 가라샤의 입을 열게 하기 위해서 이 술들을 힘들게 손에 넣은 겁니다. 오히려 칭찬을 받아도 될 거라고 생각합니다!"

대단하네, 이 아이. 이런 상황에서도 끝까지 자신의 성과를 주장하다니…….

역시 태초의 악마인 만큼 정신력이 장난 아니군.

디아블로도 패배를 인정하지 않으면 진 게 아니라는 논리를 지지하고 있는 것 같으니, 이 둘은 근본적으로 동류라는 생각이 들었다.

"디아블로. 나도 궁금해서 물어보는 건데, 이건 포인트로 구입할 수 있는 거지? 네가 이걸 레인에게 공짜로 선물할 것 같지는 않는데, 무슨 계약을 맺은 걸까?"

레인의 주장의 진위를 판단하는 건 기이에게 맡기기로 하고, 나는 나대로 디아블로의 관여를 추궁했다.

"그, 그건 말이죠……."

나에겐 거짓말을 할 수 없다고 생각하고 있는 것 같았으며, 말끝을 흐리긴 했지만, 그것도 오래가지는 못했다. 무엇보다 이 자리에는 소우에이도 있었던 것이다.

"어서 솔직히 말해."

소우에이의 그 말 한마디를 듣고 디아블로도 단념했다.

레인한테 그림을 받기로 한 대가로 주기 위해서 그 술들을 몰래 빼돌렸다고 고백한 것이다.

"그랬군. 내 그림을 유통하고 있던 정체불명의 화가가 바로 레인이었나……."

"어쩐지……."

그래서 도저히 알아낼 수가 없었던 것이다.

하지만 뭐, 디아블로가 공범일지도 모른다는 최악의 상상은 빗나간 것 같군. 물품을 제공한 것뿐이라면 정식 절차를 밟은 행위이므로 꾸짖을 수도 없고 말이지.

애초에 내 초상화를 방치할 생각은 없기 때문에 그 문제는 소우에이를 시켜서 손을 써뒀다.

"안심하십시오. 이미 소우카에게 디아블로의 방으로 가택수색을 하러 가라는 명령을 내렸습니다."

"그건 좀 지나치지 않아?"

"아뇨, 초상권을 침해했으니까 그렇게까지 대처하는 것이 당연할 만큼 큰 죄입니다. 이미 수사 영장도 발부되었으니까 아무런 문제도 없습니다."

일처리가 빨라!

역시 소우에이는 대단하다는 말밖에 할 수가 없었다.

디아블로가 충격을 받으면서 무너지듯 쓰러지고 있었지만, 그건 보지 않은 것으로 치고 넘겼다.

*

나와 소우에이가 수수께끼 하나를 풀고 있었을 무렵, 레인이 기이에게 해명을 끝내고 있었다. 이게 또 짜증 나는 것이, 정말로 유용한 정보를 캐냈다는 것이 놀라웠다.

적의 본거지가 어디에 있는지와 모인 전력이 대충 어느 정도 수준인지 등등. 어디까지 믿어도 되는 건지 미지수이긴 하지만, 상당히 도움이 되는 정보를 캐낸 것 같았다.

무엇보다 마지막에 말한 정보가 중요했다.

대충 흘려듣고 있던 나조차도 레인을 다시 바라봤을 정도였다.

"──그렇게 저는 그녀들한테서 정보를 캐낸 것입니다. 그랬더니 전투가 끝났다는 분위기를 느꼈고 피코도 '아, 펠드웨이한테서 연락이 왔어. 이제 돌아갈게'라고 말하는지라 여자들의 모임──이 아니라 심문을 끝낸 것이죠!"

본심이 살짝 드러난 것은 넘어간다고 쳐도, 레인의 이야기에는 무시할 수 없는 내용이 담겨 있었다.

중요한 것은 피코 쪽의 반응이었다.

미카엘에 의한 완전지배가 행해진 결과, 레온도 적에게 넘어간 상황이었다. 디아블로가 입수한 정보에서도 자라리오가 도중에 지배를 받아버린 것을 확인할 수 있었다.

그런데도 피코와 가라샤에겐 지배가 미치지 않은 것 같았다. 안 그러면 마지막까지 여자들의 모임이라는 것을 즐겼다는 게 설명이 되지 않는 것이다.

그렇다면 여기서 하나의 해답을 이끌어낼 수 있었다.

그건 바로 미카엘의 지배라는 것은 격리상태에선 효과가 없는 게 아닐까 하는 것이다.

이건 상당히 정확도가 높은 정보였다.

아마 내 생각이지만 직접 눈으로 보거나 '마력감지'로 대상을 인식해야 비로소 효과가 발휘되는 것이겠지. 그렇다면 지배당하고 있는 자가 미카엘의 지배권에서 이탈했을 경우, 여전히 지배를 받고 있는지 아닌지를 확인할 수 없을 가능성이 높다는 뜻이다.

정기적으로 '사념전달' 등으로 명령을 내리고, 그걸 적절하게 따르고 있는지 아닌지를 확인하고 있다면, 그런 의혹을 품을 일은 없을지도 모른다.

하지만 미카엘이 없는 전장에서 레온을 몰래 해방한다면——그걸 적이 확인하기 전에 추세를 정할 수가 있을 것 같았다.

내가 기이를 슬쩍 보자 기이도 내 쪽으로 시선을 돌리고 있었다.

"레인의 공적은 크다고 생각해."

내가 그렇게 말하자 기이도 떨떠름한 표정을 지으면서도 고개를 끄덕였다.

"그렇군. 이 녀석은 멍청이이고 정작 중요할 때는 도움이 되지 않지만, 생각지도 못한 성과를 보일 때가 있어. 인정하고 싶지는 않지만, 이번 일도 그렇다고 할 수 있겠지."

나도 인정하고 싶지는 않지만, 세상에는 요령이 좋은 자가 있다. 놀고 있는 것처럼 보여도 제대로 성과를 내는 타입의 인간이.

소위 천재라고 불리는 인종인데, 이런 자들이 일하는 요령을 인정하는 것에 따라서 상급자들의 도량이 어떤지 알 수 있단 말이지.

남의 공적을 빼앗으려고 한다면 문제가 되지만, 그렇지 않다면 제대로 평가를 해줘야 한다.

레인은 우리의 대화를 듣고 있었지만, 살아날 수 있다는 걸 눈치챘는지 눈에는 눈물을 글썽거리고 있었다.

나를 보면서 고마워하고 있다는 것까지 느껴졌다.

역시 리무루 님——이라는 마음의 소리가 들리는 것 같은 착각이 들 정도였다.

아니, 이미 입 밖으로 다 내뱉고 있었다.

"역시 리무루 님이라면 진정한 저를 이해해주실 거라고 생각하고 있었습니다. 리무루 님, 앞으로 무슨 일이든 시키실 게 있으면 부디 저에게 말씀해주십시오!"

그렇게 단호한 표정으로 말해봤자 무릎을 꿇고 있으니까 아무 소용이 없었다. 그런 점이 아쉽단 말이지.

역시 레인은 아쉬운 인간이라는 것을 나는 재인식하고 말았다.

"자꾸 그렇게 구니까 기이를 화나게 하는 거야. 너는 좀 더 반성하는 게 좋겠어."

나도 모르게 진심으로 그런 충고를 했을 정도였다.

하지만 뭐, 공적은 공적으로 인정해야 한다.

레인의 행위는 칭찬할 만한 것이 아니었지만, 성과는 제대로 내고 있었다. 그렇다면 더 이상의 벌은 필요하지 않을 것이다.

"신상필벌이라는 말도 있으니까 이제 용서해줘도 되지 않을까?"

"그렇군. 이번 일은 이쯤에서 용서해주기로 할까."

나와 기이는 서로를 보면서 고개를 끄덕였다.

이리하여 레인의 방면이 결정되었다.

무릎을 꿇는 벌에서 풀려난 레인은 미소라를 비롯한 부하들에게 축하를 받고 있었다.

그런 레인을 보고, 홍차를 가져온 미저리가 어이가 없다는 투로 말했다.

"당신이 하려면 할 수 있는 애라는 것은 인정할 테니까 평소의 태도를 좀 개선해주면 좋겠어."

그 말을 듣고 레인은 자랑스러운 표정을 지었다.

"후후후. 어떤가요, 미소라? 미저리한테도 칭찬을 듣고 말았어요. 나처럼 능력 있는 여자는 숨기려고 해도 어쩔 수 없이 유능함이 흘러나오는 법이랍니다."

그 대화를 듣고 있던 나는 생각했다.

이 아이는 안 되겠네──라고 말이지.

기이도 같은 의견인 것 같았다.

"'하려면 할 수 있는 애'라는 건 칭찬하는 말이 아니거든?"

──라고 묵직하게 내뱉고 있었다.

처음 봤을 때는 물론이고 최근까지 우수한 메이드라고 생각하고 있었는데, 기이가 어이없는 표정을 짓게 하는 걸 보니 참으로 터무니없는 거물이었군…….

그런 식으로 포기하고 있던 우리는 아랑곳하지 않은 채 레인과 그녀의 부하들은 한창 신이 나 있었다.

"역시 대단하십니다, 레인 님!"

미소라라는 아이도 왜 자꾸 부추기는 걸까.

그러니까 레인이 제 잘난 줄 알고만 있는 것이다.

기시감이 느껴진다는 생각을 했더니, 이건 그거였다.

라미리스를 대할 때의 트레이니 씨와 같았다.

그렇게 자꾸 응석을 받아주니까 결국 아쉬운 아이로 자라고 마는 거겠지.

레인은 이미 늦었다는 느낌이 드는지라 앞으로 재교육을 해도 수정하는 건 어려울 것 같았다. 그러므로 적어도 라미리스만큼은 레인처럼 되지 않도록 단단히 교육하자는 생각을 했다.

*

자, 예상하지도 못한 탈선을 하고 말았지만, 보고와 의견을 듣고 합치는 것 자체는 순조롭게 진행되었다.

그러므로 적의 정세에 대해서 판명된 내용을 정리해봤다.

유우키의 동료인 것으로 알고 있었던 베가는 힘을 얻으면서 상당히 거만해진 것 같았다. 미소라를 비롯한 악마들이 위기일발인 상황에서 란가가 개입하여 겨우 격퇴했다고 한다.

그러나 쿠마라가 쓰러트린 오르리아라는 적을 잡아먹고 급속히 부상을 치유했고 전투능력까지 향상되었다고 한다.

정확한 수치는 불명이지만, 존재치만 놓고 비교한다면 란가나 쿠마라보다도 강력할 것 같군.

강자에겐 아양을 떨고 약자에선 위압적으로 군다는, 판에 박은 인간말종의 성격이라고 한다. 하지만 생존본능은 뛰어난 것 같으며, 이러니저러니 해도 지금까지 살아남아서 큰 힘을 손에 넣은 것이다.

실로 성가실 것 같은 상대라는 것이 내가 느낀 감상이었다.

참고로 오르리아라는 자는 자신의 권능으로 갓즈(신화)급의 장비를 만들어낼 수 있었다고 한다. 베루글린드와는 달리 구현하는 게 전부인 것 같지만, 베가에게 잡아먹힌 뒤에도 무기가 사라지지는 않았다고 한다.

레온의 부하이자 기사단장인 프란과 키조나의 증언도 있었지만, 쿠마라를 통해서도 확인했으니 틀림없는 사실일 것으로 생각했다.

즉, 베가도 '무기창조'의 권능을 이어받았다고 봐야 할 것이다. 이런 타입은 방치해두면 점점 더 위험해지니까 조속히 대응하는 것이 바람직하겠다는 생각이 들었다.

나 자신도 비슷한 존재이기 때문에 이런 쪽으로는 직접 겪어본 게 있는지라 그런 감상을 느낀 것이다.

소우에이가 기습으로 쓰러트린 자는 자신의 이름을 아리오스라고 밝힌 전사였다고 한다. 하지만 아쉽게도 마무리 공격을 날리기 전에 도망치고 말았다고 한다.

소우에이 치고는 보기 드문 실수였지만, 얘기를 들어보니 어쩔 수 없었다는 생각이 들었다.

그도 그럴 것이, 적측에 '순간이동'을 쓸 줄 아는 자가 있었기 때문이다.

이 사실은 칸도 증언을 했다. 마법이 아니라 스킬이었다고.

예비 동작 없이 공간을 뛰어넘을 수 있다면 그 실력을 수치로 가늠할 수 없게 되기 때문에 상대하기 번거로워진다.

그 권능을 숙련하기만 한다면 우리가 빈틈을 찔릴 수 있으므로 적에게 그런 상대가 있다는 것을 사전에 알아낸 것만으로도 큰 수확이라고 할 수 있을 것이다.

후루키 마이라는 이름의 소녀였다고 하는데, 앞으로는 그녀의 권능도 계산에 넣고 전략을 다시 짤 필요가 있을 것 같았다.

지금까지 언급한 네 명은 적 중에선 약한 축에 속했지만, 모두 나름대로 무시하지 못할 자들인지라 골치가 아팠다.

레인과 미저리가 함께 술을 마셨다는 피코와 가라샤처럼 적극적이지 않으며 단순히 지시에만 따르고 있는 자들도 있는 것 같았지만, 이들도 미카엘의 '얼티밋 도미니언(천사장의 지배)'에 의해 완전히 적이 될 수 있을 테니까 이걸 어떻게 해제하는가가 앞으로 중요한 열쇠가 될 것 같았다.

뭐, 시엘이라면 어떻게든 해결해줄 것 같지만, 해제하려면 어느 정도는 순서가 필요해질 것이다. 본인의 의지로 타파할 수 있는 가능성도 있으니까 적의 능력을 완벽히 파악하는 것은 신중하게 임해야 할 것이다.

그리고 지금부터가 적의 메인 세력이다.

바로 베루자도, 자라리오, 펠드웨이다.

이 녀석들은 이미 위협적인 존재라는 말밖에 할 말이 없었다.

펠드웨이는 실제로 싸워봤기 때문에 그 실력은 뼈저리게 이해하고 있었다. 아무래도 진심으로 싸운 것 같지 않으니 정말로 디아블로에게 맡기는 게 좋겠다는 생각이 들었다.

그런고로 펠드웨이는 나중에 생각하기로 했다.

"그건 그렇고 기이, 베루자도 씨는 괜찮을 것 같아?"

"넌, 도와주러 오지도 않았으면서 남의 일인 것처럼 말하다니……."

"아니, 아니, 아니, 그건 사랑싸움으로 보였던지라 제3자는 끼어들 자리가 아닌 것 같았거든."

"웃기지 마!"

'부부싸움은 칼로 물베기'라고 하니까 말이지!

이런 말을 했다간 진짜 화를 낼 것 같아서 마음속으로 지적하기만 하고 말았다.

그런 식으로 훈훈한 대화를 나누면서 진심을 물으니 기이는 진절머리가 난다는 투로 대답해줬다.

"그건 제정신을 잃은 건 아니었어. 울분이 쌓여 있는 것처럼 보였으니 나를 괴롭히는 게 주목적이었을 거야."

이 나라가 소멸하지 않도록 기이도 상당히 필사적으로 싸웠던 모양이다.

"원래는 '이공간'을 만들고 거기서 싸우지만, 아무리 나라도 베루자도를 완벽하게 억누를 수는 없었어. 녀석이 동의했다면 또 모를까 내가 유리해지는 상황을 억지로 밀어붙이는 건 무리가 있으니까 말이지."

과연, 발푸르기스(마왕들의 연회) 때에 썼던 '결계'로는 베루자도를 막을 수는 없다고 생각해야겠군. 더 강력한 방법이 있겠지만, 그래도 어려울 것이라고 기이는 판단하는 것 같네.

"그렇다면 기이가 맡을 역할은 힘들겠군."

"이봐, 잠깐──."

"우리 힘으로는 도저히 감당할 수 없을 것 같으니까 여기선 기이가 멋진 모습을 보여줘야 하지 않을까!"

기이가 무슨 말을 하려고 했지만, 그걸 무시하면서 이야기를 진행했다. 안 그러면 틀림없이 나도 엮일 것이라고 본능이 알려 줬기 때문이다.

그랬던 보람이 있었는지, 나를 원망스럽게 노려보면서도 기이는 납득한 것 같은 태도를 보여줬다. 나는 그걸 보고 안도하면서, 머릿속을 비운 뒤에 다음 적을 상대할 방법을 생각했다.

"그건 그렇고 디아블로. 자라리오는 어땠지?"

"쿠후후후후, 솔직하게 말씀드리자면 자라리오는 강적입니다. 단순히 실력만을 놓고 비교하자면 펠드웨이보다 더 강할 것이라고 생각합니다."

"정말이야?"

"네. 펠드웨이는 도발하면 넘어오지만, 자라리오는 냉철한 무인의 성격을 가지고 있었으니까요. 심리전 같은 건 통하지 않을 겁니다. 실로 재미가 없는 상대라고도 할 수 있겠지만, 그렇기에 더더욱 실력으로 승부할 수밖에 없을 겁니다."

이 말에 기이도 동의했다.

"그래. 자라리오는 코르느 같은 녀석과는 달리 옛날부터 강했지. '멸계룡' 이바라제와의 싸움에서도 그 녀석은 꽤 많은 도움이 되었어."

그렇군. 예상외의 결과가 일어나기 힘든 견실한 상대라는 말이지. 마음이 쉽게 흔들리지 않는 자가 강하다는 건 어떤 세상에서든 공통적인 인식이라는 얘기가 되겠지.

패할 것 같다는 이유만으로 바로 도망치는 자는 아무리 실력이 강해도 위협이 되지는 않는다. 반대로 아무리 힘들어도 포기하지 않는 상대는 마지막까지 방심할 수 없기 때문에 골치 아프다.

그런 의미에서 보면 코르느라는 자가 전자이며, 자라리오가 후자라고 할 수 있겠군.

특히 코르느의 경우는 부관 중에 우수한 자가 한 명 있었다고 하는데, 기이는 그쪽에 더 관심을 두고 있었을 정도라고 한다.

지금 코르느의 세력은 전멸했으니까 여기서 얘기해봤자 의미는 없겠지만.

어쨌든 자라리오가 위협이 된다는 건 충분히 전해졌다.

그때 디아블로가 재미있는 얘기를 하기 시작했다.

"하지만 펠드웨이가 다시 나타난 직후부터 녀석의 움직임이 단조로워졌죠. 아무래도 뭔가가 있는 것 같았습니다."

수상히 여긴 디아블로는 경계하면서 추이를 지켜봤다고 한다. 그 결과, 그게 덫이 아니라 어떤 이변이 생긴 것 같다는 판단을 내렸다고 한다.

마음에 걸리는 것은 펠드웨이가 움직인 직후라는 정보로군.

애초에 펠드웨이의 목적은 뭐였을까?

"카가리 쪽의 싸움에도 참가하지 않았었지?"

"네, 그래요. 펠드웨이의 모습을 보자마자 저는 미카엘의 지배하에 놓이고 말았지만, 펠드웨이 자신은 철저하게 싸움을 지켜보고만 있었습니다."

그 말을 듣고 나와 베니마루도 서로의 얼굴을 마주 봤다.

좀 더 일찍 펠드웨이가 참전했다면 우리는 제때 도착하지 못했을 것이고 카가리도 살해당했을 것이다.

자칫했으면 실비아 씨도 위험했다는 생각이 들었다.

그런데도 움직이지 않은 것은 부자연스러웠으며, 아무것도 할 생각이 없다면 일부러 카가리 일행이 싸우고 있는 곳까지 찾아올 필요도 없었을 텐데…….

그러면 왜 움직일 필요가 있었던 걸까?

"어떤 목적이 있었겠죠."

"그렇겠지. 아니, 어쩌면——."

"흠. 가능성만 따진다면 그 추론이 옳을 것 같군."

내가 어떤 결론을 떠올림과 동시에 기이도 확신을 얻은 표정으로 고개를 끄덕였다.

인정하고 싶지는 않았지만, 아무리 생각해봐도 그것밖에 없었다.

"펠드웨이도 '얼티밋 도미니언'을 다룰 줄 안다, 고 생각해야겠군요."

그렇게 말한 자는 디아블로였다.

선수를 빼앗겼다는 듯이 기이는 불만스러운 표정을 지었다.

"무슨 뜻이야?"

실비아 씨가 그렇게 물었지만, 카가리는 짐작이 가는 게 있는지 생각에 잠겨 있는 반응을 보였다. 잠시 생각한 후에 입을 열었다.

"저기, 제 의견 따위는 믿을 수 없을 거라 생각합니다만……."

카가리는 자신이 미묘한 위치에 있다는 것을 이해하고 있다는 듯이 그렇게 얘기를 꺼냈다.

그러나 기이가 그걸 정면에서 부정했다.

"널 믿겠다, 카자리무. 그러니까 사양하지 말고 얘기해."

기이는 한 번 본 것만으로 카가리가 과거에 마왕이었던 카자리무라는 것을 꿰뚫어 보고 있었던 것 같다. 그런데도 전혀 신경 쓰지 않고 얘기를 들을 태도를 보였다.

어떤 의미에서는 기이는 정말 엄청난 거물이라고 생각한 순간이었다.

"여전히 자신만만하군요, 기이. 저는 이제 마왕이 아니에요. 그러니까 그냥 카가리라고 부르면 돼요."

그렇게 말하면서 살짝 미소 지은 카가리는 자신의 생각을 더듬더듬 얘기하기 시작했다.

*

카가리의 얘기를 요약하면 펠드웨이가 오기 전까지는 자유의지가 있었으며, 레온과도 몰래 의논한 끝에 배신할 계획을 세워놓고 있었다고 한다.

외줄 타기 못지않은 위험한 다리를 건넌 끝에 '전이용 마법진'으로 뛰어들기 직전의 단계였는데 그때 펠드웨이가 모습을 보인 것이다. 그 직후에 아무런 저항도 하지 못하면서 지배를 받고 말았다고 한다.

운이 없었다고 말할 수밖에 없는 최악의 타이밍이었다.

유우키는 자아를 되찾았다고 하니 우리나라로 도망치기만 했으면 정말로 해피엔딩으로 끝났을 것이다. 애초에 이건 가정의 이야기이므로 지금 그런 얘기를 해봤자 의미가 없기는 하지만.

어쨌든 펠드웨이와 지배에 밀접한 관계가 있다는 건 의심할 것도 없었다.

쉽게 말해서 디아블로가 제시한 추론의 신빙성이 더 높아진 셈이지만, 그걸 인정하는 건 왠지 부아가 나는지라 부정적인 가능성을 제시해봤다.

"문제는 '얼티밋 도미니언(천사장의 지배)'의 발동조건이로군. 미카엘은 일정한 권능을 양도할 수 있는 것 같고, 누군가의 시선을 통한다면 먼 거리에서도 발동할 수 있을지도 몰라."

내 경우는 감시마법 '아르고스(신의 눈)'를 통해서 확인한 곳까지는 어느 정도 권능의 효과를 미칠 수 있었다. 이걸 구사한다면 초원거리에서의 기습도 가능하기 때문에 가능한 한 비밀로 유지하고 싶은 비기 중의 하나였다.

하지만 뭐, 자신이 할 수 있는 일은 다른 사람도 가능하다고 생각해야 할 것이다.

나는 그렇게 생각하여 발언해본 것인데, 그걸 기이가 부정했다.

"흠. 그럴 수도 있겠지만, 공간 계열이라면 또 몰라도 정신에 영향을 주는 권능이라면 발동조건은 더 엄격할 것이라 생각하는데 말이지."

그것도 그렇군. 나는 그렇게 생각하며 납득했다.

몇 번이나 말했던 것처럼 '공간이동'은 이동할 곳의 위치좌표를 알아야 할 필요가 있다. 그 정보를 얻을 수 있다면 응용하여 그 좌표 주변에도 영향을 줄 수 있는 것이다.

또는 위치좌표를 알고 있다면 마법을 발동시키는 것도 간단하다. 그렇게 생각하니 비기라고 말하면서 기뻐했던 것이 허망해지는군.

애초에 미카엘의 '눈' 역할을 하는 자가 펠드웨이뿐이라고 한정할 수는 없으므로, 미카엘로부터 권능을 부여받은 시점에서 카가리가 자유로웠다는 것이 그야말로 이상했다.

즉, 오베라가 배신했기 때문에 미카엘이 경계를 강화했다는 얘기가 되겠지.

경계를 강화한 시점에서 '얼티밋 도미니언'을 발동시킬 수 있었다면 펠드웨이에게 의지할 필요가 없다. 하지만 그렇게 하지 않았으므로 펠드웨이가 미카엘의 '눈' 역할을 맡고 있는 이유가 있을 것이다.

그렇다면…… 역시 디아블로가 말한 것처럼 펠드웨이가 '얼티밋 도미니언'을 양도받은 것일까?

혹은──.

《추론입니다만. 미카엘은 베루글린드의 인자를 받아들였을 겁니다. 그렇다면 그녀의 '병렬존재'를 다룰 수 있게 되었다고 해도 이상하지 않습니다.》

아아, 그런 가능성도 있었나.

일정한 레벨이라면 지배능력까지 대여해줄 수 있지 않겠느냐는 생각을 했지만, 모든 권능을 복제하고 있다는 건 예상 밖이었다. 하지만 시엘의 의견을 무시할 수 없는 것은 물론이고, 지금 생각해보면 미카엘을 상대하고 있는 것 같은 착각마저 들 정도였다.

그렇게 생각하면 확실히 '얼티밋 도미니언'을 쓸 수 있는 이유도 설명이 됐다. 그뿐만 아니라 '캐슬 가드(왕궁성새)'까지 쓸 수 있었으니까 내 공격이 일절 통하지 않았던 것도 당연한 얘기인 것이다.

검으로 받아내던 것은 눈속임이었으며, 사실은 방어할 필요조차 없었던 것이다. 비장의 수를 보여주지 않기를 잘했다고 생각하면서 나는 진심으로 안도했다.

"확실히 기이의 말이 옳긴 하지만 말이지, 미카엘과 완전히 같은 권능을 펠드웨이도 사용할 수 있다면 이번 일도 설명이 되는 것 아냐?"

"호오? 미카엘이 펠드웨이에게 자신의 권능을 일부 나눠줬단 말이야?"

"아니, 그건 아니야. 나도 인정하고 싶지 않지만, 두 사람 다 같은 권능을 다룰 수 있지 않겠느냐는 얘기야."

"뭐? 너는 무슨 말을 하고──아니, 그게 있었구나! 베루글린드의 '병렬존재' 말이지?!"

역시 기이는 대단하군. 내가 하려고 한 말을 바로 이해해줬다.

생각하기도 싫은 그 추측 때문에 나와 기이는 얼굴을 찌푸렸다.

틀린 예상이라면 다행이라고 생각했지만, 그렇기에 더더욱 틀림없이 맞을 것 같다는 생각이 들었다.

"지배당한 게 모두 동시가 아니었던 것 같으니 그 점은 요행이로군."

지배의 영향이 동시에 미치지 않는다는 것은 자라리오가 지배당하고 나서 레온이나 카가리가 지배될 때까지 시간 차이가 있었던 것을 봐도 명백한 사실이었다.

또한 지배의 영향이 미치는 범위 말인데, 이것도 한정적이라고 말할 수 있었다. 성안과 밖이라는 차이뿐만이 아니라 눈집에서 바깥 세계와 격리되어 있던 피코와 가라샤도 지배를 받는 게 늦어졌다는 것이 그 증거다.

눈집을 만든 게 잘한 일인지 아닌지는 일단 넘어가기로 하고 이 정보에는 가치가 있었다. 어떤 수단으로든 인식을 해야 지배를 할 수 있다는 것이 이걸로 확정된 셈이기 때문이다.

"그래. 레인과 미저리가 제대로 싸우지 않긴 했지만, 그걸 그냥 용서해줘도 될 정도의 성과지. '지배하려면 직접 상대를 인식할 필요가 있다'는 게 확실히 증명된 셈이니까 말이야."

기이도 나와 같은 의견이었는지, 불만스러운 표정으로 그렇게 말하고 있었다. 레인이 다시 평가를 받는 분위기가 만들어졌지만, 이건 확실히 미묘한 기분이 들긴 할 것이다.

하지만 뭐, 이로 인해 적을 올바르게 평가할 수 있게 되었다.

"저기, 나는 도저히 이야기를 따라가지 못하겠는데……."

눈치를 살피면서 손을 들고 발언하는 실비아 씨에게 나는 간결하게 설명해줬다.

에르땅은 무시무시하게 머리가 좋았지만, 실비아 씨는 그렇지도 않은 것 같았다. 아니, 비교할 상대가 안 좋은 것인지도 모르지. 레온의 부하인 기사단장들도 우리 대화에 따라오지 못하는 것 같았으니까.

애초에 레온의 부하들은 경우가 다르려나.

머리가 좋고 나쁜 것과는 관계가 없는 것이다.

애초에 얼티밋 스킬(궁극능력)을 소유하고 있지 않다면 이 이야기를 이해하는 것은 불가능할 테니까 말이다.

에르땅이 천제로서 나라를 부흥시킨 것을 봐도 알 수 있듯이 그런 수완은 실비아 씨보다 딸이 더 낫다는 얘기겠지.

사실 실력은 실비아 씨가 더 강한 것 같지만, 통찰력이나 대응력이 높은 것은 에르땅 쪽이라고 한다. 정치력은 말할 필요도 없으므로 역할을 확실하게 분담할 수 있다고 했다.

그런고로 나는 실비아 씨에게 설명해주면서 나도 나름대로 상황을 정리해봤다.

미카엘이 자신의 권능을 복제하여 펠드웨이에게 준 것 같았다. 그러므로 사실상 '캐슬 가드(왕궁성새)'를 깨트리지 못하면 펠드웨이를 쓰러트릴 수 없는 것이다.

그리고 아마도 '얼티밋 도미니언'만이 아니라 지배 계열도 다룰 수 있을 테니까 얼티밋 스킬을 소유한 자가 아니면 공격으로 대미지를 주는 것조차 불가능할 것이다. 그렇게 되면 펠드웨이나 미카엘을 상대할 수 있는 멤버도 한정되게 되겠군.

"하지만 나쁜 이야기만 있는 건 아니군."

"호오?"

"펠드웨이에게 내 공격이 일절 통하지 않았지만, 그 이유를 알아내서 속이 시원해졌어. 그리고 베루글린드에게서 들은 얘기인데, 그 권능은 권능의 주인에 대한 충성심이 에너지원이 된다고 하더군. 루드라가 썼을 때는 제국신민이 있는 한 무적이라고 할 수 있었지만, 펠드웨이와는 관계가 없단 말이지. 대상은 아마도 팬텀(요마족)일 테니까 죄책감은 어느 정도 줄어들 것 같거든."

아무런 죄도 없는 제국의 사람들을 죽이는 것은 솔직히 말해서 무리였다.

아니, 뭐, 그래도 정말로 그것 말고는 방법이 없다면, 소수의 희생 위에 다수의 행복이 존재하는 법이라고 생각하면서 애써 스스로를 위안할 수밖에 없다고…… 각오는 했지만, 과연 정말로 실행할 수 있을까 하는 의문이 남았다. 미카엘을 상대로는 허세를 부렸을 뿐이지, 실제로는 실행하지 못할 것이라는 생각이 들었다.

팬텀은 침략자니까 죽음을 각오하면서 공격해 올 것이다. 그러므로 우리도 전력을 다해 맞서 싸우는 것이 예의라고 할 수 있으니 내 양심도 아프지 않았던 것이다.

그런 내 기분을 솔직히 드러내면서 말하자 기이가 어이없다는 반응을 보였다.

"하핫! 너는 아직 그런 안일한 말을 하고 있는 거냐? 뭐, 그게 너답다면 너답기는 하지만 생각이 지나치면 죽는 건 너 자신이야."

친근한 사람에게나 해줄 법한 충고까지 받았는데, 기이도 의외로 자기 식구로 여기는 자에겐 다정하게 대하는 사람이라는 생각이 들었다.

*

그건 그렇고 지금까지 주요한 적에 대한 얘기를 나눴지만, 그래도 아직 한 명이 남아 있었다.

"그런데 그 자히르라는 녀석은 정체가 뭐야?"

"제가 상대한 녀석 말이군요. 솔직히 말해서 저도 상당히 강해졌다고 생각했습니다만, 그 자식은 놀랄 만큼 강했습니다. 전문 속성이 같았기 때문에 겨우 살아남았다고 할 수 있겠군요."

내가 얘기를 꺼내자 베니마루가 덥석 물었다.

늘 자신만만한 성격에 두려움을 모르는 모습을 보여주던 녀석 이었는데, 지금은 적인 자히르를 칭찬하고 있었다. 아니, 뭐, 칭 찬하고 있는 게 아니라 적의 전력을 정확하게 분석하고 있는 것 뿐이겠지만——.

"베니마루가 순순히 패배를 인정하다니 별일도 다 있군."

"아뇨, 지지는 않았습니다만? 다음엔 이기겠다고 쉽게 말할 수 없는 것뿐이죠."

그건 그것대로 문제가 있는 게 아닌가 하는 생각이 들었지만, 베니마루의 자신만만한 모습이 건재해서 안심했다.

하지만 추정하여 4배 이상이나 존재치의 차이가 있다면, 약간 의 실력 차이로는 뒤집을 수 없겠지. 베니마루는 상당한 특훈을 거쳐 지금의 레벨(기량)에 이르렀으니까 지금부터 급격한 성장은 기대할 수 없을 것이고…….

《…….》

뭐, 마음이 패한 게 아니라면 다시 일어설 수 있다.

반대로 베니마루가 무모한 짓을 하지 않도록 내가 조심할 필요 가 있을 것 같다.

기이도 베니마루가 마음에 들었는지 "그 마음가짐은 좋다!"라 고 말하면서 기뻐하고 있었다. 그런 뒤에 뭔가를 떠올린 것처럼 문득 중얼거렸다.

"응? 그러고 보니 나를 소환했던 빌어먹을 녀석의 이름이 뭐였더라?"

그 질문에 대답한 사람은 미저리와 레인이었다.

"초마도제국의 국가원수, 마도대제 자히르라고 자칭하던 미천한 녀석이었습니다."

"그 바――신조가 창조한 하이 휴먼(진정한 인류)이죠. 그 신조조차도 정신에 문제가 있다는 이유로 실패작으로 인정했던 인물이었던 것으로 기억합니다."

먼 옛날, 기이를 소환했다가 죽었다는 내용이 다양한 마도서와 역사서 같은 것에도 기록되어 있던 인물이로군.

내가 잉그라시아에서 본 책에도 이름까지는 실려 있지 않았지만, 최악의 악마를 이 세상에 풀어서 보낸 어리석은 자로서 그가 저지른 어리석은 짓은 상당히 유명했다.

그 악마가 태초의 악마―― 즉, 기이와 디아블로를 비롯한 악마들인 셈이지만, 그 정도면 에르땅이나 가젤이 경계하는 것도 납득이 된다.

하지만 이제 와선 신경을 써봤자 어쩔 수가 없는 이야기다.

그 최악의 악마(기이)와도 이렇게 동료가 되었으니까 말이야.

그리고 그 어리석은 자의 이름이 자히르라는 얘기인데, 이건 우연이라고 생각하기 어렵겠군.

그런 생각을 하고 있으려니, 카가리가 놀랄 만한 얘기를 입에 올렸다.

"그럴 리가…… 그 자히르는 틀림없이 제 아버지였습니다."

육체를 잃고 방황하는 '영혼'이 된 자히르를 펠드웨이가 확보하고 있었으며, 풋맨에 빙의시켰다고 한다. 자히르와의 대화를 통해서도 카가리의 아버지였던 인물이라는 것은 확실하다고 했다.

하지만 이에 이의를 제기한 것은 실비아 씨였다.

"아니, 아니, 그건 이상한데? 왜냐하면 그 녀석은 나와 동료였다는 걸 인정했으니까. 그 녀석이 신조님의 수제자 1위였고, 나는 3위였단 말이지. 참고로 2위는 루미너스야."

신조가 창조했다고 하는 하이 휴먼, 그 종족의 시조에 해당하는 것이 자히르라고 한다. 그리고 뱀파이어의 진조(眞祖)는 말할 것도 없이 루미너스겠지.

실비아 씨는 하이 엘프(풍정인)의 시조가 되려나?

그 외에도 수제자는 더 있었다고 하는데, 지금은 존재가 확인되지 않는다고 한다. 자히르처럼 역사 속으로 사라졌다고 들었다.

참고로 가젤의 할아버지인 드워프의 초대영웅 그란 드워르고는 하이 드워프(지정인)의 피를 강하게 이어받은 격세유전적인 인물이었다고 하며, 실비아 씨와도 친교가 있었다고 한다.

장수종족에게는 역사상의 인물조차도 지인일 경우가 있으니까 난감하단 말이지. 그런 역사의 산증인 같은 실비아 씨와 기이가 한 말이다. 틀렸다는 생각은 도저히 들지 않았다.

"네? 그럴 리가…… 아버지는 틀림없이 하이 엘프(풍정인)였는데요……."

카가리는 그렇게 말하면서 당혹스러워하고 있었지만, 자신의 인식을 더 믿을 수가 없다는 것은 이해하고 있는 것 같았다. 왜 그런 차이가 생긴 건지에 대한 원인을 알아내려고 머리를 굴리고 있는 것 같았다.

그리고 결론은 동시에 나왔다.

"아버지도 자히르에게——."

"빙의된 거로군, 그렇다면."

"뭐, 굳이 말하자면 그 녀석은 빌어먹을 자식이었으니까 말이지. 레인과 미저리의 힘으로는 제대로 처리하지 못한 것도 이상하진 않지만, 그 때문에 폐를 끼쳐버린 것 같군."

카가리, 나, 기이가 이렇게 말했다.

세 사람의 의견이 일치한 것을 보면, 자히르의 정체는 확정된 것으로 봐도 틀림없을 것 같았다.

"그럼 제 아버지는……."

카가리가 그렇게 중얼거리면서 힘없이 의자에 기댔다.

그 모습을 보고 어떻게 말을 걸어야 좋을지 모르게 되는 바람에 우리는 슬쩍 방에서 나가 자리를 비켜주기로 했다.

*

그리고 그날 밤.

나와 기이는 장소를 옮겨서 술잔을 나누고 있었다.

참고로 이 자리에서 제공하고 있는 술은 내가 '위장'에 보관하고 있던 것이다. 레인과 미저리가 술자리를 벌였을 때 마시던 그걸 그대로 준비하라고 기이가 시끄럽게 군 결과였다.

웃기지 말라면서 거절하고 싶었지만, 강자에겐 굴복한다는 게 내 방식이다.

기이를 상대로 내 고집을 밀어붙이는 건 귀찮고 지치기만 하니까, 바로 접고 은혜를 베풀어주기로 한 것이다.

그 술자리에는 디아블로랑 베니마루에 소우에이, 레인과 미저리도 동석하고 있었다.

또 한 사람, 실비아 씨도 참가하면서 심야의 밀담은 조용하게 진행되었다.

레온이 없는 지금, 이 나라를 어떻게 해야 할까?

그게 이 밀담의 내용이었다.

낮에 나눈 대화를 통해 적의 전력은 어느 정도 파악할 수 있었기 때문에 향후의 방침을 다시 확인하고 있었던 것이다.

도시가 입은 피해는 그리 대단하지는 않았지만, 레온의 성도 대파되는 바람에 갈 곳을 잃은 사람도 있었다. 피난민을 수용할 곳이 없다는 건 문제였다.

기사단장들의 총의는 이 나라에 남아서 도시와 성을 부흥시킨다는 것이었지만, 만일의 경우 어그레서(침략종족)가 이곳을 노릴 때에는 대처하기가 어려워진다. 대항 전력이 부족하기 때문에 유린당하는 것을 저지하지 못할 것이다.

레온이 없는 지금, 이곳을 노릴 확률은 낮지만, 그래도 아무런 대책이 없어선 안 된다는 생각이 들었다.

"그 녀석들이 남아 있으니까 알아서 하게 놔두면 되잖아."

그게 기이의 의견이었다.

그건 위험할 것 같다면서 반대하는 게 내 입장이었다.

"하지만 이상론만 늘어놓아 본들 별수가 없잖아? 에르에게 물어보는 것도 좋겠지만 살리온에도 받아줄 곳은 없을 것 같아."

레온의 나라의 총인구는 거의 2천만에 가깝다고 했다. 이렇게 많은 수를 먹여 살릴 식량을 준비한다는 건 일반적으로 생각해도 무리가 있다.

아니, 뭐, 며칠 동안만이라면 버틸 수 있을지 몰라도 얼마나 오랜 기간이 필요한지도 확실하지 않다면 뾰족한 수가 없는 것이다.

아무런 일도 하지 않은 채 보호만 받게 된다면, 황금향 엘도라도의 사람들도 심리적으로 거부감을 느끼게 될 것이다. 오랜 시간 동안 자신의 일자리에서 떠나 있게 되면 사람은 그것만으로도 불안해지는 법이다.

다른 나라에 보내서 분산시킨다는 의견은 지적할 필요도 없이 비현실적이었다.

그렇다고 해서 누군가가 지키기 위해 남는 것도…….

"혹시나 해서 묻는 건데, 기이가 여기 이대로 남아 있어 줄 수는 없겠지?"

"아니, 딱히 상관없어."

"역시 안 되겠지. 그럴 줄 알았── 잠깐, 뭐라고?"

"무슨 반응이 그래? 어쩔 수 없잖아. 어차피 이 땅의 중요도는 낮긴 하지만, 그래도 분풀이로 이곳을 노릴 가능성은 있으니까 말이지."

농담하는 거지, 응?!

기이가 이렇게 순순히 받아들여 줄 거라는 생각은 하지 않았기 때문에 어떻게 반응해야 좋을지 몰라서 당황하고 말았다.

"놀라운걸……. 무시무시하고 냉혹하면서 잔혹하기 그지없는 루쥬(붉은색의 왕)가 설마 이렇게 말귀를 잘 알아듣는 악마였을 줄이야…….”

‘소문을 마냥 믿으면 안 되겠네’라고 말하면서 실비아 씨가 놀라고 있었다.

나도 같은 의견이었다.

“이 자식들, 나한테 시비 거는 거냐?”

“설마! 이기지도 못할 텐데 시비를 걸 리가 없잖아!”

“너무하네, 나는 기이를 믿고 있었다니까!”

“…….”

가늘게 뜬 눈으로 노려봤다.

나와 실비아 씨는 눈짓을 주고받았고, 애써 웃으면서 얼버무렸다.

그런 식으로, 문제가 된 레온의 영지는 기이가 지켜주는 것으로 결론이 났다.

그때 카가리 씨가 우리를 찾아왔다.

“아, 카가리 씨, 이젠 좀 진정됐어?”

“네, 이제는 세세한 건 기억나지도 않을 먼 옛날 일이니까요. 이제 와서 감상에 빠져봤자 허망할 뿐이죠.”

카가리는 그렇게 대답했지만, 일부러 아닌 척하는 게 뻔히 보였다.

미저리가 눈치껏 분위기를 파악하면서 카가리를 위한 자리를 마련해줬다. 고맙다는 인사를 하면서 카가리가 앉았다.

“그래서, 무슨 할 얘기라도 있나?”

대놓고 물은 것은 기이였다.

이럴 수 있는 게 기이의 강점이라고 생각한다.

카가리도 그렇게 느꼈는지 쓴웃음을 지으면서 입을 열었다.

"제가 아는 모든 것을 얘기해두는 게 좋겠다 싶어서요."

그렇게 대답한 카가리가 모든 것을 털어낸 듯이 후련한 표정을 짓고 있는 것을 보면서 나는 생각했다.

이번 이야기는 길어지겠다고.

낮에 의논하던 자리에서도 대략적인 얘기를 듣긴 했지만, 지금부터 듣게 될 내용은 카가리의 사적인 부분도 포함되어 있을 것 같다는 생각이 들었다.

그래서 나는 일단 확인을 했다.

"그 이야기, 우리가 들어도 괜찮은 거야?"

"네, 리무루 님에겐 감사하고 있으니까 내키지만 않는다면 부디 들어주세요."

그렇게 말한다면 거절할 이유는 없다.

나는 입을 다물고 카가리의 얘기에 귀를 기울였다.

··················.

············.

······.

그건 자신의 신상에 관한 얘기였다.

대국의 공주로 태어난 카가리의 긴 인생이 요약되어 있었다.

밀림에 대한 죄책감과 기이에 대한 두려움.

레온에 대한 원한과 그게 승화된 감정.

카가리의 얘기를 듣고, 나도 클레이만을 죽여 버린 것에 대한 죄책감이 싹틀 뻔했다.

그도 그럴 게, 카가리의 얘기에 등장하는 클레이만은 마음이 착하고 배려를 할 줄 아는 남자였기 때문이다.

동료들의 사랑을 받고 있었다는 것을, 카가리의 말투를 통해 알 수 있었다.

하지만 마왕이라는 무거운 짐을 지게 되면서 비틀리고 말았으며, 마지막에는 콘도 중위에게 이용되고 말았다. 그 결과, 수많은 불행을 퍼트리는 원흉이 되면서 기이를 필두로 한 마왕들에게서도 버림을 받은 것이다.

그리고 그런 클레이만을 죽인 것은 바로 나였다——.

"클레이만에 대해선, 그러니까……."

"아아, 사과할 필요는 없어요. 계획을 짠 건 저 자신이었고, 리무루 님이 한 수 더 높았던 것뿐이니까요. 이 세상은 결국 약육강식인걸요. 패자에 대한 동정은 의미가 없죠."

그것도 옳은 말이었다.

애초에 우리 입장에서 본 클레이만은 완전히 악 그 자체였으며, 그걸 제거하지 않았다면 막대한 피해를 입었을 테니까. 다른 일면이 있었다고 해도 그건 그렇겠지, 라는 말밖에 할 말이 없었다.

하지만 조종당하고 있었을 거란 점에 대해선 생각해볼 여지도 있다 보니, 논리와는 상관없는 부분에서 동정심이 싹트고 만 것인지도 모른다.

그래서 나는 말할까 말까 고민하면서 보류하고 있었던 얘기를 자신도 모르게 그만 카가리에게 불쑥 전한 것이다.

"실은 말이지, 티어에 관해서 할 얘기가 있는데——."

티어도 또한 중용광대연합의 일원으로서 우리를 괴롭힌 자 중 한 명이었다. 클레이만이나 풋맨만큼은 아니지만, 상대하기 성가신 적이었다는 사실은 뒤집을 수 없다.

하지만 지금은 협정을 맺었으니까 적대하는 사이가 아니었다. 동료라고 단언할 수 있는 수준까지는 아니지만, 동맹 상대로서 도와주는 것은 당연했다.

그렇기 때문에 자히르에게 살해당할 뻔했을 때 구조해준 것이지만, 카가리를 감싼 티어는 중상을 입은 상태였다. 지금도 병실에서 요양 중이지만, 그녀를 구하기 위해서 시엘이 도와주고 있었던 것이다.

《클레이만의 '마음(심핵)'을 구성하고 있던 '정보자'를 '격리'해두었습니다만, 이걸 모아서 티어의 부족한 부분을 보충할까요?》

그 질문을 받은 나는 그렇게 하라고 허락했다.

잘 생각해보니 최후의 순간을 맞은 클레이만은 내가 통째로 삼켰었다. 그 모든 것을 에너지로 만들어서 흡수했다고 생각하고 있었는데, 잔해는 '격리'해두었다고 한다.

그런 걸 남겨두고 싶지 않다는 본심도 있었으며, 클레이만도 내 안에 깃들어 있는 것보다는 동료에게 돌아가는 걸 더 기뻐할 것이라고 생각했다.

혹시 시엘이라면 클레이만을 완전히 부활시킬 수 있었을지도 모른다. '의사혼'에 '정보자'의 잔해를 깃들게 한 뒤에 임시로 쓸 육체를 준다면 성공률도 어느 정도는 높지 않겠느냐는 생각도 했다.

하지만 나는 답이 어떤지를 물어보지 않았다.

클레이만은 이미 죽은 것이다.

그렇기 때문에 앞으로는 티어의 일부가 되어서 그녀를 구해주기를 바랐다.

이건 완전히 내 독단이며 이기적인 생각이기 때문에 카가리에게 전할 것인지 말지 망설였다. 하지만 지금 얘기해줘야 할 것 같다는 생각이 들었다.

"그랬군요……. 그 아이가, 티어한테…… 감사합니다."

카가리는 그렇게 중얼거리면서 애잔한 표정으로 미소 지었다.

*

나의 자기만족이라고 생각하고 있었지만, 카가리도 기꺼이 받아들여 준 것 같아서 정말 다행이었다.

그리고 거기서 얘기가 끝났다면 좋았겠지만——.

"그런데 리무루 군. 얘기를 듣고 있으려니 말이지, 너, 너무 제멋대로 행동하는 거 아냐?"

"그러네…… 죽은 자의 잔해를 모아서 다른 사람에게 이식하겠다니, 그런 매드한(광기 어린) 짓은 신조님도 하신 적이 없거든!"

이 녀석들이 있다는 걸 잊어버리고 있었다.

그냥 듣고 넘겨버리면 될 텐데, 단단히 물고 늘어진 것이다.

"너희들, 어느새 그렇게 사이가 좋아진 거야?"

"뭐어? 딱히 사이가 좋은 건 아냐. 나쁘지도 않지만."

"그, 그래! 내가 보기엔 말이지, 저 공포의 대명사인 '로드 오브

다크니스(암흑황제)'와 부담 없이 얘기를 나누고 있는 당신이 훨씬 더 이해가 되지 않는다는 말을 해주고 싶거든!"

그렇게 말해도 말이지.

뭐라고 할까, 기이는 의외로 속이 깊단 말이지.

사사로운 일로는 화를 내지 않으니까 조심해야 할 점만 지킨다면 의외로 알고 지내기 쉬워.

"역시 리무루 군은 이상해. 에르한테서 들은 것보다 훨씬 더. 애초에 말이지, 여기 있는 기이 크림존은 내 사형이었던 자히르를 초 단위로 죽이고 마왕이 되었다고 들었기 때문에 무시무시한 악마라고 생각하고 있었거든? 그렇게 쉽게 친해질 수 있다면 아무도 고생하지 않았을 거야."

기세 좋게 떠들어대면서 끼어들 틈도 주지 않았다.

그런 우리를 보며 화제의 당사자가 웃으면서 말했다.

"나를 앞에 놓고 그렇게까지 말할 수 있는 당신도 제법 낯짝이 두꺼운 것 같은데 말이지."

아아, 실비아 씨도 기이의 마음에 든 것 같군.

기이는 자신을 두려워하지 않는 상대에게 경의를 표하는 면이 있으니까 말이지. 앞으로의 일을 생각한다면 양호한 관계를 쌓을 수 있을 것으로 보이니까 앞날이 밝다고 말할 수 있겠다.

어쨌든 이런 식으로 이야기를 돌릴 수 있을 거라 생각했는데, 그렇게 엿장수 마음대로 되지는 않았다.

"그건 그렇고 리무루. 클레이만의 잔해를 어떻게 했다고?"

아쉽게도 기이는 잊고 있지 않았기 때문에 나는 어쩔 수 없이 설명을 했다.

"아니, 아니, 어쩌다 보니까 말이지. 정말로 우연히 자히르의 공격에서 구해냈을 때——."

그렇게 입에서 나오는 대로 적당히 얼버무린 것이다.

이런 것도 익숙해지고 만 것이 조금 슬프지만, 진실을 얘기하는 것은 논외다. 내 권능을 밝힐 생각은 없으니까 여차하면 묵비권을 관철할 생각이다.

"수상하네…… 뭔가 숨기고 있는 것 아냐?"

"더 확실하게 지적해줘. 이 녀석은 말이지, 늘 중요한 얘기는 하지를 않거든."

"시, 시끄러워, 너희들! 나도 모르는 것투성이라 이번 일도 어쩌다가 그렇게 된 건지 이해가 되질 않는다고!"

실제로 나서준 것은 시엘이니까 말이지.

나는 아무것도 모르니까 말이죠.

그러니까 나에게 따져 물어도 난감할 뿐이라고…….

무엇보다 기이와 실비아 씨는 처음 만나는 사이일 텐데, 무슨 이유인지 호흡이 척척 맞지를 않나. 나하고도 오늘 처음 만난 사이지만, 실비아 씨는 에르땅과 똑같이 생겼으니까 왠지 처음 보는 사람 같지 않았단 말이지.

그러다보니 의외로 화기애애하게 심야의 밀담은 점점 활기를 띠기 시작했다.

그런 분위기를 타면서 실비아 씨가 얘기를 꺼내기 시작했다.

"그건 그렇고 말이지. 카가리 씨, 물어봐도 괜찮을지 몰라서 망설였는데, 당신의 동료에 관해서 얘기를 좀 들려주지 않겠어?"

그 태도는 장난기 어린 것이 아니라 뭔가 결심을 굳힌 듯한 분위기를 띠고 있었다.

"네?"

그렇게 되물은 카가리도 그런 실비아 씨를 보면서 당황하고 있었다.

하지만 뭔가를 떠올린 것처럼 입을 열었다.

"당신이 묻고 싶은 게 뭔지 알겠으니까 그렇게 하죠. 그리고 저에겐 씨를 붙이지 않아도 괜찮으니까 편하게 불러주세요."

"고마워. 그러면 나도 실비아라고 불러줘. 그러면 바로 물어보겠는데──."

"라플라스에 대한 거죠?"

"응. 혹시 들렸어?"

"응. 살리온이라고 부르는 당신의 목소리에 라플라스가 반응을 보였으니까. 살리온…… 마도왕조의 국명이 라플라스의 본명이라면 나는 터무니없는 인물을 동료로 받아들인 셈이네……."

두 사람의 대화가 이어졌다.

나는 무슨 얘기인지 잘 이해가 되지 않았지만, 아무래도 라플라스의 정체에 관한 얘기를 나누고 있는 것 같았다.

──아니, 잠깐.

"어? 라플라스가 예전에 '용사'였단 말이야?"

"응, 그래. 좀 더 말하자면 내 남편이자 에르의 아빠야."

"……정말이야?"

"정말로 정말이야."

경악하면서 카가리 쪽으로 시선을 돌리자, 실로 냉정하게 나를 마주 보면서 고개를 끄덕여줬다.

이쪽은 이미 자신 안에서 정리를 다 끝내놓은 것 같았다.

그리고 그건 실비아 씨에게도 할 수 있는 말이려나.

그야말로 먼 옛날 이야기겠지만, 죽었다고 생각한 남편이 데스맨(요사족)이 되어 있다면 카가리를 더 원망해도 될 것 같은데 그런 낌새는 보이지 않았다.

"미안해. 나를 원망해도 어쩔 수 없다고 생각하지만, 그래도 나는 라플라스와 만나길 잘했다고 생각하고 있어."

"그 말을 들으니 나도 기쁘네. 그 사람은 역시 죽어도 성격이 바뀌지 않았다는 생각이 들었으니까. 마지막으로 당신을 감싸는 모습을 보였으니 내가 사랑했던 사람은 이제 존재하지 않겠지——."

실비아 씨의 말투를 들어보면 라플라스는 도망치려고 했으면 도망칠 수 있었을 것이다. 하지만 그렇게 하지 않은 것은 라플라스에겐 중용광대연합의 일원이라는 긍지가 있었기 때문이 아닐까.

뭐, 이제 와서 사실은 어땠는지 모르겠지만…….

"뭐, 반드시 그렇다고 단정할 수는 없어."

위로할 생각도 없었지만, 내 입에선 그런 말이 튀어나왔다.

멋대로 하는 소리지만 희망은 저버릴 수 없는 것이다.

살아 있을 가능성은 제로가 아니라고 시엘도 말했다. 그러니까 나도 유우키와 라플라스가 생존하고 있을 것으로 생각하기로 한 것이다.

애초에 유우키는 나에게 폐를 끼치기만 했지만, 같은 일본인, 그것도 시즈 씨의 제자였으니까 그의 죽음을 직접 눈으로 보면 어떤 식으로든 충격을 받을 것으로 생각하고 있었다.

그랬는데 슬프게 느껴지지 않는 것은 그의 죽음이 거짓이 아닐지 의심하고 있기 때문이다.

아니, 확실히 눈앞에서 흔적도 없이 사라지긴 했지만, 도저히 신용할 수가 없단 말이지.

그도 그럴 게, 나는 그 녀석에게 몇 번이나 속았으니까.

그러니까 살아 있을 것이다.

그런 생각이 드는 동안에는 슬퍼할 필요가 없다고 생각한다.

"확실히 그 말이 옳긴 하네. 보스는 정말로 끈질긴 사람이니까."

"그러네. 지금까지 살아 있었으면서 연락 한번 하지 않았으니 살리온은 정말 몹쓸 사람이라니까. 기껏해야 데스맨으로 다시 태어나서 기억을 잃은 것뿐인데 감히 나를 방치했단 말이지. 그런 몹쓸 남자를 걱정해봤자 아무 소용이 없으니까 심기일전하고 잊어버리기로 할까!"

보아하니 내 말은 의미 없이 끝나지는 않은 것 같았다.

어쩌면 세심한 배려가 부족한 말을 한 것일 수도 있어서 걱정했지만, 카가리나 실비아 씨의 마음을 조금이라도 가볍게 할 수 있었다면 나로서는 잘된 일이다.

이래저래 심야의 밀담은 계속 이어졌다.

오늘의 슬픔을 극복하고 내일의 싸움에 승리하기 위해서.

펠드웨이가 '천성궁'으로 귀환하자, 마침 미카엘도 돌아온 참이
었다.

"호되게 당한 모양이네."

"그래. 예상 밖의 사태가 발생했거든. 배신한 오베라를 숙청하
려고 갔는데 나의 '캐슬 가드(왕궁성채)'가 통하지 않았어."

"뭐라고? 내 쪽은 문제가 없었는데──."

"그래서 그렇겠지. 이 권능은 근본적인 부분에선 하나이니까.
충성을 바치는 자들을 팬텀(요마족)으로 설정해놓은 이상 나를 아
는 자가 없다는 뜻이겠지."

"내가 있는데?"

"후훗, 그건 권능의 기본원리에 반하니까 말이지. 네가 바치는
충성은 무효가 되는 게 자연스러울 거야."

그렇게 두 사람은 일상 대화를 나누는 것처럼 서로의 상황을 보
고했다.

미카엘이 '캐슬 가드'를 쓰지 못했다는 건 펠드웨이의 입장에서
도 놀라웠다. 하지만 큰 피해도 없이 그 사실을 파악할 수 있었으
니까 다행으로 여겼다.

그보다 신경이 쓰이는 건 배신자인 오베라의 동향과 그 결말이
었다.

"그래서 오베라는 어떻게 됐지?"

"아쉽게도 도망치고 말았어. 오베라의 부하들은 놀라운 충성심
을 발휘하여 나에게서 훌륭하게 그녀를 지켜냈지."

실로 아까운 전력을 잃었다고 미카엘은 담담히 말했다. 스스로 몰살시켰음에도 불구하고 그 태도는 마치 남의 일인 것 같았다.

"오베라 휘하의 군단은 우수했으니까 말이야. 확실히 아까운 전력을 잃었어."

그렇게 대꾸한 펠드웨이도 그게 진심에서 나온 말이라는 생각이 들지 않을 정도로 담백했다.

사실 오베라의 부하들은 오베라에게만 충성을 맹세하고 있기 때문에 펠드웨이와의 사이는 가깝지 않았다. 그렇기 때문에 잃었다고 해서 큰 손실이라고는 생각하지 않았다. '캐슬 가드'에 미치는 영향도 전무하므로 문제 될 것 없다고 판단한 것이다.

이런 냉담함이 펠드웨이의 인망이 낮은 이유였다. 하지만 본인은 그걸 개의치 않고 끝까지 합리주의를 고수하고 있었다.

옛날에는 달랐지만, 지금의 펠드웨이에게 그때의 모습은 흔적도 남아 있지 않았던 것이다.

"그건 그렇고——."

미카엘이 화제를 바꿨다.

신참인 레온과 자히르 쪽으로 눈길을 돌렸고, 출격전보다 사람 수가 줄어든 것을 확인하고는 크게 한 번 고개를 끄덕인 뒤에 얘기를 시작했다.

"내 세력에도 지휘계통이 필요할 것 같다. 펠드웨이, 네가 최고사령관인 것은 당연하다고 치고, 그 아래에 누구를 어떻게 배치할 것인지를 고려해둬야 한다고 생각하는데, 너는 어떻게 생각하지?"

그 말을 듣고 펠드웨이는 "흠"이라고 말하면서 고개를 끄덕였다.

"그렇군. 교섭 중이었던 마지막 한 명과도 얘기가 됐으니, 본격적인 침략을 시작하기 전에 그걸 정해두기로 할까."

이리하여 제라누스의 세력을 제외한 천계의 주요 멤버가 알현의 방으로 모인 것이다.

*

맨 처음은 펠드웨이가 이번 작전의 결과를 보고했다.

그걸 듣고 고개를 끄덕이는 미카엘. 이미 얘기는 들었기 때문에 이건 디노를 위한 형식상의 대화에 지나지 않았다.

"그렇군, 오르리아는 전사했단 말인가."

디노는 아무 감정이 없는 감상을 입에 올렸다. 사실은 베가에게 잡아먹힌 것이지만 그런 설명은 생략되었다.

디노와는 인연이 없었던 상대지만, 그래도 일단은 동료였다. 추도 정도는 해도 괜찮을 것이라고 생각하면서 살짝 눈을 감고 오르리아의 명복을 빌었다.

디노를 이어서 명복을 빌어준 사람은 피코와 가라샤 그리고 마이 정도가 다였으며, 다른 자들은 자신과는 상관없다는 듯한 표정을 짓고 있었다. 그런 너무나도 희박한 동료 관계를 아무도 의문으로 생각하지도 않고, 그대로 회의가 시작되었다.

사회 진행은 그대로 펠드웨이가 맡았다.

미카엘은 끼어들 생각이 없는지, 입을 다문 채 돌아가는 상황을 지켜보고 있었다.

이번 회의의 주제는 역할을 임명하는 것이었다.

본격적인 침략 작전에 지장이 생기지 않도록 상하 관계를 확실히 하는 것이 목적이었다.

야망에 불타는 눈을 하고 있는 자는 베가 정도가 다였으며, 다른 멤버들은 담백한 태도를 띠고 있었다. 디노는 아예 노골적으로 의욕이 없는 모습을 보이고 있었으며, 책임을 억지로 떠넘겨받지 않으려는 듯이 웅크리고 있었다.

그런 상황에서 펠드웨이의 발표가 시작되었다.

미카엘은 왕으로서 존재했다.

최고사령관 및 최고책임자로서 펠드웨이는 자신의 이름을 언급했다.

자문역으로는 베루자도.

그녀에게는 자유로운 유격 임무를 맡겨두면 그것만으로도 기이의 움직임을 봉인하는 족쇄가 될 것이라고 판단한 것이다.

남은 자 중에서 지휘관을 맡을 만한 실력이 있는 자는 자라리오를 필두로 한 아홉 명이었다.

아니, 한 명이 더 있었다.

이 자리에는 오지 않았지만, 마지막 한 명은 펠드웨이가 오래 알고 지낸 인물이자 친구였다.

그자를 포함하여 전부 열 명.

원래는 지휘관을 맡으려면 전술적 시야도 필요하지만, 개개인의 전력을 중시하는 전장에선 강한 실력만이 모든 것을 말한다. 상하 관계만 정해준다면 그다음은 알아서 하게 놔둬도 문제가 되지 않을 것──이라는 것이 펠드웨이의 생각이었다.

완전히 잘못된 생각이지만, 지금까지 그런 방법으로 잘 싸워왔다. 그래서 아무런 망설임도 느끼지 않은 채, 펠드웨이는 강한 순으로 서열을 정해나갔다.

자신과 맞먹을 정도로 최강인 자는 이 자리에는 없는 오랜 친구다. 그리고 자라리오와 자히르가 그다음 순서였다.

펠드웨이는 이 세 명을 신생 '삼요사(三妖師)'에 임명하기로 했다.

"우선은 '삼요사'를 대신할 수 있는 새로운 직책으로 '삼성사(三星師)'를 정했다. 베루다나바 님의 장수로서 그 힘을 마음껏 떨쳐주길 바란다."

이름을 바꾼 것은 팬텀(요마)이 아닌 자가 두 명 있기 때문이다.

성(星)이라는 것은 물론 '성왕룡(星王龍)'을 의미한다. 베루다나바를 부활시키기 위한 장수로서 일하라는 의도가 담긴 칭호였다.

"코르느는 죽었고, 오베라는 배신했다. 이 두 명을 대신해 자히르를 넣겠다. 또 한 명은 머지않아 참전하기로 얘기가 되어 있으니까 그 시점을 기해 임명하기로 하지."

그렇게 선언하자마자 불만의 목소리가 터져 나왔다.

베가였다.

"이봐, 잠깐, 나를 제쳐두고 어디서 나타난 개뼈다귀인지도 모르는 녀석을 천군의 최고지휘관에 임명한단 말이야? 그건 좀 납득이 되질 않는데!"

이번에 오르리아를 잡아먹고 힘을 기른 베가는 다시 또 주제를 모르고 나댔다. 반성이라는 개념이 머릿속에 아예 존재하지 않는 것 같은, 불쌍하기 짝이 없는 남자였다.

그런 베가를 제대로 다룰 수 있는 사람은 그나마 유우키 정도였지만, 펠드웨이에겐 알 바가 아니었다.

"입 다물어라. 내 결정은 절대적이다. 다시 또 의견을 내겠다면 처단할 생각이다만, 각오는 되어 있나?"

펠드웨이에겐 인재를 활용한다는 생각이 없었다.

도움이 되느냐 아니냐가 전부이며 쓸모가 없다면 버린다는, 철저하게 이분법적인 가치관을 가지고 있었다.

그렇기 때문에 인망이 없지만, 펠드웨이는 그걸 의식하고 있지 않았다. 그저, 다음에 베가가 거역한다면 진심으로 처분할 생각이었다.

생존본능이 뛰어난 베가는 그런 기운을 감지했다.

베가는 자신은 강해졌다는 만능감에 도취되어 있었지만, 펠드웨이의 실력은 아예 다른 차원 그 자체였다. 아직 이길 수 있는 상대가 아니라는 것을 이해하고 있었기 때문에 지금은 얌전히 물러날 수밖에 없었다.

"쳇, 미안해. 나를 좀 더 평가해주길 바란 나머지 나도 모르게 끼어들고 말았어……."

그렇게 말하고 대충 분위기를 수습하면서 불만을 억눌렀다.

하지만 이어지는 펠드웨이의 발언을 듣고 히죽 웃게 되었다.

"그렇게 낙담하지 마라. 나도 네 힘은 제대로 평가하고 있다. 그러니까 '칠흉천장(七凶天將)' 필두라는 지위를 줄 것이다."

'칠흉천장'이라는 것도 천사 계열의 얼티밋 스킬 보유자로 구성할 예정이기 때문에 지은 명칭이었다. 하지만 아쉽게도 그 수는 부족했다. 세세한 것은 신경 쓰지 않는 펠드웨이는 수를 맞추기 위해 남은 주력까지 끼워 넣어서 '칠천(七天)'으로 정한 것이다.

원래는 카가리와 오베라를 '칠천'으로 임명할 예정이었으며, 베가는 '사성사'로서 전력에 넣을 생각을 하고 있었던 것이다.

그리고 마이와 오르리아를 보조요원으로 활용하여 유격에 치중하게 할 생각이었다. 아쉽게도 첫 단계부터 계획이 대폭적으로 수정된 형태가 되고 말았던 것이다.

어쨌든 '삼성사'에는 자라리오와 자히르, 그리고 또 한 명. '칠천'에는 베가를 필두로 삼고, 레온, 디노, 피코, 가라샤, 아리오스, 후루키 마이, 이 일곱 명을 임명했다.

*

'삼성사'는 각각의 군단을 지휘하게 되었으며, '칠천'은 단독 내지는 여러 명이 함께 공작 활동에 종사하라는 명령이 내려졌다.

그런 뒤에 작전을 설명하기 시작했다.

"레온을 동료로 받아들인 지금, 마왕 세력의 일각은 무너졌다고 할 수 있다. 이로 인해 공격할 포인트가 하나 줄어든 셈이다."

펠드웨이의 말에 맞춰서 마이가 기축세계의 미니어처 영상을 비췄으며, 지상의 다섯 군데에 광점을 만들어냈다. 그중의 한 곳, 레온의 지배영역인 대륙의 광점이 사라졌다.

남은 것은 네 곳.

하지만 그때 펠드웨이가 한 곳을 가리켰다.

마이가 그 광점의 색을 흰색에서 붉은색으로 바꿨다.

"이 땅도 필요가 없다. 내 친구는 기이가 아니라 나를 도와주겠다고 약속했으니까 말이지."

그리고 사라진 광점이 표시하고 있는 곳은 다구류루의 지배 영역인 서쪽 끝이었다.

"설마 다구류루가 입장을 바꿨단 말인가?"

그렇게 물은 자는 레온이었다.

그 말에 고개를 끄덕인 자는 바로 '삼성사'의 세 번째 멤버. 남들과는 차원이 다른 거구를 한껏 자랑하는 남자였다.

"내가 왔다, 펠드웨이. 나를 봉인에서 해방하다니 실로 과감한 짓을 했군."

그 남자는 다구류루가 아니었다.

덥수룩한 장발은 녹색이었다. 칙칙한 푸른 머리카락을 가지고 있는 다구류루와는 다른 사람이었다. 그 눈은 비취처럼 빛나고 있었는데, 이 점도 벽안인 다구류루와는 달랐다.

하지만 어딘지 모르게 비슷한 외모를 가지고 있었다.

그 남자의 '이름'은 펜.

'어스퀘이크(대지의 분노)' 다구류루의 동생이자 먼 옛날에 힘만 믿고 날뛰다가 베루다나바에 의해 봉인된 경력을 지닌 '광권(狂拳)'의 거신이었다.

펜을 보고 맨 먼저 반응한 자는 평소에는 늘어져 있는 디노였다.

"말도 안 돼. 펜을 묶어놓은 글레이프니르(성마를 봉인하는 사슬)를 풀었단 말이야?! 다구류루가 그렇게나 경계하고 있었는데, 펠드웨이, 너는 대체 무슨 생각을 하고 있는 거야?!"

평소에는 보기 드문 반응을 보이면서 그렇게 펠드웨이에게 따져 묻고 있었다.

놀란 기세가 그대로 이어지다 보니 말투도 거칠어져 있었다.

"홋, 걱정하지 마라. 펜과 나는 친구다. 이해관계도 일치하지.

그리고──."

펜의 실력은 엄청나다고 펠드웨이가 역설했다.

숨길 생각도 없는 그 에너지(마력요소)양은 다른 자들을 제압하는 패기가 되어 흘러나오고 있었다. 존재치로 변환하면 6,000만을 넘었으며 '용종'에 필적한다고 할 수 있을 정도로 방대했던 것이다.

하지만 펜에게 불쾌감을 품은 인물이 디노 말고도 존재했다.

"쳇. 태고에 봉인된 악신이란 말인가. 신조님이라면 또 모를까, 나도 상대하고 싶지 않은 폭군이잖아!"

자히르가 짜증 난다는 듯한 말투로 내뱉었다.

직접적으로 아는 사이가 아니라 신조에게서 그 남자에 대하여 들은 게 있었던 것이다.

소위 파괴만을 일삼다가 베루다나바에게 봉인된 악신이라고.

자히르의 인식에 따르면 '멸계룡' 이바라제에 버금가는 재앙의 화신이었다.

그 신화가 지금 눈앞에 서 있었다. 그 사실에 직면한 자히르는 구토가 나올 만큼 강한 혐오감을 품었다.

하지만 펜은 신경 쓰지 않았다.

씨익 웃으면서 자히르의 어깨에 팔을 두르더니 귀에 대고 속삭이듯이 말했다.

"이봐, 우리는 동료잖아? 사이좋게 지내자고. 얘기는 들었어. 나도 너와 마찬가지로 '삼성사'라는 자리에 임명되었다고 말이지. 다른 잔챙이와는 달리 너에겐 자질이 있군. 내 부하가 될 자격은 충분히 있어."

완전히 자히르를 자신보다 약한 자로 보고 하는 발언이었다.

자히르는 굴욕감을 느끼면서 몸을 떨었다.

자신이야말로 제왕으로서 군림하는 것이 당연하다는 생각을 하는 자히르에게 있어서 자신을 업신여기는 것은 있어선 안 되는 사태인 것이다.

하지만 불만을 말할 수는 없었다.

자신의 어깨에 두른 팔에서 절망적일 정도로 엄청난 압력을 느꼈기 때문이다.

자히르의 이마에 식은땀이 흘렀으며, 일어서려던 몸을 다시 의자에 앉혔다.

"흥! 지금은 용서하지. 나도 이대로 끝낼 생각은 없지만, 지금은 일을 망치기 싫으니까 얌전히 있도록 하겠다."

그렇게 내뱉으면서 펜의 밑으로 들어가는 것을 받아들인 것이다.

그렇게 되면 남은 자라리오의 반응이 궁금해지겠지만. 그는 처음부터 다툴 생각이 없는 것 같았다. '얼티밋 도미니언(천사장의 지배)'의 지배하에 있다는 이유만이 아니라 무인인 자라리오는 자신의 역량을 잘 파악하고 있었기 때문이다.

이길 수 있느냐 아니냐는 실제로 싸워보지 않으면 알 수가 없었다. 하지만 전력을 다해 싸운다면 서로의 피해가 막대해질 것이며, 앞으로 있을 대전에 영향을 미칠 것이 틀림없었다.

그건 확실히 말해서 쓸데없는 짓이었다.

그러므로 자라리오는 자신이 양보하는 것으로 이 자리를 수습했다.

이리하여 '삼성사' 필두의 자리에 펜이 앉게 되었다.

그리고 배우가 다 모인 단계에서 모두의 눈이 다시 기축세계의 미니어처로 쏠렸다.

"그래서 말인데, 펠드웨이. 다구류루가 문제가 없다는 건 무슨 뜻이지? 펜 공이 동료로 가담한 것은 이해했지만, 그것만으로 해결될 문제는 아닐 텐데."

그렇게 지적하는 자히르에게 씨익 웃으면서 펜이 대답했다.

"이봐, 그렇게 말하면 슬프지. 내 실력을 우습게 보는 거야? 나를 알고 있다는 건 이 사실도 알고 있다는 뜻일 텐데? 다구류루는 분명 내 형이긴 하지만, 실력은 내가 더 강하거든."

그렇게 말하는 펜에게 자히르는 신랄한 의견으로 반박했다.

"그런 자만은 필요 없어. 정말로 문제가 없다고 말하려면 결과로 보여 달라고. 그러면 돼."

자히르는 오만불손했다.

펜의 실력은 인정해도 제왕으로서의 긍지를 버리면서까지 따를 생각은 없었던 것이다.

그런 자히르가 마음에 들었는지 펜은 씨익 웃었다.

"나를 알면서도 그런 태도를 띠다니. 좋아, 그 기대에 부응해 주지."

펜은 즐거운 표정으로 웃었다.

먼 옛날에 베루다나바에 의해 봉인된 후로 지금까지 누군가와 대화를 나눌 기회조차 없었다. 그런 펜이었지만, 꿈을 꾸는 것처럼 세계의 정경이 머릿속으로 흘러들어온 것이다.

그건 형제인 다구류루 그리고 또 한 명의 형과 '영혼' 깊은 곳에서 연결되어 있었기 때문이다.

그렇기 때문에 어느 정도는 세계의 정세에 대해서도 파악하고 있었다. 지금이 전국시대가 개막되기 직전의 상황이며, 자신이 실컷 날뛸 수 있는 환경이 갖춰져 있다는 것을 알고 있었다.

봉인되어 있던 펜을 찾아와 준 사람은 펠드웨이 단 한 명이었다.

펠드웨이의 입장에선 베루다나바가 펜을 맡겼기 때문에 그를 돌봐준 것에 지나지 않았다. 그랬는데 어느새 가벼운 잡담을 나누는 사이가 되었으며, 어느새 서로 의논을 하는 사이가 되었다.

펠드웨이는 자신이 리더(정점)이기 때문에 의논을 할 수 있는 친한 동료가 없었다.

펜도 또한 오랜 봉인 기간 동안 고독은 쓸쓸한 것임을 깨닫고 있었다.

그런 두 사람이 서로를 신뢰하게 된 것은 어떤 의미에선 필연이었을 것이다.

그리고 지금, 펜에겐 활약할 자리가 주어진 것은 물론이고, 그 힘을 자랑할 수 있는 동료도 얻은 셈이었다.

펜은 단단히 마음을 먹을 수밖에 없었다.

하지만 옛날보다 펜의 광폭성이 줄어든 것은 아니었으며, 그저 단순히 동료를 소중히 여기자는 생각을 하게 된 것뿐이었다.

펜은 동료가 생긴 것을 무엇보다 기쁘게 느끼고 있었다. 그렇기 때문에 이렇게 보여도 펠드웨이에게는 진심으로 감사하고 있었던 것이다.

*

펜이 다구류루를 상대하겠다고 선언했지만, 디노는 여전히 그게 납득이 되지 않았다.

"잠깐, 잠깐, 잠깐! 이봐, 정말 괜찮은 거야, 펠드웨이? 펜을 해방해버리면 다구류루가 '천통각'을 지키고 있을 이유도 없어지게 되는 것 아냐?"

'천통각'은 '천성궁'으로 이어지는 계단이었다. 대문을 여는 '열쇠'를 가지고 있지 않은 자들은 '천통각'을 통하는 것 말고는 '천성궁'에 올 방법이 없는 것이다.

그곳을 지키고 있는 자가 다구류루인데, 그 이유가 바로 펜을 세계에 풀어놓지 않게 하기 위해서였다.

그런 펜이 쳐들어가면, 결과에 따라선 일이 골치 아파질 것이라고 디노는 말하고 있는 것이다.

'얼티밋 도미니언(천사장의 지배)'으로 지배를 받고 있다고는 하나, 디노의 사고는 자유로웠다. 더 강하게 지배의 영향을 받는다면 얘기는 달라지겠지만, 자신의 생각대로 발언하는 것 정도는 할 수 있었다.

참고로 이건 레온에게도 해당하는 것이었다.

행동은 속박되어 있었지만 사고는 예전 그대로였다. 그런고로 실비아와 싸울 때에도 광범위공격을 하지 않고 피해를 최소한으로 줄일 수 있었던 것이다.

그뿐만 아니라 눈짓으로 신호를 보내기도 했지만, 아쉽게도 실비아에겐 통하지 않았다. 실비아의 통찰력이 모자랐다기보다 그녀도 많은 일이 한꺼번에 생기면서 한계에 다다랐기 때문이었다.

애초에 통했다고 해도 '레온에게 자유의지가 남아 있다'는 수준의 정보밖에 전해지지 않았을 테니까 큰 의미가 있다고 생각할 수도 없겠지만…….

어쨌든 현시점에선 '얼티밋 도미니언'으로 묶여 있는 것은 행동뿐이며, 사고는 어느 정도 자유롭게 놔두고 있었던 것이다.

하지만 펠드웨이에겐 그게 더 이로웠다.

유연한 사고 없이 작전 회의에는 참가할 수 없으니까 디노의 발언은 환영할 만한 것이었다.

"들어야 할 점이 있는 의견이로군. 그럼 그 불안을 해소하기 위해선 어떻게 하면 된다고 생각하지?"

"아니, 어떻게 하냐고 물어도 말이지…….."

그렇게 되묻자 디노의 기세는 단번에 의기소침해졌다.

너무 놀란 나머지 그런 발언을 하고 만 것인데, 잘 생각해보니 자신이 불이익을 덮어쓰는 것은 아니었다. 자신이 뭣 때문에 발끈한 건지를 생각하면서 원래대로 돌아오고 말았다.

"아, 아니…… 그런 어려운 걸 나한테 물어도 말이지, 그, 곤란하다고 할까?"

어쨌든 무난하게, 디노는 자신의 역할은 끝났다는 듯이 자리에 앉으려고 했다.

하지만 펠드웨이는 그걸 허용하지 않았다.

"나는 펜을 믿고 있지만, 확실히 디노가 불안감을 느끼는 것도 타당한 반응이다. 그러므로 그 외에도 몇 명을 파견하는 것이 이 문제의 가장 적절한 답이라는 생각이 드는군."

'처음부터 그럴 생각이었으면서'라고 디노는 생각했다. 그런 말을 하면 펜을 믿고 있지 않다는 뜻으로 받아들일 수 있으니까 자신의 발언은 마침 좋은 구실이 되었을 것이라고 생각했다.

더구나 이런 경우, 발언자인 디노는 강제적으로 참가하게 될 수도 있는데…….

디노의 그 예상은 적중했다.

"디노는 걱정이 되겠지? 자신의 눈으로 직접 펜의 힘을 확인하도록 해라."

"아, 아니, 나는 그러니까……."

"뭐야, 사양하지 말라고. 네가 나설 차례는 없겠지만, 내 실력을 보고 싶다면 말리진 않겠어."

그런 뜻으로 한 말은 아니라고 생각했지만, 이미 늦은 뒤였다. 디노는 포기하고 떨떠름한 표정으로 고개를 끄덕였다.

"그, 그러네. 그러면 그 제안을 받아들여서 피코와 가라샤와 함께 참전하기로 할게."

"잠깐, 야, 디노! 우리까지 끌어들이지 마!"

"정말이지, 진심으로 사양하겠어. 나도 레인과의 사투를 벌이고 온 지 얼마 안 됐거든? 그런데 또 싸우라는 건 너무 심하다는 생각 안 들어?"

그런 식으로 디노의 동료들한테선 비난이 난무했지만, 디노는 그걸 무시했다. 어차피 이 녀석들은 몰래 게으름을 피웠을 것이라고 생각했기 때문에 맡을 일을 분산시키기 위해서 억지로 끌어들인 것이다.

펠드웨이 입장에서도 이견은 없었으며 그걸 승인했다.

펜을 믿고 있는 것은 사실이지만, 다구류루도 또한 강자였다.

만만히 봐도 되는 상대가 아닌 데다, 다구류루에게는 또 한 명의 동생이 있기 때문이다.

먼 옛날에 난동을 부리며 돌아다녔던 거인 3형제 얘기는 유명했다. 그 전승의 진실을 아는 자로서, 펠드웨이는 만반의 준비를 갖춘 한 수를 날린 것이다.

"레온, 너도 참전해다오. '천통각'은 펜 이외에 '칠천' 네 명으로 공격한다. 이 정도면 충분하겠지."

이리하여 다음 표적의 공략 멤버가 정해진 것이다.

＊

이걸로 회의가 끝날 거라고 생각했지만, 그렇게 되지는 않았으며 이내 다음 의제로 옮겨갔다.

"자, 그럼 다음 공략지점을 정하자."

"응? 공격할 시기가 아니고?"

"그래. 공격할 순서의 우위성을 최대한으로 활용하여 동시 침공을 벌일 예정이다. 아니, 그보다는 펜에겐 미안하지만 그쪽은 미끼다."

"미끼라니…… 그럼 어디가 진짜 목표인데?"

작전에는 관심이 없지만, 이런 얘기까지 들었다면 나머지도 한 번 들어보고 싶다고 디노는 생각했다. 다른 공략지 쪽이 더 힘들 것 같으면, 조금이라도 속이 후련해질 것이라고 생각한 것이다.

그리고 운 좋게 리무루와 합류할 경우, 유용한 정보를 제공하여 빚을 만들 수 있는 가능성도 있었다.

그래서 자신의 캐릭터에 맞지 않는다고 생각하면서도 펠드웨이에게 질문한 것이다.

"우선 우리가 떠올리길 바라는 건 우리의 목적이다."

그게 답이었다.

'목적이 뭐였지?'라고 디노는 생각했다.

베루다나바를 부활시킨다는 황당무계한 이야기였던 것으로 기억하고 있다. 그야 부활해준다면 디노도 기쁘겠지만——.

(베루다나바 님에게도 사정이 있지 않을까? 펠드웨이가 귀찮게 굴어서 싫다거나, 인간들이 성숙해질 때까지 손을 떼자는 생각을 했을 수도 있고.)

창조주이자 초월적인 존재인 베루다나바에게 자신들이 멋대로 만든 척도를 들이대는 것이 더 자기 분수를 모르는 짓이 아니겠냐고, 디노는 그렇게 생각하고 있었다.

(신의 말의 대변자라는 녀석이 가장 성가시단 말이지. 잘못된 해석을 당당하게 늘어놓는다거나, 자신의 의견이 멋대로 왜곡되기도 하니까. 그런 것 때문에 루미너스도 고생을 했던 것 같고 말이야. 그래서 인간을 교황에 취임시키는 것을 중지했다고 말했으니…….)

완전히 같은 말을 들어도 그걸 받아들이는 쪽의 인식에는 차이가 생기기도 한다. 인간은 자신이 믿고 싶은 것만을 믿는 생물이므로 자신이 잘못을 했을 경우에도 그걸 좀처럼 인정하지 않는 법이다.

실제 사례로 루미너스는 단 한 번도 자신을 '유일신'이라고 말한 적이 없었다. 그런데도 무슨 이유인지 신자들 사이에선 '루미너스만이 신'이라는 말이 돌게 되었다. 루미너스 입장에서도 그게 여러모로 편하니까 부정은 하지 않은 것 같지만, 인간의 해석을 개입시킨 시점에서 진실이 변해가는 과정은 잘못 다루면 골치 아파지는 일이었다.

오랫동안 인간계를 관찰하면서 디노는 그걸 실감하고 배웠다. 그런데도 그 나쁜 예를 동료가 반복하려고 드는 셈이니까 제발 그러지 말라면서 말리고 싶은 심정이었다.

"베루다나바 님을 부활시키기 위해 필요한 요소로서 남은 것은 이제 베루도라의 인자뿐이다. 하지만 지금 이 타이밍에서 잊어선 안 되는 장애물이 또 하나 있다. 안 그런가?"

그랬던가? ——디노에겐 남의 일이었다.

그런데도 펠드웨이의 시선은 디노에게 향해 있었다.

(아니, 아니, 아니, 왜 나를 보는 건데?! 다른 녀석에게 물어봐!!)

그렇게 생각하면서 시선을 이리저리 돌리고 있으려니, 모두가 진지하게 무표정을 유지하고 있었다.

자라리오는 지배를 받는 것을 아직도 마땅치 않게 생각하고 있는지, 펠드웨이는 완전히 무시하려는 태도를 보이고 있었다.

레온은 아예 여기에 온 지 얼마 되지 않았으니까 이야기를 따라가지 못할 것이고, 애초에 흥미도 없는 것 같았다.

펜이나 자히르도 마찬가지였다. 처음 듣는 이야기니까 대답을 알고 있을 리가 없었다.

피코와 가라샤도 시치미를 떼고 있었다. 디노의 그늘에 숨은 채 자신이 걸리지 않은 게 다행이라고 생각하면서 고개를 숙이고 있었다.

다른 '칠천'들은 펠드웨이에겐 동료가 아니라 편리한 장기 말취급을 받고 있었다. 의견을 구하는 대상이 아닌 것 같았으니 필연적으로 그를 상대하는 건 디노의 역할이라는 분위기가 형성되고 있었던 것이다.

(농담이지?! 카가리랑 유우키가 없어졌기 때문에 내가 억지로 두뇌 역할을 담당하게 된 거란 말이야?!)

잠깐 기다려달라고 디노는 생각했다.

그건 원래는 자라리오의 역할이어야 했다. 자신도 모르는 사이에 꽝을 뽑아버렸다는 것을, 디노는 이제야 깨달은 것이다.

하지만 그렇다고 해서 뭔가를 할 수 있는 것도 아니었다.

이상한 기대를 해도 난처하기만 할 뿐이니까 어물쩍 그 자리를 넘기기로 했다.

"그걸 굳이 묻는단 말이야?"

훗 하고 웃으면서 뭔가가 있는 것처럼 그렇게 대답했다.

그것만으로도 펠드웨이는 만족스러운 표정으로 고개를 끄덕였다.

(역시 그렇군. 이 녀석은 자신의 머리가 좋다 보니 남의 의견은 구하지 않는 거야. 적당히 응하면서 치켜세워주면 대화가 이뤄질 줄 알았지!)

자신의 짐작이 옳았다고 생각하면서, 디노도 펠드웨이를 보면서 고개를 끄덕였다.

"그래, 그렇지. 디노의 말대로 마사유키라는 이레귤러를 처리해야 한다. 만일의 경우이긴 하지만, 마사유키가 매체가 되면서 루드라가 부활했을 경우, 미카엘 님에게 영향이 미치지 않는다고 장담할 수는 없으니까 말이지."

나는 아무 말도 안 했지만 말이지──. 그렇게 생각했지만, 디노는 그걸 표정으로 드러내지 않도록 주의했다. 그리고 그대로 힘차게 고개를 끄덕였다.

그런 논리는 이상하다고 생각했지만, 여기서 그걸 지적해줄 만큼 사람 좋은 성격도 아니었기 때문에 네 마음대로 하라는 게 솔직한 심정이었던 것이다.

다른 자들도 비슷한 것 같았으며, 아무도 의견을 제시하지 않았다.

펠드웨이가 설명을 이어갔다.

"베루도라가 공략하기 어려운 미궁 깊은 곳에 있는 이상, 다음으로 노려야 할 대상은 마사유키다. 그런 식으로 차례차례 전력을 줄여나가면 스스로 숨어 있던 굴에서 나올 수밖에 없게 되겠지."

나오지 않는다면 다른 전력을 줄이면 된다고, 펠드웨이는 큰소리를 쳤다.

나는 마사유키와도 친한데 말이지──. 그런 생각을 하면서 디노는 건성으로 듣고 있었다. 어떻게든 마사유키를 노리고 있다는 걸 전해주고 싶었지만, 미카엘의 지배가 강화되어버린 지금, 그렇게 할 수 있는 방법이 떠오르지 않았다.

리무루와의 '사념전달'마저도 명확한 배신행위에 해당하기 때문에 실행으로 옮길 수가 없었다. 남은 방법은 현지에서 너무나도 엄청난 우연이 일어나기를 기대하는 것이지만, 그건 무리일 것이라고 생각하면서 디노는 포기했다.

남은 건 무사히 달아나 주길 바라는 것뿐이었다.

"그러면 마사유키가 어디 있는지는 알고 있는 거야?"

"좋은 질문이야, 디노. 그 점에 대해서는…… 베루자도."

"네네. 베루글린드의 기척을 통해서 대강의 위치는 파악했어요. 제국 내부의 몇 군데, 잉그라시아 왕국에도 한 곳, 그 아이의 반응이 느껴져요. 오라(패기)는 완전히 숨겼지만, 내 '눈'은 속일 수 없죠."

밀림의 '밀림 아이(용안)'와 동등하거나 그 이상, 그게 '백빙룡' 베루자도의 인식능력이었다. 이도 저도 아닌 어중이떠중이라면 모를까, 남매의 기척을 알아내는 것쯤은 어려운 일도 아니었다.

베루글린드는 '병렬존재'를 구사하여 제국의 방비를 단단히 하고 있는 것 같았다. 그와 동시에 마사유키의 호위도 하고 있을 것으로 추측되었다.

베루자도의 발언을 듣고 마이가 미니어처의 광점을 조작했다.

다구류루가 다스리는 서쪽 끝에 이어서, 루미너스가 지배하는 중앙부에서 서쪽으로 약간 치우친 곳에 있는 영역이 흰빛에서 붉은빛으로 바뀌었다.

펠드웨이가 그 붉은빛을 가리켰다.

"그러니까 이곳, 잉그라시아에 마사유키가 있다는 뜻이다. 그곳을 공격하는 건 베가, 너에게 맡기려고 하는데, 어떠냐?"

어떠냐는 것은 묻는 게 아니라 공격하라는 명령이었다. 베가의 기분을 조금이라도 고양하기 위해서 그렇게 말한 것에 지나지 않았다.

베가는 단순하기 때문에 거기까지는 알아차리지 못했다.

씨익 웃으면서 기쁜 표정으로 고개를 끄덕였다.

"맡겨만 줘. 그곳은 오래 알고 지낸 곳이라서 아무도 모를 법한 숨겨진 통로도 많이 알고 있지. 몰래 침입해서 마사유키라는 애송이를 처리해주겠어."

흠, 하고 펠드웨이도 고개를 끄덕였다.

베가를 양동으로 보내 난동을 부리게 하고, 그 틈에 아리오스를 시켜 마사유키를 죽일 생각이었지만, 그런 방법도 괜찮겠다는 생각을 한 것이다.

어차피 잉그라시아의 왕도에는 자신도 갈 생각이었다. 따라서 펠드웨이는 베가가 마음대로 하도록 풀어놓고 적의 동향을 살펴보기로 했다.

물론 그뿐만이 아니었다.

"자라리오, 너는 전군을 이끌고 우리를 원호해라. 루미너스의 동향을 살피고 있다가 그녀가 움직일 것 같으면 그걸 저지해라."

"움직이지 않으면?"

"대기다. 내가 명령할 경우엔 잉그라시아 왕도의 전면 공격을 감행해라."

"알았다."

펠드웨이의 명령은 절대적이다.

자라리오는 불만을 가슴속에 넣어둔 채 얌전히 고개를 끄덕였다.

이렇게 되면 아직 아무런 명령도 받지 않은 자는 자히르뿐이었다. '삼성사'라는 전력을 마냥 놀리지만은 않을 테니 자히르는 마음속으로 대비하면서 펠드웨이의 말을 기다렸다.

"그리고 예외적인 상황은 신중하게 대비하는 것이 좋겠지. 자히르, 너는 유격을 맡아라. 내 부하를 맡길 테니 펜에게 도움을 줄 수 있게 움직이도록 해라."

"이봐, 그렇게까지 한단 말이야? 필요 없을 것 같은데."

"그렇게 말하지 마라, 펜. 만일을 대비하는 거다. 네가 다구류 루를 장악한다면 그의 군대가 네 밑으로 들어오겠지?"

"그렇겠지."

"하지만 다구류루가 건재하고 있는 동안에는 거인 군단이 방해 가 되는 일도 있을 것이다."

"그걸 저지하는 게 내 역할인가?"

"바로 그렇다."

펜은 필요 없다고 큰소리를 쳤지만, 이 경우는 펠드웨이의 생 각이 옳았다. 자히르 입장에선 어떻게 돌아가도 손해가 되진 않 았다.

펜이 활약한다면 지켜보기만 하면 되는 것이고, 위기에 빠질 것 같으면 그럴 줄 알았다고 비웃으며 도와주면서 빚을 만들면 된다.

그리고 서두르지 않아도 활약할 자리는 찾아올 테니까 공을 세 우려고 안달할 필요조차 없었다.

"흥! 내가 익혀온 방법대로 하지 않는 게 불만이지만, 어쩔 수 없지. 펜의 승리를 확인하는 대로 서방에서 중앙으로 공격하려고 하는데, 상관없겠지?"

"좋다. 마음대로 해라."

그 말을 듣자 더 할 이야기가 없다는 듯이 자히르도 입을 다물 었다.

자히르는 야심가다. 시키는 대로 따르는 것은 부아가 치밀긴 했지만, 펠드웨이에겐 빚이 있었다. 전력 차이를 생각하더라도 지금은 따르는 게 상책이라고 생각하고 있었던 것이다.

참고로 베루자도는 미카엘의 직속이므로, 펠드웨이에게 명령권은 없었다. 그리고 현재 자유분방한 그녀를 억지로 부리는 것보다 마음대로 하도록 놔두는 것이 더 좋다는 게 기본방침이었다.

이리하여 각자의 역할이 정해졌다.

*

방침이 정해진 시점에서 미카엘이 입을 열었다.

"나도 너희들에게 충고를 하나 하지. 마왕 리무루의 지배지에 있는 미궁 말인데, 적이 그 안에서 농성을 하게 되면 참으로 대처하기 힘들어진다. 펠드웨이가 말한 대로 밖으로 나오도록 꼬드기는 것이 좋을 것이다. 그래서 구 유라자니아를 중심으로 하는 마왕 밀림의 세력권을 제라누스에게 넘기기로 했다. 잉그라시아 왕도도 그렇고, 밀림의 영토도 그렇고, 그 땅에서 전란이 발생하면 마왕 리무루도 무시할 수는 없겠지. 파견으로 보낼 원군을 착실하게 물리치도록 해라. 그렇게 하면 우리의 승리는 의심할 것도 없다."

미카엘의 말은 확신으로 가득 차 있었다.

사실 그게 공격하는 자에겐 최대의 이점이었다. 각개격파를 이용한 적 전력의 격멸. 그걸 반복하다 보면 저절로 승리는 약속되는 법이다.

또한 수도 '리무루' 이외의 거점을 섬멸해버리면 포위진이 완성된다. 라미리스의 미궁에는 수수께끼가 많고 출입구가 하나만 있지 않을 가능성도 있지만, 물류가 막히는 효과는 크다.

전략물자 같은 건 반입할 수 있을지도 모르지만, 세상과 분리해버리면 영향력을 줄이는 것쯤은 간단했다.

단, 최종목적이 베루도라의 인자를 입수하는 것인 이상, 언제까지나 상대의 동향을 지켜보고만 있을 수도 없지만.

그렇다고 쳐도, 그런 상황까지 유도한 뒤에 천천히 작전을 짜면 된다고, 미카엘은 그렇게 판단한 것이다.

작전만 본다면 그 생각이 옳긴 하겠지만, 디노는 납득이 되지 않았다.

"이봐, 밀림은 베루다나바 님의 따님이거든? 그걸 이해하고는 있는 거야?"

화가 난 심정을 그대로 드러내듯이 불만을 제기했다.

하지만 미카엘은 여전히 대수롭지 않은 반응을 보였다.

"——무슨 문제라도 있나?"

차분한 표정을 유지한 채 디노에게 되물었다.

"무슨 문제라도 있냐니, 아니, 베루다나바 님을 불쾌하게 만들 수도 있는 문제잖아……."

그건 디노의 입장에선 당연한 의문이었다.

밀림에게 손을 댄다는 건 그야말로 베루다나바에 대한 배신행위와 마찬가지였다. 그런데도 미카엘은 그게 뭐 어떠냐는 식으로 얘기하고 있었다.

그뿐만 아니라 미카엘의 반응이 실로 담담한 것을 보면, 진심으로 아무 문제가 없다고 생각하고 있는 것 같았다. 그리고 그건 펠드웨이도 마찬가지였다.

"디노, 나는 이렇게 생각한다. 마왕 밀림은 베루다나바 님의 딸이지만, 그분에 의해 창조되었다는 점에서 보면 우리와 전혀 다를 게 없다고 말이지."

그게 틀림없이 미카엘과 펠드웨이의 본심일 것이다. 그들의 경의와 충성은 베루다나바에게만 향할 뿐이며, 그의 딸에 대해선 한 조각의 정조차 존재하지 않는 것 같았다.

자히르도 같은 의견인지, 흥 하고 콧방귀를 뀌면서 업신여기는 듯한 시선으로 디노를 쏘아보고 있었다.

옛날, 밀림의 분노에 의해 전멸한 경험이 있다 보니, 구 유라자니아 침공 작전에 대해 유열의 감정을 품고 있었던 것이다. 거기에 찬물을 끼얹은 짓에 해당하는 디노의 의견은 자히르에게도 도저히 달갑지 않은 것이었다.

(이것 참, 그래서 오베라가 배신한 거였군! 이 녀석들, 진짜 위험한 생각을 하고 있는데……)

펠드웨이를 마주 바라보면서 디노는 그렇게 생각했다.

이대로 가면 자신까지 반역자의 낙인이 찍힐 수 있었다.

그런 디노에게 펠드웨이는 말했다.

"걱정하지 마라, 디노. 내 행동이 잘못되었다면 그분은 그걸 바로잡으러 부활하시겠지. 사랑하는 딸이 위기를 맞게 된다면, 반드시 구하러 나타나실 거다. 그러니까 내 행동은 타당한 것이야."

그렇게까지 단언해버린다면 디노는 더 할 말이 없었다.

과거의 친구는 죽은 것이다. 더 빨리 눈치챘다면 도망칠 수도 있었을 텐데——. 디노는 이제야 그렇게 생각하면서 후회했다.

　이리하여 천마 대전의 개요가 정해지고 결행되었다.
　그리고 그날——.
　세계를 혼돈의 소용돌이로 끌어들이는 거대한 재앙에 의해 이 세계의 정세는 크게 변동하게 되었다.

제2장

대전의 시작

Regarding Reincarnated to Slime

그날 밤의 회의를 통해 카가리와 티어는 우리나라에서 맡기로 했다.

티어의 의식은 여전히 돌아오지 않았기에 간병할 거라면 미궁 안이 안전했던 것이다. 상세한 정보도 입수한데다, 어떤 악의가 발동한 게 아닌지 알아보기에도 제격이니까 말이지.

그렇게 되면 카가리가 따라오는 것도 당연하다고 할 수 있었다. 나는 아무런 불만 없이 두 사람을 받아들이기로 했다.

실비아 씨는 살리온으로 귀국했다.

전력 면에선 도움이 되겠지만, 실비아 씨에게 소중한 곳은 딸이 있는 살리온이다. 우리 사정을 억지로 밀어붙일 수는 없으므로 무슨 일이 생기면 서로 돕자는 약속만 해놓았다.

만약을 대비하여 '휴대전화'도 건네줬다. 에르땅이 가지고 있지만, 예비 명목으로 실비아 씨에게도 하나 들려서 보내는 게 좋겠다고 판단했기 때문이다.

데몬즈 링(마왕의 반지)의 통신 기능도 만능은 아니었으니까, 연락을 할 수 있는 수단은 많이 확보해두는 게 좋을 것이다.

이 소동이 끝나면 놀러 갈 때에도 이용할 수 있을 테고 말이지.

서로의 연락처를 교환한 뒤에 나는 실비아 씨를 배웅했다.

그리고 지금, 나는 집무실에 있다.

일상이 돌아온 게 아닌가 하는 착각이 들 정도로 서류가 쌓여 있었다.

그걸 본 것만으로 펠드웨이에 대한 분노가 30%는 늘어난 것 같았다.

저기, 나도 놀고만 있었던 게 아니거든. 그런데도 내 승인을 필요로 하는 기획이나 여러모로 실행되고 있는 시책의 의사록 같은 것이 산더미처럼 쌓여 있었던 것이다.

일단 의사록은 나중에 보기로 했다. 이미 시행된 후의 것이므로 서둘러 볼 필요는 없으니까 말이지.

승인이 필요한 새 기획을 훑어보면서 곧바로 가부를 판단하여 결정했다.

바쁘지만 어쩔 수 없다.

왜냐하면, 모레에는 잉그라시아 왕국에서 세계회의가 벌어지기 때문이다.

그렇다, 세계회의.

이건 역사상 첫 위업이 될 것이다.

서쪽에서 정기적으로 개최되고 있는 카운실 오브 웨스트(서방열국 평의회)에 동쪽 제국의 황제 폐하가 참가한다는 것은 전례가 없는 대사건인 것이다.

사실은 블루문드 왕국에서 묘르마일과 합류하여 함께 갈 예정이었는데 말이지. 어딘가의 바보가 레온의 나라로 쳐들어오는 바람에 예정이 크게 어긋나고 만 것이다.

그 틈새 시간을 메우려고 하다가 이렇게 많은 서류를 떠맡게 된 건 내 실수였다.

하지만 그것도 지금 끝났다.

이제 차라도 마시면서 느긋하게 뒹굴기만 하면 된다.

이대로 기분을 차분하게 가다듬으면서 세계회의가 벌어지기 전까지 나 자신의 생각을 정리해두자는 생각을 했다.

"리무루 님, 차를 대령했습니다."

그렇게 말하면서 홍차를 가져다준 사람은 슈나가 아니라 디아 블로였다. 시온이 없기 때문인지, 비서로서 열심히 일해주고 있었다.

"고마워. 너도 함께 쉬도록 해."

나는 그렇게 말하면서 디아블로에게도 맞은편 자리에 앉도록 권했다.

영광이라는 뜻이 담긴 말을 하면서 감격하는 디아블로를 무시하고 나는 얘기를 꺼냈다.

"그건 그렇고, 펠드웨이는 네가 보기엔 어떤 녀석이야?"

내가 보기엔 의외로 인망이 없을 것 같았다.

안 그러면 디노가 그렇게 쉽게 배신할 리가 없겠지.

어쨌든 필요한 건 적의 정보다.

어떤 성격을 가지고 있는지 알아둔다면, 허세가 어디까지 통할지를 여차할 때 판단할 수 있는 자료가 될 것이다.

신중하다는 건 충분히 이해했으니까 그 이외에도 뭔가가 더 없는지 들어두자는 생각을 한 것이다.

디아블로가 잠시 생각한 뒤에 대답했다.

"진지한 녀석입니다. 완고하다고 할까, 융통성이 없다고 할까.

어쨌든 한번 마음을 먹으면 자신의 뜻을 굽히지 않죠. 다른 사람의 이야기는 참고삼아 들으려는 생각도 하지 않는 성격을 가지고 있기 때문에 동료의 평가는 둘로 나뉘었습니다.”

쉽게 말해서 YES맨이라면 명령한 것만 실행하면 되니까 편한 상사이고, 우수하고 독창성이 있는 자라면 자신의 의견을 무시하는 달갑지 않은 상사라는 뜻이 되려나.

자신의 의견이 채용되지 않으면 상당한 스트레스가 쌓이니까 말이지. 확실한 이유가 있고, 그걸 설명해준다면 납득할 수도 있겠지만, 기각이라는 한 마디만으로 끝내버리면 원망이 남을 것이다.

"그 외에는 어떤 게 있지?”

내가 그렇게 묻자, 디아블로는 "그게 말입니다……”라고 중얼거리면서 고민하기 시작했다.

그리고 "이건 확신이 없습니다만……"이라고 운을 뗀 뒤에 생각했던 것보다 중요한 것을 얘기하기 시작했다.

단적으로 말하면, 녀석들의 거점과 이 세계를 오가는 방법에 대한 것이었다.

녀석들──어그레서(침략종족)는 베루다나바에 의해 이 세계에서 추방된 자와 그 감시자였던 엔젤(천사족)의 군단이 변질된 존재였다.

그 거점은 당연히 이계에 있었다.

그 이계와 이곳, 기축세계를 이어주는 것은 '명계문'이라는 특수한 역장이라고 한다. 세계각지에 몇 군데가 존재하고 있다고 했다.

그곳을 수호, 아니 관리하고 있던 것이 악마들이다. 의외로 성실하게 그 '명계문'을 중심으로 세력권을 확대해나갔다고 한다.

현재 존재한다는 것이 확인되는 곳은 하나이고, 레온의 영토에서 가까우며, 카레라가 수호하고 있었던 '명계문'뿐이라고 했다.

테스타로사나 울티마가 수호하고 있던 지점은 큰 전투가 있었기 때문에 소실되었다고 한다.

"그런 건 없는 게 낫습니다. 어차피 육체를 지닌 채 이계로 가면 오염되면서 변질되고 마니까요. 저쪽에서 이리로 오는 자라면 거의 어그레서로 단정해도 틀리진 않을 겁니다."

몹시 불쾌한 기색을 띠면서 그렇게 얘기해줬다.

간단히 말해서, 이 세계에 혼돈을 발생시키는 원인이 되기 때문에 '문' 그 자체를 파괴해버리는 게 더 편하다는 뜻이겠지.

그런 생각에 동의하지 않은 것이 테스타로사와 울티마였다고 한다. 계속 거점으로 지켜왔다고 하는데, 디아블로가 스카우트하러 갔을 때에는 이미 파괴되어 있었기 때문에 권유에 쉽게 응해줬다고 한다.

뭐, '농담이지, 그거?'라고 생각했지만, 말로 하지는 않았다. 그 증거로 카레라가 수호하고 있던 '문'도 망가져가고 있었던 것 같고.

현재는 큰 힘을 지닌 존재가 오갈 수 없다는 이유로 방치되어 있는 것 같고 말이지.

일부러 망가트렸다고 보는 게 정답이 아닐까 하고, 나는 속으로 몰래 생각한 것이다.

그리고 다시 본론으로 돌아가겠는데, 디아블로가 궁금하게 여긴 것은 펠드웨이 일행이 이 세계로 어떻게 왔느냐 하는 점이었다.

아마도 제국의 어딘가에 새로운 '문'이 출현한 게 아니겠느냐고 디아블로는 추측하고 있었다.

"어쩌면 테스타로사가 지키고 있던 '문'을 복구했다거나?"

"그럴 가능성도 부정할 수 없습니다. 하지만 펠드웨이가 제국에 출현한 시기와 합치되지 않으므로 다른 '문'이 존재한다는 건 거의 확실합니다."

흠흠, 그것도 그렇겠다고 생각하면서 나는 납득했다.

"즉, 너의 추측으로는 어그레서의 거점이 제국 내부에 있다고 생각한단 말이지?"

그래서 그렇게 확인해봤는데, 디아블로가 신경을 쓰고 있던 것은 전혀 다른 것이었다.

"아뇨, 그것만이 아닙니다. 카가리의 얘기를 들어보면 펠드웨이가 '천성궁'의 문을 연 것은 틀림없습니다. 그걸 열려면 '열쇠'가 필요할 텐데 말입니다만——."

'천성궁'—— 시작의 장소라고 불리는 베루다나바가 태어난 땅, 이라고 했던가. 카가리의 설명으로도 들은 적이 있지만, 펠드웨이의 거점은 온갖 세계에 인접하고 있다고 했다.

즉, 디아블로가 신경을 쓰고 있었던 것은 그 열쇠를 어떻게——.

"어떻게 입수했느냐, 그걸 신경 써봤자 의미가 없습니다. 문제가 되는 것은 '천성궁'의 문을 통하면 이계에 존재하고 있는 본체를 그대로 유지한 상태로 기축세계에 올 수 있다는 점입니다."

이런, 완전히 빗나가고 말았으니 내가 먼저 말을 하지 않길 잘했군.

그건 그렇고 이계에 존재하고 있는 본체라는 건 무슨 뜻일까?

"'시원의 천사'들 중에서도 펠드웨이만은 베루다나바 님에게 육체를 부여받았습니다. 지금의 녀석은 임시 육체에 깃들어 있는 것에 지나지 않으며, 따라서 죽여도 의미가 없습니다."

"베루글린드의 '병렬존재' 같은 건가?"

"아뇨, 그것과는 다릅니다. 계속 이어져 있는 게 아니라 의식을 분할해놓은 것이라고 할 수 있겠군요. 정기적으로 기억을 동조시키고 있을 테니까 불편한 부분은 없겠지만……."

그래서 훨씬 더 상대하기 성가시다고 디아블로가 설명해줬다.

내가 이해하기로는 베루글린드는 인터넷으로 이어져 있는 여러 대의 동기화된 컴퓨터이고, 펠드웨이는 인터넷과 분리된 컴퓨터 본체에 단말의 데이터만 옮기고 있는 이미지로 구분이 되는군.

《그렇게 이해하는 것이 정확할 것 같습니다. 쉽게 말해서 '시공연속 공격'도 본체에겐 전해지지 않을 테니까 실로 번거롭기 짝이 없는 상대라고 할 수 있겠군요.》

그렇군, 엄청 번거로울 것 같다.

"그렇다면 본체가 있는 장소로 찾아가지 않으면 펠드웨이를 쓰러트릴 수 없단 말인가. 확실히 성가시겠지만…… 어라? 그 본체가 일부러 우리를 찾아온다면 우리 입장에선 아주 좋은 거 아냐?"

어디 있는지도 모르는 녀석을 찾는 것보다 직접 찾아와준다면 수고를 덜 수 있을 것이다. 그렇게 생각했지만, 아무래도 그리 간단한 얘기는 아닌 것 같았다.

디아블로가 대답했다.

"네. 하지만 녀석은 단순히 강합니다. 본체의 전투능력이라면 기이를 상회할 가능성이 있을 정도로 말이죠. 그러므로 더더욱 만약의 경우에 대비해둘 필요가 있지 않겠느냐고 감히 생각하는 바입니다."

베루다나바에게서 부여받은 본체는 펠드웨이에겐 보물이라고 한다. 그렇기 때문에 펠드웨이는 늘 임시 육체에 깃들면서 본체가 상하지 않도록 아끼고 있다고 하는데, 그 신념을 뒤집을 가능성도 고려해두는 것이 좋다는 얘기였다.

물론 그 말이 옳다고 생각했다.

상대의 생각 하나로 상황이 뒤집히는 일은 있어선 안 되는 사태니까. 더구나 그게 무시할 수 없는 전력이라면 더욱 그렇다.

"기이가 진심으로 싸우면 베루자도 씨와 호각인 수준이었지. 그렇다면 펠드웨이도 '용종'에 필적한단 말이로군?"

"쿠후후후후, 그렇게 되겠군요."

디아블로의 말에 따르면 먼 옛날의 펠드웨이는 기본적으로 위험했다고 한다. '충마왕' 제라누스나 '멸계룡' 이바라제와 비교하면 격이 떨어진다는 느낌이 들긴 하지만, 실제로는 그렇지 않았다고 한다.

미궁 안에서 계측한 존재치도 진심으로 싸운 게 아니라면 정확한 값이 되지 못한다. 그렇다면 펠드웨이의 진짜 실력은 미지수라는 얘기가 되는군…….

"너에게 맡기려고 하는데, 괜찮겠지?"

나는 디아블로에게 펠드웨이의 상대를 일임할 예정이었다. 그 진짜 실력이 '용종' 급이라고 들었을 때는 놀랐지만, 디아블로가 어떻게든 해줄 것── 아니, 역시 무리려나?

그렇게 생각했는데, 디아블로는 내 말을 듣자마자 만면의 미소를 지으면서 말했다.

"감격스럽습니다, 리무루 님. 그 신뢰에 부응하기 위해서 앞으로도 더욱 정진하려고 합니다!"

아, 괜찮은 것 같네, 이 정도면.

디아블로는 자신감이 지나친 면이 있긴 하지만, 할 수 없는 것까지 받아들이지는 않는다. 이길 수 있는지 아닌지는 불명이지만, 펠드웨이를 대처하는 것은 가능하다고 생각하고 있는 것 같았다.

그렇다면 내가 걱정하는 것은 배려가 부족한 짓이다.

싸워도 비길 것 같은 상대는 믿을 수 있는 부하에게 떠넘기는 것이 상책이다. 그러므로 처음 예정한 대로 디아블로가 열심히 싸워서 상대해주기를 바라기로 했다.

펠드웨이가 얼마나 위험한지 이해하고 나니 마음에 걸리는 것은 다음 표적이었다.

"어떤 수를 써서 움직일 것 같아?"

"흠, 그렇군요…… 예상하기는 어렵습니다만, 펠드웨이의 성격을 통해 추측해보자면 마사유키 님을 노릴 가능성이 높을 것 같습니다."

"뭐?"

의외의 대답을 듣고 나도 모르게 놀라고 말았다.

하지만 확실히 무시할 수는 없는 의견이었다.

마사유키를 노리는 게 의미가 있나——. 그렇게 생각했지만, 일어날 수 있는 일이라는 생각이 다시 든 것이다.

애초에 왜 마사유키를 노리는 걸까?

아마도 내 생각이지만, 루드라의 환생이라는 의심이 드니까 말살을 꾀하려는 것이라는 생각이 들었다. 그리고 그건 베루글린드가 마사유키를 사랑하고 있다는 사실로 인해 증명이 되고 말았다.

펠드웨이는 마사유키 자체보다는 루드라를 경계하고 있을 것이다. 그 이유까지는 불명이지만, 확실히 마사유키를 노려도 이상하지는 않았다.

"애초에 이유는 관계가 없을 것으로 생각합니다. 계속 같은 소리를 하는 것 같습니다만, 펠드웨이는 완고하기 때문에 자신의 실패를 인정하지 않으니까 말이죠. 한 번 실패했다고 해서 포기할 만한 녀석이 아닙니다."

고개를 절레절레 저으면서 디아블로가 그렇게 말했다.

그렇다면 한층 더 납득이 되었다.

"그렇다면 다음 회의는 위험할지도 모르겠군. 베루글린드 씨도 호위를 하러 올 테니까 어지간한 일이 일어나지 않는다면 괜찮을 거라 생각하지만, 너도 경계를 하고 있어 다오."

"안심하십시오. 늘 만반의 태세를 갖추고 대비하고 있겠습니다."

디아블로의 그런 점은 신용할 수 있다.

성격 쪽은 좀 그렇지만 일하는 것 하나는 우수하다. 지금은 라이벌 의식을 불태우는 상대인 시온도 출장 중이니까 쓸데없는 걱정도 할 필요가 없었다.

그런 식으로 불안한 점을 찾아내고 해결하면서 나와 디아블로는 면밀하게 의논하고 있었는데, 이때 경악할 만한 뉴스가 날아들었다.

『큰일 났어, 리무루!!』

골치 아픈 일이 일어났다는 분위기가 역력하게 느껴지는 밀림의 연락이었다.

『무슨 일이야?』

『실은 말이지, 오베라가 이리로 도망쳐왔어.』

『호오?』

『펠드웨이를 배신한 게 들키는 바람에 미카엘과 전투를 벌이게 되었다고 말했어.』

이건 데몬즈 링(마왕의 반지)을 통해서 얘기할 내용이 아니로군. 그렇게 판단한 나는 밀림이 있는 곳까지 찾아가기로 했다.

*

밀림의 성은 건설 중이지만, 이미 완성되어 거주할 수 있는 부분도 있었다.

그런 곳의 한구석에 의료시설도 있었으며, 그중의 한 방에 오베라가 누워 있었다. 처음 여기로 도망쳐왔을 때는 의식불명에 빠질 정도로 중태였다고 하는데, 지금은 완전히 눈을 떴으며, 침대 위에 있긴 했지만 상반신을 일으키고 있는 상태였다.

계속 잠이 들어 있었기 때문에 구체적인 사정까지는 아직 듣지 못했다고 한다.

그 말에 고개를 끄덕이면서 나는 오베라에게 인사를 했다.

"안녕하세요. 리무루 템페스트라고 합니다. 마왕 노릇을 하고 있죠."

처음 만났기 때문에 자기소개부터 했다.

그런 나를 어이가 없다는 눈으로 본 건 요염함이 배로 늘어난 것 같은 느낌이 드는 프레이 씨였다.

"마왕이신 리무루 폐하께 이런 말씀을 드리는 것도 불경스러운 짓이겠지만, 좀 더 위엄이라는 것을 갖추셔야 하지 않을까요? 여차할 때 할 수 있는 것과 평소의 대응에서 은근히 배어 나오는 것은 알아볼 수 있는 자가 보면 그 차이가 일목요연하니까요."

곧바로 쓴소리를 듣고 말았지만, 프레이 씨의 입장에선 밀림에게 악영향이 미칠 것을 걱정하여 한 말일 것이다.

리무루도 그러는데──. 툭하면 밀림이 변명거리로 그런 말을 늘어놓으니까 말이지.

이건 말하자면 그거로군.

나쁜 친구를 사귀는 걸 걱정하는 어머니 같은 반응이다.

약간 흐뭇하게 느껴지는지라 나도 모르게 웃고 말았지 뭐야.

그런 나를 보고 칼리온이 히죽히죽 웃었다.

"여어, 프레이가 잔뜩 벼르고 있으니 죽을 맛이겠어."

무슨 소리야. 마치 동료라도 얻은 것처럼 말하지 마.

칼리온도 프레이 씨도 입으로는 별별 말을 다 하지만, 다른 사람의 눈이 없는 곳에선 부담 없이 대해준다. 내가 그렇게 해달라고 부탁했기 때문이지만, 그 덕분에 딱딱한 예절 같은 건 생각하지 않아도 되는지라 마음이 편했다.

그건 그렇고 두 사람의 분위기가 많이 바뀌어 있었다. 베니마루한테서 보고를 받긴 했는데, 이렇게 실제로 직접 보니 예전과는 다른 사람 같았다.

"듣기로는 각성한 힘을 완전히 자신의 것으로 소화했다며?"

"그래. 얼마 전에는 많은 신세를 졌다고 베니마루에게도 전해줘."

칼리온은 베니마루와 사이가 좋으니까 말이지. 처음 만났을 때 싸움을 건 베니마루를 마음에 들어 했으며, 그 후로도 친하게 지내고 있었다고 한다.

지금은 힘의 우월 관계가 역전되긴 했지만, 바로 따라잡아 추월하겠다고 큰소리를 치면서 전혀 마음에 두지 않는 모습이 칼리온의 큰 도량을 증명하고 있었다.

그리고 프레이 씨도.

"그 점에 대해선 나도 고맙게 생각하고 있어. 이 힘 덕분에 예전보다는 밀림에게 도움을 주고 있으니까."

미소를 지으면서 감사의 말을 전했지만, 그건 밀림을 꾸짖기 쉬워졌다는 뜻으로 하는 말은 아니겠지?

그런 의심이 들고 말았지만, 대전에서 살아남기 위해서 힘이 필요하다는 것은 더 말할 필요도 없으므로 감사의 말을 솔직히 받아들였다.

"그건 그렇고 라미리스의 미궁은 정말 반칙이네. 그런 사용법이 있었을 줄이야. 계속 마왕으로서 알고 지내왔는데 전혀 모르고 있었어."

"그러게. 기이가 마음에 들어 하기 때문에 마왕 자리에 앉아 있는 것뿐이라고 생각하고 있었는데, 그 꼬맹이가 그런 힘을 숨겨두고 있었다니 정말 놀라워."

"숨기지는 않았겠지. 아무도 알아차리지 못한 것뿐이야."

"나는 알고 있었어!"

"알고 있어도 쓰지 못하면 의미가 없는 거야. 그 미궁을 겪어보고 나서야 그 말을 이해할 수 있었어. 그러니까 말이지, 밀림. 억지 고집은 부리지 마."

굳이 아는 척을 하던 밀림을 프레이 씨가 달래고 있었다.

그 모습을 보고 웃으면서, 칼리온이 자신의 감상을 입에 올렸다.

"하지만 뭐, 밀림을 보고 웃을 수만은 없겠군. 우리도 바보 같았으니까. 하지만 뭐, 납득도 되긴 하더라고. 다른 사람을 능수능란하게 다루는 점을 놓고 비교해보면 리무루에겐 아무도 이기지 못할 테니까 말이야."

"그러네. 그런 의미로 보면 우리도 이용당하는 쪽이니까."

프레이 씨까지 수긍하고 있었지만, 라미리스의 미궁의 진면목은 나도 예상하지 못했다.

기왕이면 이용해보자고 생각해서 어떤 걸 할 수 있는지 들은 뒤에 "뭐?! 정말로 그런 게 가능하단 말이야?!"라고 놀랐으니까.

그리고 실제로 시행착오를 겪으면서 지금의 미궁이 탄생한 것이고 말이지.

그걸 처음부터 상정하고 있었던 것은 아니므로 그 의견은 과대평가라고 할 만했다.

그건 그렇고 뭐, 결과적으로 보면 미궁은 정말 엄청나다.

미궁 안에서 죽어도 부활할 수 있다는 건 아무리 생각해도 반칙이다. 실전훈련에 최적이며, 방위 면을 생각하자면 도저히 난공불락이었다.

라미리스가 과소평가를 받고 있던 것이 신기할 정도로 나의 공적은 있으나 마나 한 것이란 말이지.

하지만 그걸 말로 하는 것도 뭔가 아닌 것 같은지라 지금은 웃으면서 얼버무리고 있었다.

"자, 슬슬 인사는 이쯤 하기로 하고 본론으로 들어가기로 할까."

그런 프레이 씨의 말 한마디로 병실의 분위기가 진지하게 바뀌었다.

우리 대화를 듣고 휘둥그레 눈을 뜨고 있던 오베라도 그때부터 진지한 표정을 지었다.

그리고 그제야 우리에게 인사말을 늘어놓았다.

"처음 뵙겠습니다, 마왕 리무루 님. 저는 오베라, 예전에는 '삼요사'였으며 클립티드(환수족)의 대응을 맡은 책임자였습니다."

오베라는 그렇게 얘기를 시작했다.

조심스러운 태도를 보이면서 말했지만, 거짓말을 하고 있는 것 같지는 않았다. 밀림이 믿었던 것처럼 나의 감도 사실을 말하는 것이라고 알려주고 있었다.

하지만 만약을 대비해서 조금 더 파고들어 물어보기로 했다.

"일단 묻겠는데, 이번 대전을 앞두고 배신을 하면 스파이로 의심받을 건 알고 있었겠지?"

"물론입니다. 제 결백을 증명할 방법은 없습니다만, 알고 있는 모든 것을 얘기하겠습니다."

그렇게 대답하는 오베라의 표정은 한 점의 흐림조차 없이 진지했다. 그리고 아직 완전히 회복된 게 아님에도 불구하고 무슨 일이 있었는지 설명해줬다.

밀림과의 의논을 끝내고 펠드웨이에게 돌아간 것. 거기서 육체를 얻은 것은 좋았지만, 동시에 천사 계열의 권능을 획득하고 말았다고 한다.

위험하다는 걸 직감한 오베라는 그 권능에 의해 자신이 지배될 가능성을 생각했다. 그리고 펠드웨이가 강제지배를 실행하기 전에 획득한 얼티밋 스킬(궁극능력) '아즈라엘(구제지왕)'을 버렸다고 한다.

실비아 씨가 가르쳐준 마음(심핵)과 스킬(권능)을 분리하는 방법 말이로군. 역시 많은 걸 알고 있다고 생각하면서 감탄했지만, 잘 생각해보면 오베라가 권능을 버린 것을 감지했으니까 그녀의 배신행위가 발각된 것이 아닐까.

그 결과, 실비아 씨나 카가리 일행이 고전하게 된 셈이지만, 그 책임까지 오베라에게 떠넘기는 건 좀 아닌 것 같았다.

그 일은 어쩔 수 없었던 것으로 치고 나는 모르는 척했다.

그보다도 중요한 것은 오베라가 한 얘기의 진위여부다.

솔직히 말해서 믿을 만하다고 생각했다.

《동의합니다. 정합성이 갖춰져 있으며, 숨겨둬야 할 정보까지 이야기 했습니다. 이렇게까지 한다면 스파이 행위의 대가로는 타산이 맞지 않습니다.》

그렇겠지.

미카엘에게 습격을 받은 일과 그 권능에 대해서도 술술 다 얘기해준 것이다.

미카엘의 '캐슬 가드(왕궁성새)'가 발동하지 않았다거나, 베루글린드와 베루자도의 권능을 당연한 것처럼 구사했다거나, 그 힘으로 오베라의 군단이 궤멸하였다는 등, 거짓말로는 여겨지지 않는 정보가 가득했다.

정보를 자세하게 조사하는 방법에 대해서 말하자면, 그게 거짓일 경우에 얻을 수 있는 게 있느냐 없느냐를 체크해보면 재미있어진다. 그러므로 반드시 인터넷에 떠도는 정보 같은 것은 반대의견도 검색해보거나 찬성과 반대 중 어느 쪽의 정보가 더 많은지, 어떤 것을 소스로 삼고 있는지 등으로 신빙성을 파헤쳐보곤 하는 것이다.

오베라를 상대로도 이 판별방법은 유효했다.

오베라가 우리를 속이고 있을 경우, 미카엘의 권능은 거짓말로 굳어지게 되지만, 이 정보는 진실이라는 느낌이 아주 강했다. 시엘의 검증결과로도 진실이라는 판정이 나왔다.

그리고 무엇보다 오베라는 나의 '해석감정'을 받아들이는 것을 허락했다. 이걸로 알아보면 거의 확실하게 권능의 유무를 확인할 수 있다.

이걸 이용한 판정결과도 진실이었다.

오베라는 '아즈라엘'을 보유하고 있지 않았으며, 미카엘의 지배를 받고 있지 않다는 것이 판정되었다.

이 정도라면 이젠 오베라를 믿는 게 정답일 것이다.

나는 오베라에게 회복약과 벌꿀을 주고 빨리 회복하도록 노력해줄 것을 당부했다.

*

오베라는 밀림 쪽에 맡기기로 했다.

오베라한테서 들은 정보는 마왕들끼리 공유하고 있었다.

이젠 정보유출을 두려워하고 있을 때가 아니었다. 누군가에게 무슨 일이 생긴 뒤에 설명하다간 늦다면서, 모두의 의견이 일치한 결과였다.

그렇게 분주하게 이틀이 지났으며, 그리고 세계회의가 열리는 날을 맞았다.

베니마루는 남아서 자리를 지키기로 했다.

총사령관으로서 템페스트(마국연방)를 지키는 일을 맡겼다.

내 호위로는 그림자 속에 숨어 있는 란가와 소우에이. 비서로는 디아블로를 대동했다. 이 멤버라면 여기에 펠드웨이가 습격해 오더라도 대처할 수 있을 것이다.

"여어, 나리! 오늘 같은 큰 무대에서 내가 할 수 있는 일이 별로 없을 것 같지만, 필요한 게 있으면 말해줘."

그렇게 말하면서 요움이 나에게 인사를 했다.

뮬란은 참가하지 않았는지 모습이 보이지 않았다. 그 대신 요움을 호위하기 위해서 가드라가 와 있었다.

나도 가볍게 인사를 해준 뒤에 나중에 다시 이야기를 나누자고 약속했다.

오늘의 본 무대가 무사히 끝나면 스탠딩 파티가 벌어질 것이다. 그 후에 친밀한 사람들끼리만 느긋하게 잉그라시아의 왕도에서 한잔하러 갈 예정이 잡혀 있었다.

약간 들뜬 기분으로 회의장으로 가다가 앞에 있는 광장에서 마사유키와 합류했다.

마사유키는 오늘의 주역이므로 아는 사이이자 중개인 역할을 했던 내가 마중하러 온 셈이다.

"어라, 키가 좀 자랐어?"

나는 용종과 비슷한 존재가 되었을 때에 키가 약간 자랐다. 마사유키와의 눈높이도 비슷해져 있었는데, 지금은 예전과 비슷한 키 차이로 돌아와 있었다.

"알아보시겠나요? 실은 좀 성장한 것 같아요."

마사유키가 기쁜 표정으로 그렇게 대답했다.

잘 보니까 머리카락 색도 눈부신 금발이었다.

"그 머리카락도?"

"네, 완전히 색이 변하고 말았지 뭐예요. 이젠 익숙해졌지만 처음에는 당황했어요."

이 정도면 무슨 이변이 일어난 것 같은데.

지나친 생각일지도 모르겠지만, 루드라가 부활할 것이라는 예상도 어쩌면 아예 틀린 게 아닐지도 모르겠다.

그래도 마사유키는 마사유키다.

나는 딱히 신경 쓰지 않은 채 그를 데리고 회의장에 들어갔다.

몇 번인가 온 적이 있는 원형 회의장에는 이미 각국의 중진들이 도착해 있었다.

적지 않게 소란스럽고 시끌벅적했지만, 우리를 보자마자 단번에 조용해졌다.

우리에게 시선이 집중되어 있지만, 이젠 익숙해졌다.

그건 마사유키도 마찬가지인지 긴장하고 있는 기색은 보이지 않았다.

"당당하게 행동할 수 있게 되었네."

"그럴 수밖에 없죠. 제국에서 즉위할 때도 제 시선 밑을 가득 채울 만큼 사람들이 많이 있었으니까요."

성의 발코니에서 신민들을 향해 즉위 선언을 했다고 하는데, 그런 경험이 마사유키를 듬직하게 키워주고 있는 것 같았다.

"정말 멋졌어요, 마사유키."

베루글린드 씨도 황홀한 표정으로 그때를 떠올리고 있었다. 마사유키의 동행자로 온 것인데 그녀는 그녀대로 존재감이 대단했다.

그 미모는 굳이 말할 것도 없었으며 군복도 아주 잘 어울렸다. 나란히 앉은 참석자들 대부분의 시선을 빼앗고 있는 것은 베루글린드임에 틀림없었다.

그런 식으로 주목을 받는 가운데, 풍성한 흰 수염을 기른 레스터 의장이 우리에게 달려와서 나와 마사유키를 자리까지 안내해 줬다.

주역에 어울리게 가장 앞줄이었다.

마사유키와 정면에서 마주 보는 형태로 나도 자리에 앉았다.

사회석에는 테스타로사의 모습도 보였다.

사전 준비는 만전을 기했으므로 서방 열국과 동쪽 제국과의 역사적인 화해극도 방해만 받지 않는다면 무사히 끝날 것이다.

그런 생각을 하면 꼭 무슨 일이 터진단 말이지.

이번에도 그 법칙이 발동될 예정이지만, 지금의 나는 그걸 알아차리지 못한 채 회의가 시작되기를 그저 조용히 기다리고 있었던 것이다…….

●

잉그라시아 왕국, 지하대미로.

그건 수백 년 이상의 세월을 거쳐 파내서 만들어진, 숨겨진 통로다. 천사의 습격을 대비하여 마련된 시설이며, 복잡하게 얽혀 있기 때문에 미로로 불리면서 널리 알려져 있었다.

지표 근처의 계단에는 크게 뚫린 장소도 몇 군데 마련되어 있었으며, 긴급사태에는 피난 장소로 누구라도 이용할 수 있게 되어 있었다.

하지만 그건 어디까지나 표면적인 모습이었다. 그보다 더 아래에 있는 층에는 극히 일부의 한정된 사람만이 아는 비밀장소가 있었던 것이다.

왕도의 어두운 면, 세상에 알려지는 것이 허용되지 않을 사악한 연구시설이었다.

그곳에서 진행되는 연구를 관리하고 있는 자는 마법심문관들이며, 그 연구내용은 마물의 인자를 인체에 넣는 방법이었다.

일반인의 열 배 이상인 근력이나 강철보다도 강인한 피부, 그것들을 지탱해주는 골격 등등, 현재도 나름대로 결과를 내고 있었다. 그 성과가 그들 자신의 육체가 된 것이지만, 마왕이라는 초현실적인 존재 앞에선 너무 부족하다는 것이 왕의 판단이었다.

"또 실패했다. 이 녀석도 의외로 약했구나."

"키히히히히. 그레이터 데몬(상위악마)에게 주려면 더 강인한 육체로 만들어야겠군. 제국에선 배틀 키메라(인조합성수)라는 병기를 개발했다고 하는데, 콘셉트는 우리 것과 비슷하군."

"음. 인체를 직접 개조하느냐 합성수로 만들어서 사역하느냐, 그 차이라고 하겠지."

메디컬 스킬(특수투여능력)을 유발하는 투여약의 존재는 비밀 중의 비밀인 만큼 알려지지 않았다. 따라서 이곳의 연구자들은 배틀 키메라가 병기의 완성형이라고 믿고 있었다.

하지만 합성수를 사역하는 것보다 직접 인체를 강화하는 것이 더 쉬웠으며 자신들이 낫다고 생각하고 있었다. 그래서 기피감도 없이, 일반인이 보기에는 금단으로 보일 법한 실험을 반복하고 있는 것이다.

그래도 부족했다.

만족할 수 있는 결과가 나오지 않았다.

현재 포획 가능한 동물의 인자는 모조리 조사했으며, 어느 정도는 엑기스(인자) 추출에 성공하고 있었다. 점점 강화율을 높여서 버전업도 되어 있지만, 이번에는 육체 면이 아니라 정신 면의 나약함이 드러나는 결과가 되고 말았다.

건전한 정신은 건전한 육체에 깃든다고 한다.

그렇다면 강인한 육체에는 강인한 정신이 깃들게 해야 할 것이다.

그렇게 생각한 과학자들은 이번에는 정신생명체와의 융합을 모색하게 된 것이다.

그렇다면 무엇보다 손쉬운 방법은 악마의 힘을 집어넣는 것이 아니겠냐는 의견이 나왔다. 그 이유는 소체를 입수하기 쉬웠기 때문이다.

북방에선 데몬(악마족)과의 자잘한 경합이 반복되고 있었기에 약해진 개체를 포획한다는 막무가내 방법으로 레서 데몬(하위악마)이나 그레이터 데몬(상위악마)이 조달되고 있었던 것이다.

그런 데몬은 시체에 깃들면서 자신의 육체를 얻고 있었다. 그 덕분에 성분조성의 분석에도 성공했으며, 재미있는 결과가 밝혀지고 있었던 것이다.

데몬이라는 존재는 어떤 원리로 육체를 가지게 되는가?

그 답은 인간의 세포를 마력 요소가 침식하며 마법에 익숙해지도록 다시 만든다는 것이었다.

단, 이건 어디까지나 악마측이 주도했을 경우이며, 강제적으로 악마의 힘을 받아들이려고 해도 그건 인체에겐 독이 될 뿐이었다.

당연했다.

식사를 이용한 에너지 섭취나 수면, 호흡까지도 필요하지 않게 되며, 수명조차도 없어지게 되니까. 생명으로서 완전하게 다른 존재로 바꿔다시피 하는 것이므로 그걸 인간의 의지로 컨트롤한다는 건 무모하기 짝이 없는 짓이라고 말해도 전혀 부족하지 않을 수준이었다.

그리고 마법심문관들은 착각을 하고 있었다.

중요한 것은 의지의 힘이지만, 육체의 강화에만 집중하고 있었던 것이다.

정신 쪽은 악마의 힘으로 강화될 테니까 깃들게 될 육체만을 단련해야 한다——는 잘못된 이론으로 인해 잘못된 방향에서 실험을 되풀이하고 있었던 것이다.

그리고 또 하나.

이 착각은 치명적이었다.

몸을 얻은 악마의 세포를 배양하여 엑기스(인자)를 추출한다. 그걸 주입하면 실험체에도 악마의 힘이 깃들 것으로 생각하고 있었다.

이건 큰 착각이었다.

악마는 의지의 힘으로 새로이 얻은 육체를 자신의 것으로 삼는 것이다. 의지가 없는 세포에선 변화가 생기지 않기 때문에 단순한 독이 되어 실험체를 침식할 뿐이다.

즉, 성공할 리도 없는 고문 같은 실험이 반복되고 있었던 것이다.

실험체가 된 자에게 있어서 이 환경은 지옥 그 자체였다.

그렇기 때문에 선발된 것은 우수한 인재가 아니라 쓰고 버려도 아무런 문제가 되지 않을 법한 고아나 노예 같은 자들이었다.

그리고 범죄자가 있었다.

중죄를 저지른 자는 몰래 사형을 집행한 것으로 처리된 뒤에 이 연구소로 옮겨졌던 것이다――.

라이너는 휴우, 휴우 하고 거친 숨을 거듭 쉬고 있었다.

마음을 채우고 있는 것은 절망과 공포였다.

잉그라시아 왕국 기사단의 총단장이라는 영예로운 자리에서 지금은 쓰이다가 버림을 받게 될 실험체라는 신분으로 몰락하고 말았다.

라이너를 따르던 부하들이 몇 명이나 죽임을 당했다.

처음에는 그 부조리한 상황에 분노했지만, 이내 마음이 꺾이고 말았다.

올 것이라고 믿었던 도움의 손길이 오지 않았기 때문이다.

라이너의 친가도 멸문이 되었으며 기사단에게도 버림을 받았다.

당연했다.

라이너는 예전에 개최된 평의회에서 무법 행위를 저질렀으니까.

잉그라시아 왕국 제1왕자인 엘릭의 권위를 앞세워 마왕 리무루와 성기사단장 히나타에게 싸움을 걸었다.

이겼다면 영웅이 되었겠지만, 너무나도 쉽게 패하고 말았던 것이다.

이렇게 되면 대외적으로도 중죄로 처리할 수밖에 없었기 때문에 라이너에겐 국가반역죄가 적용되고 말았다.

당연히 라이너의 관계자는 전원 사형을 받는 처지가 되었다. 쉽게 말해서, 여기 있는 연구소에서 실험재료가 된 것이다.

라이너가 바라는 도움의 손길 따위는 올 리도 없었던 것이다.

그걸 이해한 라이너는 지금은 자신이 언제 실험재료가 될지 몰라서 늘 두려워하는 나날을 보내고 있었다.

(빌어먹을! 왜지, 왜 이렇게 된 거냐?!)

그나마 발광하지 않은 것은 간혹 발작적으로 분노가 재발했기 때문이다. 그건 마왕 리무루와 성기사단장 히나타를 향한, 완전히 적반하장격인 분노였다.

(눈물을 쏟게 만들어주겠어! 목숨을 구걸해도 용서하지 않을 거야. 나를 인정하도록 만든 뒤에 실컷 괴롭히다가 죽여줄 테다아!!)

격렬한 증오가 라이너의 마음을 붙들어 매고 있었다.

그리고 라이너가 그렇게 되고 만 원인이 하나 더 있었다.

그건 지금 현재, 라이너에겐 육체 강화 수술만이 시행되었기 때문이었다.

최대한 강화한 뒤에 악마와의 융합실험을 곧 시작한다는 단계에 놓여 있었다. 특히 라이너는 소체 단계에서 A랭크 오버라는 귀중한 존재였기 때문에 연구자들도 정중히 대접해주고 있었던 것이다.

그걸 과연 행운이라고 불러도 될지는 의심스럽지만, 어쨌든 라이너는 아직 건재했으며, 힘만 본다면 특A급의 수준까지 도달해 있었다.

그리고 그날.

올 리가 없는 희망이 라이너 앞에 모습을 드러낸 것이다.

*

"호오, 이렇게 쉽게 침입할 수 있을 줄이야."

그렇게 말하면서 베가를 칭찬한 자는 반신반의하면서 베가에게 길 안내를 맡긴 펠드웨이였다.

이 자리에 있는 자는 네 명.

베가를 선두로 아리오스와 마이가 뒤따랐으며, 그리고 맨 뒤에는 펠드웨이가 있었다.

그 작전 회의가 끝난 후에 각자 준비를 했다.

같은 시간에 공격을 시작하지 않고, 맨 처음 지점으로 마왕들의 눈길을 돌린 뒤에 진짜 목표를 공격한다는 내용을 모두가 숙지하고 있었다.

그렇게 되면서 마사유키를 노리는 펠드웨이 일행이 한발 늦게 나서는 결과가 되었다.

첫 공격을 맡을 자는 '삼성사'인 펜.

성대하게 난동을 부려서 마왕들의 눈길을 끄는 역할을 맡았다.

'옥타그램(팔성마왕)'의 한 축인 다구류루를 쓰러트리고 그의 군단을 장악할 것이다. 그 임팩트는 엄청날 것이며, 마왕 세력의 간담을 서늘하게 만들 것이다.

펜을 도와줄 자로는 '삼성사'인 자히르도 배치했다. 그렇게 함으로써 서방을 함락시키기에 충분한 전력을 결집한 것이다.

그리고 진짜 목표를 공격할 자들이 바로 펠드웨이 일행이었다.

잉그라시아 왕도에서 개최될 세계회의라는 자리에 쳐들어가 마사유키를 처치하는 것이 목적이었다.

이 일을 방해받지 않도록 '삼성사' 자라리오를 천공에 대기시켜 놓고 마왕 루미너스가 움직일 경우에는 그걸 저지하는 역할을 맡겼다. 혹은 펠드웨이의 신호에 맞춰서 잉그라시아 왕도에 전면 공격을 시도할 예정이었다.

그리고——.

펜의 공격이 시작됨과 동시에 '충마왕' 제라누스의 군대가 구유라자니아를 거느리게 된 마왕 밀림의 본거지를 습격하게 되어 있었다.

현재 남은 '팔성'은 기이, 리무루, 라미리스, 밀림, 다구류루, 루미너스, 이렇게 여섯 명이었다. 그중 두 명을 동시에 공격할 예정이므로 다른 마왕들의 동요를 유도할 수 있을 거란 노림수였다.

무엇보다 기이와 비슷한 수준으로 경계해야 할 마왕 리무루는 펠드웨이 일행이 노리는 마사유키 곁에 있다는 정보를 얻은 상태였다. 오늘 개최될 예정인 회의의 참가자 리스트에 이름이 있었지만, 이게 덫일 가능성은 부정할 수 없었다.

그런고로 펠드웨이는 신중하게 행동하면서 임기응변으로 대응하자는 생각을 하고 있었다.

그런 이유로 인해 왕도에 대한 침공도 힘으로만 밀어붙이는 게 아니라, 베가의 진언을 받아들여 숨겨진 통로를 이용한 것이다.

이 계획이 제대로 성공했다.

잉그라시아 왕도의 교외에 있는 숲에 그 통로의 출구 중 하나가 있었던 것이다. 그곳을 통해 들어갔기 때문에 왕도를 수호하는 '결계'의 영향을 받지도 않았으며, 실로 간단히 침입할 수 있었다.

게다가 행운은 그것만으로 그치지 않았다.

"음, 이 연구소가 아직 유지되고 있었군. 그리운데. 나도 여기서 온갖 실험을 당했었지."

베가가 그런 말을 중얼거렸는데, 확실히 그 말대로 그 통로의 끝에는 인간의 기척이 느껴졌다.

펠드웨이의 기준에선 하찮은 힘밖에 느껴지지 않는 왜소한 자들이었지만, 인간치고는 나름대로 강한 기운으로 채워져 있었다.

여기서 소동을 일으켜봤자 귀찮아지기만 할 테니까 처음에는 탐탁지 않게 생각했지만, 이게 생각지도 못한 행운이라는 것을 바로 깨닫게 되었다.

"아아, 역시 있었네. 이 감옥 안에 갇혀 있는 녀석들은 이곳의 연구에 이용되는 실험체들이야."

그런 식으로 설명하면서 베가가 무방비하게 감옥으로 다가갔다. 그리고 감옥 안에 있는 인물을 향해 친하게 말을 걸었다.

"여어, 형제. 잘 지냈어?"

그렇게 말을 건 대상인 자가 바로 마음이 망가지기 직전이었던 라이너였다.

"뭐야…… 넌…… 그 빌어먹을 연구자 놈들이 아닌가……?"

라이너는 감옥 앞에 누군가가 서 있다는 것을 알아차리고는 겁을 먹은 듯이 몸을 움츠리고 있었다. 하지만 평소와는 뭔가 다르다는 것에 당황하면서 고개를 들어 쳐다보다가 베가를 발견한 것이다.

베가는 웃었다.

"그 꼴을 보니 상당히 심하게 당한 것 같군."

"넌……?"

"헷, 나는 베가라고 해. 굳이 말하자면 너의 선배라고 할 수 있겠군."

"선배……라고?"

"그래. 나도 말이지, 여기서 다양한 실험을 당했거든. 운 좋게 도망칠 수 있었지만, 지금도 악몽을 꿀 정도로 몸서리쳐지는 기억이야."

그 말을 듣고 라이너는 베가에게 친밀감을 느꼈다.

이 가혹한 환경을 아는 자이다 보니 동료의식이 싹튼 것이다.

"너도 나와 같은……."

"그래, 그렇고말고. 그건 그렇고 얘기가 나와서 물어보겠는데,

구해줄까?"

베가가 멋대로 얘기를 진행했다.

그 말을 듣고 있던 펠드웨이도 딱히 끼어들지는 않았다.

이번 작전은 베가에게 일임하고 있으며, 현시점까지는 잘 진행되고 있었다. 이대로 맡기는 것도 재미있겠다고 생각하면서 돌아가는 상황을 지켜볼 생각이었다.

그리고 다른 의도도 있었다.

여기에는 라이너뿐만 아니라 실험체라고 불리는 죄수가 그 외에도 여럿 있었다.

그 수는 대략 100명에 가까웠다. 비슷한 느낌으로 육체가 강화되어 있었으니 실로 이용하기 좋겠다는 생각이 들었던 것이다.

그렇다. 아직 육체를 가지지 못한 팬텀(요마족)의 빙의용 육체로이 실험체들을 이용할 수 있을 것 같다는 생각을 하고 있었던 것이다.

그런 생각을 하고 있는 펠드웨이 옆에서 베가와 라이너의 교섭이 이어졌다.

"뭐?"

라이너는 갑자기 튀어나온 얘기를 듣고 당황했다.

구해주겠다면 거절할 이유가 없다.

하지만 베가와 그의 일행으로 보이는 사람들은 너무나도 수상쩍었다. 정말로 믿어도 되는지 고민했지만, 그건 한순간의 일이었다.

어차피 여기서 그 제안을 거절해버리면 기다리고 있는 것은 파멸뿐이다. 공포와 절망 속에서 정신을 놓을 것이며, 멀지 않은 미래에 죽을 게 분명했다.

괴롭지 않게 죽으면 그나마 다행이다……. 그렇게 생각하면 그 제안에 속아 넘어가는 게 몇 배 더 나은 일이었다.

"구해줘. 충성을 맹세하라고 한다면 내 모든 것을 바치겠다고 맹세하겠어! 그러니까 나를 여기서 꺼내줘!"

라이너가 그렇게 외쳤다.

그 말을 들은 베가는 씨익 웃고는 강철로 만든 감옥의 창살을 잡았다. 마법으로 강화된 그것은 베가의 힘에 의해 바로 비틀리더니 산산이 끊어지고 말았다.

그 엄청난 괴력을 보고, 라이너도 격이 다르다는 것을 깨달았다.

하지만 그것보다 더 놀라운 일은 발밑에 여러 명의 마법심문관이 시체가 되어 뒹굴고 있다는 것이었다. 아무도 모르게 아리오스가 신속히 처치한 것이다.

순찰이 오는 게 늦는 것 같다는 생각을 하고 있었는데, 그 원인을 알고 라이너는 얼굴이 새파래졌다.

(나조차도 상대가 안 될 잉그라시아 왕국의 비장의 전력이 이렇게나 쉽게 살해되다니. 믿기 어렵지만 이 녀석들은 진짜 괴물들이야!!)

그렇게 생각하면서도 속으로 안도했다.

자신의 선택이 옳았다고, 라이너는 그렇게 생각했다.

"잘 부탁해, 형제. 그리고 구해주길 바라는 인간이 더 있다면 가르쳐줘. 모두 구해줄 테니까."

바라마지 않던 제안을 듣고 라이너의 얼굴도 환희로 물들었다.

"으, 응!! 모두 구해줘. 모두 내 부하들이야!"

여기에 모여 있던 것은 강화를 버텨낼 수 있을 것이라는 판정을 받은 자들뿐이었다. 여자나 어린아이는 다른 실험으로 배정되었으며, 이미 죽은 뒤였다. 라이너와 여기 갇혀 있는 자들은 처벌의 일환으로 그런 통보를 받았다. 그러므로 주저 없이 베가를 따른다는 길을 선택한 것이다.

"좋아, 오늘부터 너희는 내 부하다. 우리는 지금부터 이 위에 있는 왕도에서 한바탕 날뛸 생각이야. 싫다고 해도 내 지시를 따라줘야겠어."

"물론이지. 오히려 바라마지 않던 명령인걸. 우리도 이 나라에 대한 원한이 골수에 맺혀 있으니까."

베가의 말을 듣고 라이너가 기쁜 표정으로 응했다. 라이너의 부하였던 기사들도 죽어간 동료나 가족들의 한을 가슴에 품으면서 같은 심정으로 고개를 끄덕이고 있었다.

살아남았지만 무시무시한 실험의 실험체가 된 것에 대한 원망도 한층 더 늘어나 있었다. 이렇게 되자 그들의 분노는 걷잡을 수 없게 되었다.

더군다나 그때 펠드웨이가 그들의 등을 밀어준 것이다.

"그렇다면 너희에게도 내가 힘을 나눠주마. 준비는 되었느냐, 마이?"

"네. 자히르 님으로부터 100명의 전사를 맡아서 데려왔습니다."

펠드웨이의 뜻에 따라 마이가 이미 움직이고 있었다. 그 짧은 시간 사이에 '순간이동'을 하여 엄선한 전사들을 자히르로부터 받아온 것이다.

자히르는 불만스러운 반응을 보였지만, 펠드웨이의 칙명이었다.

거역할 수 있을 리가 없다보니 명령은 빠르게 실행된 것이다.

그리하여 잉그라시아 왕국의 지하 깊은 곳에서.

라이너와 부하들의 육체를 팬텀들에게 부여하는 의식이 벌어졌다.

의지가 강한 쪽이 육체의 주도권을 차지할 것이다. 자아가 통합되는 경우도 있겠지만, 비인도적인 인체실험보다는 훨씬 더 낫다고 생각하면서 라이너와 부하들도 그걸 받아들였다.

그리하여──.

"힘이 넘치는군. 베가 님, 저희를 구해주신 것도 모자라 복수할 수 있는 기회까지 주셔서 정말 감사합니다."

"됐어. 이 녀석을 빌려줄 테니까 원하는 만큼 난리를 치고 와!"

라이너는 베가한테서 무기를 받았다.

베가가 오르리아한테서 빼앗은 '멀티 웨폰(무창지왕)'으로 구현시킨 기사검이었다. 말할 것도 없이 그 성능은 갓즈(신화)급에 해당되지만, '참모'급 팬텀의 힘을 손에 넣은 라이너라면 문제없이 쓸 수 있을 것이다.

지금 라이너의 힘은 존재치로 환산하면 100만을 넘은 상태였다. 거기에 갓즈급이 더해지면서 200만에 해당되는 수준으로 강화되어 있었다.

라이너의 부하들도 20만에서 50만 수준으로 힘이 늘어나면서, 특A급 이상에 해당하는 강자로 다시 태어난 상태였다.

생각지도 못한 전력을 손에 넣으면서 베가는 기분이 좋아졌다.

펠드웨이도 만족하고 있었다.

(이건 예상하지 못한 소득이로군. 마음껏 날뛰면서 나에게 도

움을 다오.)

그런 생각과 함께 기쁘게 웃으면서, 의기양양하게 떠나는 라이너와 부하들을 배웅했다.

●

커다란 진동이 '천통각'을 덮쳤다.

'성허(聖虛)' 다마르가니아는 그날, 멸망의 위기를 맞았다.

"아─아, 상당히 위험한 느낌인데. 혹시 먼 옛날에 지상을 어지럽혔다는 그 녀석인가?"

울티마가 중얼거리는 소리를 듣고, 호출을 받고 돌아와 있던 베이런과 존다의 얼굴에 긴장하는 분위기가 감돌았다.

"지금 당장 다구류루 님께 확인을 해보고 오겠습니다."

"그래야겠네. 최악의 가능성도 생각해야 하니까 존다는 지금 바로 베레타 씨에게 연락할 수 있는 곳까지 다녀온 뒤에 반드시 시온 씨에게도 보고를 하고 와."

울티마의 명령을 받자마자 베이런과 존다가 움직였다.

이곳이 함락된다면 그다음에 적은 시온이 있는 루벨리오스를 노릴 것이 명백했다. 본부로 연락하는 것은 당연한 절차이며, 시온에게도 사태의 중대성을 전하는 것이 무난할 것이다.

그걸 이해하고 있기 때문인지, 존다도 반론을 전혀 하지 않았다.

왜 그래야 하냐느니, 자신도 함께 싸우겠다느니, 그런 쓸데없는 소리를 하지 않은 것은 울티마에 대한 절대적인 신뢰와 공포 때문이었다.

하위 악마들과 달리 울티마의 직속인 그들은 이해하고 있었던 것이다. 그들의 주인이 어떤 성격을 가지고 있는지.

울티마는 거역하는 자에겐 인정사정없었으며, 자신의 뜻에 따르지 않는 자에 대한 자비 같은 건 갖추고 있지 않았던 것이다.

그리고 무엇보다 울티마의 판단은 정확했다.

존다가 시험해보니 이미 이 일대는 마법이 봉쇄되어 있었던 것이다. 온갖 통신수단이 방해를 받고 있었으며, 자신들의 상황을 전할 수 없게 되어 있었다.

물론 이런 사태에 대한 대비도 완벽했다.

전에 레온이 습격을 받았을 때 반성할 점으로서 거론되었던 과제였기 때문에 리무루한테선 늘 서로 연락하라는 지시를 받았다. 정기적으로 5분에 한 번꼴로 상호통신을 하라고.

이 방법을 통해 연락이 끊긴 지점은 이상이 발생한 것으로 보는 것이다. 그렇기 때문에 서두르지 않아도 5분 이내에 이상 사태를 전할 수 있지만, 그래선 늦다고 울티마는 판단한 것 같았다.

그렇다면 존다가 할 수 있는 것은 최선을 다해 명령을 따르는 것뿐이다. 귀중한 시간을 낭비할 정도로 존다는 무능하지.않았다.

존다가 질풍처럼 그 자리를 떠났다.

울티마는 일어서면서 손톱을 깨물었다.

"이거, 혹시 내 예상이 옳다면 도망치는 것도 염두에 두는 게 좋으려나?"

울티마는 그건 싫다고 생각했지만, 최악의 경우에는 도망치자는 결심을 하고 있었다.

(리무루 님도 다구류류를 믿고 있었어. 그와 동시에 의심도 하

고 있었단 말이지…….)

리무루는 사람 좋게 보이며, 확실히 평소에는 멍청하게 보일 정도로 속기 쉬운 면도 있지만 실상은 아주 교활한 것이다.

악마의 왕인 울티마가 보더라도 그 계산적인 면은 존경할 만한 것이었다.

그런 리무루가 대수롭지 않게 중얼거린 말이 있었다.

'적의 목적을 설명한 뒤에도 여전히 베루도라에게 도움을 요구하던 것이 마음에 좀 걸린단 말이지.'

발푸르기스(마왕들의 연회)에서 다구류루는 끈질기게 베루도라가 도와주러 오면 좋겠다는 말을 했다고 한다.

미카엘은 베루도라의 인자를 바라고 있었다. 그 사실을 듣고 어떤 상황인지 이해하고 있을 텐데도 울티마가 아니라 베루도라를 희망했다고 한다.

서로 속속들이 잘 알고 있으니까――. 그게 이유라고 해도 납득할 수 있지만, 그래도 뭔가가 걸린다고 했다.

울티마는 리무루의 생각이 지나치다고는 생각하지 않았다.

리무루의 얘기를 들은 후, 다구류루에 대해서 다양한 고찰을 끝내놓고 있었다. 그 결과, 다구류루가 배신하고 있을 가능성은 제로가 아니라고, 리무루와 같은 결론에 다다른 것이다.

(애초에 말이지, 다구류루는 자이언트(거인족)의 광왕에서 태어난 존재잖아? 세계를 멸망시킬 기세로 난동을 부리는 바람에 베루다나바에게 봉인되었다는…….)

그에 대한 상세한 사항까지는 모르지만 추측은 가능했다.

애초에 이 땅은 울티마의 지배영역이었던 장소와 인접해 있었다. 당연히 다구류루에 관한 정보도 파악해놓고 있었기 때문에 누구보다도 다구류루에 대해서 자세히 아는 자가 울티마였던 것이다.

그것도 이미 내다봤기 때문에 리무루는 울티마를 파견했을 것이다.

(자신에게 기대를 건다는 걸 알게 되면, 더 노력하고 싶어진단 말이지.)

그렇게 생각한 울티마는 다마르가니아에 온 뒤에도 다구류루를 조사했으며, 배신하지 않을지 조사하고 있었다.

그리고 실마리를 찾았다.

다구류루는 3형제라는 말을 들었는데, 동생을 한 명밖에 소개하지 않은 것이다.

남은 한 명이 열쇠라고 생각하고 있었는데, 지금 강대한 기운이 습격한 것이다.

그 기운은 다구류루와 그의 동생인 그라소드와 아주 비슷했다──.

"자이언트의 광왕인가."

울티마는 그렇게 중얼거리면서 대담한 웃음을 지었다.

*

베이런이 옥좌가 있는 방에 들어가자, 그곳에선 성난 목소리가 오가고 있었다.

그것도 당연하다고 할까.

'천통각'이라는 신의 건조물이 그 기능을 부활시켰다. 쉽게 말해서, 하늘로 갈 수 있는 문이 열린 것이다.

원래 '천통각'은 어떤 적한테서도 자신들을 지켜주는 신의 요새였다. 그런데 이번에는 그 '천통각'이 바로 전장이 되고 말았다.

이 땅에 사는 자들이 심각하게 동요하더라도 그건 어쩔 수 없는 일이었다.

더구나 그곳에서 내려오는 기운은 오래된 거인들에겐 너무나 친숙한 것이었기 때문에 큰일이었다.

적의 모습을 직접 보기 전부터 거인들은 마음이 흐트러져 있었다.

거인이라고 통틀어 말하지만, 그 수명과 능력은 개체차이가 컸다.

우선 수명을 말하자면, 오래된 개체에는 정해진 수명이 없었다. 계승자에게 기억과 힘을 맡기면서 대가 바뀌는 일은 있지만, 그건 어디까지나 전사했을 경우를 대비한 조치였다.

예비 개체나 대를 이은 개체에는 정해진 수명이 있지만, 그것도 세대를 거슬러 오를수록 수명이 길어지며, 가장 새로운 세대조차도 수백 년의 수명을 보유하고 있었다.

그리고 능력을 말하자면, 오래된 개체는 신으로 불리기에 적합한 힘을 보유하고 있었다.

자이언트는 평상시에도 2미터에서 2.5미터나 되는 거구지만, 전투 시에는 그보다 몇 배로 더 거대해진다. 그 강인한 육체야말로 자이언트의 진면목인 것이다.

가장 오래된 개체인 다구류루쯤 되면 평상시와 전투 시의 차이는 열 배 이상이다. 즉, 20미터를 넘을 정도로 거대해지는 것이다.

자이언트 중에는 다구류루에 필적하거나 그 이상으로 강한 자가 있었다. 그게 바로 동생인 펜이었다.

다구류루는 3형제지만, 그의 막내 동생은 지성과 이성은 그대로 남아 있으면서도 감정을 제어하는 방법만을 잃어버린 것 같은 폭군이었다.

베루다나바에 의해 봉인되었고, 그 이후로 다구류루는 그 봉인을 계속 지켜왔다. 그렇기 때문에 영토가 사막으로 변화되고 말았는데도 그 땅을 떠나지 않고 남아 있었던 것이다.

펜이 봉인된 곳은 '천성궁'이었다. 그리고 그곳으로 가는 길은 '천통각'밖에 없었다.

다른 방법도 있긴 하지만, 그건 '열쇠'를 지닌 자에게만 허락된 특권이었다.

참고로 '열쇠'의 소유자는 단 한 사람이었다.

베루다나바의 여동생인 베루자도만이 유일하게 '천성궁'에 갈 수 있는 문을 여는 것이 허락되어 있었다.

다구류루는 그것을 알고 있었기 때문에 이번 사태도 아예 예상하지 못한 것은 아니었다.

··················.

·············.

········.

다구류루는 '천통각'의 상층부에서 아래층의 상황을 내려다봤다.

얼마 전의 발푸르기스(마왕들의 연회)를 떠올리고 있었다.

제멋대로 구는 경향이 강한 마왕들이 상대의 입장을 배려하면서 자기주장을 거듭하고 있었다. 협조성 같은 건 눈곱만큼도 없는 것 같이 굴면서도 신기하게 의견이 합의되는 자리였다.

거기서 정해진 내용에 따라서 마왕 리무루의 부하들이 불과 며칠 전까지 '전이용 마법진'의 조정을 막힘없이 해내고 있었다. 지금은 조정이 끝나면서 결전 전에 맞출 수 있었다.

잘도 움직인다고 생각하면서 감탄했지만, 그들이 일하는 모습은 완벽했다. 다구류루도 크게 만족했고, 성대한 연회를 열어서 공작반의 노고를 치하했다.

지금은 손님인 울티마 일행이 남아 있을 뿐이라 약간은 쓸쓸함마저 느껴질 정도였다.

보기에 따라선 예술품으로도 느껴질 법한 문양이 그려진 '전이용 마법진'은 빛을 발하면서 하층부의 중앙부분에 자리를 잡고 있었다. 하지만 특필할 점은 그 성능이었다.

마법진의 운용목적은 긴급할 때에 오갈 수 있도록 하기 위한 것이라고 들었지만, 실상은 먼 장래의 일까지 내다보고 있는 것이 틀림없었다.

이번에는 시간이 없어서 다급하게 만들었다고 했지만, 다구류루가 보기엔 충분히 훌륭한 완성도라는 생각이 들었다. 부대 규모로도 이동이 가능해진다면 수많은 상인도 이용할 수 있을 것이다.

(마왕 리무루라. 얕볼 수 없는 녀석이다. 대기 중에 채워져 있는 마력 요소를 이용하는 방법으로 이런 복잡한 마법장치를 누구라도 이용할 수 있게 만들 줄이야. 횟수 제한은 있겠지만, 마력요소를 보급해주기만 하면 해결될 일이지. 그 마의 사막을 건너오

는 것보다 훨씬 안전하게 왕래할 수 있을 거야.)

이 버림을 받다시피 하면서 죽어가고 있는 대지에선 백성들을 만족시킬 수 있을 만큼의 식량을 수입하는 것만으로도 이미 벅찬 상황이었다.

자이언트는 이슬만 먹고 살 수 있는 자들이 아니다. 그 거구에 걸맞은 만큼의 식량이 필요했으며, 젊은 자일수록 에너지 섭취량이 많았다.

그게 바로 살아 있다는 증거이기도 하겠지만, 어떤 의미로는 저주와 불과 종이 한 장의 차이였다.

사막에 사는 마물의 소재를 수출하고 다른 나라의 식량 공급에 의존했다. 그랬기 때문에 젊은이들은 여행자가 되었고, 가혹한 사막을 몇 번이고 몇 번이고 횡단했다.

그게 '성허' 다마르가니아의 현실이었던 것이다.

하지만 이 '전이용 마법진'이 있으면 그런 고생에서도 해방될 수 있을 것이다.

식량 같은 것은 '전송'할 수 없다는 것이 지금까지의 상식이었다. 하지만 앞으로 미래에선 그런 문제도 해결될 것이 틀림없었다.

(무서운 일이군. 지금까지의 내 고뇌를 이렇게나 쉽게 해결할 수 있는 실마리를 잡을 줄이야……. 이렇게 되면 무리해서 루벨리오스를 건드릴 필요도 없게 되는 셈이지.)

마왕 리무루가 대체 어디까지 내다보고 있는 것인지, 다구류루는 그게 너무나 두려웠다.

자신은 떠올리지도 못한 발상을 하는 리무루라는 이름의 마왕이 솔직히 대단하다고 생각했다. 그리고 그 심모원려한 모습에 감탄하면서 적으로 돌리고 싶지 않다고 생각하고 있었다.

하지만 그런 다구류루의 감동에 찬물을 끼얹은 자가 나타났다.

갑자기 마음속에 목소리가 울려 퍼졌다.

『나의 친구 다구류루여, 오랜만이구나. 잘 지내는 것 같아서 다행이다. 여기로 돌아와서 바로 연락하고 싶었지만 여러모로 바빠서 말이지. 이제야 이렇게 너에게 말을 걸 수 있게 되었다.』

다구류루는 당황하지 않았다.

이 사태도 이미 예상했었기 때문이다.

『흠, 펠드웨이로군. 친구라고 불러주는 것은 기쁘지만, 지금의 나와 너는 적이다. 오래 이야기를 나눌 생각은 없으니까 어서 용건을 밝히도록 해라.』

그 대답을 듣고 목소리의 주인인 펠드웨이는 머쓱해하는 것 같았다.

『그렇게 차갑게 대하다니 유감이로군. 너에게도 날 도와달라고 부탁하고 싶었다만?』

펠드웨이가 선심 쓰듯이 말하는 걸 듣고 다구류루의 반응도 한층 더 차가워졌다.

『베루다나바의 부활 말인가? 관심이 없군. 펜을 봉인 당한 것에 대한 원망 같은 건 없는 데다 이 땅을 주고 우리를 보살펴준 것에 대한 은혜도 느끼고 있지만, 그렇다고 해서 그분의 부활을 돕는다는 것은 내가 보기엔 아니라고 생각하는데?』

애초에 펠드웨이와 다구류루는 그렇게 친한 사이가 아니었다.

오히려 다구류루의 입장에선 진정한 친구인 디노를 미카엘이 정신지배하고 있다는 걸 듣고 펠드웨이에게도 분노를 느끼고 있을 정도였다.

　디노가 배신했다는 얘기를 들은 시점에서 그게 무슨 정신 나간 짓이냐고 생각했지만——

　(애초에 그 바보가 스스로의 의지로 그런 귀찮기 짝이 없는 짓을 선택할 리가 없지.)

　그 얘기를 듣고 크게 납득한 것이다.

　그래서 다구류루는 펠드웨이의 제안을 바로 거절했다.

　펠드웨이는 이 반응을 탐탁지 않게 여겼다.

　『이봐, '리벨리온(반역의 거신)' 다구류루라고까지 불린 자가 마왕이 되면서 길들여지기라도 한 건가?』

　다구류루의 거친 성격을 자극하면서 교섭을 유리하게 이끌어 가려고 했다.

　먼 옛날, 신대의 세상에서 '성왕룡' 베루다나바에게 도전했다가 봉인된 흉악한 거신. 그게 바로 다구류루 3형제였다.

　대지에 파괴를 퍼트리는 포학의 왕.

　그 엄청난 파괴능력은 수많은 토지를 잿더미로 만들었다.

　최악의 파괴신으로까지 불렸던 다구류루 형제였지만, 베루다나바를 따르게 된 뒤에는 얌전해졌다.

　주어진 영토에서 조용히 살면서, 자신에게 주어진 역할인 '천통각'의 수호자로 살고 있었다.

　하지만 결코 성질이 얌전해진 것은 아니었다.

　베루다나바에게 힘을 봉인 당한 지금도 그 분노하는 모습은 '어스퀘이크(대지의 분노)'라고 불릴 정도였다.

　쉽게 도발에 넘어갈 것이라고 펠드웨이는 생각했던 것이다.

하지만.

『미안하군. 지금은 옛날과는 달라졌다. 나는 의외로 앞날에 대해 희망을 가지게 됐지. 이것도 리무루 덕분이라고 생각한다면 그 녀석을 배신할 수는 없어.』

그렇게 말하면서 실로 간단하게 거절하고 말았다.

그리고 그 이상의 교섭은 의미가 없다는 듯이 다구류루는 『다음은 전장에서 만나자』고 말하고는 일방적으로 '염화'를 끊은 것이다.

....

....

......

마음먹은 대로 되지 않는군──. 다구류루는 그렇게 중얼거렸다.

"빌어먹을 펠드웨이 녀석, 설마 펜의 봉인을 풀 줄이야. 내가 협력을 거절한 것에 대한 보복인가?"

"형님, 마음에 두지 마십시오. 그자는 망집에 사로잡혀 있습니다. 늦건 빠르건 이건 피할 수 없는 사태라고 생각합니다."

유연하게 대처하는 형제의 모습을 보고 베이런은 불쾌감을 드러냈다.

"이것 참, 그 발언은 그냥 듣고 넘길 수가 없군요. 다구류루 님은 적과 내통하고 계셨단 말입니까?"

자신은 주인인 울티마의 명령을 받고 온 몸이다. 어떤 변명도 허용하지 않겠다는 듯이 베이런은 추궁했다.

그랬는데, 이게 의외의 결과로 끝났다.

다구류루는 처음부터 숨길 생각 따윈 없었던 것이다.

"뭐, 그렇게 위협하듯 으르렁대지 마라. 귀공이 강한 자라는 건 인정하겠지만, 나보다는 약하다."

다구류루는 당황하는 일 없이 그렇게 대답했다.

그 말을 동생인 그라소드가 이어받았다.

"진정하십시오, 베이런 공. 제 형이 펠드웨이의 권유를 받은 것은 사실입니다. 하지만 그걸 거절했기 때문의 지금의 사태가 일어난 겁니다."

그렇게 타이르는 말을 듣고 베이런은 "흠" 하고 말하면서 수긍했다.

일부러 거칠게 말하면서 따져 물어본 것뿐이지, 처음부터 눈치는 채고 있었던 것이다.

다구류루 형제의 태도에서는 거짓말을 하는 분위기가 느껴지지 않았으니 아무래도 사실을 말하는 것일 것으로 판단했다.

그럼 왜 발푸르기스 때에 적을 이롭게 할 수도 있는 발언을 한 것일까?

"다구류루 님의 행동에는 의문점이 많다는 것에 대해 우리의 위대한 왕께서 궁금해 하고 계십니다. 그에 대한 명확한 해명을——."

베이런이 그렇게 직접 물어보려 했을 때.

"으——음, 나는 알았어. 아저씨는 말이지, 리무루 님에게 도움을 요청하고 싶었던 거지? 발푸르기스에선 일부러 의심을 살 만한 발언을 해서 자신이 적과 관계가 있다는 걸 보이고 싶었던 것 아냐?"

뒤늦게 찾아온 울티마가 다구류루에게 그렇게 물었다.

아니, 그건 질문이 아니라 단정이었다.

그 말을 들은 다구류루는 기쁜 표정으로 크게 웃었다.

"훌륭해! 과연 나의 숙적은 다르군. 역시 카레라가 아니라 네가 와준 게 다행이다!"

이게 다구류루의 본심이었다.

카레라는 뇌까지 근육으로 이뤄진 자이다 보니 숨겨진 속을 읽어내는 건 서툴렀다.

다구류루가 배신하고 있는 것으로 오해한다면 그걸 해명하는 것이 아주 어려웠을 것이다.

그런 점에서 울티마라면 안심할 수 있었다.

자신을 줄곧 괴롭히던 원망스러운 적이기도 했던 만큼 반대로 그 두뇌를 믿었던 것이다.

다구류루는 만면의 웃음을 지으면서 울티마의 예상이 옳다고 밝혔다. 자신이 펠드웨이와 관계가 있는 것 같은 분위기를 풍겨서 적이 자기 자신과 '성허'를 노릴 가능성을 시사하고 있었던 것이라고.

디노처럼 자신의 의지와 다르게 배신자 취급을 받는 것은 참을 수 없었다. 그 가능성이 제로가 아니라면, 그걸 확실하게 밝혀둬야겠다고 판단했다.

하지만 그걸 그대로 전하더라도 오해를 살 뿐이라고 생각하여 일부러 뭔가가 있다는 분위기를 풍기는 정도로만 그쳤던 것이다.

"흐—응. 역시 그랬네. 그렇다면 아저씨의 생각대로 된 걸까? 왜냐하면 리무루 님도 제대로 이해하고 있었거든. 리무루 님은 교활하게 모든 것을 꿰뚫어 보는 분이니까 이 상황도 이미 계산해두시지 않았을까. 그러니까 말이지, 걱정하지 않아도 어떻게든 될 거라고 생각해."

울티마는 웃으면서 그렇게 말했다.

다구류루도 크게 고개를 끄덕이고는, 안심했다고 말하면서 웃었다.

"들었느냐, 그라소드? 내 동료는 대단한 녀석이다. 그 클레이만을 가지고 논 신안(神眼)의 주인이라면 내 의도를 알아차려 줄 것이라고 믿고 있었지!"

울티마와 다구류루는 리무루가 없는 곳에서 서로 마음이 통했다. 그 근거가 완전한 착각이라는 것을 깨닫지 못한 것은 두 사람에겐 행운이라고 할 수 있을 것이다.

어쨌든 두 사람 사이의 화해는 성립되었다.

"그러면 리무루 님이 올 때까지 열심히 싸워보기로 할까."

"울티마 님, 무슨 명령이든 내려주십시오. 그분의 적은 제가 반드시 절멸시켜 보이겠습니다!"

울티마와 베이런은 리무루를 믿고 싸움에 임했다.

"그래야겠지, 나도 한번 힘을 써보기로 할까. 펜의 상대라면 몸이 좀 고단해지겠지만, 나 말고는 녀석을 막을 수 없을 테니까."

"함께 하겠습니다, 형님."

다구류루 형제도 손님이어야 할 울티마 일행의 기합이 들어간 모습을 보고 마음을 단단히 먹었다.

그리하여 빠른 속도로, 모두가 적을 맞아 싸우기 위해 나선 것이다.

밀림과 동료들은 지평선 너머를 의식하고 있었다.

"위험한데, 저건."

모두가 말없이 얼굴이 창백해지는 가운데, 맨 처음 그렇게 중얼거린 사람은 칼리온이었다.

대지와 대공을, 수많은 벌레 무리가 가득히 메우고 있었던 것이다. 그 맹위는 가늠할 수가 없었으며, 그 위협은 상상을 초월했다.

"저게 '충마왕' 제라누스의 '12군대' 중의 여덟 군대……. 최악이군요. 제라누스의 심복인 12충장이 일제히 몰려올 줄이야……."

칼리온의 중얼거림을 이어받아 말한 자는 이제 갓 병상에서 일어난 오베라였다.

밀림 쪽 사람들의 간호를 받은 덕분에 지금은 완전히 부활한 상태였다.

오베라는 자신이 사랑하는 부하들을 전멸시킨 미카엘에 대한 원한을 풀기 위해 결의를 새롭게 다지면서 싸움에 임하고 있었다. 그런 그녀마저도 끔찍한 벌레들이 기어오는 기분 나쁜 현실을 눈앞에 두고는 할 말을 잃어버리고 있었다.

솔직히 벌레는 싫어한다.

안 그랬으면 자라리오에게 부탁까지 하면서 더 위험한 멸계룡을 맡는 자리에 자원하진 않았을 것이다.

그런 뒷사정은 어쨌든 간에 지금은 현실도피를 하고 있을 때가 아니었다.

밀림이 말했다.

"저기, 프레이. 내가 '드라고 노바(용성폭염패)'로 날려버려도 돼?"

그 말을 듣고 프레이는 "그러네……"라고 말하면서 생각에 잠겼다.

그 아이디어는 나쁘지 않았다.

오베라는 아예 기대에 찬 눈으로 밀림을 보고 있었으니 허가해도 괜찮지 않겠느냐는 생각이 들었다. 만약 프레이까지 벌레를 싫어했다면 가타부타 가리지 않고 찬성했을 것이다.

하지만 프레이는 제지했다.

반대할 이유는 딱히 없었지만, 안 좋은 예감이 들었기 때문이다.

"첫수로 최대공격을 날리는 것은 전술적으로는 좋은 방법이겠지. 하지만 상대의 능력도 확실하지 않은 상황에서 우리가 가진 패를 보여주는 건 문제가 좀 있을 것 같단 말이지."

프레이는 그렇게 말끝을 흐리면서 밀림의 아이디어를 기각했다.

적의 수가 많으니까 밀림이 일소하도록 맡기는 것은 매력적이긴 했다. 하지만 인섹터(충마족)을 우습게 봐서는 안 된다고 판단했다.

그 이유는 제기온을 알고 있기 때문이었다.

프레이가 싸운 상대는 '인섹트 퀸(곤충여왕)' 아피트였지만, 칼리온과 제기온이 싸우는 것도 견학했었다.

자신이 아슬아슬하게 이길 수 있었던 아피트도 무시무시한 마인이었지만, 제기온은 아예 차원이 다른 존재라는 생각이 들었다.

이번에 상대할 적은 그 제기온과 아피트와 같은 종족인 것이다.

"솔직히 말해서 내가 지나치게 걱정하고 있는 것뿐일지도 모르지만, 적을 만만하게 보지 않는 게 좋을 것 같아."

그렇게 말하는 프레이를 나약하다고 비웃는 자는 없었다.

그러기는커녕 칼리온도 동의했다.

"아니, 나도 프레이의 의견에 찬성이야. 그런 직감을 대수롭지 않게 여겨서는 안 되는데다, 나 자신도 신중하게 대비하는 것이 좋겠다는 느낌이 들어. 밀림이라면 걱정할 필요 없다고는 생각하지만, 지금은 정공법으로 부딪쳐보자고."

그리고 미도레이까지도.

"흠, 수가 많은 것이 난점이긴 합니다만, 각각의 실력은 B랭크 상위 정도 되겠군요. 지휘관으로 보이는 A랭크의 벌레들을 쳐부순다면 나머지는 오합지졸일 것입니다. 실력 차이가 확실한 만큼 표적을 찾아내기 쉽군요. 의외로 낙승할 수 있을지도 모릅니다."

그렇게 자신의 기준에 맞춰서 머리가 나쁘다는 것을 그대로 보여주는 말을 하는 판국이었다.

그건 작전이라고 할 수 없는데 말이지──. 프레이는 그렇게 생각했지만, 미도레이의 부하들은 그 무모함에 익숙해져 있다는 것을 떠올리면서 굳이 말로 하진 않았다.

"그러면 하늘을 날고 있는 건 우리가 맡을 테니까 땅을 기어오는 벌레들은 미도레이 공에게 맡기기로 하겠어."

이젠 어찌 됐든 상관없다는 듯이 프레이는 결론을 내렸다.

"미도레이에게만 맡길 순 없지. 내 밑에 있는 전사단에게도 지휘관급을 처치하라고 시키겠어. 머리를 잃은 손발은 신생군의 딱 좋은 훈련 상대가 될 것 같으니까."

"음, 그렇게 해주신다면 큰 도움이 되겠습니다. 제가 먼저 말을 꺼내긴 했지만, 신관이 전선에 나서는 것은 좀 아닌 것 같으니까 말이죠."

칼리온이 어쩔 수 없다는 듯이 그렇게 말하자, 미도레이가 쓴 웃음을 지으면서 동의했다.

그런 대화를 나누는 걸 보면서 오베라는 생각했다.

좀 아닌 것 같은 게 아니라 근본적으로 아닌 건데――라고. 오베라는 현명하게도 그런 생각을 입에 올리지는 않고 "밀림 님의 호위는 제가 맡겠습니다"라고만 말했다.

그리고 마지막으로 밀림이 웃으면서 선언했다.

"와하하하하! 나의 사천왕인 제군들의 활약을 기대하겠어!"

늘 그랬듯이 신이 난 표정이었다.

그리고 다시 평상시 같은 대화를 나누면서 분위기가 풀렸다.

"잠깐, 그 사천왕이라는 이름을 진심으로 쓰려는 거야?"

"밀림, 너는 리무루의 영향을 너무 많이 받았어. 사천왕 같은 게 아니라 좀 더 평범한 직책으로 불러도 되지 않을까?"

"싫어! 사천왕이 좋아! 리무루에게만 사천왕이 있다는 건 예전부터 치사하다고 생각했단 말이야!"

"뭐, 나는 상관없지만 말이지."

"저도 밀림 님이 그렇게 하시겠다고 한다면 따를 뿐입니다."

"저는 사실 마음에 듭니다. 절 받아들여 주신 것 같아서 기쁘기도 하고요."

"……뭐야? 그러면 반대하는 내가 나쁜 사람인 것 같잖아. 그러면 됐어. 그렇게 불러."

그리고 마지막에는 프레이가 자신의 의견을 꺾는 부분까지의 과정이 일련의 약속처럼 전개되었다.

*

이계에서 온 적 앞에 밀림의 세력도 병력을 전개하며 대기하고
있었다.

그 총수를 말하자면, 옛 마왕의 영역을 세 곳이나 합병했기 때
문에 '옥타그램(팔성마왕)' 중에서도 최대 규모로 늘어나 있었다.

총대장으로서 칼리온이 대장군의 지위에 취임하면서 전권의
지휘를 맡게 되었다.

프레이는 친위장관으로서 밀림 직속의 호위를 담당하고 있
었다.

미도레이는 대신관으로서 무승신관단(武僧神官團)을 이끌면서
후방지원을 맡았다.

그리고 최근에 가입한 오베라가 군사가 되면서 작전 입안을 담
당하게 되었다.

이 네 명이 밀림이 자랑하는 사천왕이었다.

맨 처음 소개할 것이 칼리온이 이끄는 본대── '비수기사단(飛
獸騎士團)'이었다.

단장은 스피어였고 부단장은 포비오였다.

과거의 수왕전사단 멤버가 천인대장이 되어 클레이만 군의 잔
당과 수왕국의 전사들을 이끌고 있었다. 전사단 멤버의 수는 100
명이며, 그것만으로도 10만의 군대가 완성되어 있었다.

여기에 칼리온의 지휘가 더해지면서 두려움을 모르는 군단으

로 완성되었다.

다음으로 소개할 것은 초엘리트 부대이자 프레이가 직접 지휘하는 '밀림 친위군'이었다.

루치아와 크레아가 부관을 맡았고, 장관인 프레이의 서포트를 맡아서 움직이게 되어 있었다.

프레이의 비장의 수였던 그리폰을 타고 하늘을 누비는 천공의 기사들. 그 수는 3,000여명이었다. 프레이의 측근인 '천상중'이 팀의 리더가 되었으며, 각자 열 명에서 서른 명을 거느리는 구성이었다.

그리폰은 B+랭크의 마수였지만, 칼리온이 직접 단련시켰기 때문에 그 실력은 A−랭크 수준까지 올라와 있었다. 여기에 각지에서 모은 수왕국의 정예전사와 '스카이 퀸(천공여왕)' 친위대의 멤버들이 탑승함으로써 그 종합전력은 A랭크를 넘어섰다.

또한 '천상중'은 아예 각성한 프레이의 영향을 받고 있기 때문에 각자의 실력이 A급 중에서도 상위에 해당하는 수준이었다. 특A급에 필적하는 자도 나름대로 있는지라 상당한 전력으로 성장해 있었던 것이다.

이 세계에서 A랭크를 넘는 자들만으로 구성된 군단치고는 최대 규모였다. 겨우 3,000명을 약간 넘기는 수준이었지만, 일심동체의 고속기동을 이용한 공중전도 무난하게 구사할 수 있는 맹자들이었던 것이다.

그리고 마지막으로 소개할 것이 급하게 긁어모은 후방지원군이었다.

미도레이가 대표이긴 했지만, 실제로는 헤르메스가 지휘를 맡고 있었다.

떠돌이 마인이나 인간족 용병, 예전에 클레이만의 부하였던 자들. 다양한 자들로 구성된 혼성부대였지만, 미도레이가 맡으면서 전투 보조를 담당하게 되었다.

지금까지 건설작업에 관여하고 있던 자가 대부분이었으며, 각자의 실력은 D랭크에서 좋게 봐도 B랭크까지였다. 그 성격상 싸움에 어울리진 않았기에 물자운반이나 식사 조달, 위생병으로서 신관단을 도와주는 것이 임무였다.

하지만 숫자만큼은 많았으며 10만 명의 규모를 갖추고 있었다.

이게 밀림의 세력, 총원 20만을 넘는 군대의 전모였다.

전투부대가 전면에 나서서 후방부대를 지키는 형태의 포진을 이루고 있었다.

그뿐만 아니라 템페스트(마국연방)에서 온 원군이 있었다.

눈에 띄는 것은 게루도가 이끄는 군단이었다.

밀림의 성이 있는 도시의 건설공사를 위해 소집된 자들이었지만, 그대로 방위전에 돌입하게 되었다.

다른 부서에도 도움을 주러 파견되었기 때문에 전원이 모여 있는 건 아니지만, 옐로 넘버즈(황색 군단)와 오렌지 넘버즈(주황색 군단)를 통합하여 총원 35,000명이 모여 있었다.

방위에 특화된 전력이지만, 특히 옐로 넘버즈는 압권이었다.

게루도의 진화에 맞춰서 부하였던 하이 오크들의 전투능력도 대폭 상승하였으며, 단원의 수도 1만 명으로 늘어나 있었다. 그 중에는 A랭크에 도달한 자도 있을 정도였으며, 평균 수준이 A-랭크에 해당하는 무시무시한 군단이 되어 있었던 것이다.

오렌지 넘버즈도 전투경험을 쌓으면서, 지금은 역전의 군단이 되었다. 평균 수준이 B랭크였으며, 어느 나라의 기사단에도 밀리지 않는 실력을 자랑하고 있었다. 게다가 게루도의 권능과 합쳐지면 철벽의 방어로 아군을 지키는 방패가 되어줄 것이다.

이번에는 전선에 나서지는 않은 채, 후방 수호를 담당했다.

가비루가 이끄는 '히류(비룡중)'도 잊어선 안 된다.

겨우 100명이지만, 전원이 특A급이라는 말도 안 되는 전력을 갖추고 있었다.

이쪽은 임기응변으로 대응하면서 독자적인 판단에 따라서 싸우는 식으로 참전할 예정이었다.

마지막으로 카레라와 에스프리.

불과 두 명인데도 무시무시한 전력으로 추측되었다.

이런 원군들도 더해지면서 '충마왕' 제라누스의 군대와 맞서 싸우게 되었지만, 그래도 힘든 싸움이 될 것으로 예상되었다.

그것도 그럴 것이, 적의 수는 이쪽의 열 배 이상── 300만을 넘었기 때문이다.

솟구쳐 나오는 것처럼 꿈틀거리는 벌레들이 우르르 쳐들어왔다.

그렇게 전투가 시작되려 하고 있었다──.

첫 공격은 카레라가 맡았다.

"밀림이 나서지 않겠다면 내 차례네."

그렇게 말하고는 기쁜 표정을 지으면서 앞으로 나섰다.

"끄응, 사실은 내 실력을 보여주고 싶었지만, 프레이가 반대했으니까 말이지. 어쩔 수 없으니까 이 자리는 카레라에게 양보해주겠어.”

밀림도 말리지 않았다.

이 두 사람은 어느새 절친이 되어 있었다.

주위의 피해는 배로 늘어나는 수준으로 그치는 게 아니라 상승 효과로 인해 가늠도 할 수 없을 만큼 커져 있었지만, 그런 것은 두 사람에겐 관계없는 이야기였다. 자신들이 즐겁기만 하다면 그걸로 충분하다고 생각하면서, 서로 위력을 드높이고 있었던 것이다.

그렇다, 위력이다.

위력이야말로 강함!

강함은 곧 파괴력인 것이다.

“망할 벌레 놈들, 파멸을 선사해주마! 궁극이자 최대최강의——‘어비스 어나이얼레이션(종말붕축소멸파)’!!”

첫수부터 최강마법을 날려대는 걸 보면 역시 카레라는 카레라였다.

이 공격으로 200만 이상의 벌레들이 소멸된 것이다.

열 배 이상의 차이는 이로 인해 네 배 정도까지 축소되었다. 이걸 보고 절망적인 전력 차이를 한탄하고 있던 병사들의 얼굴에도 희망의 빛이 떠올랐다.

카레라의 행동은 얼핏 보기엔 무모하기 짝이 없었지만, 기세를 제압하거나 사기를 고양시킨다는 의미에선 최적이었다. 희생이 나오기 전에 적의 수를 줄이는 방법을 통해 자신들의 전력을 유지한 상태에서 전의까지 드높인 것이다.

이로 인해 전황은 단번에 유리해졌——고 생각했지만…….

프레이의 불안한 예감이 적중했다.

"말도 안 돼!! 저 녀석, 내 마법을 이계로 흘려보냈어……."

"카레라 님의 마법을…… 믿어지지 않지만 사실인 것 같아. 이래서 인섹트(곤충형 마수)는 싫다니까. 마법을 무효로 만드는 녀석도 있으니까. 정말 우리의 천적이네."

에스프리가 말한 대로였다.

카레라의 마법은 단 한 명의 인섹트에 의해 힘의 흐름이 바뀌고 만 것이다.

무지개색의 가늘고 긴 날개가 아름다운 여성형의 인섹트.

그 이름은 피리오드. 마법에 대한 절대적 우위를 지닌 12충장 중의 한 명이었다.

"자자, 감탄하고 있을 때가 아니야. 슬슬 상대도 공격을 하겠지. 게루도 씨, 전력으로 하늘을 향해 결계를 펼쳐줘."

"음, 알았소."

카레라가 웃음을 거두면서 게루도에게 지시를 내렸다.

그 지시에 의문을 품으면서도 게루도는 되묻지 않고 따랐다.

그들의 대화를 옆에서 듣고 에스프리가 재빨리 움직이기 시작했다. 유니크 스킬 '꿰뚫어 보는 자(견식자)'로 사태를 살피고, 게루도가 펼친 '방어결계'를 보강하듯이 자신의 방어마법을 펼쳐나갔다.

"——뭘 하는 거지?"

그렇게 말하며 프레이가 의아해했을 때 그 일은 일어났다.

천공에 이상한 일그러짐이 발생했다.

"음, 예상대로네."

"역시 카레라 님! 그 복잡한 마법이 변환된 것을 단번에 해독하셨군요."

"물론. 아니, 이건 기본이지. 그보다 버텨낼 수 있겠어?"

"훗, 그렇다면 나도 가세하겠어. 이 성이 파괴되면 프레이가 화를 낼 테니까 말이야!"

그렇게 말하자마자 밀림도 하늘을 향해 손을 들어 올렸다.

그리고 게루도의 '결계'와 에스프리의 방어마법, 그리고 밀림의 방어막이라는 삼중의 방어망이 동시에 발동했다.

그 직후, 하늘이 갈라진 틈새에서 파멸의 파동이 쏟아져 내려왔다. 그건 바로 카레라가 날린 '어비스 어나이얼레이션'이었다.

"잠깐, 이건 혹시——."

"이것 참, 그렇게 된 거였나…….."

프레이는 자신의 두뇌로 무슨 일이 일어난 것인지 추측하며 고찰했다.

그리고 칼리온도 자신의 본능으로 지금 일어나고 있는 현상을 이해하고 있었다.

한발 늦게 미도레이가 중얼거렸다.

"그렇군. 카레라 공의 마법을 이계로 흘려보낸 뒤에 그 출구를 우리의 머리 위로 다시 연결했단 말인가. 참으로 무모한 짓을 하는군…….."

그 말이 정답이었다.

무슨 일이 일어난 건지 알지 못한 자는 가비루뿐이었지만, 그건 어쩔 수 없는 일이었다. 마법이 특기인 카레라가 자신이 자랑하는 최강마법을 날려 보낸 게 되돌아온 셈이었다. 설명을 들어도 믿기가 어려운 일이니만큼 그걸 상상하라는 것 자체가 무모한 요구였다.

애초에 그런 짓을 할 수 있다는 것이 믿기 어려운 얘기였다.

어쨌든 지금은 게루도, 에스프리, 밀림이 열심히 막아주기를 바랄 수밖에 없었으며, 모두는 마른 침을 삼키면서 충격에 대비했다.

그리고 잠시 후에 격렬하게 빛이 점멸했고, 천지가 뒤집힐 것 같은 충격에 휩싸였다.

그건 서서히 줄어들었으며, 이윽고 진정되었다.

흔들림이 사라진 뒤에야 카레라가 입을 열었다.

"이런 짓을 할 수 있는 녀석이 있을 줄이야. 만약 이게 밀림의 마법이었다면 어떻게 되었을지 모르겠는데."

자신이 날린 '어비스 어나이얼레이션'을 겨우 상쇄시키는 데 성공한 후에야 카레라도 겨우 진정을 되찾았다. 그리고 가벼운 말투로 말했지만, 그 말은 들은 다른 자들은 얼굴이 창백해지고 말았다.

이번에는 위력이 30퍼센트 이하로 떨어져 있었기 때문에 어떻게든 버텨낼 수 있었다. 그래도 성 주변의 지형은 크게 무너졌으며, 교역용 도로를 제외한 모든 것이 흔적도 없이 사라졌다.

이걸 다시 복구하는 것만으로도 골치 아픈 문제이긴 했지만, 인적 피해가 나오지 않은 것만큼은 다행이라고 할 수 있었다.

하지만 만약 이게 '드라고 노바'였다면?

"와하하하하! 내 마법은 그리 쉽게 제어할 수 있는 게 아니야. 아마도 내 생각이지만, 되돌릴 수 있는 건 일부의 위력뿐이었을 걸."

"그 일부라도 우리 힘으로는 다 못 막았을지도 몰라. 뭐라고 할까? 그 마법은 미지의 이론으로 이뤄져 있으니까. 법칙을 변환시키는 건 불가능한데다, 제대로 방어해낼 자신이 없어."

카레라가 진심으로 대꾸했다.

마법이 특기인 카레라였지만, 밀림의 마법은 그야말로 다른 차원의 것이었다. 솔직히 말해서 늘 위력을 놓고 경쟁하고 있었던만큼 그 위험을 누구보다 잘 알고 있었던 것이다.

그렇다면……? 가비루가 그렇게 생각하면서 떠올린 의문을 입에 올렸다.

"그렇다면 적도 밀림 님의 마법을 받아치지 못하는 것 아니오?"

실로 좋은 지적이었다.

가비루는 의외로 머리가 좋았으며, 이런 시점은 우수한 감성을 가지고 있었기 때문에 가능했던 것이다.

그 질문에 대답한 사람은 밀림이었다.

"아니, 되돌렸을 거야. 저자는 '공간지배'를 훌륭하게 구사하고 있었으니까. 연산능력에 특화되어 있겠지만, 지향성이 있는 마법이라면 성질을 따지지 않고 흐름을 바꿀 수 있지 않았을까?"

그 말에 카레라도 동의했다.

"그 의견에 찬성이야. 인정하고 싶지는 않지만, 대규모에 복잡한 마법일수록 녀석은 더 쉽게 다룰 거라고 생각해. 이게 만약 기점발동형인 '뉴클리어 플레임(파멸의 불꽃)'이라고 해도 그 발동지점을 예측하여 그 공간을 도려내는 방법을 써서 무효로 만들어 버렸을 거야."

발동에 시간차가 없는 마법이라면 받아서 흘려낼 틈도 없었겠지만, 그래선 치명상을 줄 수가 없다. 상대의 마법을 해석하고 맞수를 놓는 악마의 전문분야를 빼앗긴 것 같은, 그런 짜증 나는 기분을 카레라는 느꼈다.

어쨌든 적에게 마법이 특기인 자가 있다는 건 골치 아픈 일이었다.

"죄송합니다. 제가 인섹터(충마족)를 잘 알고 있었다면 이런 위험한 짓은 말렸을 텐데……."

오베라가 그렇게 사과하면서 머리를 숙였지만, 그녀를 탓할 사람은 아무도 없었다.

"뭐, 이미 지나간 얘기니까."

"그 말이 옳아. 오히려 우리 피해는 없이 적의 수를 줄일 수 있었으니까 결과만 보면 대성공이야!"

"그러네…… 무사히 넘어갔고 불평을 늘어놔봤자 어쩔 수 있는 것도 아니니까. 그보다 지금은 다른 수를 생각해보기로 할까."

밀림과 프레이의 말이 옳았다.

카레라의 일격으로 적의 전력을 대폭 줄인 것은 사실이며, 구체적인 사정을 모르는 장병들의 사기는 높았다. 이 기세를 유지한 채 적을 공격하는 것이 책임을 추궁하는 것보다는 더 의의가 있을 것이다.

"앞으로는 마법은 금지야."

"이의 없음!"

프레이의 결정에 카레라가 호응했다.

"그러면 정공법으로 정면에서 부딪쳐보자고."

"재미있겠군요. 적의 왕의 모습은 보이지 않지만 장수의 수는 여덟 명 정도인가. 마침 우리와 인원수가 같으니까 한 사람이 한 명씩 처리하면 되겠습니다."

칼리온이 대장군의 자격으로 의견을 제시하자, 미도레이가 명청한 말을 했다.

그 말에 동의한 것은 카레라였다.

"하하하, 그거 재미있는데. 그러면 내가 저 거들먹거리고 있는 녀석을 맡겠어."

그 시선 끝에 있는 것은 비행형 인섹터의 등에 탄 제스였다. 충장 수석이라는 위치에 있는 만큼 엄청난 위엄을 풍기고 있었다.

"치사해! 그럼 나는──."

"안 돼, 밀림. 너는 대장이니까 무게를 잡고 앉아 있어야지."

"그래. 만약 우리가 위험해지면 그때 도우러 오라고."

"끄, 끄응, 알았어."

참전하려고 한 밀림을 제지한 프레이가 그대로 전장을 둘러보면서 선언했다.

"그렇게 되었으니 내가 저 날고 있는 날벌레를 상대할게."

그녀의 시선 끝에는 하늘을 나는 풍이?──토른이 있었다.

카레라와 프레이가 먼저 선점해버리자 남은 자들이 서두르기 시작했다.

"그럼 나는──."

"이 몸은──."

"나는──."

칼리온, 가비루, 미도레이가 셋 다 동시에 입을 열다가 각자의 시선이 교차했다.

"뭐, 선착순으로 정해도 불만은 없겠지?"

"흠, 좋습니다. 나도 오랜만에 진지하게 싸워보기로 할까."

"이 몸도 마찬가지요! 그러면 정정당당히 승부합시다!!"

말릴 틈도 없었다.

세 명은 서로 견제하면서 성 밖으로 뛰쳐나간 것이다.

그들의 움직임에 따라서 군대도 움직이기 시작했다. 그리하여 대전의 막이 올랐다.

*

게루도는 밀림에게 머리를 한 번 숙인 뒤에 지휘를 맡기 위해 그 자리를 떠났다.

남은 자는 밀림과 오베라, 그리고 에스프리였다.

"너는 안 가?"

그런 질문을 받은 에스프리는 내키지 않았지만 본심을 얘기했다.

"솔직히 말씀드리면 저는 실력이 부족하기 때문에 전황을 잘 보고 있다가 누군가를 도우러 가는 게 무난합니다. 섣불리 싸우겠다고 나섰다가 져버리면 그게 발목을 잡는 꼴이 되니까요……."

실로 현명한 판단이었다.

이번만큼은 에스프리도 게으름을 피우고 있는 게 아니었던 것이다.

"──하긴 그러네. 충장을 우습게 보고 있다간 뼈아픈 꼴을 당할 거야. 나도 실제로 싸운 경험은 적지만 방심해도 되는 상대는 아니라는 걸 이해하게 됐어."

실제로 많은 동료들이 인섹터(충마족)에게 살해당했다.

특히 카레라가 향한 곳에 있는 제스는 자라리오조차도 애를 먹었다고 들었다. 솔직히 말해서 오베라 자신도 이길 수 있다고 단언할 수 없는 상대였던 것이다.

그러므로 남은 세 명은 이대로 싸움의 행방을 지켜보기로 했다.

맨 먼저 적과 마주친 자는 선진으로 나선 카레라였다.

"방해돼."

그렇게 말하면서 잔챙이들을 때려죽였고 단번에 전장을 빠져나갔다. 그리고 그 끝에서 유유히 대기하고 있던 제스를 향해 황금총을 뽑아서 발사한 것이다.

하지만 제스는 이걸 가볍게 피했다.

지근거리에서 날리는 초음속의 탄환조차도 제스에겐 시시한 장난감과 같았다.

"헤에, 제법이잖아."

감탄하는 카레라.

그대로 황금총을 칼날이 황금색으로 빛나는 군도로 변화시켰다.

"카레라야. 네 목숨을 가져갈 자이지."

"가소롭군. 그런 헛소리는 나를 여기서 일으킨 뒤에나 지껄이도록 해라."

그 말을 신호로 싸움이 시작되었다.

카레라와 동시에 뛰쳐나온 프레이의 주위에는 명령을 받지 않앉음에도 불구하고 '천상중'이 함께 했다. 당연히 '밀림 친위군'도 뒤따르는 결과가 되었다.

밀림의 호위에 전념하고 있지 않았지만, 전시 하에선 역할이 바뀌기 때문에 문제는 없었다.

애초에 밀림에겐 호위 같은 건 필요가 없었다. 지금은 오베라도 남아 있으니까 프레이도 부담없이 싸울 수 있는 것이다.

그런고로 하늘을 나는 벌레들을 물리치면서 프레이는 토른과 마주쳤다.

토른은 금속광택이 있는 외골격으로 몸을 보호하는 충장이었다.

땅딸막했으며 영리해 보이지는 않았다. 가까이서 보니 의외로 컸으며, 그 키는 2미터에 달했다. 하지만 얕볼 수 없는 실력을 가지고 있었다. 잠자리처럼 두 쌍의 날개를 마음대로 움직여서 변환자재로 비행할 수 있다는 것이 그의 특기였다.

프레이는 첫 공격이 들어갔다고 생각한 순간 회피하는 모습을 보고 토른이 버거운 상대라는 것을 깨닫게 되었다.

고속비행으로 날아오면서 시도한 발톱공격을, 토른은 공중에 머무른 상태에서 쉽게 피했다. 그건 비행방법의 차이에 의한 결과였으며, 공중전은 토른이 유리하다는 생각이 들었다.

그도 그럴 게, 토른의 겹눈은 프레이의 움직임을 슬로모션처럼 포착할 수 있었기 때문이다. 직선 스피드는 프레이보다 못하지만, 이동 방향의 예측을 쉽게 할 수 있기 때문에 회피하는 것쯤은 쉬운 일이었다.

토른은 특별한 권능을 보유하고 있는 것은 아니었다. 그 힘은 외골격의 강도와 미래예측, 그리고 비행속도에 배당되어 있었다.

단순하면서도 아주 강한 능력구성이었던 것이다.

특히 그 주먹의 성질은 아리오니움(생체이강, 生體異鋼)이라는 특수한 물질이었으며, 그 강도는 아다만타이트(생체마강)도 능가하고 있었다. 갓즈(신화)급이나 되어야 맞먹을 만한 강도를 자랑하고 있었던 것이다.

반응속도, 방어력, 그리고 공격력이라는 전투에 있어서 중요한 요소를 전부 갖추고 있는 토른은 존재치는 프레이보다 모자랐지만 전투능력은 상회하고 있었다.

기세를 살려서 적의 장수를 쓰러트릴 생각이었던 프레이는 이제 큰 오산으로 인해 고생을 하게 되──어야 했다.

하지만 그때 토른이 실언을 했다.

"키히, 키히히히히. 너, 느리다. 나, 빠르다."

"뭐어?"

그 한마디를 듣고 프레이는 발끈했다.

후에 밀림이 이런 얘기를 했다.

프레이는 절대 온화한 성격이 아니다. 그녀를 업신여기는 발언을 한 자는 그게 얼마나 어리석은 짓인지를 직접 겪어보면서 알게 된다고.

밀림은 늘 프레이의 꾸중을 듣고 사는 만큼 그 발언은 무겁게 느껴졌다.

그리고 토른은 그 의미를 자신의 몸으로 겪어보면서 알게 되었다.

가비루는 '히류(비룡중)'를 이끌면서 프레이의 뒤를 쫓고 있었다.

"다들, 잘 들어라. 적은 인섹트(곤충형 마수), 제기온 공이나 아피트 공과 같은 종족이다. 그 강함은 잘 이해하고 있으리라고 생각하지만 절대 방심만은 하지 마라!"

가비루가 큰 소리로 주의를 주자 부하들이 힘차게 고개를 끄덕였다.

미궁 안에서 전투훈련을 통해 늘 지독하게 당하고 있었던 것이다. 모두가 그 위험성을 이해하고 있기 때문에 지나치다 싶을 정도로 경계하고 있었다.

대공을 가득 메운 벌레 무리를 브레스로 물리치면서 나아가는 가비루. 카쿠신, 스케로우, 야시치로 이뤄진 3인중도 가비루를 뒤따랐다.

"저기, 가비루 님! 프레이 님을 도울 겁니까?"

"음? 고전하고 있는 것 같다면, 흔쾌히 그래야겠지만——."

야시치의 질문에 가비루는 적극적이지 않은 반응을 보였다. 그건 프레이가 달가워하지 않을 것이라 생각하고 있었다.

그보다도 마음에 걸리는 존재가 있었다.

"음, 가비루 님! 저기에 위험해 보이는 자가 있습니다."

가비루가 마음에 걸려 하던 상대를, 스케로우가 발견했다.

"그렇군. 왠지 모르게 아피트 공과 비슷하지만, 더 흉악한 기운이 느껴진다!"

그리고 카쿠신이 가비루의 생각과 같은 반응을 보였다.

그렇다. 가비루도 그 존재를, 아피트보다 더 위협적인 존재로 느끼고 있었던 것이다.

아피트의 존재치는 가비루보다 낮았지만, 전투를 벌이게 되면 거의 호각이었다. 승률은 그렇게 높다고는 할 수 없었으며, 늘 고전을 강요당했다.

그런데 그 존재가 풍기는 기운은 아피트보다도 불길했던 것이다.

가비루의 본능이 알려주고 있었다.

저자는 위험하다고.

그자의 이름은 비트호프. 벌과 메뚜기의 특징을 지닌 충장이었다.

가비루의 입장에선 판단하기 애매한 상황이었다.

자신만이라면 모를까, 부하의 목숨도 맡고 있는 위치에 있었던 것이다.

리무루한테도 '절대로 죽지 마라'는 명령을 받은 이상, 승률이 보이지 않는 싸움에 도전할 필요는 없다고 생각하고 있었다.

그만 신이 나서 칼리온과 미도레이의 분위기에 휩쓸리고 말았지만, 가비루는 그렇게까지 전투를 좋아하는 건 아니었다. 무인으로서 자신의 실력을 시험해보고 싶다는 마음은 있었지만, 목숨을 걸고 싸우는 건 사양이었다.

(그리고 여기서 크게 다치기라도 한다면 소우카가 인연을 끊을 수도 있다. 예전에도 그러다가 울려버렸고 그 후에 기분을 풀어주느라 얼마나 고생을 했던가…….)

가비루는 씁쓸한 기억을 떠올리면서 눈물을 흘렸다.

싸움에는 상성이란 게 있으며, 하늘을 난다는 우위성을 버릴 필요는 전혀 없었다. 여기서 일부러 위험한 상태에게 도전하지 않고 더 쉽게 이길 수 있을 것 같은 적을 찾으면 된다.

가비루는 그렇게 생각하여 다른 장수를 찾으려고 했——지만, 그건 너무 안일한 생각이었다.

"이봐, 도망치지 마!"

비트호프는 무시무시한 충장이었다.

크게 벌어져 있던 거리를 순식간에 좁히고 다가와서 가비루 앞에 떠 있었던 것이다.

"뭐야?!"

찰나적으로 날린 비트호프의 발차기를 가비루가 반응할 수 있었던 것은 아피트의 속도에 익숙해졌기 때문이었다. 볼텍스 스피어(수와창)의 성능을 갓즈(신화)급 직전까지 끌어올렸기 때문에 그 발차기를 버텨낼 수 있었던 것이다.

비트호프도 또한 토른과 마찬가지로 손발의 외골격이 아리오니움으로 바뀌어 있었다.

머리와 몸통의 급소 부분도 그랬다.

가느다란 육체를 가지고 있었으며, 날아다니는 속도는 토른보다도 빨랐다. 방어력은 비슷하지만 공격력은 토른 이상인, 반칙에 가까운 전투능력을 가지고 있는 충장이었다.

존재치만을 놓고 단순히 비교해도 가비루보다 위였다. 프레이라면 또 모를까, 가비루에겐 버거운 상대였다.

하지만 이렇게 된 이상은 도망치려고 해도 도망칠 수 없다. 싸움에 이기는 것 말고는 살아남을 방법은 없다고 생각하면서 가비루는 단단히 마음을 먹었다.

"상대로 부족함이 없는 자로구나! 내 이름은 가비루! 리무루 님께서 '드라구 로드(천룡왕)'로 임명하신 자이다!!"

가비루는 그렇게 말하면서 비트호프와 대치했다.

칼리온은 땅을 박차며 내달렸다.

그를 따라오는 자는 거미 같은 손발이 등에 나 있는 충장이었다.

"내 이름은 아바르트. 너, 죽인다."

"헛소리를 지껄이는군. 불가능한 일은 입에 올리는 게 아니야!"

달리면서도 두 사람 사이에는 공방이 펼쳐지고 있었다.

신성을 띤 칼리온의 실력은 보통이 아니었다. 앞뒤를 생각할 필요 없는 일대일의 승부라면 버스트 로어(수왕섬광포)를 날려서 아르바트를 이미 쓰러뜨렸을 것이다.

그러나 그렇게 하지 않은 것은 이곳이 전장이기 때문이다. 그 외에도 적의 충장이 있는 곳에서 섣불리 비장의 수를 보일 수는 없었다.

그리고 미궁 안과 다르게 죽으면 끝이다. 싸움에서 중요한 것은 살아남는 것이므로 체력을 보존하면서 무리하지 않는 전법을 모색할 필요가 있었던 것이다.

애초에 그건 상대가 자신보다 약하다고 생각하기 때문에 내릴 수 있는 판단이었다. 정말로 강대한 적을 앞에 두고 있었다면, 칼리온도 뒷일은 생각하지 않고 최선을 다해 싸웠을 것이다.

하지만 칼리온은 본능적으로 자신의 승리를 의심하진 않았다.

아르바트의 존재치는 칼리온의 절반 이하였다. 다른 충장과 마찬가지로 전투에 특화된 능력들로 구성되어 있었지만, 그건 칼리온도 마찬가지였다.

이 승부에서 유리한 자는 칼리온이었다.

미도레이와 마주친 것은 딱 봐도 독성이 있는 액체로 표면이 젖어 있는 사릴이었다. 적자색의 광택을 띠는 외골격은 말할 것도 없이 아리오니움(생체이강)이었다. 그리고 그 꼬리에선 닿은 자를 죽음으로 모는 맹독이 배어 나와 있었다.

전갈의 사릴.

격투전이 특기인 자에게는 싸우기 어려운 상대였다.

——하지만 그건 미도레이에겐 해당하지 않았다.

"음, 좀 난감하군."

"케케케. 나와 마주치다니, 운이 없는 녀석이로군."

"응? 네가 착각을 하고 있는 것 같으니까 가르쳐주겠는데, 전투에서 운 같은 요소는 존재하지 않는다."

"뭐?"

"이 세상엔 확실히 럭키 펀치나 자이언트 킬링 같은 이름으로 불리는, 약자가 강자를 쓰러트리는 현상이 일어나긴 하지. 하지만 그건 노력을 했기 때문에 생기는 결과이며, 강자에게 통할 수 있을 만큼 자신만의 무기를 갈고 닦았기 때문에 일어날 수 있는 위업이다. 그걸 운이라는 말로 때운다면 노력할 가치가 없지 않겠나?"

"무슨 말을 하고 싶은 거냐, 너?"

"흠, 그러면 짧게 말해주지. 나는 강하다."

그렇게 선언하자마자 미도레이가 사라졌다.

아니, 아니었다.

사릴의 인식력으로 포착하지 못할 만큼 빠른 '순동법'으로 순식간에 거리를 좁힌 것이다.

맞고 날아가는 사릴. 미도레이의 주먹이 사릴의 안면에 적중한 결과였다.

"흠, 조금 아프지만 익숙해지면 되겠군."

그렇게 중얼거리는 미도레이의 주먹에서 보라색의 연기가 나고 있었다.

사릴의 독이었다. 미도레이의 온몸은 〈기투법〉를 이용한 투기의 방어막으로 덮여 있었다. 그걸 침식할 만큼 강한 맹독이라는 뜻이지만 미도레이는 신경 쓰지 않았다.

"뭐, 뭐야, 넌?! 내 독에 당하면서도 아무렇지도 않게──."

"기합이다. 이 정도도 불가능하다면 밀림 님의 놀이 상대는 맡을 수도 없지!"

미도레이가 소리쳤다.

말이 되는지 아닌지는 상관없이 그 목소리는 사릴을 동요시키기에 충분할 만큼 컸다.

언뜻 보기에 미도레이는 강하게 보이지는 않았다.

그래서 사릴도 혼란에 빠지고 말았다.

(아니, 이상하잖아! 나의 외골격을 맨손으로 때리고 무사할 리가 없다고. 그런데 대체 어떻게 된 거야?!)

그렇게 생각하면서도 자신의 승리는 틀림없다고 생각한 사릴이었다.

기껏해야 나약한 인간이 충장인 자신에게 피해를 입힐 리가 없다고 생각했다.

하지만 그건 안일한 생각이었다.

미도레이.

모습은 인간으로 보여도 그 본질은 가비루와 마찬가지로 드라고뉴트(진 용인족)인 것이다.

더구나——.

평소에는 〈기투법〉으로 완벽하게 실력을 은폐하고 있었지만, 미도레이의 존재치는 가비루의 두 배에 달했다.

지금, 사릴을 상대로 미도레이가 진짜 실력을 발휘할 것이다.

전선으로 돌아온 게루도는 부하들에게 말했다.

"우리 역할은 적을 한 마리도 통과시키지 않는 것이다."

"""넷!!"""

게루도의 명령에 모든 장수들이 기합을 넣고 대답했다.

그 표정에는 두려움이 없었으며, 닥쳐오는 적을 냉철하게 응시하고 있었다.

적의 군대에 속한 자들은 그 형상이 제각각이었다.

큰 곤충의 특징을 여러 개 받아들인 상태에서 마물로 변한 것 같은 모습이었다.

인간형은 적었지만, 신기하게도 인간의 모습에 가까울수록 힘이 강한 것 같았다.

그때 게루도의 시선이 한 곳에 멈췄다.

몸길이가 30미터를 넘는 것 같은 거대한 지네의 등에 앉아 있는 인물이었다. 그 압도적인 존재감으로 볼 때 틀림없이 충장 중의 한 명일 것으로 추측되었다.

"저 녀석의 상대는 내가 맡겠다."

게루도가 중얼거리는 소리를 듣고 그를 따르던 부관 몇 명이 고개를 끄덕였다.

"무운을 빕니다!"

　그 목소리를 등 너머로 들으면서 게루도는 한 발을 내디뎠다.

　에스프리는 칼을 쥐었다.

　창문을 향해 걸어가는 에스프리에게 밀림이 말을 걸었다.

"갈 거야?"

"아, 네. 카레라 님이 고전하시는 것 같으니까 미력하게나마 도움을 드리려고요."

　잠깐 산책하러 나가는 것 같은 가벼운 말투로 에스프리가 대답했다.

　여기서 관찰하고 있었지만, 카레라를 상대하고 있는 충장――제스는 무시무시한 전투능력을 갖추고 있었다. 더구나 피리오드가 카레라의 마법을 봉인하면서 방해를 하기 때문에 카레라는 방어에 치중하고 있었다.

　이렇게 되면 자신이 약하다는 이유를 대면서 잠자코 보고만 있을 수는 없었다. 그래서 에스프리는 아낌없이 숨겨둔 칼을 꺼낸 것이다.

　그건 쿠로베가 만들어낸 칼이었으며, 레전드(전설)급에 해당하는 걸작이었다.

　에스프리는 악마에게 마법 말고 다른 것은 소용이 없다고 단정하고 있었지만, 몰래 검을 배우고 있었던 것이다.

　에스프리의 상사인 카레라가 한참 빠져 있는 취미였기 때문에 부하라면 점수를 벌기 위해서라도 익혀두는 게 좋겠다고 생각한 것이 그 이유였다. 그리고 그 이상으로 아게라와 함께 싸운 경험이 에스프리의 흥미를 끌었다.

검술에 특화된 악마라는 것도 재미있겠다고 생각한 에스프리는 몰래 마법검의 개발에 전념하게 되었던 것이다.

사실은 실전에 투입할 단계는 아니었지만, 지금은 그런 말을 하고 있을 때가 아니었다. 피리오드의 대마법능력은 탁월하니까 에스프리의 마법은 통하지 않을 것이다. 그건 굴욕적이긴 하지만 사실이었다.

그렇다면 마법이 아니라 마법검으로 상대해주겠다고 생각한 것이다.

"뭐, 적도 일대일에 집착하고 있는 건 아닌 것 같으니까 우리도 가만히 있는 건 아닌 것 같거든요. 그러니까 잠깐 다녀오겠습니다!"

밝은 표정으로 그렇게 말하자, 밀림도 웃는 얼굴을 보였다.

"음, 잘 싸우고 와!"

그리하여 밀림의 배웅을 받으면서 에스프리도 전장으로 출전했다.

이제 프레이가 자랑하는 마천루의 꼭대기에는 밀림과 오베라, 둘만이 남았다.

그때 오베라가 입을 열었다.

"그러면 밀림 님, 저도 출전하려고 합니다."

"음? 부상은 이제 괜찮아?"

"걱정을 끼쳐드려서 정말 죄송합니다. 이제 다 나았으니까 걱정하시지 말라는 말씀을 드리고 싶습니다."

"완고하구나, 넌."

어이가 없다는 투로 말하는 밀림의 목소리를 듣고 오베라가 쿡
하고 웃었다.

"타고난 성격이 그러니까요. 그리고 이미 눈치채셨을 거라 생
각합니다만──."

"음. 이 전장 전체를 감싸고 있는 듯이 끈적끈적하게 들러붙는
기운의 주인 말이지?"

"네."

고개를 끄덕이면서 오베라의 표정이 굳어졌다.

"'충마왕' 제라누스는 너무나도 강합니다. 제 실력으론 상대도
되지 않을 거란 생각이 들 정도이므로 충분히 주의해주십시오."

사실은 밀림이 나설 일이 없는 것이 가장 바람직했다. 그러나
제라누스가 움직인다면 자신들로는 막을 방법이 없을 것이라고,
오베라는 그렇게 추측하고 있었다.

그러므로 본의는 아니지만 밀림에게 의존할 수밖에 없는 것
이다.

그렇기 때문에 조금이라도 빨리 적의 장수들의 수를 줄여두고
싶었다.

마침 지금, 오베라의 눈에 딱 한 명, 자유롭게 활동하고 있는
충장── 양손이 예리한 날붙이로 되어 있는 티스폰이 비쳤다.
그자를 물리치고, 그 기세를 그대로 살려 다른 자들을 원호해야
한다는 생각을 했다.

이렇게 되면 이젠 시간과의 승부인 것이다.

제라누스가 움직이기 전에 최대한 많은 장수들을 쓰러트려놓고 싶었다. 하지만 그렇게 마음먹은 대로 될 수 없을 만큼 적의 전력은 미지수였다.

"내가 보기엔 위험한 녀석이 몇 명 있어. 오베라, 모두가 무사히 돌아올 수 있도록 부디 네가 잘 도와줘."

"알겠습니다!"

오베라는 고양감으로 휩싸였다.

주군의 명령을 받는 것이 얼마나 기분 좋은 일인지.

지금까지 의무감으로 싸웠던 것과 달리 진심으로 힘이 용솟음치는 것 같은 기분이었다.

(그렇구나, 너희도 그랬단 말이지? 그렇다면 더 많은 보답을 해줄 걸 그랬어.)

그런 감상에 빠지는 것도 한 순간이었다.

지금, 오베라가 살아 있는 것은 친애하는 부하들의 바람을 받아들인 결과였던 것이다.

그렇다면 여기서 멈춰 있을 수는 없었다.

"다녀오겠습니다."

"음! 전과를 기대하고──있을게!"

밀림의 격려를 등에 업고, 오베라도 전장으로 향했다.

그리하여 대전은 더욱 격렬해졌다──.

제3장

왕도염상

Regarding Reincarnated to Slime

회의는 막힘없이 진행되었다.

이것도 전부 사전에 교섭을 한 덕분이었다.

이미 결의에 필요한 표수는 확보했으므로 이 자리에서 무슨 문제가 일어날 일도 없었다.

애초에 모처럼 제국과 화해할 수 있게 된 지금에 와서 반대 의견을 낼 바보가 있을 리도 없었던 것이다.

그런고로 마사유키가 황제로서 화해문서에 사인을 하기 위해 자리에서 일어났다.

큰 환호성과 박수가 회의장을 가득 채웠으며, 마사유키가 단상에 오르는 것을 모두가 지켜봤다.

그야말로 계획대로였다.

오늘 이날을 위해서 움직여준 테스타로사 등도 만족스러운 웃음을 짓고 있었다. 숨은 공로자는 틀림없이 그녀이므로 나중에 노고를 치하해주기로 하자.

자, 어서 사인을 하는 거야.

그렇게 하면 그다음은 즐거운 스탠딩 파티가 기다리고 있다.

히나타도 옷을 새로이 갈아입고, 이번에도 멋진 드레스 차림을 보여줄 것이 틀림없다.

이것도 사전준비를 단단히 해놓고 루미너스에게 확실히 부탁해놓았으니까 말이지.

이번에는 이렇게 만들어 달라고 부탁해서 상당히 파격적인 디자인의 옷을 마련해놓았다.

완벽했다.

뇌물로 바치는 대가는 비싸게 들었지만, 우리는 같은 것을 사랑하는 사이다.

루미너스도 이해한다는 뜻을 보이면서 꽤나 적당한 가격으로 받아들여줬다.

이제 사인 같은 건 어찌되든 상관없으니까 어서 파티장으로 이동해서——라는 사악한 생각으로 내 머리를 가득 채운 것이 잘못이었는지 그 파티장 방면에서 큰 폭발음이 울려 퍼졌다.

한 박자 늦게 회의장도 흔들렸다.

"마사유키, 괜찮아요?!"

"어, 무슨 일이지?"

내 바로 옆에서 애정행각을 보이지 마.

마사유키 옆에는 완벽한 보디가드이기도 한 베루글린드 씨가 있었는데, 틈만 있으면 러브러브한 짓을 하는 건 결코 용서할 수 없다.

따라서 그쪽 걱정은 할 필요가 없겠지만, 일단은 대접하는 자의 입장에서 물어보기는 했다.

"마사유키, 괜찮아?"

"아, 저는 괜찮습니다. 여러분도 무사하신 것 같아서 정말 다행——."

그렇게 말하면서 마사유키가 회의장을 둘러보고 있었다.

나도 그를 따라서 둘러보니 역시 각국에서 선출된 의원들이라 그런지 차분한 모습을 보이고 있었다.

"당연하죠. 이 정도로 당황하는 모습을 보이면 저와 함께 일할 수 없으니까요."

어느새 테스타로사가 아무 일도 없었던 것처럼 모든 사람들을 통괄하고 있었다. 그녀의 적절한 지시를 받고 회의장을 지키는 기사들도 질서정연하게 움직이고 있었다.

"크루세이더즈(성기사단)에게도 경계하라는 명령을 내렸어. 회의장 주변은 물론이고 파티장에서 무슨 일이 일어난 건지 조사하러 보내기도 했고."

"아, 고마워."

내 곁으로 다가온 히나타가 그렇게 알려주는 걸 듣고 나도 중요한 문제를 떠올렸다.

그렇지, 파티장은 무사한 걸까?

모처럼 준비한 수많은 산해진미는 어쩔 수 없다고 쳐도 파티장 그 자체의 피해가 막대할 경우에는 오늘 밤 있을 스탠딩 파티에 영향이 생길 것이다.

설마 중지되는 일은…….

그런 말도 안 되는 일이……?!

그런 사태가 일어나기라도 한다면 히나타의 드레스 차림을 보지 못하게 되는 것 아닌가.

그런 불안감이 머릿속을 스치고 지나가는 바람에 나는 황급히 달려가려고 했다.

하지만 그때.

『리무루 님! 지금 막 프레이 공이 연락을 해왔습니다. '충마왕' 제라누스의 군대가 침공해왔기 때문에 곧바로 전투가 벌어졌다고 합니다!!』

베니마루한테서 미진하게나마 남아 있던 나의 기대를 박살 내는 듯한, 뭐라 할 수 없이 잔혹한 보고가 전해진 것이다.

아니, 괜찮아. 지금부터 바로 날아가서 제라누스를 처치하면 밤까지는 늦지 않게──.

『잠깐, 리무루, 큰일 났어!! 규정대로 각 마왕들끼리 연락을 하고 있었는데, 다마르가니아 쪽에서 아무런 대답이 없어. 이거, 위험한 거 아냐?』

위험하네.

예상한 사태 중에서도 연락이 없다는 건 특히 더 위험도가 높지.

그렇기 때문에 그런 때를 위한 매뉴얼을 준비한 거니까──. 그렇게 속으로 투덜대면서 정보 수집을 계속하라고 '사념전달'로 전해두었다.

라미리스도 내 지적을 받고 매뉴얼의 존재를 떠올린 것 같았다. 전혀 당황하지 않았어──라고 큰소리를 치면서 다시 오퍼레이터들의 보고를 받거나 지시를 내렸다.

어쨌든 정보가 없으면 판단을 할 수가 없다.

그건 그렇고, 나중에 있을 스탠딩 파티는 포기해야 할지도 모르겠군…….

이런 때에 떠오르는 것은 전생에 있었던 일이다.

그렇다. 그건 아직 20대일 때에 현장감독으로 일하고 있었던 때의 이야기.

그날은 매일 플레이하는 게 일과가 된 MMORPG의 대규모 업데이트 예정일이었기 때문에 나는 한껏 들뜬 기분으로 일이 끝나기를 기다리고 있었다.

이제 곧 작업이 종료될 타이밍에 기계가 고장 나고 만 것이다…….

말도 안 된다고 생각했지.

현장의 정리도 끝나지 않았는데 공사 기계가 움직이지 않았다. 수리가 끝날 때까지 다른 작업도 중단이 되는 바람에…… 잔업이 확정된 순간이었다.

야간 조명 등을 준비하라는 지시를 내리고 나서 관청이나 경찰 같은 관계각처에 연락하여 사정을 설명했고, 인력으로 해결할 수 있는 작업부터 끝내도록 지시했다. 필요에 따라서는 현지 주민들에게도 설명을 하러 돌아다녀야 했기 때문에 슬퍼할 틈도 없었던 것이다.

할 일이 너무 많았기 때문에 정신을 차려보면 정시퇴근은 이미 물 건너간 상황이었지.

지금의 느낌은 그때의 분위기와 똑같았다.

즉, 히나타의 드레스 차림은 포기하라는 뜻이었다.

한 곳만 그렇다면 또 모를까. 두 곳을 동시에 침공한다면 장기전을 각오해야만 한다. 밤까지 처리하는 것은 도저히 불가능한 얘기니까 말이지.

어느 한쪽은 미끼일 가능성도 높으므로 들뜬 기분으로 대처할 수도 없기 때문이다.

하지만 이 가슴 속에서 솟구치는 분노만큼은 결코 잊지 말자고 생각했다.

내 즐거움을 빼앗아간 대가는 비싸게 치르게 될 것이라는 걸 어리석은 자들에게 단단히 가르쳐줘야 할 것이다······.

나는 그런 생각을 하면서 심기일전한 뒤에 대책을 생각하기 시작했다.

*

히나타가 눈치 빠르게 내 변화를 알아차렸다.

"무슨 일이 생긴 거네?"

고개를 끄덕이면서 간결하게 설명했다.

"그래, 적이 움직였어. 이쪽에서도 무슨 일이 일어난 것 같은데──."

"그래, 그건 우리가 대처할게."

역시 히나타는 대단하다.

내가 부탁하지도 않았는데 바로 승낙해줬다.

"테스타로사, 히나타를 도와서 사태를 수습해다오."

"알겠습니다."

이러면 된다.

일단 여기 일은 뒤로 미루고, 나는 베니마루한테 상황보고를 듣기로 했다.

『베니마루, 후속 보고는 어떻게 됐나?』

『확인 중입니다만, 상당히 위험한 상황인 것 같습니다.』

당황하지 않은 반응을 보이긴 했지만, 정세는 상당히 긴박한 것 같았다. 우리의 예상을 상회할 정도의 피해가 나오지 않으면 좋겠다는 생각을 하면서 뒤이을 보고를 기다렸다.

『연락이 왔습니다. 놀라운 일입니다만, 전력은 비등비등하다고 합니다. 카레라의 극대마법이 개전의 신호가 되었다고 합니다만, 적측에 이 마법을 되돌릴 수 있는 자가 있는 것 같아서 정공법을 이용한 공방전으로 넘어갔다고——.』

카레라의 마법을 되돌렸다고?!

미쳤다는 생각이 들 정도의 위력을 가진 마법을 어떻게——라고 생각했지만, '공간지배' 계열의 권능이라면 가능하려나?

《연산능력에 달렸습니다만 가능합니다. 마법의 규모와 위력에 따라서도 달라지겠지만, 지향성을 가진 파괴마법이라면 공간을 왜곡시켜서 위력을 받아서 흘려내는 전법은 유효할 것으로 생각합니다. 자칫 잘못하면 아군에게 피해가 생길 수 있으니까 권하지는 않겠습니다.》

과연.

착탄점의 예상에 시간이 걸린다면 아군이 휩쓸릴 우려가 있겠군.

또한 예측에 실패했을 경우엔 말할 것도 없이 큰 타격을 입고 말 것이다. 시엘도 할 수는 있겠지만 그것 말고 다른 방법이 없다면 또 모를까, 나라면 기각할 거야.

그렇게 생각하면, 아군의 희생이 있어야 성립되는 전법이 되는 셈이므로 실패했을 때의 리스크가 너무 크기 때문에 적 중에는 목숨 아까운 줄 모르는 갬블러가 있는 것 같았다.

그리고 그 녀석 때문에 정면으로 충돌하는 형태의 전투가 벌어지게 되었는데, 적에겐 여덟 명이나 되는 충장이 있었다고 한다.

정식으로는 12충장으로 불린다고 하는데, 현재는 열두 명이 아니라 여덟 명만 남아 있다고 하니 이건 전원이 총출동한 것이라고 할 수 있었다.

그뿐만 아니라 '충마왕' 제라누스의 기운도 느껴지기 때문에 밀림은 움직일 수 없는 상황이었다. 그래서 밀림 사천왕과 카레라 일행까지 전원이 참전하여 충장의 상대를 하고 있다고 한다.

밀림 사천왕은 뭐야? 그런 의문은 일단 제쳐놓고 생각해도 용케도 수가 딱 맞아떨어졌군.

『그래서 이길 수 있을 것 같아?』

『명확하지는 않습니다만, 힘든 상대도 있는 것 같습니다.』

『알았어. 어쨌든 원군을 보내도록 하자.』

『그렇게 말씀하실 것 같아서 이미 '쿠레나이(홍염중)' 300명을 보냈습니다.』

오오, 역시 베니마루는 우수하군.

오래 끌지 않고 즉단즉결로 움직여주었다.

'전이용 마법진'으로 한 번에 넘어갈 수 있는 건 50명 정도지만, 스스로 마력요소를 보급할 수 있으면 연속가동이 가능하다. 그리고 우리나라의 미궁 안은 마력요소가 풍부하기 때문에 재사용까지의 시간도 단축할 수 있었다.

이번에는 베루도라도 도와주고 있으므로 300명은 무사히 보낼 수 있었다고 한다.

지휘를 맡은 고부아도 의욕을 불태우고 있었다고 한다.

『그 녀석, 어느새 포비오와 사귀고 있는 것 같더군요. 연인이 위기에 처했다는 것을 알고 불타오르지 뭡니까. 뭐, 그렇게 쉽게 패하지는 않을 겁니다.』

『그렇다면 좋겠지만, 전력이 부족하지 않을지가 걱정되는군.』

적의 수가 100만 마리를 넘는다는 보고를 받는다면, 겨우 300명 정도로는 역시 불안해질 수밖에 없는 법이다. 각각의 실력은 전원 A랭크 오버이므로 아주 충실한 구성을 갖추고 있었다. 하지만 피로로 인해 실수를 연발하기라도 하면 단번에 무너져도 이상한 일은 아니다.

『고부타도 보낼까요?』

흠, 고블린 라이더 100명이라.

우리나라는 미궁이 지켜주고 있으니까 고부타 부대가 나설 일은 없다. 아니, 있으면 안 된다.

기동력이 뛰어난 고블린 라이더라면 넓은 전장이 활약할 자리로는 더 어울릴 테니까 말이지. 그들을 미궁 안에서 싸우도록 보낸다는 것은 상당히 긴박한 사태에 빠졌다는 뜻이 된다.

그렇다면 지금 아껴두는 건 악수가 될지도 모르겠군.

『좋아, 그렇게 하자. 란가, 너도 고부타를 따라가서 그 녀석을 지켜다오!』

『알겠습니다!!』

내 그림자에서 란가의 기운이 사라졌다.

이렇게 하면 일단은 안심할 수 있다고 생각하고 있으려니, 베니마루가 웃는 것이 느껴졌다.

『후훗, 리무루 님은 여전히 고부타에겐 무르시군요.』

『어, 그런가?』

『네. 그 녀석도 훌륭한 간부가 되었으니 그렇게까지 걱정하지 않아도 알아서 잘 싸울 겁니다.』

『그래도 말이지, 그 녀석은 가끔 멍청한 짓을 하잖아?』

『하하하, 평소에는 그럴지도 모르지만 전장에선 진지하게 싸웁니다, 그 녀석도. 하지만 뭐, 이번에는 과보호를 하는 게 정답일지도 모르겠군요…….』

웃고 있던 베니마루의 분위기가 바뀌었다.

아무래도 적의 모습을 보면서 불온한 것을 느끼고 있는 것 같았다.

『그렇게 말한다는 건, 네 예상으로도 적은 강한 것 같다는 뜻인가?』

『불길합니다. 게루도 쪽의 눈을 통해서 '보고' 있습니다만, 벌레들에겐 공포심이 없습니다. 지칠 줄도 모른 채 동료의 시체를 넘어서 공격을 계속하고 있습니다.』

『우와, 내가 질색하는 타입의 적이로군…….』

『게루도의 말로는 로드(부왕)의 지배하에 있었던 자신들이 생각난다고 하더군요.』

『아아, 유니크 스킬 '굶주린 자(기아자)' 말인가…….』

그것참, 떠올리는 것조차도 싫은 기억이로군.

하지만 어떤 이미지인지는 전해졌다.

『어쨌든 모두가 무사하기를 빈다. 너도 감시를 계속하다가 최악의 경우에는 망설이지 말고 원군을 보내줘라.』

『알고 있습니다.』

그렇게 베니마루와의 대화를 끝냈다.

＊

　그다음에 연락한 사람은 라미리스였다.

『어때, 반응은 있었어?』

『잠깐 기다려. 지금 중요한 상황이니까── 아니, 리무루잖아!
내 말 좀 들어봐, 그냥 위험한 수준이 아니라니까!!』

　소란스럽게 굴지 마.

　나를 누군가로 착각한 것 같은데, 이런 상황에서 '사념전달'의
혼선이라니, 일반적으로 생각해도 있을 수 없는 일이다. 보아하
니 이 녀석, 훈련을 게을리하고 있었구먼?!

　그랬다. 트레이니 씨와 베레타가 대응하고 있었기 때문에 믿고
있었는데, 라미리스를 사령관에 앉히는 건 좀 아닌 것 같은 생각
이 든단 말이지…….

『잠깐 베레타 좀 바꿔줄래?』

『아, 잠깐만. 나를 믿고──.』

『됐으니까 어서.』

『응.』

　불문곡직하고 선수 교대를 시켰다.

　딱히 히나타 건을 계속 속에 품고 있는 것도 아니고 화풀이를
하는 것도 아니지만, 지금은 긴급사태니까 말이지. 놀고 있는 게
아니라고.

　그런고로 베레타에게서 얘기를 들었다.

『방금 전에 존다 공이 연락을 했습니다. 울티마 님의 명령을 받
고 통화가 가능한 영역까지 탈출했다고 합니다.』

역시 울티마다. 어느 곳의 게으름뱅이 요정과는 달리 제대로 매뉴얼대로 착실히 행동하고 있었다.

『그래서 적은?』

『무시무시할 정도로 강대함, 시급히 응원을 요청──이라고 합니다만, 어떻게 할까요? 다른 마왕분들에게 요청하여 전력을 되돌리는 것이 좋겠습니까?』

으─음, 그 제안도 괜찮게 들리지만, 무시무시할 정도로 강대하다는 것이 마음에 걸리는군. 섣불리 군대를 움직이는 건 적의 덫에 걸릴 가능성이 높은데다, 가능하면 최소한도의 전력은 남겨두고 싶었다.

그 이전에 여기 잉그라시아는 루미너스의 지배영역인 것이다. 루미너스한테서는 빌릴 수 없다.

레온은 적의 손에 떨어졌으며, 기이는 황금향 엘도라도를 지키고 있으니까 움직이고 싶지 않았다. 베루자도가 공격해온다면 또 몰라도, 그게 아니라면 계속 놔두는 게 정답일 것 같았다.

그렇다면 전력을 보낼 수 있는 건 우리나라밖에 남아 있지 않잖아…….

어떻게 할지 고민했다.

미궁의 동료들을 보낼 것인가, 내가 직접 찾아갈 것인가.

이곳도 신경이 쓰였지만 큰 기운이 느껴지진 않았다. 테스타로사도 있고, 히나타와 크루세이더즈도 움직이고 있었다.

필요에 따라서는 루미너스가 보내줄 원군도 기대할 수 있는 데다, 그리고 뭐니 뭐니 해도 베루글린드 씨가 있으니까 말이지.

그렇다면──.

『아, 리무루 님! 적의 진용에 대해 추가로 소식이 들어왔습니다. 디노 공과 레온 공을 확인했다고 합니다!』

그 말을 듣고 나도 마음을 굳혔다.

레온이 있다면 내가 나서게 되어 있었던 것이다.

이제 망설일 필요는 없게 되었다. 지금은 매뉴얼에 따라서 레온을 우리 진영으로 되돌려야 할 것이다.

뭐, 그래도 미련은 남겠지만, 그건 분노로 바꿔서 적과 싸우면서 풀자고 생각했다.

『좋아, 내가 가겠다. 그쪽 지휘는 베니마루에게 맡길 테니까 라미리스에겐 성실하게 훈련 좀 하라고 전해줘.』

『──알겠습니다.』

베레타에게서 뭐라 말할 수 없는 슬픈 기운이 느껴졌지만, 언질은 받았다. 사령관 놀이를 하지 말라고는 말하지 않을 테니까 매뉴얼 정도는 제대로 기억해주면 좋겠다.

뭐, '관제실'을 호화롭게 다시 만든 게 실수일지도 모른다는 생각이 안 드는 건 아니지만 말이지.

내 기억을 통해 재현하여 어떤 애니메이션이나 만화에도 뒤지지 않을 것 같은 호화로운 인테리어로 바꿨단 말이지. 쓸데없이 돈을 들여서 내 멋대로 바꾼 탓에 다들 사령관 의자에 앉고 싶어 하는지라 많이 난처했다.

라미리스에겐 특등석을 마련해줬더니 완전히 신이 나서는…….

소꿉놀이로만 즐긴다면 좋겠지만, 지금은 진짜 전투가 벌어지고 있다. 자신의 의무를 확실히 완수하라고 단단히 못을 박아뒀다.

다구류루 앞에 부드럽게 생긴 남자가 섰다.

펜이었다.

부드럽게 보이는 것은 비교 대상이 다구류루이기 때문이었다. 펜의 몸은 가늘었지만 거인답게 키가 컸고, 유연한 근육이 탄탄하게 붙어 있었다.

그의 피부색은 하얬다. 정신이 아득해질 것만 같은 오랜 세월 동안 빛도 비치지 않는 방에서 격리되어 있었기 때문에 마치 색소가 빠져나간 것 같은 병적인 흰색이었다.

녹색의 머리카락은 푸석푸석한 장발이었으며, 그 눈은 비취처럼 반짝이고 있었다.

가슴 부분은 풀어헤쳐진, 헐겁고 긴 옷을 입고 있었다. 허리와 어깨에 감긴 사슬이 인상적이었다.

자신을 오랜 세월 동안 묶어 놓았던 글레이프니르(성마를 봉인하는 사슬)를, 펜은 이제 마음에 들어 하고 있었던 것이다.

흔들흔들 몸을 앞뒤로 흔들면서 불안정해 보이는 움직임을 보이면서 펜이 다구류루를 향해 걸어갔다.

언뜻 보기에는 무방비하게 보였지만, 그렇지 않았다.

모든 공격에 대응할 수 있는 무도의 달인 같은 동작이었다.

펜이 씨익 웃었다.

"오랜만이야. 만나서 반가워, 형."

펜이 그렇게 말을 걸자, 다구류루는 크게 한숨을 쉬었다.

"확실히 반갑긴 하다만, 두 번 다시 만나고 싶지는 않았다."

"에이, 그런 섭섭한 소리는 하지 마. 셋밖에 없는 형제잖아."

"그 말이 옳다. 그래서 나는 네가 길을 잘못 든 것이 참으로 아쉽구나."

"핫! 변했구나, 형. 옛날에는 그렇게 멋있었는데 말이야."

펜은 불만스러운 표정으로 그렇게 대꾸했다.

펜에게 있어 다구류루는 동경의 대상이었던 것이다.

그랬는데 지금은 이빨과 기운이 빠져버린 것처럼 보여서 영 탐탁지 않았던 것이다.

"우리는 예전에 한 번 베루다나바 님에게 대든 적이 있었지. 그리고 현실을 깨닫지 않았느냐."

"그건 형의 변명이지. 나는 인정하지 않았어."

"멍청한 놈! 우리는 말이지, 그분이 온정을 베풀었기 때문에 살아남은 것에 지나지 않아!!"

"그거야. 나는 그런 약해빠진 형이 마음에 들지 않는다고! 베루다나바가 뭐 그리 대단하다고. 펠드웨이가 베루다나바를 부활시키면 그때는 내가, 누가 더 강한지 확실하게 가려주겠어."

"이 바보 녀석!! 너는 그분을 모르니까――."

"말싸움은 이제 됐어. 어차피 평행선이니까. 자, 싸우자고. 내가 형을 쓰러트리고 그 눈을 뜨게 해줄게."

"펜, 너 이 자식……."

펜과 다구류루, 두 사람의 몸이 소용돌이치는 투기에 휩싸였다. 그 엄청난 압력을 받으면서 불괴(不壊) 속성을 갖추고 있을 '천통각'이 크게 흔들렸다.

그리고 다음 순간, 천지를 꿰뚫을 것 같은 충격과 함께 펜의 얼굴에 다구류루의 주먹이 꽂혔다.

하지만 펜은 버텨냈다.

그리고 되갚아주겠다는 듯이 허리를 깊이 숙인 뒤에 무겁고 날카로운 어퍼컷을 다구류루의 배에 적중시켰다.

버티지 못하고 공중에 몸이 뜬 다구류루. 그 기회를 놓치지 않고 펜은 족도차기를 날렸다.

다구류루의 거구가 벽에 부딪친 충격은 '천통각'을 무너트릴 것처럼 삐걱거리게 했다.

하지만 다구류루는 아무렇지도 않은 것처럼 일어섰다.

"쳇, 실력은 둔해지지 않은 것 같군."

"형도 마찬가지야. 평범한 녀석이라면 방금 그 공격으로 끝났을걸?"

"나를 우습게 보지 마라. '옥타그램(팔성마왕)'이란 이름은 단순한 간판이 아니니까."

"마음에 들었나 보네, 그 이름이?"

"아주 많이!"

그렇게 대답하자마자 다구류루는 자신의 투기를 전력으로 해방했다.

다구류루의 힘은 존재치로 환산하면 4,000만이 넘었다. 펜이 수치는 더 크지만, 그 압력도 또한 '용종'에 필적할 만한 수준이라―― 승부는 서로의 실력에 의해 좌우될 수밖에 없었다.

레온이 조용히 전장에 내려섰다.

그 앞을 가로막은 자는 다구류루의 동생이자 펜의 형인 그라소드였다.

키는 2미터 정도, 다른 종족의 기준에서 보면 몸집이 컸지만, 자이언트(거인족) 중에선 작은 축에 속했다. 피부색도 형과 동생의 중간색쯤 되는 황록색이었다.

눈동자 색은 보라색이었으며, 이지적인 빛을 품고 있었다. 호방뇌락(豪放磊落)한 형과 자유분방한 동생 사이에 끼여서 고생한 탓도 있었고, 자신이 제대로 처신해야 한다는 성격을 선천적으로 가지고 있었다.

본인도 그걸 자각하고 있지만, 타고난 기질은 바뀌는 게 아니었다.

그런 그라소드이기 때문에 맨손이나 곤봉 계열의 힘에 의지하는 무기를 잘 쓰는 자이언트치고는 드물게 그레이트 소드(양손대검)라는 기량을 중시하는 무기를 애용하고 있었다.

방패를 들지 않는 완전공격형의 전투 스타일이었지만, 그게 바로 그라소드의 자신감의 발로였다.

그라소드는 존재치로 계산하면 200만이 채 안 되며, 형제 중에선 허약하게 보이지만 틀림없는 밀리언 클래스(초급 각성자)의 실력자였다.

그리고 그 레벨(기량)은 3형제 중 최고———.

"마왕 레온 공으로 보이는군. 내 이름은 그라소드. 거인 병단의 부장이다. 자유의지를 빼앗기지 않은 귀공과 실력을 겨뤄보고 싶었지만, 그건 다른 기회를 또 기다리기로 하고———오늘은 그대에게서 승리를 양보받도록 하겠다."

그라소드는 그렇게 자신의 이름을 밝히면서 레온 앞으로 한 발을 내디뎠다.

나른한 표정으로 찾아온 디노 앞에 선 자는 신사 같은 차림을 하고 있는 베이런이었다.

베이런은 공작 급의 데몬 로드(악마공)이며, 대공 모스 다음으로 강한 제2의 실력자였다. 그러나 '태초의 악마'에게 필적하는 '시원의 천사' 중의 한 명을 상대로는 조금이 아니라 많이 불리하다는 것을 인정하지 않을 수 없었다.

그래도 그런 '시원의 천사' 두 명을 동시에 상대하고 있는 주인보다는 나은 처지이므로 자신의 역할을 충분히 완수할 생각을 하고 있었다.

쉽게 말해서 시간 벌이를.

'어차피 디노는 진지하게 싸우지 않을 테니까 너도 상대를 할 수 있을 거라 생각해. 내가 나서면 디노도 진지하게 싸우게 될지도 모르고 말이지. 그러니까 이 자리는 너에게 맡길게, 베이런♪'

그렇게 귀엽게 부탁하면 베이런에겐 거절한다는 선택지는 존재할 수가 없었다. 주인의 기대에 부응하기 위해서 최선을 다하여 싸움에 임할 생각이었다.

"어, 역시 나도 싸우지 않으면 안 되는 건가……."

"시간 벌이에 어울려주시겠다면 소생의 입장에선 그게 더 감사하겠습니다만."

"무리야, 그건. 지금의 나는 아쉽게도 게으름을 부리는 것조차 허용이 안 되거든."

디노는 그렇게 대답했지만, 어디까지 허용되는 건지 찬찬히 확인 중이었다. 그걸 전하지 못하는 게 안타까웠지만, 다음 말은 입으로 뱉을 수 있는지라 안도했다.

"어디 보자. 울티마라면 모르겠지만, 너 정도라면 검기만으로 상대해줄게."

즉, 권능을 쓰지 않겠다는 선언이었다.

전력으로 싸우지 않아도 괜찮을 것이라는 건 레온이 싸우는 모습을 보고 예상하고 있었다. 레온이 진지하게 싸웠다면 더 격렬한 공방이 벌어졌을 것이기 때문이다.

디노는 과거에 레온이 진지하게 싸우는 모습을 견학한 적이 있었던 것이다. 빛과 같은 검놀림은 영자조차 베어버리는 필살의 위력을 지니고 있었다. 그때를 떠올린다면 지금의 레온은 도저히 진지하게 싸우는 것이란 생각이 들지 않았다.

그래서 디노도 흉내를 내봤다.

이건 게으름을 부리는 것이 아니라 친구를 배신하지 않기 위해서——라고 스스로를 설득시키면서.

그런 디노의 반응을 관찰하다가 베이런도 이해했다. 악마는 인간의 낌새, 마음의 변동에 민감한 것이다.

(흠. 역시 울티마 님의 예상대로 디노 님은 이 싸움에 적극적이지 않은 것 같군. 그렇다면 내 힘으로도 충분히 상대할 수 있을 것 같다.)

그걸 이해했다면 길게 얘기를 나눌 필요가 없었다.

디노의 도발에 넘어가는 척하면서 응전했다.

"절 얕보고 계시는군요. 그러면 그 오만한 콧대를 소생이 꺾어

드리도록 하죠."

그렇게 말하면서 베이런은 얼티밋 기프트(궁극증여) '아티스트(진
안작가)'를 이용하여 변했다.

그가 모방한 것은 물론, 아게라의 전생인 아라키 뱌쿠야의 젊
은 시절 모습이었다.

그리고 그 손에 쥐고 있는 것은 쿠로베가 만들어낸 한 자루의
시코미카타나(지팡이에 숨겨서 넣어두는 방식의 칼)였다. 지팡이를 본떠
서 만들어진 레전드(전설)급의 걸작이었다.

실은 쿠로베는 요즘 들어 실력이 늘어나 있었다.

에스프리에게 넘겨준 칼도 그랬지만, 열 자루 중에 일곱, 여덟
자루가 레전드급으로 완성되는 믿기 어려울 정도의 장인이 된 것
이다.

아니, 그뿐만 아니라 '신장(神匠)'의 영역에 도달하는 것도 멀지
않은 이야기일 것이다.

그런 쿠로베가 만들어내는 칼은 베이런의 손에 잘 맞았다. 얼
티밋 기프트 '아티스트'를 사용할 때에만 한정되지만, 베이런은
검의 매력을 이해하기 시작하고 있었다.

"재미있군. 조금은 진지하게 싸워보기로 할까."

거짓말이었다.

디노의 눈은 불안하게 흔들리고 있었다.

(괜찮겠지? 내가 무슨 말을 하고 있는 건지 제대로 전해진 거
겠지?)

그렇게 필사적으로 묻고 있었던 것이다.

베이런은 안심시키려는 듯이 크게 고개를 끄덕였다.

"한 수 배우겠습니다. 그러면 **너그러이 봐주면서** 싸워주십시오!"

그렇게 응하면서 디노의 얼굴을 웃게 만들었다.

피코와 가라샤의 앞에는 울티마가 혼자 서 있었다.

"이봐, 비올레(태초의 보라색). 아니, 지금은 울티마였던가? 상황은 이해하고 있을 거라 생각하는데, 설마 우리를 혼자 상대하겠다는 거야?"

가라샤가 물었다.

그 질문에 대해 울티마가 웃으면서 대답했다.

"뭐, 문제가 되진 않겠지. 나로선 너희 정도가 딱 알맞게 몸을 풀 수 있는 상대일 것 같거든."

"흐, 흐—응…… 우리도 많이 얕보이고 있네……."

"나도 발끈했어. 울어도 용서해주지 않을 거야!"

디노와 베이런과는 달리, 이쪽은 상당히 진지하게 대립하고 있었다.

아니, 울티마는 이 상황조차도 즐기고 있었던 것이다.

피코와 가라샤의 전투능력을 완전히 파악하고, 이 두 사람이 자신보다 약하다고 단정하고 있었다.

그 예상은 정확했다.

피코와 가라샤는 결코 약하지 않았으며, 당연하게도 밀리언 클래스(초급 각성자)였지만, 그 존재치는 대략 200만 전후이며 울티마보다 한 발 모자랐다.

더구나 울티마에겐 상위자로서는 드물게 실력이 백중인 상대(다무라다)와의 사투를 제압한 경험까지 있었다. 그 사실이 울티마의 자신감의 바탕이 되었으며, 실력을 닦기 위한 시금석으로서 이 두 사람이 적임자라고 생각한 것이다.

"때리면 자유의지를 되찾을 수 있을지도 모르니까 나도 도와주기로 할게."

"그건 절대 성공하지 못할 거야."

"그래. 쓸데없는 간섭이라고!"

그런 가벼운 대화를 나누면서 진검승부가 시작되었다.

*

다구류루와 펜의 싸움은 옆에서 보기에는 격렬하기 그지없는 것이었다.

하지만 실제로는 두 사람 다 진심으로 싸우는 건 아니었다. 만약 진심으로 싸웠다면 같은 방에 있는 자들이 모두 투기의 압력에 눌렸을 것이고, 그중에는 일어서지 못하는 자도 있었을 것이다.

적어도 싸우고 있을 때가 아니었을 것이다.

하지만 그렇게 분위기를 살피는 시간은 머지않아 끝났다.

다른 자들이 좁은 건물 안의 전투를 기피하면서 각자의 전장으로 자리를 옮겼기 때문이다.

이로 인해 다층구조로 이뤄져 있는 '천통각' 안에서 그 자리에 남은 자는 다구류루와 펜뿐이었다.

"오랜만에 뜨거워지는걸. 형, 나는 슬슬 진지하게 싸워버릴 것 같아."

"흥! 바라는 바다."

펜의 투기가 부풀어 올랐다.

'용종'에 필적하는 그 힘이 눈에 보이는 압력으로 변해 다구류루에게 불어 닥쳤다.

그러나 다구류루도 밀리지는 않았다.

"흐읍!!"

자신의 투기를 육체에 불어넣으면서 그 근육을 전투에 특화된 것으로 변질시켰다.

그리고 형제 싸움이 본격적으로 시작되었지만, 그 목적은 서로 양보할 수 없는 것이었다.

펜의 목적은 예전에 힘만 믿고 날뛰었던 옛날의 다구류루로 돌아가길 바라는 것이었다.

그에 비해 다구류루는 안정과 질서를 추구하고 있었다. 필요하다면 전쟁도 불사하겠지만, 무익하게 날뛰려는 생각 없는 인간은 아니었다.

서로 받아들일 수 없는 주장. 하지만 이 싸움의 승자는 상대를 자신의 말에 따르게 할 수 있었다.

왜냐하면──.

싸움은 더욱 격렬해졌다.

그리하여 팽팽한 승부는 조금씩 펜의 우세로 기울어갔다.

기본적인 힘의 차이가 드러난 것이다.

게다가 그 차이를 더 확실하게 만든 것이 펜의 뜻대로 다룰 수 있는 사슬── 글레이프니르(성마를 봉인하는 사슬)이었다.

베루다나바가 자신의 손으로 창조한 물건이며, 갓즈(신화)급 중에도 상위의 강도와 유연성을 자랑하는 불괴 속성의 사슬이었다.

펜은 오랜 세월 동안 이것에 묶여 있었기 때문에 어느새 신체의 일부처럼 글레이프니르를 다룰 수 있게 된 것이다.

"큭, 건방지게…… 나를 이렇게까지 몰아붙이다니, 예전보다 더 강해진 것이냐——?!"

다구류루는 빈틈을 찔리면서 글레이프니르에 의해 손발이 꽁꽁 묶이고 말았다.

괴로운 표정을 지으면서 그렇게 푸념했다.

씨익 웃는 펜.

"혀엉—— 나의, 내가 맛본 고통의 기억을 제대로 받아보라고!!"

그렇게 말하면서 날린 것은 강렬한 박치기였다.

그 찰나, 다구류루와 펜의 '영혼'이 서로 접촉하면서 기억과 감정이 교차했다.

그로 인해 발생한 것은 바로 기억의 공유였다.

그 결과——.

다구류루는 **떠올렸다.**

"이제 기억이 났어, 형?"

"후우, 이제야 눈을 뜬 기분이다."

"그래? 그거 다행이군."

펜이 더 깊게 웃었다.

그리고 친애의 감정을 담아서 형인 다구류루에게 손을 내밀었다.

다구류루는 그 손을 굳게 쥐었으며——.

"자, 그럼 싸울 시간이 되었구나. 우리 거신 군단의 무위를, 이 세상에 보여줘야 하지 않겠느냐!"

"그러자고. 역시 형이라면 그렇게 나와야지!"

다구류루가 큰 목소리로 호령을 내렸고, 펜은 기쁜 표정으로 웃었다.

'옥타그램(팔성마왕)'의 한 축이자 '천통각'을 수호하는 거인 마왕은 이제 존재하지 않았다.

태고의 악신이 부활하고 만 것이다.

*

다구류루의 호령을 받고 자이언트(거인족)의 전사들이 소집되었다.

거인병단은 '박쇄거신단(縛鎖巨神團)'이라는 이름으로 개편되었다. 그리고 태고의 위력을 재현하기 위해 불모의 사막으로 진군하기 시작했다.

그건 전혀 질서정연한 움직임이 아니었다.

각자가 서로 다른 무기를 들고 왕인 다구류루의 명령에 따라서 움직이고 있었다. 따라서 준비기간도 필요하지 않았으며, 군이라는 조직을 비웃기라도 하는 것 같은 속도로 집단행동이 완성된 것이다.

레온과 칼싸움을 벌이고 있었던 그라소드조차도 예외가 아니었다.

"흠, 아무래도 적대할 이유가 사라진 것 같군. 지금부터는 전우로서 함께 싸워주길 바란다."

레온에게 그렇게 말하고는 그라소드도 그 자리를 떠나버린 것이다.

레온도 그에 동요하지 않고 대처했다. 펜이 이길 경우, 그렇게 되는 것이 이미 정해져 있었기 때문이다.

그걸 보고 울고 싶은 기분을 느낀 것은 울티마였다.

"잠깐, 이거 농담이지? 아무리 내가 강해졌다고 해도 이건 역시 무리인데……."

그렇게 투덜거리고 싶은 지경이었다.

그도 그럴 게, 아군이 줄어들고 적의 수가 늘어났으니까.

그야말로 이건 리무루가 이용하려고 생각 중이던 전법을 적이 먼저 실행해버린 꼴이었다.

다행인 것은 적으로 돌아선 다구류루가 울티마 쪽을 무시한 채 진군을 개시한 것이라고 할 수 있었다.

아니, 그걸 다행으로 받아들이면 안 되지만, 지금 자신들을 노린다면 패배가 확실했기 때문에 행운이라고 생각할 수밖에 없었다.

그건 그렇다 쳐도 상황은 최악이었다.

디노를 상대로 호각의 싸움을 벌이고 있던 베이런도 이 사태에는 당황함을 감출 수 없었다.

"울티마 님, 어떻게 할까요? 이대로 가면 상황은 악화될 것이니 일단 태세를 다시 정비하는 것이 좋지 않겠습니까?"

울티마의 꾸지람을 두려워하지 않고 그런 의견을 말했을 정도였다.

그 말에 아무런 반박도 하지 않은 채 울티마는 침묵했다.

생각에 잠겨 있었던 것이다.

"이봐, 확실히 너는 강해졌어. 그런 인정 해줄게. 하지만 말이지 우리에게 다구류루까지 가세하면 승산은 없다고 생각해야 하지 않을까?"

"그래, 맞아. 지금은 순순히 패배를 인정하고 악마계로 퇴장하라고. 그렇게 하면 우리도 쫓아갈 방법이 없으니까 부상으로 인한 무승부로 쳐줄게!"

완전히 밀리고 있던 가라샤와 피코가 이때를 기다린 것처럼 활기찬 모습을 보였다.

울티마도 그렇지만, 피코와 가라샤도 권능을 이용하지 않은 채 싸우고 있었다. 그 결과, 1대2임에도 불구하고 압도되는 굴욕을 맛보고 있었던 것이지만, 지금은 역전하게 된 것이다. 자신의 입장과는 관계없이 그만 기뻐하고 말았다.

"시끄러워…… 나도 그건 알고 있다고. 하지만 여기서 물러나면 리무루 님을 뵐 낯이 없잖아……."

울티마는 점점 기분이 불쾌해졌다.

이렇게 되면 이기든 말든 진짜 힘을 발휘해서 날뛰기라도 해볼까 하는 충동을 느끼고 있었다.

디노, 가라샤, 피코, 레온이 미카엘의 지배하에 있다는 것을 리무루를 통해 들었다. 그러므로 진짜 힘을 쓰지 않고 무력화시키려 하고 있었던 것이다.

하지만 문제는 지금 진심으로 싸운다고 해도 이 자리에 있는 적들을 모두 쓰러트릴 수 있는가 하는 것이었다.

생사를 가리지 않는 조건이라면 승률은 높아진다.

하지만 그래도 확실하게 단언할 수 없다고 울티마는 생각하고 있었다.

레온, 디노, 피코, 가라샤.

이 네 명 중에 가장 상대하기 버거운 자는 디노일 것이다.

그리고 아마 진지하게 싸우기 시작한 레온과 울티마라면 누가 이겨도 이상하지 않다는 생각이 들었다.

즉, 승산은 없는 것이다.

베이런의 견해가 옳았기 때문에 울티마도 화를 내지 않고 입을 다물고 있었던 것이다.

어떡할 것인지를 고민했지만, 그게 허용되지 않는 상황이었다.

그래서 울티마는 마음을 굳혔다.

"리무루 님을 믿겠어! 이제 곧 오실 테니까 그때까지는 발을 묶는 것에 치중할 거야. 이견은 없겠지, 베이런?"

"알겠습니다!"

그리하여 방침은 정해졌고──.

"쿠후후후후, 실로 바른 선택을 했습니다. 칭찬해드리죠, 울티마."

대망의 원군이 늦지 않게 도착한 것이다.

●

나는 디아블로와 소우에이를 데리고 '성허' 다마르가니아로 갔다.

존다가 있는 지점을 목표로 잡고 '공간이동'으로 이동해서 합류한 뒤에 속공으로 울티마가 있는 곳까지 달려간 것이다.

그 도중에 본 광경은 엄청난 것이었다.

무질서하게 거인들이 몰려들어 집결했고, 어느새 규율이 잡힌 군단의 모습을 갖춰가고 있었다.

그 선두에 서 있는 자는 다구류루였지만, 아무래도 내가 아는 그와는 분위기가 다른 사람이었다.

한순간 눈이 마주쳤지만, 위협적인 표정으로 씨익 웃었던 것이다.

솔직히 말해서 위험하다고 느꼈다.

어떻게 할지 생각했지만, 고민할 것도 없이 답은 하나였다.

지금은 다구류루의 상대를 하고 있을 때가 아니었던 것이다. 나는 '사념전달'로 각 관계각처에 연락한 뒤에 재빨리 그 자리를 떠났다.

그리고 지금, 울티마 쪽과 합류한 것이다.

내가 데리고 온 자는 디아블로와 소우에이다. 그리고 원래 여기 있었던 멤버인 울티마, 베이런, 존다가 가담하면서 여섯 명의 전력이 완성되었다.

그리고 상대는 레온, 디노, 피코, 가라샤, 이렇게 네 명이었다. 현 단계에서도 숫자는 우리가 더 많으니까 예정대로 레온을 제정신으로 돌려놓는다면 우리의 승리는 확실해지는 것이지.

"뭐야, 리무루까지 온 거야?"

"그래, 디노 군. 하지만 널 상대하는 건 뒤로 미루겠어!"

그렇게 대답하면서 나는 레온 쪽으로 의식을 집중시켰다.

보아하니 레온도 내 의도를 알아차린 것 같았다. 거역할 낌새를 보이지 않는 것은 미카엘의 지배가 세뇌 레벨은 아니라는 증거라고 하겠다.

애초에 얼티밋 스킬(궁극능력)을 획득할 만큼 강인한 의지를 지닌 자를 상대로 권능의 힘만으로 진심 어린 충성을 맹세하도록 시킨다니, 그런 짓은 누구라도 불가능할 것이라 생각한다. 그럴 수 있다고 해도 그건 가짜이며, 미카엘의 뜻에 반하는 행동에 제한을 거는 수준일 것이라는 추측을 지금의 상황을 통해 할 수 있었다.

그러므로 나는 그 상황을 어떻게든 이용하기로 했다.

선언한 대로 디노는 뒤로 미루고 레온부터 상대할 것이다.

"레온, 각오해라! 먹어치워라, '벨제뷔트(허수공간)'―!!"

그렇게 처음부터 큰 기술을 발동했다.

얼티밋 스킬 '아자토스(허공지신)'의 관리 하에 있는 '벨제뷔트'로 레온을 저세상으로 안내했다. 그리고 즉시 시엘 선생에게 강제 '얼터레이션(능력개변)'을 실행하도록 시켰다.

그로 인해 레온은――

"휴우, 계획대로 되긴 했지만 두 번 다시는 하고 싶지 않군."

――그렇게 무사히 부활한 것이다.

이리하여 레온이 동료로서 귀환했다.

다음 표적은 나른한 표정을 짓고 있는 디노였다.

이쪽은 애초에 싸울 의지가 보이지 않으니까 저항도 적을 것이다.

쉽게 제정신으로 돌려놓을 수 있을 거라고 생각하여 뒤로 미루긴 했지만, 이대로 한꺼번에 끝내버리자――고 생각했는데, 아무래도 그건 안일한 생각이었던 것 같다.

강렬하기까지 한 기운이 느껴졌다.

이건 마치 '용종'이 진짜 힘을 해방한 것 같은 압박감이었다.

그와 동시에 늘 '관제실'과 상호통화상태를 유지하라고 시켜놓은 소우에이에가 내게 보고를 했다.

"리무루 님, 이곳—— '성허' 다마르가니아 주변이 돌파 불가능한 '결계'로 인해 격리되었습니다."

확정됐다.

적의 보스가 등장한 것이다.

"쿠후후후후, 단지 혼자서 올 줄이야, 우리도 많이 얕보인 것 같군요."

그렇게 말하면서 웃는 디아블로의 시선 끝에는 유유히 서 있는 한 명의 인물이 있었다.

마사유키와 아주 닮은—— 루드라의 육체를 차지한 미카엘이었다.

"레온은 우리가 돌려받았다."

"상관없다. 레온의 권능——'메타트론(순결지왕)'은 내 손에 있으니까 그 자신은 미끼에 지나지 않는다."

"미끼……?"

《——**역시** '왕수비차'였습니까. 감탄이 나올 만큼 이쪽과 같은 수를 생각하고 있었던 것 같군요.》

어, 왕수비차……왕수비차(일본식 장기에서 '왕과 비차'라는 말을 동시에 잡을 수 있는 위치에 장기말을 놓는 수'를 뜻함) 잡기라는 뜻인가!

그렇다면 이런 경우에는——.

《레온이라는 미끼가 비차이고 정말로 노리고 있던 것은——.》

마사유키인가!

《……정답입니다.》

당했다.

내 앞에 비차(미끼)인 레온을 내놓고, 왕에 해당하는 마사유키와 나란히 천칭 위에 놓았다는 얘기로군. 그리고 나는 훌륭하게 낚이고 만 것이다.

즉, 미카엘의 계책은 이 땅으로 나를 유도한 시점에서 성공한 셈이다.

마사유키가 중요하다는 건 이해하고 있었지만, 그렇게까지 집착하고 있을 줄은 예상하지 못했다. 그렇다고 쳐도 내가 여기에 봉인되지 않았다면 미카엘의 계책은 실패로 끝났을 텐데…….

"이겼다고 생각하는 건 아직 이르지 않은가?"

"그럴까? 내가 나선 시점에서 너희에게 승산은 없다고 생각하는데."

대단한 자신감이었다.

아직 디노 쪽이 적으로 남아 있다고는 해도 나라면 지배에서 해방시킬 수 있다. 그걸 알고 있으면서도 이렇게 단호한 태도로 나온다니 기가 막힐 노릇이로군.

그게 아니면 뭔가 다른 필승의 계책이라도 있는 건가?

"훗, 무슨 계책이 있는 게 아닌지 의심하고 있는 표정이로군.

안심하도록 해라. 나에게 있어 너 같은 녀석은 시시한 존재일 뿐이다. 펠드웨이가 걱정이 많은 성격이라 어울려주긴 했지만, 처음부터 이렇게 하면 되었을 것을⋯⋯."

미카엘의 말이 끝난 순간, 갑자기 디아블로가 쓰러졌다.

당연히 '마력감지'로 경계하고 있었으니까 불시의 기습 같은 그런 하찮은 공격이 아닌 것은 확실했다.

애초에 디아블로가 쓰러진 모습 자체를 처음 봤다.

죽지는 않았을 거라 생각하고 싶지만, 꿈쩍도 하지 않는 것이 불안했다.

"디아블로──."

소우에이가 그렇게 부르면서 달려오려고 한 순간, 소우에이 자신도 그 자리에 쓰러졌다.

어?

이해가 되지 않았다.

완전한 이상 사태를 눈앞에서 보고는 레온이 검을 다시 쥐고 자세를 잡다가── 무너지듯이 쓰러졌다.

농담이지?

무슨 일이 일어나고 있는 건지 전혀 알 수가 없었다.

놀라고 있는 건 나뿐만이 아니었으며 디노 쪽도 마찬가지였다. 즉, 이 자리에서 무슨 일이 일어나고 있는 건지 파악하고 있는 것은 공격을 시도하고 있는 것으로 보이는 미카엘뿐이라는 얘기가 되는군.

이건 대체 어떻게 된──.

《설마…….》

설마, 라고 말했어?

쉽게 말해서 시엘도 이해하지 못하고 있단 말이네.

위험한 수준을 넘어섰다.

무슨 일이 일어나고 있는 건지 확실하지 않으니 도망치는 것도 무리일 것 같다.

애초에 디아블로나 소우에이를 저버리고 도망친다는 선택지는 처음부터 준비되어 있지 않았는데 말이지. 그리고 레온도.

"울티마, 주변에 쓰러져 있는 자들을 데리고 여기서 벗어나라."

"하, 하지만……?!"

"됐으니까 어서 가. 나에게 생각이 있다!"

없지만 말이지.

"쿠, 쿠후후후. 기다려주십시오, 리무루 님. 저는 아직 싸울 수 있습니다."

오오, 역시 디아블로는 무사했나.

"흠, 감촉을 통해서 죽지는 않았다고 생각했는데, 봐주지 말고 처리해둘 걸 그랬나."

디아블로가 일어선 것을 보고도 미카엘의 여유는 사라지지 않았다. 몇 번이고 쓰러트릴 수 있다는 절대적인 자신감이 있는 것 같았다.

나는 생각했다.

이건 본격적으로 위험하다고.

"됐다, 디아블로. 물러나라. 거기 있는 레온도 데리고 어서 가."

"하지만……!"

"명령이라고 하잖아. 이길 수 있을 것 같지 않으니까 도망치는 것이 이기는 거야."

나는 그렇게 말하면서 칼을 뽑고 싸울 자세를 잡았다.

미카엘이 노리는 게 나인 이상, 어차피 놓아주지 않을 것이라는 건 잘 알고 있었다. 그러니까 스스로 미끼가 되어서 다른 사람들을 도망치게 도와주는 것이 좋은 방법인 것이다.

디아블로도 당연히 그걸 이해하고 있었다. 그래도 상당히 갈등한 것 같았지만 명령이라는 말이 먹힌 모양이었다. 울티마 쪽과 분담하여 소우에이와 레온을 회수했다. 그리고 그대로 물러났다.

"흐—음, 방해할 거라고 생각했는데?"

"잔챙이에겐 관심이 없어서 말이지."

우와, 디아블로가 듣지 않은 게 다행이네.

그런 말을 뱉다니, 그 정도면 완전히 살생부에 적어놓을 수준이거든? 물론 죽일 대상으로 말이지.

저 녀석은 집념이 강하기 때문에 언젠가 반드시 완수할 것이다. 그 정도로 위험한 녀석이다.

그건 그렇고 나 혼자 남게 되면 1대4가 되나.

미카엘 한 명만으로도 절망적인데 이 정도면 죽겠군.

뭐, 최악의 경우엔 베루도라가 있으니까 부활할 수 있을 거라고 생각하지만, 실제로 시험해보는 건 기분이 최악일 것 같다.

그렇게 부활한 나는 정말로 지금의 나일까? 그런 의문이 자꾸 생기니까 말이지. 그래서 베루도라가 죽는 것도 싫은 거지만…….

그런 생각을 하고 있으려니 미카엘이 움직였다.

"디노, 이 자리는 나에게 맡기고 너희도 귀환하도록 해라."

이런, 고맙게도 1대1의 결투를 바라고 있는 것 같군. 뭐, 틈을 봐서 디노 쪽을 다시 우리 편으로 끌어들일 생각을 하고 있었던 걸 들킨 것일지도 모르지만, 그 시도가 성공할 확률은 낮다고 생각하고 있었으니 나에게도 나쁘지 않은 이야기라는 건 분명했다.

"어, 그래도 돼?"

"상관없다. 마음까지 완전히 지배하면 임기응변으로 움직이지 못할 것이고, 지금의 상태에선 전력을 다해 싸우지 않겠지? 그런 장기 말은 쓸 수가 없으니까 말이다."

아아, 그렇군. 디노나 레온이 진심으로 따르고 있는 게 아니라는 걸 알고 있었구나.

그렇다면 이번에는 미카엘에게 완전히 당했다는 뜻이 되려나?

《……》

아니, 괜찮아.

시엘도 실수는 할 수 있으니까.

《아니오. 지금도 작전대로 진행되고 있습니다.》

또 그런다. 분한 나머지 우기는 것도 정도껏 해야지.

시엘의 지는 걸 싫어하는 성격도 참 난감하다니까.

뭐, 가벼운 잡담은 이 정도로 하고 나도 최선을 다해서 발버둥 쳐보기로 할까.

패배가 확정되고 나니 마음은 편해졌다.

꼴사나운 모습을 보여주고 싶지는 않았지만, 이제 디아블로를 비롯한 다른 사람들은 이 자리에 없으니까 괜찮아.

남은 건 싸울 수 있는 만큼 싸워보는 것뿐이다.

각오를 굳히고 미카엘을 관찰해봤다. 그러자 예전에 만났을 때보다 발산되는 기운이 더 강해진 것을 느낄 수 있었다.

나보다 몇 배는 더 되겠는데?

《미궁 안이 아니므로 정확하게 계산할 수는 없지만, 추정치로는 1억을 넘을 것으로 예상됩니다.》

이길 수 있겠냐고, 그런 걸!

두 배 차이를 상대하는 것도 무모한 짓인데, 열 배가 넘는다면 아예 게임도 되지 않는다.

《아니오, 괜찮습니다. 중요한 것은 출력이므로 에너지양이 많은 것만으로는 승부는 정해지지 않습니다.》

중요한 것은 기합이라고 말했다. 근성론인가?

시엘은 쉽게 포기할 줄 몰랐지만, 그 말에도 일리가 있었다.

싸우기 전부터 포기한다면 승률은 제로지만, 붙어보면 의외로 다른 결과가 나올지도 모르는 법이다.

하지만 문제는 디아블로마저 쓰러트린 미카엘의 정체를 알 수 없는 공격이다.

무슨 짓을 한 것인지 확실히 알 수 없었지만, 어쨌든 기시감이 있었다.

그래, 그건——.

《네, 본 적이 있는 현상이었습니다. 그 감각…… 조금만 더 본다면 이해할 수 있을 것 같습니다만——.》

오오, 역시 시엘은 믿음직스럽네. 그렇다면 미카엘이 저 공격을 쓸 것도 이미 예상하고 있었단 말이야?

《아니오. 그 점에 대해선 완전한 오산이었습니다.》

그, 그래?

뭐, 어쩔 수 없는 일이긴 하지.

적의 공격수단에 어떤 것이 있는지 완벽히 예상하는 건 불가능한데다, 이번 기회를 이용하여 수수께끼를 밝혀내서 다음 싸움에서 승리하면 되는 거니까.

그렇게 생각하면 이번의 패배도—— 아니, 아직 진 게 아니지.

정말로 부활할 수 있을지도 불안하니까 지금은 최선을 다해서 발버둥 쳐보기로 할까.

그런 생각을 하는 사이에 디노를 비롯한 다른 사람들도 떠났다.

이 자리에 남은 것은 나와 미카엘뿐이었다.

이곳, '천통각'의 넓은 공간을 무대로 나와 미카엘의 1대1 싸움이 시작되려 하고 있었다.

리무루를 보낸 뒤에 히나타는 현재 상황을 파악하기 위해 애쓰고 있었다.

세계회의를 진행 중이던 의사당에는 다른 층에 회의실과 객실도 마련되어 있었다. 그 방들 중 하나를 임시 지령실로 쓰기 위해 빌린 뒤에 부하들의 보고를 차례로 정리했다.

그리고 상황을 파악하고는 머리가 지끈거리는 걸 느끼면서 한숨을 쉬었다.

"대체 무슨 일이 일어나고 있는 거람……."

자신도 모르게 그런 말을 중얼거리고 말았을 정도였다.

각국에서 온 요인들의 안전을 지켜야 하는 의사당의 수비는 빈틈이 없었다. 크루세이더즈(성기사단)뿐만 아니라 각국의 기사나 임시로 징용된 모험가들도 경비를 맡고 있었다.

의사당이 함락되면 지휘계통이 사라지게 되므로 피난민의 수용은 다른 장소에서 하도록 시켰다.

잉그라시아 왕국의 성교회 본당도 개방하여 피난민을 받아들이고 있으며, 그 외에도 왕도의 곳곳에는 피난 장소가 충분히 마련되어 있었다.

대략 500년이라는 사이클로 발생한다고 하는 천사의 습격——'천마대전'을 대비하여 평소부터 정비하고 있었기 때문이다.

이건 잉그라시아 왕국만이 아니라 서방열국에는 같은 시설이 지어져 있었다. 지하에 파 놓은 호나 가까운 산 중턱의 동굴 등에 주민의 피난장소가 마련되어 있었다. 이번 의제에도 포함되어 있던 철저한 피난 유도 문제에도 충분히 대처할 수 있는 이유이기도 했다.

지금 현재 왕도에서 일어난 테러 행위에 대해서도 그런 시설에 주민을 피난시킴으로써 인적피해를 줄일 수 있도록 철저하게 움직이고 있었다. 그로 인해 큰 혼란이 생기는 것을 미연에 방지하여 적의 대처에 전념할 수 있는 환경을 준비하는 것이 목적이었다.

지금도 평소의 훈련 성과가 발휘되면서 사람들을 성공적으로 유도하고 있었다. 피난은 완료되었고 도망쳐 온 사람들도 차분한 모습을 보이고 있다고 한다.

하지만 그렇다고 문제가 해결된 것은 아니다.

이번 일은 자연재해가 아니라 소동의 원인이 된 자들이 있기 때문이다.

보고에 따르면 왕도 곳곳에서 폭발이 일어났으며, 화재로 발전되고 있다고 한다. 그리고 그 원인이 된 것이 특A급 이상에 해당하는 마인들이라고 했다.

각국의 요인들이 모이는 것에 맞춰서 이번에는 크루세이더즈를 총동원시키고 있었다. 다행히 그 덕분에 경비를 담당하고 있던 '홀리 나이트(성기사)'들로 대응할 수 있었기 때문에 상황이 어렵지는 않다고 한다.

히나타는 진절머리가 났지만, 입장 상 자신의 얼굴에 감정을 조금이라도 드러내는 것은 허용할 수 없었다. 부하들의 불안을 부추기게 되는지라 쓸데없는 일거리가 늘어날 뿐이었기 때문이다.

또한 피난민들을 앞에 두고 감정적이 되는 것은 있어서는 안 되는 일이라는 걸 히나타는 깊이 이해하고 있었다.

안 그래도 불안하게 생각하고 있는 사람들을 이 이상 동요시키는 건 문제였다.

그러므로 히나타는 망설이지 않았다.

지금의 히나타가 할 수 있는 것은 조금이라도 피난민의 불안을 줄이고 혼란을 미연에 방지하는 것이었다.

다행히도 시설은 쾌적했고 식량도 비축되어 있었다.

어쨌든 지금은 피난민에게 불안감을 주지 않도록 적을 대처하는 것이 정답이었다.

"여긴 맡기겠다. 각 피난처마다 성기사를 한 명씩은 배치하도록 해. 템플 나이츠(신전기사단)에게도 도우라고 시키고."

"""넷!!"""

적은 외부에만 있지 않았다.

피난민도 또한 폭주해버릴 가능성이 있었던 것이다.

지금은 아직 침착함을 유지하고 있지만, 적의 제거에 시간이 걸리면 어떻게 될지 모른다.

공포로 인해 혼란에 빠지는 자와 불안감 때문에 소리를 지르면서 난동을 부리는 자 등. 시간이 지남에 따라서 그런 자들도 늘어날 것이 예상되었다.

그런 사태만큼은 앞으로의 상황이 어찌 되느냐에 따라서 달라지겠지만, 최악의 경우에는 폭동진압에도 병력을 할당해야 할 필요가 있을지도 모른다.

그렇게 생각하면서 히나타는 우울한 한숨을 억지로 삼켰다.

폭발이 발생한 후로 한동안의 시간이 지났다.

이제야 겨우 적의 전모가 보이기 시작했다.

"사형수들의 폭동이라고?"

"네. 게다가 적은 성의 북쪽 탑에 연금되어 있던 엘릭 왕자를 풀어준 뒤에 선두에 앞세우고 있다고 합니다."

"엘릭 왕자—— 그렇군. 그 남자는 전혀 반성하고 있지 않았단 말이네."

엘릭은 평의회에서 추태를 보이는 바람에 재교육을 받는 중이었다. 왕위계승권이 박탈되기 직전이었는데, 일을 크게 키우고 싶지 않다는 리무루와 잉그라시아의 에길 왕의 생각이 일치된 결과, 이용당했을 뿐이라는 명목을 앞세워서 일체의 죄를 감면해줬던 것이다.

그래도 왕가의 수치이기 때문에 최근 1년은 근신처분을 받고 성의 북쪽 탑에 연금되어 있었던 것인데…… 아무래도 적의 손에 넘어가버린 모양이다.

더구나 골치 아프게도 스스로 앞장서서 적에게 협력하고 있는 것 같았다.

그뿐만 아니라 엘릭 패거리는 히나타를 지명하여 비난을 하고 있다고 한다.

『사랑하는 국민들이여! 나는 마녀에게 속은 것이다! 그 여자는 나에게 누명을 씌우고 평의회에서 내 입장을 실추시켰다. 그뿐만 아니라 내 아버지를 죽이고 이 나라에 혼란과 불행을 가져오려 하고 있다. 속지 마라! 피난시킨다는 구실로 제군들로부터 자유를 빼앗을 심산이다!! 내가 사랑하는 현명한 백성들이라면 누구의 말이 옳은지를 바로 이해해줄 것이라고 믿는다!!』

엘릭 왕자 본인이 도시의 대광장에서 그런 연설을 하고 있다고 한다.

"사실이겠지?"

"제 귀로 들었습니다."

"그의 주장이 사실인지는 확인되었나?"

"현재 왕성에는 들어갈 수가 없습니다. 루미너스 교의 신도를 경유하여 확인하고는 있습니다만, 아무래도 상당히 혼란스러운 상황인 것 같은지라……."

"그렇다면 에길 왕은 살해당했을 가능성이 높다는 말이로군. 이게 무슨 일람. 최악이야……."

골치 아픈 문제였다.

선동되면서 폭도가 나올 것은 이미 예상했다고는 하나, 설마 최악의 시기에 최악의 선택을 하는 자가 나타날 줄은 몰랐다.

게다가 하필이면 히나타 쪽을 괴롭히는 요인이 되어 있는 자가 이곳, 잉그라시아 왕국의 왕족인 것이다.

엘릭 왕자는 문제를 일으켰지만, 그에 대한 상세한 사항은 공표되지 않았다. 그게 화근이 되면서 이번 사태를 복잡하게 만들고 있었다.

왕족이라는 입장을 마음껏 활용하면서 국가권력을 총동원하고 있는 것이다.

긴급사태를 맞아서 당사국과의 연계가 흐트러지는 것은 아무리 히나타라고 해도 예상 밖의 일이었다.

"그럼 이제 어떻게 한다?"

그렇게 고민하는 히나타 앞에 군복을 입은 백발의 미녀가 모습을 드러냈다.

이 방의 주인인 것처럼 우아하게 소파에 몸을 기대자마자 그 미녀, 테스타로사가 입을 열었다.

"사실 확인이 끝났어요. 모스가 자신의 눈으로 확인했는데, 에길은 살해됐어요."

"──그렇다면, 이 나라의 상층부는 도움이 안 되겠군. 대혼란이 일어날 것으로 봐야 하려나?"

성안은 어수선한 상황이라고 말하고는, 테스타로사는 웃으면서 고개를 끄덕였다.

"네. 우왕좌왕하느라 정신이 없고 지휘계통도 엉망진창이 된 상태죠."

그렇겠지. 히나타도 그렇게 생각하면서 고개를 끄덕였다.

"뭐, 회의장 쪽은 가드라에게 지키라고 명령해놓았으니까 요인들의 안전은 보장되어 있어요."

적어도 시간은 벌 수 있을 거라고 테스타로사가 장담하며 말했다. 이건 상당히 높게 평가하는 것이었으며, 가드라는 의외로 인정을 받고 있었던 것이다.

"그럼 조금은 마음을 놓을 수 있겠군."

그렇게 말하면서 테스타로사와 히나타는 서로를 보며 고개를 끄덕였다.

하지만 일은 귀찮게 진행되고 말았다.

정체불명의 적뿐만 아니라 히나타에게 해를 끼치려는 뜻을 보이는 자들까지 나타난 것이다.

히나타를 지명해서 민심을 어지럽히는 마녀라고 규탄하고 있는 것 같지만, 그걸 부정하는 것은 어려웠다.

단순한 일반인이라면 문제가 되지 않는다. 적어도 귀족 정도라면 루미너스 교의 공권력으로 짓밟을 수 있었다.

하지만 상대는 이 나라의 왕족인 것이다.

무엇보다 큰 문제는 엘릭 왕자가 국민들에게 인기가 높다는 사실이라고 하겠다.

잘생긴 외모에 사근사근한 성격을 가진 엘릭 왕자는 여성들의 인기도 높았다. 능력과는 상관없이 호감을 주는 외모 덕분에 국민들로부터 폭넓은 인기를 얻고 있었다.

평의회에서 보인 추태는 국민들에게는 알려지지 않은 데다 관계없는 일이었다.

히나타는 지명도는 높았지만, 그 냉철함으로 인해 경원시 되는 대상이었다. 인기라는 면에서 비교하면 엘릭 왕자에겐 도저히 미치지 못했던 것이다.

참고로 일부 존재하는 특이한 취향을 가진 자들에겐 절대적인 지지를 받고 있지만, 그건 히나타 본인은 모르는 일이었다. 알려지면 끝장이라는 상식은 갖추고 있는 걸 보면 상당히 신사적인 집단이었다.

그런 이야기와는 상관없이 지금 문제가 되는 것은 엘릭 왕자였다.

부하들이 불안하게 히나타를 보고 있었다.

그것도 그럴만했다.

이 나라의 왕자가 사람들의 불안을 조장하듯이 히나타를 소리

높여 비난하고 있으니까.

왕을 죽이고 마왕에게 매료된 마녀, 사람들을 파멸로 이끌 자라며 말을 가리지 않고 뱉고 싶은 대로 내뱉고 있었다.

(그건 그렇다 치고 설마…… 이렇게까지 멍청할 줄은 몰랐어…….)

히나타는 속으로 자신의 섣부른 판단을 저주했다.

엘릭 왕자가 이렇게까지 바보일 줄은 간파하지 못했다.

설마 아버지를 죽이고 왕위를 찬탈하려는 의도가 담긴 이런 무시무시한 폭거를 저지르는 짓을 저지르다니, 그건 히나타의 예상을 벗어난 일이었다.

그때 누군가가 문을 노크했고 한 명의 기사가 들어왔다.

히나타가 믿을 수 있는 부하, 크루세이더즈 대장 중의 한 명인 아루노 바우만이었다.

"히나타 님, 잉그라시아 왕국의 전 기사단 총단장인 라이너의 모습도 확인했습니다. 그리고 그자의 공범이라는 이유로 체포된 것으로 알고 있는 기사들의 모습도 수십 명이 확인되었습니다."

아루노가 들어오자마자 바로 보고를 시작했다.

"그러면 왕을 시역(弑逆)한 자는 라이너겠군."

"그럴 것이라 생각합니다."

"그 범인으로 내가 지목된 셈인데, 법정에서 해명할 기회도 없겠지."

히나타는 한숨을 쉬면서 생각했다.

"라이너라면 그 망할 자식 말이지? 평의회 자리에서 히나타 님에게 당했다는 이유로 앙심을 품다니!"

방에서 대기 중이던 대장 중의 한 명인 후릿츠가 분노한 듯한 말투로 비난했다.

아루노의 설명에 따르면 평의회 자리에서 히나타에게 압도되면서 오줌까지 지려버리는 추태를 보인 라이너는 무슨 일이 있어도 그 오점을 설욕하고 싶다는 생각을 한 것 같았다.

그렇기 때문에 사람들이 보는 앞에서 히나타를 쓰러트리고 오명을 만회하겠다는 꿍꿍이를 꾸미고 있는 것으로 보였다.

개인적인 원한 때문에 이런 범행을 저지르다니, 참으로 어리석기 짝이 없는 이야기였다.

하지만 문제의 뿌리는 깊었다.

라이너가 자신의 실수를 만회하기 위해서 강인한 수단을 동원했다. 그게 모두의 공통적인 인식이긴 하지만 그걸 증명할 방법이 없는 것이다.

모든 것은 잘 꾸며진 채 마무리되었고, 증거는 이미 은폐가 끝났을 것으로 생각되었다.

다른 나라의 의원들에게 증언을 해달라고 부탁할 수는 있지만, 그건 평시에나 가능한 수단이다. 이런 긴급한 때에 의원들을 위험에 노출시킬 수는 없는 데다, 히나타 측이 이제 와서 무슨 말을 한들 국민들은 믿지 않을 것이다.

공교롭게도 이 나라에서 엘릭 왕자의 인기는 높았다.

국민들이 어느 쪽을 믿을지는 불을 보듯 뻔했다.

"히나타 님은 결코 평판이 좋다고는 할 수 없으니까 말이죠……."

후릿츠가 가벼운 말투로 그렇게 말했고, 아루노가 슬쩍 동의한다는 뜻을 보였다.

그런 두 사람을 부릅뜬 눈으로 노려보다가 히나타는 화제를 바꾸려는 듯이 자신의 감상을 입으로 옮겼다.

"선수를 빼앗겨버렸군."

"하지만 자신의 아버지인 국왕까지 죽일 거라고는 생각하지 못했습니다. 그 죄를 히나타 님에게 뒤집어씌울 생각인 것 같은데, 정말 무모한 짓을 하는군요."

히나타의 중얼거림에 아루노도 맞장구를 쳤다.

엘릭 왕자나 라이너의 목적은 명백했다. 이 혼란을 틈타 모든 실수와 죄를 없었던 것으로 만들 생각인 것이다.

그러는 김에 히나타에 대한 복수를 하겠다는 것보다 이건 다른 나라에 대한 견제의 의미도 포함되어 있는 것이 아닌가 하는 생각이 들었다.

서방열국 최강으로 이름 높은 히나타를 쓰러트리는 모습을 보여줌으로써 다른 나라의 항의를 봉쇄할 수 있다고 생각했을 것이다.

"그건 그렇고 이해가 안 되는군. 그 라이너라는 남자는 국왕을 암살할 수 있을 만큼 실력이 뛰어나지는 않았던 것 같은데."

히나타가 보기에 라이너는 결코 약하지는 않았지만 강하지도 않았다. A랭크 오버인 모험가 수준의 실력이었던 것이다.

잉그라시아 정도 되는 대국이라면 그 외에도 라이너에 필적하는 기사는 몇 명 더 보유하고 있을 것이다. 그리고 그때의 평의회에도 모습을 드러낸 마법심문관이라면 충분히 라이너를 제압할 수 있었을 것이다.

이번의 참극이 어떻게 성공했는지, 그게 더 이상한 일이었다.

그에 대한 대답은 히나타를 찾아온 니콜라우스 추기경이 가져왔다.

"듣자하니 마법심문관들은 몰살당한 것 같습니다. 이곳 지하에서 수상한 실험을 하고 있다는 정보를 입수한 적이 있었는데, 그 실험체가 폭주한 것 같군요."

"니콜라우스인가."

"루미너스 님께서 전해달라는 말을 가지고 왔습니다만, 그러는 김에 조사를 해봤습니다."

그렇게 대답하는 니콜라우스는 여전히 유능했다.

히나타에게 칭찬을 받기 위해서라면 무슨 일이든 하는 충견 같은 남자인 것이다.

히나타가 아닌 다른 자에겐 인정사정없는 성격이지만, 겉으로는 그런 모습을 보이지 않는 것이 아주 능숙했다. 온화하게 보이는 표정을 늘 유지하기 때문에 신자들의 인망도 두터운 인물이었다.

하지만 본성을 아는 자들은 가능한 한 얽히고 싶어 하지 않는 것이 본심이었다. 사실, 아루노와 후릿츠는 니콜라우스와 눈이 마주치지 않도록 움츠리고 있었다.

그런 제3자들의 반응을 무시한 채 니콜라우스는 홍차를 끓이기 시작했다. 이런 때에 포인트를 벌 수 있는 행동을 하는 걸 보면 정말로 성실한 남자였다.

테스타로사의 몫도 빠짐없이 준비한 것은 물론이고, 그걸 한 입 마셔본 그녀의 표정은 만족스러웠다. 상당히 높은 점수를 얻은 것으로 보였으며, 니콜라우스가 보통내기가 아니라는 것을 증명하고 있었다.

히나타도 홍차를 마시면서 자신의 생각을 정리하기 시작했다.

"혹시 혼란을 틈타는 게 아니라 이 소동조차도 엘릭 일당의 의도대로 일어난 거라면……?"

"네? 하지만 도시에서 난동을 부리고 있는 건 괴물인데요?"

"그게 일단 이상해. '도시결계'로 보호받고 있는 왕도에 어떻게 괴물이 침입할 수 있었던 거지? 애초에 그 괴물의 실력도 터무니없는 수준이라며?"

보고 상으로는 괴물은 한 마리가 아니라 여러 마리가 동시에 출현하고 있었다.

왕도 각지에서 날뛰고 있다고 하는데, 그 목적은 불명이었다. 마치 손에 잡히는 대로 눈에 띄는 것을 파괴하면서 돌아다니고 있는 것 같았다.

게다가 아무래도 '초속재생'을 보유하고 있는 것 같았으며, 상처가 곧바로 회복되었다.

그 전투능력은 성기사 이상이었다. 캘러미티(재액)급이나 디재스터(재화)급에 해당되는 것으로 추정되지만, 다행히도 지능이 낮은 것 같기 때문에 지금은 미끼를 준비해서 피해를 최소한으로 줄이고 있었다.

각개격파를 노리고 상대하는 건 위험하다고 판단했기 때문에 지금은 발을 묶는 것에 치중하라는 명령을 내렸다. 지금부터 어떻게 처리할 것인지를 검토하고, 최악의 경우에는 히나타가 출전할 예정이었지만, 지금 또 문제가 발생하는 바람에 골치를 썩이게 된 것이다.

이 대화에 테스타로사가 참가했다.

"그 건에 대해서 드릴 말씀이 있는데, 아무래도 제 부하들 몇 명이 쓰러진 것 같더군요. 죽기 전에 물러나도록 엄명을 내렸기 때문에 대단한 정보는 얻지 못했지만——."

그렇게 운을 띄운 뒤에 그 정보를 공개했다.

테스타로사의 부하들은 디아블 슈발리에(상위악마기사)들이었다. 모두가 존재치 10만을 넘는 특A급의 강자인 것이다.

그런 디아블 슈발리에가 여럿이 행동하다가 물러난다는 선택을 할 수밖에 없었던 상대라면 마법심문관으로는 감당할 수 없었던 것도 당연했다.

"아무래도 그 실험체라는 존재에 천사를 빙의시킨 것 같군요."

"뭐라고?"

"그 시도가 실패하여 폭주하고 있는 게 지금 날뛰고 있는 괴물들인 거죠. 그리고 자아가 남아 있는 자들이——."

디아블 슈발리에를 쓰러트린 적—— 미카엘의 부하라고 테스타로사는 확신하고 있었다.

테스타로사의 설명을 듣고 히나타가 손가락으로 책상을 톡톡 두들겼다.

이 방에 남아 있는 성기사 대장은 두 명, 아루노와 후릿츠였다.

부단장인 레나도는 박카스와 리티스를 데리고 현장에서 지휘를 맡고 있었다.

미궁에서 훈련을 쌓은 덕분에 대장급이 아닌 일반 성기사들도 일기당천의 강자로 성장해 있었다. 하물며 대장급이라면 클레이만 수준의 상대라도 혼자서 쓰러트릴 수 있을 만큼 강해져 있었다.

하지만 천사의 힘과 융합한 마법심문관의 실험체라면 정면에서 상대하는 것은 위험했다.

하물며 리무루가 적대하고 있다는 미카엘의 그림자가 은근슬쩍 보이는 상황이라면 섣불리 나설 일이 아니라고 판단했다.

"니콜라우스, 루미너스가 전해달라고 한 말이 있다고 했지?"

"그랬죠. 중요한 문제라고 할 수는 없을 것 같지만, 원군은 보낼 수 없다고 하셨습니다."

"그렇다면 다른 곳에도 적이 있다는 말이로군."

루미너스라면 히나타를 저버리는 짓은 하지 않는다.

따라서 원군을 보낼 수 없다는 말은 위협적인 적이 그 외에도 더 숨어 있을 가능성이 높다는 뜻이다.

그렇다면 현재 보유하고 있는 전력만으로 왕도의 치안을 지켜내야 한다──.

"힘든 상황이네."

그게 히나타가 도출해낸 결론이었다.

아무리 성기사들의 실력이 강해졌다고 해도 명백히 더 강한 적을 상대하는 것은 버거울 것이다. 더구나 골치 아프게도 괴물은 천사의 힘을 받아들여 빛 속성을 가지게 되었다. 일반적인 마물에게는 유효한 홀리 필드(성정화결계) 같은 수단이 일절 통용되지 않는 것이다.

"그럼 어떻게 할까요? 필승의 전술이 전혀 통하지 않습니다만."

"그러네. 괴물만 있다면 또 모를까, 라이너 일당도 있단 말이지."

"그 라이너란 자 말인데, 아마도 성공사례일 거예요."

테스타로사가 그렇게 말했지만, 그 뜻을 이해한 사람은 히나타와 니콜라우스뿐이었다.

"저기, 그게 무슨 뜻이죠?"

아루노가 조심스럽게 질문했다.

"조금은 스스로 생각해보라고 말해주고 싶지만 시간이 없군요. 라이너도 사형수였다면 실험체가 되어도 이상할 게 없잖아요?"

"아!"

"그렇군. 쉽게 말해서 천사의 힘을 받아들였을 가능성이……."

아루노와 후릿츠도 이해가 되었는지, 동시에 얼굴이 창백해졌다.

그런 두 사람에게 "가능성이 아니에요. 확정된 사항으로 생각하세요"라고 테스타로사가 냉혹하게 알려줬다.

*

그게 사실이라면 크루세이더즈(성기사단)만으로 대처하는 것은 불가능하다. 필연적으로 테스타로사의 부하들과 협력하여 싸우는 게 중요해지게 되었다.

"그래서, 이제 어떡할 거죠?"

테스타로사가 그렇게 묻자, 히나타가 망설이지 않고 대답했다.

"저들이 노리는 바대로 움직이는 꼴이 되겠지만, 해명하러 나설 수밖에 없겠네."

엘릭 왕자의 주장에 따르면 히나타는 왕을 죽인 자의 하수인이다. 일반적으로 생각해서 히나타가 그런 짓을 할 이유가 없는데다 세계회의에 참가하고 있었다는 알리바이까지 완벽했으므로 그런 주장이 인정을 받을 리가 없었다.

하지만 그건 어디까지나 평시일 때의 이야기다.

지금 왕도는 혼란에 빠져 있었다.

태평한 세상에 익숙했던 잉그라시아 국민들은 지금 한창 마른하늘에 날벼락이라고 할 수 있는 큰 재앙을 맞고 있는 중인 것이다.

이런 상황에서 히나타가 살해당하기라도 한다면 진범의 주장이 전부 받아들여지고 말 것이다.

그렇다면 도망치는 것도 하나의 방법이다.

"우직하게 나설 필요 없이 루벨리오스로 도망치면 되지 않겠습니까. 다행히 왕도의 성교회에도 '전이진'은 있는데다, 교외까지만 빠져나가면 전이마법도 쓸 수 있습니다. 히나타 님만 무사하다면 나중에 얼마든지 해명할 수는 있지 않을까요?"

니콜라우스 추기경이 그렇게 말했지만, 그 말이 이치에 맞는다는 것은 히나타도 인정하는 바였다.

하지만 수긍할 수는 없었다.

"무리야. 나 혼자라면 탈출할 수 있겠지만, 회의의 참석자들까지 데리고 나가는 건 불가능하잖아? 그분들을 인질로 잡히면 어찌 됐든 손쓸 방법이 없어져."

그것도 그렇다고 일동은 납득했다.

"그 말이 옳네요. 그리고 잊어버리면 안 되는 게 진짜 적은 따로 있다는 사실이에요. 천사의 군대가 공격해오려는 때인데 국가의 요인들이 살해되면 과연 어떻게 될까요?"

그 말을 듣고 니콜라우스가 얼굴을 찌푸렸다.

"과연, 그렇군요. 그런 일이 일어나버리면 각국의 연계는 엉망진창이 될 겁니다. 적어도 잉그라시아 왕국을 신용하는 나라는 없어지겠죠."

"그렇구나. 그렇게 되면 천사를 상대로 싸울 수가 없게 되겠군."

후릿츠도 납득했는지 씁쓸한 표정을 지으면서 그렇게 중얼거렸다.

결론을 말하자면, 히나타가 말한 대로 직접 나설 수밖에 없었다.

히나타는 그녀의 신념에 기초하여 지금 할 수 있는 일에 착수했다.

모든 사람들을 구하고 싶다는 거창한 생각은 하지 않았지만, 눈앞에 구할 수 있는 자가 있다면 손을 내밀어줄 것이다——. 그게 히나타가 살아온 방식이니까.

그게 나중에 자신들에 대한 신뢰로 이어질 것이라는 걸 히나타는 잘 이해하고 있었다.

"다들 납득했겠지. 그러면 역할 분담을 정해보도록 할까."

히나타는 그렇게 말하고는 자신이 라이너를 상대하겠다고 선언했다.

테스타로사가 그 말에 고개를 끄덕였다.

"함께 가죠. 그리고 괴물들을 쓰러트리는 건——."

테스타로사의 말을 기다릴 것도 없이 차렷 자세를 취한 아루노와 후릿츠가 큰소리로 외쳤다.

"테스타로사 공의 손을 더럽힐 필요도 없습니다. 그 일은 저희에게 맡겨주시기 바랍니다."

"자아도 없고 지성도 모자란 괴물이라면 싸울 방법은 있습니다. 빛 속성이라는 게 약간 골치 아프긴 하겠지만, 저희도 미궁에서 단련을 받았으니까 그 성과를 보여드리도록 하죠!"

그런 두 사람을, 히나타가 가늘게 뜬 눈으로 바라봤다.

(왜 이 두 사람은 테스타로사 공을 의식하고 있는 거지?)

미인을 앞에 두고 폼을 잡으려든단 말이지. 그렇게 생각하면서 황당해했다.

하지만 사실은 그렇지 않았다.

이 두 사람은 테스타로사를 진심으로 두려워하고 있었던 것이다.

여기서 활약하는 모습을 보이지 못하면 쓸모없는 자라는 낙인이 찍히고 말 것이다. 그렇게 되면 앞으로 미궁 안에서 받게 될 특훈도 어떻게 바뀔지 알 수 없게 되는 것이다.

그리고 미궁 밖에도 테스타로사의 동조자는 많았다. 의원 관계자 중에도 신자가 섞여 있는지라 자칫 잘못하면 앞으로는 발언력이 사라질 수도 있는 위험성까지 있었다.

그 정도로 테스타로사의 영향력이 늘어난 것이지만, 지금의 히나타는 정치에 대해선 관심이 없었기 때문에 그렇게 되어 있는 것은 모르고 있었다.

테스타로사의 입장에선 지금은 아주 중요한 국면이었다. 리무루한테 세계회의를 성공시키라는 명령을 받았음에도 불구하고 적의 침입을 허용하고 말았다.

그뿐만 아니라 왕도에서 일어난 파괴행위를 막지 못한 책임이 있는 것이다.

인명을 우선했기 때문이란 것은 변명이 되지 않았다.

테스타로사의 웃는 얼굴 뒤에는 격렬한 분노의 불꽃이 타오르고 있었다.

그렇기 때문에 아루노와 후릿츠의 진언을 승인했다.

"그러면 부탁드리겠어요. 제 부하들을 빌려줄 테니까 당신들의 부대에 넣어주세요."

그렇게 말하면서 아루노와 후릿츠를 도와주기까지 했다.

이건 전부 자신이 직접 움직이기 위한 사전준비였다.

지휘를 아루노와 후릿츠에게 맡기고 왕도의 치안을 회복하는 임무를 부여했다. 그런 뒤에 자신은 흑막을 공격할 생각이었다.

이리하여 역할 분담이 정해졌다.

"자, 그럼 가볼까. 이런 긴급한 때에 어리석은 짓을 저지른 자에게 천벌을 내려줘야겠지."

히나타는 냉철한 말투로 그렇게 말했다.

자신의 누명을 벗기 위해서라도 지금 라이너를 처치할 생각이었다.

그리고 엘릭을 붙잡아서 죄를 자백하게 해야 한다.

애초에——.

"뭐, 증거 같은 건 어떻게든 만들어낼 수 있어요. 하수인을 모조리 처치해버리면 승자의 손으로 사실을 올바르게 보도할 수 있죠."

테스타로사가 그렇게 말했다.

말 그대로 적이 하려고 하는 짓을, 우리도 당당히 해서 되갚아주겠다는 선언이었다.

윤리관 같은 건 아예 신경도 쓰지 않는 악마답게 이기기만 하면 어떻게든 된다고 생각하고 있었다. 실로 테스타로사다운 주장이었다.

그리하여 히나타 일행은 적이 기다리는 무대로, 덫이라는 걸 알면서 찾아갔다.

*

의사당에서 밖으로 나가니 참혹한 광경이 펼쳐져 있었다.

도시의 중심에 보이는 왕성도 일부가 붕괴하여 있었으며, 아름다웠던 외관이 망가져 있었다.

의사당과 성교회 지부가 있는 귀족의 거주 구역은 비교적 멀쩡했지만, 도시의 큰 거리에 인접한 번화가 주변부터는 불바다가되어 있었다.

"피난을 우선했으니 어쩔 수 없는 일이지만 뒤처리가 큰일이겠군."

"곳곳에서 본격적인 전투는 지금부터 일어날 테니까 피해는 더늘어나겠죠. 왕을 잃은데다 후계자가 저런 꼴이라면 잉그라시아의 부흥에는 시간이 걸릴 겁니다."

히나타의 중얼거리는 말을 듣고 니콜라우스가 냉정하게 대꾸했다.

성직자로선 있을 수 없는 차가운 반응이었다. 하지만 그게 니콜라우스의 평상시 모습이었다.

니콜라우스가 가장 우선해야 할 대상은 히나타뿐이었으며, 그밖의 것은 어떻게 되든 상관없다고 생각하고 있었다. 추기경이라는 교황 다음가는 최고위의 자리까지 올라간 것도 히나타에게 도움을 주는 사람이 되고 싶었기 때문이다.

그런 남자였기 때문에 위험을 아랑곳하지 않은 채 따라다니고있는 것이다.

참고로 지금 함께 있는 멤버는 다섯 명이었다.

히나타와 테스타로사. 그리고 히나타가 걱정이 되어 따라온 니콜라우스 추기경. 이 세 명에 소집된 모스와 시엔이 합류했다.

목적지로 이동하면서 작전을 짰다.

"모스, 당신은 싸우지 않아도 되니까 '색적 모드'로 기습을 대비하세요."

"알겠습니다!"

모스는 예스맨이었다.

쓸데없는 질문은 하지 않고, 테스타로사의 지시를 따랐다.

그래도 가끔 쓸데없는 소리를 하는 바람에 험한 꼴을 당하기도 하지만, 테스타로사의 부관으로 오래 지내온 만큼 어떻게 처신해야 하는지는 잘 알고 있었다.

방금 언급된 모스의 '색적 모드' 말인데, 이건 말하자면 '결계'의 일종이었다. 자신을 세분화시킨 '분신체'를 직경 1킬로미터의 반구 상에 분산시키는 것이다. 이 방법을 통해 500미터 앞의 기습에 즉시 반응할 수 있게 되는 것이다.

언뜻 보기엔 '만능감지'와 큰 차이가 없는 것 같지만, 그렇지는 않았다. 정보전달 속도가 비교가 되지 않을 만큼 빠른 데다 모스 자신의 분석능력까지 가산되면서 적의 공격에 대처할 수 있게 되기 때문이다.

그리고 권능에 의해 '지각속도'를 100만 배까지 높일 수 있는 테스타로사에게 있어서 500미터라는 거리는 만반의 준비를 갖출 수 있는 거리라고 할 수 있었다. 설령 광속공격이라고 해도 모스의 '색적 모드'의 영향 하에선 체감속도로 착탄까지 1초 이상의 여유가 있으므로 대처할 수 있게 되는 것이었다.

물론 광속으로 움직일 수도 없으며 체감시간을 늘리고 있는 것뿐이지만, 그래도 어떻게든 해결할 수 있는 것이 테스타로사이다.

모스의 '색적 모드'는 완벽해 보였지만, 단 하나의 결점이 있었다.

그건——

첫 공격을 맞게 되는 모스가 가장 위험하다는 점이었다.

(그 기습으로 내가 대미지를 받는다고 해도 걱정 같은 건 해주시지 않겠지…….)

순종적이긴 하지만, 마음속으로는 투덜대는 모스였다.

모스의 권능을 한 번 보고 히나타는 그 성질을 꿰뚫어 봤다.

"역시 기습을 경계하고 있네. 그렇다면 지금 난동을 부리고 있는 건 미끼라는 뜻이야?"

그런 지적을 하자 테스타로사는 미소 지었다.

"그러네요. 애초에 이 회의를 저격한 시점에서 적의 목적이 무엇인지 알아낼 수 있었어요."

"서쪽의 분단이나 리무루를 직접 노리는 것. 가장 가능성이 큰 건 제국의 황제가 된 '남자' 마사유키려나?"

고민하지도 않고 히나타가 물어보자, 테스타로사는 한층 더 깊은 미소를 지었다.

"역시 히나타 공은 대단하군요. 리무루 님이 인정하실 만해요."

"입에 발린 말은 됐어. 이런 건 누가 봐도 명백하잖아."

"그렇지도 않지만 뭐, 넘어가기로 하죠."

테스타로사는 최근에 대화를 나눈 인물의 얼굴을 떠올리면서 쓴웃음을 지었다. 눈치가 없는 자도 많았던지라 상당히 많은 스트레스가 쌓여 있었던 것이다.

남의 말을 듣지 않는 자는 아예 최악이다. 자신의 이익만을 추구하면서 의견을 늘어놓기 때문에 결론을 낼 수 있는 이야기도 결론을 내지 못하는 일이 가끔 있었던 것이다.

회담이 종료된 후에도 독단적으로 합의된 내용을 발표하는 자가 있기도 했는지라 정치적 교섭이 얼마나 번거로운지를 질리도록 맛보고 있었다.

계약을 중시하는 악마의 입장에선 이해할 수가 없는 어리석은 자들도 있었던 것이다.

테스타로사는 그런 자들에겐 단단히 알아듣게 말하면서 이해시켰지만, 쓸데없는 수고는 좀 덜고 싶다는 생각을 늘 하고 있었다.

그런 점에서 보면 히나타는 대화를 바로바로 이해하기 때문에 기분이 좋았다.

"리무루 님이 목적이라는 건 정확히 맞추신 거예요."

"그렇겠지. 이 소동과 동시에 다른 장소에서도 사건이 일어나는 바람에 리무루는 그쪽으로 갔으니까. 그만큼 큰 미끼를 준비해놓았겠지?"

"네, 바로 그렇답니다."

테스타로사는 고개를 끄덕였다.

레온이 나타나면 리무루가 상대하러 간다. 이런 방침이 사전에 정해져 있었다. 테스타로사도 그렇게 듣고 있었지만, 히나타는 그런 걸 모르면서도 예상을 적중시키고 있었다.

그렇게까지 상황을 잘 파악하고 있다면 어느 정도는 알려주는 게 좋겠다고 생각하여 테스타로사는 현재의 사정에 대해서 설명했다.

그 말을 듣자마자 히나타는 몇 가지의 문제점을 차례로 지적했다.

실로 즐거운 대화를 주고받고 있었다.

(머리가 좋다는 얘기는 들었지만, 부하로 삼고 싶을 정도인걸. 물론 리무루 님이 허락하셔야겠지만.)

자신의 이름을 그냥 리무루라고 부르는 걸 허락하고 있는 것만 봐도 히나타가 특별한 존재임을 짐작할 수 있었다. 하물며 히나타를 상대하고 있을 때는 본 모습으로 돌아가는 것 같았으며 아주 즐거워 보였던 것이다.

그런 리무루를 잘 알고 있기 때문에 테스타로사도 히나타에게 경의를 표할 수밖에 없었다.

(실로 부럽단 말이지. 하지만 리무루 님이 인정하시는 여성이 어리석은 자가 아니었다는 것은 솔직히 기쁘긴 해.)

옛날부터 왕의 총애를 얻은 여성에 의해 나라가 망하는 사례는 일일이 열거할 수 없을 만큼 많았다.

그런 점에서 히나타라면 그런 걱정은 할 필요가 없었다.

애초에 리무루와 히나타는 딱히 연인관계이지도 않으므로 테스타로사의 지나친 생각일 수도 있겠지만, 의외로 그런 식으로 생각하는 사람도 많았다.

모르는 건 본인들뿐, 이었던 것이다.

어쨌든 지금은 적이 노리는 것이 무엇이냐에 대한 얘기 중이었다.

마왕 레온을 제정신으로 돌리고 우리 편으로 되돌린다. 이게 기본적인 전술이었다.

하지만 당연히 그런 노림수는 적도 이미 눈치를 챘을 것으로 예상되었다.

"펠드웨이는 머리가 좋은 자였으니까 베루글린드 님이 제정신을 차리도록 한 자가 리무루 님이라는 것을 꿰뚫어봤겠죠. 그렇다면——."

테스타로사가 보기에도 펠드웨이가 유능하다는 건 틀림없는 사실이었다. 여러 모로 결점은 많았지만, 리무루 님에 대한 대책을 틀림없이 마련해 놓았을 거란 생각을 하고 있었다.

"마왕 레온을 미끼로 리무루를 꾀어낸 것을 봐도 필승의 대책이 있다고 봐야겠네."

그 말이 옳다고 생각하면서 테스타로사는 고개를 끄덕였다.

그리고 리무루가 그걸 꿰뚫어 보지 못했을 리가 없다.

그 심연을 훤히 들여다보는 듯한 심모원려함으로 펠드웨이의 계책조차도 분명 그대로 받아쳐낼 것이 틀림없다.

"리무루 님은 그걸 이미 잘 알고 계시면서 마왕 레온을 구조하러 가신 거예요."

절대적인 신뢰를 담아서 테스타로사가 단언했다.

그 말을 듣고 히나타가 걱정스러운 표정으로 고개를 갸웃거렸다.

"하지만 리무루를 불러내기만 해도 이길 수 있다고 생각하고 있을지도 몰라. 미카엘이라는 자가 '용종'의 힘을 받아들였다고 하던데, 그런 괴물을 상대로 리무루는 정말 이길 수 있을까?"

히나타의 걱정도 이해가 되는 의견이었다.

테스타로사가 보기엔 리무루의 패배는 있을 수 없는 일이라는 생각이 들었다. 하지만 그건 진정한 적의 모습을 본 적이 없는 지금의 단계에선 답을 낼 수 있는 문제가 아니었던 것이다.

만약 리무루가 달려간 곳에서 펠드웨이나 미카엘이 그가 오기를 기다리고 있었다면?

(뭐, 그래도 그분이라면 어떻게든 해결하실 거라 믿고 있지만요.)

호위로 디아블로와 소우에이도 함께 갔다.

리무루라면 괜찮을 것이라고 믿을 수밖에 없었다.

적의 목적이 리무루일 경우엔 히나타와 테스타로사가 걱정해봤자 소용이 없다.

그쪽은 믿고 맡기로 하고 문제가 되는 건 다른 목적이 있을 경우다.

"의원들을 노릴 수도 있겠지만, 그건 아니겠죠."

"동감이야. 이제 와서 서방열국을 분단시켜봤자 큰 이익은 없으니까. 리무루를 쓰러트릴 수도 있는 상대라면 일치단결한 연합국가라고 해도 전혀 상대가 안 될 거야."

두 사람의 의견이 일치했다.

그밖에도 다양한 가능성을 검토해봤지만, 역시 가장 가능성이 높은 건 '적이 노리는 것은 마사유키다'라는 결론으로 마무리가 되었다.

"그건 그렇고 그 황제 폐하는 어디로 사라진 거지?"

히나타가 그렇게 물었다.

소동이 발생하고 나서 잠시 시간이 지났을 무렵, 마사유키의 모습이 의사당에서 사라진 것이다.

의사당 밖에는 제국에서 함께 온 호위가 있었을 것이고, 마사유키의 곁에는 그 '작열룡' 베루글린드가 함께 하고 있었다. 오히려 가장 안전한 자는 마사유키가 아니겠느냐는 생각이 들 정도였다.

그래서 방치해두고 있었지만, 적이 노리는 게 마사유키라면 얘기가 달라지는 것이다.

"아마 베루글린드 님이 적의 의도를 알아차리고 피난시켰을 거예요."

아니, 적의 의도와는 상관없이 마사유키의 안전을 최우선적으로 생각했을 것이다. 베루글린드라면 그렇게 할 것이라는 걸 테스타로사는 알고 있었다.

"그렇다면 안전하다고 생각해도 되겠군."

적어도 자신들이 지키는 것보다는 나을 것이라고 생각하면서 히나타는 납득했다.

그렇다면 그다음 생각해야 할 것은 자신들의 승리조건이었다.

"적이 노리는 게 마사유키라면 우리는 미끼가 된 셈이네. 우리가 살해될 것 같으면 마사유키가 구하러 올 거라고 생각하는 걸까?"

히나타도 마사유키와는 면식이 있으므로 그 소년이 사람 좋은 성격이라는 건 알고 있었다. 하지만 황제가 되었으니까 자신의 몸을 우선해야 할 것이며, 그런 사리분별은 냉철하게 할 것이라고 생각하고 있었다.

이 생각에는 테스타로사도 동감이었다.

"그래서 의문이 생기는 거죠. 있을 수 없는 가정이지만, 우리가 죽을 지경에 처한다고 해도 마사유키 님이 구해주러 올 것 같지는 않거든요."

이런 경우에는 마사유키 본인만의 문제가 아니게 된다. 베루글린드가 함께 있으니까 틀림없이 마사유키의 안전을 우선할 것이기 때문이다.

이 견해에 대해서도 히나타와 테스타로서의 의견이 일치하고 있었다.

따라서 결론도 동일했다.

"뭐, 지금부터 상대할 자들이 우리를 미끼로만 본다고 해도 그에 어울려 줄 필요는 없지."

"그 말이 옳아요. 모두 처리하고 숨어 있는 자들도 이끌어 내기로 하죠."

결국 이기면 모든 문제가 해결되는 것이다.

기습이 있을 거라는 전제도 함께 의식하게 되었을 때쯤 히나타 일행은 목적지에 도착했다.

*

모스의 모습은 사라지고 남은 자는 네 명이 되었다.

"니콜라우스, 당신은 여기서 대기해. 우리가 승리하면 즉시 엘릭 왕자를 붙잡는 거야."

히나타는 직접 말로 하지는 않았지만, 패배하면 도망치라는 의미이기도 했다.

니콜라우스는 인간치고는 약하지 않았지만, 이 전장에 서 있을 만큼 강한 자이진 않았다. 그렇게 판단했기 때문에 내린 명령이었다.

"알겠습니다. 부디 무운이 있기를 빕니다!"

니콜라우스도 자신이 히나타의 발목을 잡게 되는 것을 꺼렸다.

히나타가 위기에 처할 때에 자신의 목숨을 바쳐 방패가 될 생각은 있지만, 이 자리는 얌전하게 따르기로 했다.

그리하여 광장에는 히나타 일행 중의 세 명만 서 있게 되었다.

왕도의 광장에 도착한 일행을 기다리고 있던 것은 완전무장한 기사들이었다.

엘릭과 라이너를 제외해도 스무 명 가까이 있었다.

"이제야 오셨나. 기다리다 지칠 지경이야!"

씨익 웃으면서 소리 내어 말한 것은 히나타도 낯이 익은 라이너였다.

대충 관찰해본 바로는 터무니없이 강화되어 있는 것을 알 수 있었다.

느껴지는 기운을 통해 자신을 상회하는 수준의 에너지양을 가지고 있다고 히나타는 추측했다.

(니콜라우스를 제외해두길 잘했네. 진지하게 싸우게 되면 분명 그를 신경 쓸 여유가 없었을 거야.)

그렇게 되면 니콜라우스가 휩쓸려버릴 수도 있었다.

평범한 인간인 니콜라우스에겐 살아남을 방법이 없을 테니, 그런 생각을 하면서 히나타는 조금은 안도했다.

어쨌든 라이너의 말은 흘려듣기로 하고 적의 전력을 분석하기 시작했다.

(엘릭에겐 패기가 느껴지지 않으니까 아무래도 아직 평범한 인

간인 것 같군. 하지만 다른 자들은——.)

엘릭은 단순히 이번 일의 명분 역할을 맡았기 때문인지 예전과 달라진 게 없는 것 같았다. 약간 흐트러진 모습을 하고 있지만, 그건 연금 중이기 때문일 것이라고 추측했다.

하지만 다른 자들은 문제였다.

(범상치 않은 기운이야. 그렇군, 대장급의 성기사도 넘어서는 수준이란 말이지. 어쩌면 나와 필적할 만큼 힘이 늘어났을지도…….)

겉보기만으로는 단언할 수 없지만, 히나타에겐 유니크 스킬 '바뀌지 않는 자(수학자)'가 있었다. 그걸로 분석해보니 최소한 캘러미티(재액)급 이상이었다. 그중에는 루이나 로이가 속하는 디재스터(재화)급에 필적할 것 같은 자도 있었으며, 그런 자들이 스무 명 가까이 있으면 '성인'인 히나타라고 해도 상당히 힘든 싸움이 될 것 같았다.

하지만 가장 큰 문제는 그게 아니었다.

(라이너는 비정상적인 수준이야. 나보다도 강할 것 같아.)

옆에 있는 테스타로사만큼은 아니지만 상당한 힘이 느껴졌던 것이다. 이건 위험하다고 생각하면서 히나타는 경계를 강화했다.

테스타로사에게 맡길 수 있다면 그게 가장 안전한 선택일 것이다.

하지만 그럴 수는 없었다.

왜냐하면 이 자리에는 한 명 더 위험하기 짝이 없는 남자가 있었기 때문이다.

"케햐햐햐햐! 라이너, 우리는 운이 좋구나! 이런 미인이 둘이나 납시다니, 싸우지 않고도 끝낼 수 있을 것 같은데!"

"그러게 말입니다. 베가 형님, 약속한 대로 히나타는 제가 맡겠습니다만, 괜찮겠죠?"

"물론이지. 그런 약해빠진 여자를 잡아먹어봤자 내 힘은 늘어나지 않을 테니까. 뭐, 다른 의미로 즐기는 방법도 있겠지만, 지금은 아쉽게도 작전 중이란 말이지."

천박한 목소리로 웃는 남자, 베가였다.

크게 다리를 벌린 채 분수 가장자리에 앉아서 불길한 오라(기운)를 숨기지도 않고 내뿜고 있었다. 천사라는 빛 속성의 정신생명체를 받아들이고도 여전히 베가의 속성은 사악 그 자체였다.

(저자는 내 힘으론 도저히 이길 수가 없겠어. 실력 자체만 놓고 본다면 버틸 수는 있겠지만, 아마도 이길 가능성은 제로에 가까울 거야.)

히나타는 그렇게 꿰뚫어 보고 있었다.

사실, 베가의 존재치는 1,000만을 가볍게 넘었으며, 히나타의 열 배에 달했던 것이다. 히나타도 비장의 수를 숨겨놓고 있다고는 하나, 그걸 쓴다고 해도 이길 수 있는 확률은 낮다는 생각이 들었다.

그렇다면 베가를 상대할 자는 테스타로사밖에 없었다. 필연적으로 히나타의 상대는 라이너가 하게 되었다.

"훗, 천박하네. 분수도 모르는 어리석은 자는 정말 싫다니까."

테스타로사가 매력적인 표정으로 미소 짓고는 베가를 얕잡아 보는 듯한 말을 뱉었다.

히나타는 그 자신감이 믿음직스럽게 느껴졌다.

"건방진 여자로군. 좋아, '칠흉천장' 필두인 나의 진짜 힘을 보여주마!!"

실로 쉽게 베가가 도발에 넘어갔다.

이로 인해 테스타로사와 베가의 1대1 대결이 정해졌다.

이 분위기를 놓칠 수는 없었다.

히나타는 여유를 보이면서 물었다.

"그럼 내 상대는 누가 해주려나? 내가 노려보기만 했는데도 움직이지 못할 정도였는데, 혹시 모두 한꺼번에 덤빌 생각이야?"

그렇게 도발하면서 라이너와의 1대1 대결로 유도할 생각이었다.

적들이 한꺼번에 덤빈다면 히나타의 승산은 거의 사라진다. 시엔과 둘이서 함께 싸운다고 해도 잘해야 열 명 정도 쓰러트리는 게 고작일 것이다.

하지만 맨 처음에 라이너부터 처치할 수 있다면 남은 적들의 전의를 꺾을 수 있을 것이다. 그렇게 되면 실력을 완전히 발휘할 수 없게 될 테니까 이길 수 있는 가능성이 훨씬 높아지게 된다.

참고로 이렇게 도발하면 라이너가 승부를 받아들일 수밖에 없을 것이라고 히나타는 생각하고 있었다. 왜냐하면 왕도의 곳곳에는 지상의 상황을 엿볼 수 있도록 지하의 피난소와 연결된 마법 장치가 놓여 있기 때문이다.

이 대광장에 있는 분수의 석상도 그중 하나이며, 히나타와 라이너 일당의 대화는 왕도의 국민들에게 다 전해지고 있었다.

엘릭도 그걸 알고 있기 때문에 여기서 대대적으로 연설을 한 것이며, 당연히 라이너도 그걸 알고 있었다.

여기서 승부를 피한다면 오명을 만회하는 것은 평생 불가능해질 것이 틀림없다——. 라이너는 그렇게 생각하고 있을 것이라고 히나타는 예상하고 있었던 것이다.

그 예상은 맞아떨어졌다.

"큭큭큭, 나도 많이 얕보이는 모양이군. 그때는 컨디션이 약간 안 좋았던 것뿐이다. 여기서 널 이기고 그걸 증명해주기로 하지."

그리하여 라이너와 히나타도 1대1로 대결하는 분위기가 생성되었다.

*

히나타는 검을 뽑았다.

리무루에게 받은 명검이었다.

유니크(특질)급의 레이피어가 아니었다. 그 이후로 개량을 거듭했고, 쿠로베의 기량도 높아지면서 품질이 레전드(전설)급까지 상승되어 있었다.

그 이름은 팬텀 페인(환홍세검, 幻虹細劍)이라고 한다.

같은 레전드급이라고 해도 문 라이트(월광의 세검)과 비교하면 품질은 떨어졌다. 그러나 이 팬텀 페인은 '데드 엔드 레인보우(칠채종언자돌검)'를 완전히 재현할 수 있었다.

리무루와 싸웠을 때에 쓰던 검은 일곱 번의 공격으로 스피리추얼 바디(정신체)를 완전히 파괴하는 효능을 가지고 있었다. 하지만 이 검으로는 아스트랄 바디(성유체)까지도 파괴할 수 있었다.

더 말할 것도 없이 위력이나 강도도 더 높기 때문에 사용하기에도 문 라이트보다 편했다.

"각오는 되어 있으려나?"

"멍청한 것, 그건 내가 할 말이다!!"

그리고 싸움이 시작되었다.

히나타는 늘 그랬듯이 적의 전력을 분석하면서 적절하게 약점을 파악해나갔다.

라이너는 언뜻 보기엔 인간의 모습을 하고 있었지만, 그 본질은 다른 생물로 변질되어 있는 것 같았다. 그 증거로 몸을 움직이는 게 이상했다. 보행과는 별도로 매끄럽게 횡이동을 하기도 했다. 지면을 박차면서 그 자세 그대로 뛰어들기도 했다.

신발 바닥에 비밀이 숨겨져 있는 것 같았지만, 그보다 눈에 띄는 것은 어깨 부분이었다. 크게 부풀어 올라 있는 것을 보면 뭔가를 숨기고 있는 것은 명백했다.

"죽어라!!"

라이너가 크게 검을 들어 올렸다가 히나타를 노리고 내리쳤다. 히나타는 받아내지 않고 재빨리 몸을 비틀어서 피했다.

위험한 예감이 들었기 때문이었지만, 그 대응은 정답이었다.

(이 검에서 느껴지는 힘은 레전드급이 아냐. 그래, 갓즈급이었군…….)

어디서 어떻게 손에 넣었는지는 모르겠지만, 라이너의 힘의 일부분이 살짝 보인 순간이었다.

이렇게 되면 무기의 성능차이 때문에라도 불리해진다. 제대로 맞붙어 싸웠다간 히나타의 팬텀 페인이 부러질 우려가 있었다.

실제로 양쪽의 존재치에는 큰 격차가 있었다.

히나타는 '성인'이면서 '용사의 알'을 품고 있었지만, 그건 부화

되지 못한 채 클로에에게 넘어가 있었다. '성인'으로서의 힘은 그대로 남아 있었지만, 그건 존재치로 환산하면 100만을 약간 넘기는 수준이었다.

인간치고는 충분히 강했다. 사실 가젤 왕과 동등했지만, 200만 수준인 라이너에 비하면 많이 모자랐던 것이다.

단, 그건 어디까지나 육체에만 해당하는 이야기였다.

히나타에겐 클로에와 함께 여행한 기억과 경험이 있었다.

그건 지금도 히나타의 순수한 레벨(기량)로 남아 숨 쉬고 있었던 것이다.

예전에 라이너와 대치했을 때와는 하늘과 땅만큼의 차이가 있으며, 종합적으로 본다면 무기의 성능차이를 고려한다고 해도 히나타 쪽이 월등히 강해져 있었다.

1대1 승부로 유도해낸 시점에서 히나타의 승리가 약속되어 있는 것이나 같았다.

하지만 그건 라이너가 기사로서 정정당당한 성격을 가지고 있을 경우의 얘기였다.

히나타는 잘못 생각하고 있었다.

히나타는 그가 상당히 비열한 성격을 가지고 있을 것이라고 간파했지만, 라이너는 그런 히나타의 상상을 가볍게 능가할 정도로 비겁자였던 것이다.

히나타도 꽤 조심성이 많고 방심 같은 건 하지 않는 성격이었지만, 세상에는 밑바닥보다도 더 밑에 있는, 상상을 초월할 만큼 어리석고 저열한 자가 있는 법이다.

라이너가 바로 그런 경우였다.

타고난 성격인지, 개조를 받으면서 기본 성격이 비뚤어진 것인지는 모르겠고, 어찌 되었든 상관없었다. 지금 중요한 건 라이너가 처음부터 1대1로 싸울 생각 같은 건 하지 않았다는 사실이다.

몇 번쯤 공방을 벌였고, 히나타는 라이너의 검을 계속 피했다. 그리고 한순간의 타이밍을 노리고 라이너의 검을 옆에서 내리치듯이 튕겨냈다.

그러면서 승리를 확신하고 라이너에게 빈틈을 보이고 말았다.

"훗, 큰소리친 것만큼 대단하지는 않은데. 항복하려면——."

라이너를 반역자로 체포하고 재판을 받게 하자——고 생각하면서 쓸데없이 봐주고 만 것이다.

그게 자신을 위험하게 만들었다.

라이너가 쓰러진 위치는 부하인 병사들이 히나타의 뒤에 서도록 배치되어 있었다. 그리고 그때를 노린 것처럼 뒤에서 전원이 습격한 것이다.

물론 히나타도 '마력감지'로 기습을 대비하고 있었으며, 모스와의 '사념전달'과도 이어져 있었기에 경고를 받았다.

하지만 경계해야 할 대상은 라이너였지, 어중이떠중이에게까지 신경을 쓸 여유는 없었던 것이다.

그래서 다수를 상대하게 되면 승산이 없을 것이라 생각했기 때문에—— 어느 정도의 공격은 감수할 수밖에 없었다.

그건 한순간에 일어난 일이었다.

"히나타 공!!"

시엔이 소리치기도 전에 다수의 광탄이 히나타에게 작렬했다. 그리고 다시 라이너가 큰 소리로 웃으면서 마지막 공격을 날렸다.

그 손에 검은 없었지만, 그의 몸체를 덮은 것은 갓즈급의 전신 갑옷이었다. 그 어깨 부분이 크게 열리더니 갓즈급의 장갑으로 싸인 가늘고 단단한 손이 두 쌍 드러났다.

그게 네 개의 창으로 바뀌어서 히나타의 손발을 꿰뚫었던 것이다.

중심을 잃고, 히나타는 지면에 쓰러졌다.

그녀의 손에서 검이 떨어졌다.

이제는 검을 쥘 힘을 잃었고, 서 있는 것조차 힘들어 보이는 모습이었다.

"하하핫!! 그렇게 잘난 체하더니 큰소리친 것 치곤 별 볼 일 없구먼! 건방진 너는 그렇게 땅바닥을 굴러다니는 게 어울린다!!"

귀에 거슬리는 새된 목소리로 라이너가 크게 웃었다.

"네 이놈! 이건 정정당당한 1대1 결투가 아니었더냐?!"

버럭 화를 내면서 소리치는 시엔의 말을, 라이너는 코웃음을 치면서 받아냈다.

"범죄자에게 인권 같은 건 없어. 뭐, 우리는 자비로우니까 울면서 빈다면 사형날짜를 조금 늘려주는 것 정도는 생각해보지."

그렇게 말하면서 히죽거리며 웃는 라이너. 히나타의 대답도 기다리지 않고 제멋대로 계속 지껄이고 있었다.

"그 전에 나름대로 감사의 마음을 표시해야겠지만 말이지."

천박한 생각이 훤히 보이는 것 같은 기분 나쁜 웃음이었다.

라이너의 부하들도 마찬가지였다.

"햐하하! 서방 최강이라고 불리던 주제에 꼴좋구먼!!"

"이렇게 되면 불패의 마녀도 끝이로군."

"아니, 아니, 우리가 너무 강해진 것뿐이야. 라이너 님이 놀아 주고 있었기 때문에 좋은 승부로 보였던 것뿐이지."

그렇게 제각기 떠들어대고 있었다.

처음부터 그런 성격이었는지는 이쪽도 확실하지 않았다. 하지만 지금의 그들이 어쩔 도리도 없이 어리석고 저열해져 있다는 것은 사실이었다.

히나타의 모습은 너무나도 무참했다.

엉망진창으로 망가진 '성령무장'의 등 부분에선 심한 화상으로 문드러진 것 같은 맨살이 드러나 있었다.

그리고 그녀의 손발은 힘줄이 끊어져서 움직이는 것조차 불가능했다.

그런 참상 중에서도 땀에 젖은 맨얼굴은 아름다웠다. 그녀의 눈에선 아직도 빛이 사라지지 않았고, 히나타의 당당한 표정은 아직 포기하지 않았다는 강한 의지를 느끼게 했다.

"자아, 울면서 용서를 빌어봐. 아니면 지금 바로 죽여줄까?"

광기로 인해 눈에 핏발이 선 라이너가 소리쳤다.

히나타가 땅을 기는 모습을 봤기 때문인지 가학적인 쾌감에 충동적으로 따르고 있었다.

이미 라이너의 이성은 거의 사라진 상태였다.

원래는 자신의 손이 닿지 않는 높은 봉우리에 핀 꽃이었던 히나타. 그렇게 아득히 높은 곳에 있던 존재를 유린할 수 있게 된 상황은 라이너가 과거에 느낀 적이 있던 어떤 쾌감보다도 짜릿했던 것이다.

라이너가 아무리 분수를 모르는 어리석은 자라고는 해도 히나타와 비교하면 자신이 뒤떨어진다는 것은 자각하고 있었다.

아니, 대치한 순간에 깨달았다.

힘으로는 아무리 상회한다고 해도 '격의 차이'를 뒤집을 수는 없었다. 검을 다루는 솜씨만 보더라도 히나타의 실력은 라이너를 가볍게 능가했던 것이다.

그 사실을 똑똑히 느낄 수밖에 없었던 라이너는 질투에 미쳐버릴 것 같았다. 그렇기 때문에 만일을 위해 설치해놓았던 덫을 주저 없이 실행시킨 것이다.

처음 세운 계획대로 되지는 않았지만 결과는 만족스러웠다.

(얼굴에 상처가 생기지 않은 것도 운이 좋군. 그 아름답고 단정한 얼굴이 고통으로 일그러지고 어떤 목소리로 울부짖는지 마음껏 즐기게 해달라고!)

라이너는 자신의 피가 끓어오르고 힘이 솟아오르는 듯한 기분을 느꼈다. 히나타의 비참한 모습을 상상하는 것만으로도 시커먼 유열이 뱃속에서 솟구쳐 나오는 것을 느끼고 있었다.

이렇게 되면 이제 자신들의 승리는 뒤집힐 일이 없다고 라이너는 생각하고 있었다. 그렇기 때문에 히나타를 실컷 괴롭혀서 굴복시킬 생각이었다.

그렇게 되면 다른 의미의 즐거움도 기다리고 있다는 뜻이 되니까…… 여기서 죽여 버리는 건 아깝다는 생각이 든 것이다.

"뭐 하는 거야! 어서 빌지 않으면 정말로 죽여 버린다."

오싹해질 것 같은 목소리로 라이너가 선언했다.

그건 진심이 담긴 위협이었다.

히나타를 괴롭히는 쾌감을 맛보고 싶다는 마음도 있었지만, 히나타의 실력은 진짜였다.

여기서 마음이 꺾이지 않는다면 손발 정도는 베어서 날려버려야 할 것이다.

라이너는 겁쟁이였다.

그래서 신중하게, 빠트린 게 없는지 생각했다.

히나타가 지금부터 동료를 부른다고 해도 여기에 도착하기까지 시간이 걸릴 것이다. 애초에 자신들에게 대항할 수 있을 만한 전력을 모아올 수 있을 것 같지 않았다.

그리고 그런 기척이 느껴진다면 그때는 바로 공격명령을 내리면 된다.

절대적인 우위.

패배할 요소는 전혀 없었다.

히나타는 대답을 하지 않은 채, 라이너를 노려보고만 있었다.

그 눈이 아직 지지 않았다는 것을 말해주고 있었다.

(쳇, 정말 건방진 여자로군. 그렇다면 다리 하나쯤은 잘라주마!!)

라이너는 짜증을 내면서 검을 들어 올렸고, 히나타를 향해 그걸 내리쳤다──.

*

히나타가 절체절명의 위기에 빠졌지만, 테스타로사에게는 그녀를 구해줄 여유가 없었다.

베가를 상대하는 것만으로도 이미 한계였던 것이다.

319

그리고 히나타가 포기하지 않았다는 것은 그 눈을 보면 알 수 있는 일이었다. 그렇다면 믿어줄 수밖에 없었다.

(리무루 님을 몰아붙인 끝에 무승부로 끝냈다는 몇 안 되는 존재니까 말이지. 이런 곳에서 바로 퇴장할 거란 생각은 들지 않아.)

그렇게 되면 그때 생각하면 된다.

리무루가 격노할 가능성이 아주 높지만, 테스타로사는 히나타를 지키라는 명령은 받지 않았던 것이다.

그녀의 마음을 배려하여 움직일 수도 있지만, 히나타에겐 쓸데없는 간섭이 될 것 같았다. 오히려 멋대로 판단하여 나서는 것이 히나타의 긍지에 상처를 줄 수도 있는 데다 리무루의 분노를 살 수도 있었다.

무리를 해서라도 구하러 난입하는 건 히나타의 패배가 확정된 뒤에 해도 늦지 않을 것이라고, 테스타로사는 그렇게 판단한 것이다.

그래서 망설이지 않고 지금은 베가에게 집중하고 있었다.

베가는 상대하기 어려웠다.

베가의 에너지(마력요소)양은 테스타로사보다 몇 배 더 많았지만, 죽이는 것쯤은 쉽다고 생각하고 있었다. 하지만 그건 잘못된 생각인 것 같았다.

(이 녀석, 지하에 뿌리를 내리고 있네. 그리고 시체를 흡수하여 대미지를 회복할 수 있는 것 같은데?)

테스타로사의 예상대로였다.

베가는 자신의 권능을 잉그라시아의 왕도 전체에 펼쳐놓고 지금도 토벌되고 있는 괴물의 시체를 거둬들여 흡수하고 있었던 것이다.

힘이 상승하지는 않지만, 결손된 부위의 보충과 에너지를 보급하는 데엔 최적이었다. 그로 인해 베가는 사실상 불사에 가까운 존재가 된 것이다.

(짜증이 날 정도로 귀찮은 상대네…….)

그게 테스타로사의 본심이었다.

넓은 범위를 핵격마법으로 모조리 불태워버리면 죽이는 건 가능할지도 모른다. 하지만 그러기 위해선 베가의 전체상을 파악할 필요가 있었다.

그것만으로도 귀찮았지만, 그 이전에 그 방법이 허용되지 않았다. 이곳, 잉그라시아의 왕도에서 싸우고 있는 이상, 도시 궤멸로 이어질 수 있는 행위는 기본적으로 금지되어 있기 때문이다.

도망은 허용되지만, 이기기 위해서 무슨 짓을 해도 되는 것은 아니었다.

그렇게 되면 베가를 죽이는 것은 거의 불가능하다.

더구나 베가를 몰아붙이는 것도 위험했다. 그런 짓을 해버리면 지하로 도망친 왕도의 백성들을 먹이로 삼고 자신의 재생을 시도할 가능성이 높았기 때문이다.

지금은 아직 괴물로 변한 라이너의 부하들이 있으니까 그쪽을 흡수하는 것으로 만족할 것이다. 하지만 그 이상 몰아붙이면 베가는 체면 따위는 상관하지 않고 온갖 수단을 동원할 것으로 예상되었다.

테스타로사의 입장에선 승산이 보이지 않는 싸움을 강요당하고 있는 것과 같았다.

그런 상황에 놓인 자신을 더욱 짜증 나게 하고 있는 것이——

"이봐, 이봐, 뭐 하는 거야?! 엄청 큰소리친 것 치고는 전혀 대단할 게 없잖아!!"

그런 식으로 우쭐대고 있는 베가의 태도였다.

(나에게 진심으로 죽여 버리고 싶다는 생각이 들게 하다니, 제법이잖아. 그것만큼은 자랑스럽게 여겨도 돼.)

그렇게 생각하면서 테스타로사는 속으로 발끈했다.

하지만 여유가 없는 것은 사실이었다.

불꽃의 채찍을 휘두르면서 베가를 농락하면서도 그녀의 두뇌는 두세 수 앞을 꿰뚫어보고 있었다. 완전히 몰아붙일 수 없는 이상, 교착상태를 유지할 수밖에 없었다. 그걸 타파하려고 하면 어떤 식으로든 외적 요인이 필요해질 것이다.

적측에는 숨어 있는 전력이 존재했다. 틀림없이 그럴 것으로 생각되기 때문에 대국적으로 보더라도 테스타로사 쪽이 불리했다.

테스타로사와 히나타에게 유리하게 돌아갈 요인이 있다고 한다면, 그건 베구글린드의 존재였다. 하지만 그녀가 마사유키의 호위를 포기하고 그의 곁을 떠날 거라는 생각이 들지 않았다.

(아마 펠드웨이가 노리는 것도 마사유키 님이겠지. 적의 계략에 넘어갈 정도로 베루글린드 님은 안일하진 않을 거야.)

베루글린드도 당연히 펠드웨이의 의도를 알아차리고 있을 것이다. 그렇다면 도와주러 오지는 않을 것이라고 테스타로사는 생각하고 있었다.

그와 동시에.

자신들이 마사유키를 끌어낼 미끼로 취급되고 있을 것이라는 걸 이해하고도 있었다.

이 교착상태는 펠드웨이 쪽에게도 바라마지 않는 상황이었다.

(정말로 부아가 나네. 알고 있으면서 이 상황을 감수할 수밖에 없다니. 보아하니 카레라와 울티마도 여유가 없는 것 같은 데다, 달리 움직일 수 있는 간부분은 없어. 제기온 같은 분이 와준다면—— 아니, 그건 리무루 님이 허락하지 않으시겠지.)

동료들도 고전하고 있다는 건 '관제실'을 경유한 긴급연락을 통해 파악하고 있었다. 그 '관제실'은 지금 비상사태선언을 발령하고 전투모드로 이행했다고 한다.

적의 침입을 대비하고 있으니 수비의 핵이 되는 제기온이 움직일 리가 없었다.

지금, 자유롭게 움직일 수 있는 간부 중에는 믿음직한 사람이 제기온밖에 없는 것이다. 다른 자도 결코 약하지는 않지만, 어떤 상황이든 뒤집을 수 있을 만한 힘은 가지고 있지 않았다.

아니, 베루도라라는 엄청난 전력도 대기하고 있었지만—— 미카엘이 노리고 있는데 미궁에서 나오는 어리석은 짓은 할 수 없었다.

즉, 원군은 오지 않을 것이다.

스스로 어떻게든 해결할 수밖에 없다고 테스타로사는 결론을 내릴 수밖에 없었다.

하지만 그때 예상하지 못한 일이 일어났다——.

*

라이너가 히나타를 향해 검을 내리쳤다.

그 순간──.

카앙! 하는 맑은 소리를 내면서 누군가의 검에 의해 막히고 말았다.

아니, 그건 검이 아니었다.

아름다운 미녀가 자신의 손에 든 것은 도저히 무기로 보이지 않는 날개부채였다.

반짝이는 푸른 머리카락을 나부끼는 그 미녀의 이름은── '작열룡' 베루글린드였다.

"히나타라고 했던가요? 어리석은 동생의 말로는 스스로 만들어내서 강화한 기량이라면 '용종'에게도 먹힌다는 것을 증명해냈다면서요? 그렇죠, 테스타로사?"

베루글린드는 직접 말로 하진 않았지만, 그게 사실이라면 이런 싸움에서 지는 것은 허용할 수 없다──는 뜻을 간접적으로 전달하고 있었다.

그리고 그 시선은 라이너는 완전히 무시한 채 테스타로사에게 향해 있었다.

"그 말씀이 옳습니다, 베루글린드 님. 그건 그렇고 직접 오실 줄은 생각도 못 했군요."

"우후후, 그러네요. 나도 이렇게까지 나설 생각은 없었지만 마사유키가 말이죠⋯⋯."

베루글린드가 자애로움이 가득한 눈빛으로 마사유키가 있는 쪽을 돌아봤다.

그 끝에 있는 광경은──.

"괜찮습니까, 히나타 씨?!"

"아——."

히나타의 가슴을 만지고 있는 마사유키의 모습이었다.

그 당사자인 마사유키는 당당하게 굴고 있는 것처럼 보였지만 속마음은 패닉에 빠져 있었다.

(대, 대체 뭐가 어떻게 된 거야……?)

갑작스럽게 일어난 일에 마사유키는 한순간 현실이 보이지 않게 됐다.

(아니, 그건 그렇고 이 오른손에 느껴지는 감촉은…….)

오른손바닥에 물컹하고 전해지는 부드러운 감촉. 그게 무엇인지 마사유키의 머리가 이해하기 시작한 순간이었다.

이건 쉽게 말해서 마사유키가 히나타의 미모에 홀려버린 게 원인이었다.

히나타를 부축해서 일으키려고 한 마사유키가 재주 좋게도 발밑에 떨어져 있는 작은 돌에 발이 걸려버리고 만 것이다.

그 결과, 넘어지고 만 마사유키는 정성스럽게도 히나타를 땅에 눕히는 꼴이 되고 말았다. 그리고 그 오른손이 마사유키의 뜻과는 상관없이 히나타의 가슴에 닿아버린 것이다.

너무나도 운이 좋았다는 생각이 드는 야한 이벤트였다.

그리고 그뿐만이 아니라.

입술이 닿을 만큼 접근한 덕분에 히나타의 맨얼굴이 잘 보였다.

한껏 뜬 눈은 검은색이 깃든 아메시스트(자수정)처럼 반짝이고 있었다. 콧등은 오똑했으며, 그 입술은 도톰하고 윤기가 있었다.

화장기가 없는데도 매끄러운 피부는 투명하고 아름다웠다.

(엄청난 미인이네, 이 사람. 리무루 씨가 거역하지 못하는 것도 무리가 아니겠어.)

그렇게 현실도피적인 생각을 하고 만 마사유키였다.

무리도 아니었다.

하나타의 숨결이 콧구멍을 간지럽혔고, 감미로운 냄새가 머릿속을 황홀하게 했다.

베루글린드에게 몇 번이나 안기면서 경험을 쌓지 않았다면 너무 기뻐서 기절했을지도 모를 정도였다.

길게 느껴졌지만 그 시간은 1초도 되지 않았다.

언제까지 바라보고만 있을 때가 아니라고 생각하면서 마사유키의 머리가 재가동되었다.

히나타도 놀란 표정으로 눈을 크게 뜨고 있었지만, 그럴 만하다는 게 마사유키의 생각이었다.

무슨 짓을 하는 거야, 이 인간. 그렇게 생각해도 이상하지 않았다.

히나타가 제정신을 차리는 게 두려웠다. 그랬다간 무시무시한 일이 기다리고 있을 것 같다고 생각하면서 마사유키는 공포에 사로잡혔다.

"아, 아니에요!"

이건 아니다. 이건 아니라고 마사유키는 마음속으로 절규하고 있었다.

마사유키는 창백해진 채 일어나서 변명하려고 했지만——.

(어라? 지금 뭔가…….)

마사유키는 등에 충격을 느꼈고, 자신 위로 뭔가가 지나간 것을 깨달았다.

그리고 오싹하는 두려움을 느꼈다.

"——마사유키?!"

뒤늦게 들려온 것은 베루글린드의 절규였다.

그건 마사유키에 대한 분노가 아니라 진심으로 걱정하고 있는 목소리였다.

지금 무슨 일이 일어난 거지?

실은 마사유키가 넘어진 바로 그때, 누군가가 공격을 시도했던 것이다.

그걸 알아차린 건 베루글린드뿐이었다.

테스타로사조차도 감지할 수 없었던 공격이었던 것이다. 그도 그럴 게, 당황해서 모스와의 연계를 확인했을 정도니까.

경고할 틈조차도 없었던 그 공격을, 마사유키는 우연히도 넘어지면서 피한 것이다. 만약 돌에 발이 걸리지 않았으면 그 목숨은 이미 빼앗겼을 것이다.

정말로 럭키 보이였다.

터무니없는 행운의 보유자는 이번에도 그 명성에 걸맞은 활약을 선보였던 것이다.

(우오! 혹시 나를 계속 노리고 있었던 거야?!)

뒤늦게 알아차린 마사유키는 다른 의미로 창백해질 만한 일을 겪게 됐지만, 그걸로 목숨을 건졌다면 오히려 이득이었다.

그리고 히나타가 움직였다.

상대가 노린 장소에서 그대로 가만히 있는 것은 위험하기 짝이 없는 어리석은 짓이다. 그러므로 히나타는 다짜고짜 마사유키를 끌어안으면서 굴렀다.

마사유키는 감동했다. 자신을 포옹하는 행복한 감촉과 볼에 느껴지는 매끄럽고 기분 좋은 히나타의 머리카락. 코를 간지럽히는 좋은 향기가 나는 바람에 현실도피를 하고 싶어졌다. 하지만 그런 바람은 허용되지 않았다…….

아니, 그럴 때가 아니었다.

"쳇, 설마…… 나의 어새시네이션(암살의 필격)을 피할 줄이야……."

경악하는 목소리를 흘리면서 모습을 드러낸 것은 검은 옷에 순백의 날개가 달린 남자——아리오스였다.

얼티밋 인챈트(궁극부여) '산달폰(단죄지왕)'의 모체가 된 유니크 스킬 '죽이는 자(살인자)'에겐 '존재은폐'라는 권능이 있었다. 어떤 행동을 시작하기 전까지는 그 권능의 영향 하에 있는 자들을 인식하지 못하게 하는 효과를 발휘하는 스킬(능력)이었다.

그걸 이용해 펠드웨이와 함께 숨어서 계속 돌아가는 상황을 살펴보고 있었던 것이다.

그리고 지금, 마사유키가 등장한 순간을 노려서 필살의 어새시네이션을 시도했다가 보기 좋게 실패한 것이다.

그렇다면 다시 시도하면 된다고 아리오스는 생각했지만, 그런 그의 앞을 두 명의 남자가 가로막았다.

"마사유키의 적은 내 적이다."

"뭐, 그야 그렇겠지. 폐하껜 손가락 하나 대지 못합니다."

베놈과 미니츠가 참전한 것이다.

조금 늦게 버니와 지우도 모습을 드러냈다.

"폐하의 몸을 지켜야 하는 임무를 맡았으면서 암살자가 있다는 걸 미처 알아보지 못했습니다. 이 죄는 나중에——."

"아니, 괜찮다니까!"

버니와 지우는 숨어서 마사유키의 호위를 맡고 있었지만, 경계 범위 안에 처음부터 아리오스가 숨어 있었다는 것을 알아차리지 못했던 것이다.

이건 두 사람의 잘못은 아니지만, 큰 실수라는 것은 틀림이 없었다.

하지만 마사유키는 크게 당황하면서 그 말을 부정했다.

그렇게 하지 않으면 이 두 사람은 책임을 지고 자해를 하거나, 받아들이기 힘든 말을 꺼낼 것이 분명하기 때문이다.

어쨌든 지금은 적에게 집중하도록 지시를 내려서 이 건은 적당히 얼버무리기로 했다. 그 결과, 마사유키를 지키기 위해서 아리오스를 상대로 네 명이 맞서는 형국이 되었다.

전장의 분위기는 다시 리셋되었다.

경계심을 높이는 테스타로사와 모스.

기사들을 상대로 고군분투하며 견제하고 있는 시엔.

어떻게든 일어서려고 발버둥 치는 히나타와 어느새 어깨를 빌려주게 되면서 난처한 표정을 짓고 있는 마사유키.

그런 마사유키를 지키기 위해 참가한 베놈과 제국의 톱클래스들.

베루글린드와 마사유키를 불러온, 아니, 사실은 도중에 합류한 니콜라우스. 히나타의 참상을 보고 머리카락이 곤두설 정도로 격노하고 있었다.

그리고 매력적인 표정으로 미소 짓고 있는 베루글린드.

그들의 상대는——.

몰아붙인 히나타에게 마무리 공격을 날리지 못하는 바람에 불만스런 표정을 짓고 있는 라이너.

히죽히죽 웃으면서 상황을 즐기고 있는 베가.

자신의 자랑거리인 공격이 불발로 끝난 아리오스.

완전하게 계획이 성공했다는 생각을 한 직후에 실패하는 바람에 불쾌하기 짝이 없는 기분을 느끼고 있는 펠드웨이.

그리고 아직 건재한 라이너의 부하들이었다.

마사유키와 베루글린드라는 큰 전력이 전장에 투입되면서 전황은 더욱더 극도로 혼미한 상태로 빠져들게 된 것이다.

●

왕도의 주민들은 불안한 마음으로 방송에 귀를 기울이고 있었다.

영상이 비치는 곳에 있는 자들은 화면에 못 박힌 것처럼 정신없이 바라보고 있었다.

라이너의 말에는 위화감이 느껴졌지만, 엘릭 왕자가 같은 편이라는 시점에선 의심할 여지가 없었다.

그러나 전투가 격화됨에 따라서 라이너의 잔학성에 질리고 말았다.

기사로서는 있을 수 없는 저열한 품성을 보이면서 싸웠기 때문이다.

그리고 지금도 왕도를 필사적으로 지키고 있는 것은 라이너가 이끄는 기사단이 아니라 히나타가 지휘하는 크루세이더즈(성기사단)와 템플 나이츠(신전기사단)였다.

어느 쪽의 말이 진실인지는 차치하고라도 믿고 싶다는 생각이 드는 건 히나타 쪽이었다.

그중에는 엘릭을 지지하는 자도 있었지만, 그 비율은 점점 줄어들고 있었다.

그리고 히나타가 위기에 몰렸을 때에는 모두가 화면 앞에서 히나타가 무사하기를 빌었다.

그 바람은 어떤 인물이 출현한 덕분에 이뤄졌다.

빛을 내며 반짝이는 듯한 그 인물을 본 사람들의 입에서 작게 속삭이는 목소리가 흘러나오기 시작했다.

"용사님이야……."

"요, 용사님——?"

"용사님이다!"

"마, 마사유키 님이야! '용사' 마사유키 님이 돌아오셨어!"

"마사유키 님이 황제가 되어서 돌아오셨다——!!"

그리고 그 목소리들이 큰 합창 소리가 되기까지는 그리 오랜 시간이 걸리지 않았다.

『마~사유키, 마~~사유키——!!』

지하에 있는 피난 장소 곳곳에서 땅이 울릴 만큼 큰 환호성이 끓어올랐다.

그 현상은 백성들만의 것이 아니었다.

살아남은 왕족이나 유력한 귀족들도 같은 반응을 보인 것이다.

엘릭의 정당성이 사실인지 아닌지, 그걸 파악하지 못하는 어리석은 자는 역시 없었다.

지금까지 법과 질서의 수호자로서 인류를 지켜온 히나타가 왕을 죽일 이유는 아무 것도 없었던 것이다.

더구나 지금은 세계회의가 한창 열리는 중이며, 그 회의 장소가 된 잉그라시아 왕국의 경비는 만반의 준비를 갖춘 상태였다.

만약 정말로 왕을 노렸다고 하더라도 지금 이 시기에 행동으로 옮길 리가 없었다. 만약 그런 짓을 벌이는 자가 있다고 하면, 그건 인류사회를 혼돈으로 몰아넣으려는 세력일 수밖에 없었다.

말 그대로 어둠의 세계의 지배자에 해당하는 '리에가(삼현취)'조차도 이번 세계회의는 반드시 성공시켜야 한다면서 비공식적으로 협력하겠다는 제안을 해왔을 정도였다.

인류사회가 발전되지 않으면 어둠의 세계에도 미래는 없다고 하면서 말이다. 실로 타당한 주장이었기 때문에 왕국 상층부도 손을 잡겠다는 선택을 했던 것이다.

그러므로 지금 불협화음이 될 짓을 벌이는 건 이런 사정을 모르는 자일 수밖에 없다. 즉, 엘릭 왕자 본인이 주모자라는 것이 유력자들의 견해였다.

"백성들이 당황하긴 했지만, 마사유키 님 덕분에 다시 진정된 것인가."

"그건 반가운 일이지만, 우리 입장이 난처해지겠군."

"그렇소이다. 이대로 주모자를 놓아주고 다른 나라의 손에 모든 것을 맡긴다면 분명히 나중에 비판을 받을 것이오."

"왕궁기사는 궤멸하였지만, 아직 남은 전력이 있겠지?"

"왕도의 사방군을 움직이시오. 우리 군대도 총동원해야 합니다."

"""알겠습니다!!"""

그렇게 의견을 나누면서 단번에 사태를 수습하기 위해 움직이기 시작했다.

마사유키는 영웅이긴 하지만, 지금은 제국의 황제이다.

그를 떠받들 수 없게 된 이상, 자신들도 땀을 흘려야만 하는 것이다.

그리고 '리에가(삼현취)'도 움직였다.

"삼두령은 이 땅에서 혼란이 일어나는 걸 바라지 않으신다. 쓸데없이 전력을 잃는 것도 멍청한 짓이니까 이 자리는 나와 '총사대'만 출동하겠어."

그렌다 아트리가 그렇게 말했다.

템페스트(마국연방)에서 극비리에 개발되면서, 결코 빛을 보지 못할 것으로 여겨지고 있었던 수많은 시험제작 무기들. 그것들을 받아서 쓰고 있는 곳이 그렌다가 이끄는 '총사대'였던 것이다.

제국에서 몰래 개조 수술을 받은 자랑할 만한 부하들이었다. 개개인의 전투능력은 최소 A랭크에 달했으며, 각종 무장도 능숙하게 다룰 줄 알았다.

로켓 런처(소형대전차포)나 들고 다닐 수 있는 개틀링건 같은 수많은 흉악한 무기들. 그 무기들에 이용되는 탄약도 일반적인 것이 아니라 전문지식을 갖춘 자들에게만 사용이 허가된, 위험물 판정

을 받은 것들이었다. 그것만 보더라도 그 위력은 가히 짐작할 만
했다.

"자아, 가자!"

"""넷!"""

"무운을 빕니다."

"적어도 당신의 '영혼'은 반드시 신의 곁으로 돌아간 뒤 마인으
로 다시 태어날 것입니다!"

그런 건 바라지도 않는데 말이지——. 그렌다는 그렇게 생각했
지만, 그게 동료들 나름의 배려일 것이라고 여기면서 쓴웃음을
지었다.

그리고 100명도 채 되지 않는 부하들을 이끌고 전장으로 뛰쳐
나갔다.

●

눈이 핑핑 돌 만큼 정신없이 돌아가는 현재의 상황 때문에 마
사유키는 곤혹스러웠다.

지금의 상황에서 완전히 뒤처져 있었던 것이다.

그랬던 마사유키였지만, 히나타의 한마디를 듣고 완전히 위기
에 몰리고 말았다.

"그건 그렇고 당신은 언제까지 내 가슴을 만지고 있을 거지?"

푸후웁?! 마사유키는 자신도 모르게 사레가 들리고 말았다.

만지지 않았어요! 잠깐 손이 닿았을 뿐——이라는 변명을 하려
고 무의식적으로 지근거리에서 히나타와 마주 보다가 마사유키

는 그 아름다움에 긴장했다.

템페스트(마국연방)에는 미인이 많았지만, 그건 인간의 아름다움이 아닌 성질을 가지고 있었다. 베루글린드도 마찬가지였으며, 인간의 영역을 벗어난 수준이었다.

그에 비해 히나타의 아름다운 얼굴은 많이 익숙한 일본인의 이목구비를 갖추고 있었다. '성인'이 되면서 그 아름다움이 더 가다듬어지긴 했지만, 왠지 모르게 안심할 수 있는 독특한 매력을 가지고 있었던 것이다.

하지만 외모에 속아서는 안 된다.

마사유키는 리무루한테 질리도록 들었다.

히나타만큼은 절대 화를 내게 해선 안 된다고.

베루도라도 동의했었다.

그 여자는 앙심을 품으면 오래 간다고. 어떤 수단을 동원해서라도 반드시 복수할 것이라고——진지한 표정으로 충고했던 것이다.

마왕과 '용종'을 두려움에 떨게 하는 인물을 상대로 섣부른 짓을 했다간 좋은 일이 없을 것이다. 그걸 충분히 이해하고 있는 마사유키는 화들짝 놀라면서 히나타에게 사과했다.

참고로 이때 평정을 가장하고 있기는 했지만, 히나타도 한계였다. 다른 사람이 자신의 가슴을 만진 경험을 해본 적이 없기 때문에 어떻게 반응해야 좋을지 고민하고 있었던 것이다.

이게 고의로 한 짓이라면 나름대로 대응하여 처단할 수 있었겠지만, 마사유키의 경우는 아무리 생각해도 불가항력이었다. 그게 히나타의 판단을 망설이게 하는 바람에 결과적으로 마사유키의 목숨을 구한 것이다.

"죄, 죄송합니다. 겨, 결코 고의로 한 짓이 아니고요……."

적절한 변명이 떠오르지 않았지만, 그런 마사유키의 말을 히나타가 가로막았다.

"농담이야. 불가항력이었다는 건 알고 있어."

웃으면서 그렇게 대꾸했지만, 마사유키의 등에는 식은땀이 멈추지 않았다. 실제로 뭐가 어떻게 된 건지 정확히 알 수가 없었다.

이해력이 따라가지 못했다.

그걸 솔직히 말하고 싶었지만, 이 말을 했다간 파멸이 기다리고 있을 것만 같아서 마사유키는 입을 다물 수밖에 없었던 것이다.

"겨우 가슴을 만진 것 정도로 진지하게 화를 낼 리가 없잖아요. 자, 마사유키. 나라면 얼마든지 가슴을 만져도 괜찮아요."

베루글린드가 웃으면서 그렇게 폭탄을 떨어트렸다.

사양하겠습니다, 라고는 말할 수 없었다. 마사유키도 남자였던 것이다.

하지만 그런 것은 남들의 눈이 없는 조용한 곳에서 부탁하고 싶다. 마사유키는 절실하게 그런 생각을 했다.

히나타는 그런 두 사람을 가늘게 뜬 눈으로 봤지만, 일어서려고 하다가 고통을 느끼면서 신음했다.

"히, 히나타 님!"

그렇게 소리치면서 니콜라우스 추기경이 달려왔고, 히나타를 부축하며 일으켰다. 그녀의 손발에는 여전히 구멍이 뚫려 있었기 때문에 일어서지도 못하고 있었다.

"지금 바로 치료하겠습니다!"

니콜라우스는 당황하면서도 뛰어난 실력을 발휘하여 신성마법 하이 힐(상위회복)을 선보였다. 그러자 히나타도 바로 회복했고, 전선에 복귀할 수 있게 되었다.

이리하여 일시적으로 중지되면서 리셋된 싸움이 재개되었다.

"히, 히나타 님…… 괜찮으십니까? 지금은 일단 마사유키 님에게 맡기시는 게……?"

니콜라우스가 그렇게 물었지만 히나타는 그 제안을 그냥 흘려 넘겼다.

니콜라우스의 말을 듣고 놀라서 휘둥그레 눈을 뜬 마사유키는 히나타에게 그럴 마음이 없다는 걸 알고 크게 안도했다. 무모한 소리를 하지 말라고 따지고 싶었으며, 이 자리는 히나타가 열심히 싸워주기를 바라는 수밖에 없었다.

그걸 알고 있는지 히나타가 살짝 웃었다.

그건 남장미인인 히나타의 명성에 걸맞은 실로 잔혹한 웃음이었다.

사실 히나타는 라이너에게 분노하고 있었다.

그리고 그 이상으로 방심하고 말았던 자신의 실수를 용서할 수 없었던 것이다.

"아무런 문제도 없어. 이제 상황을 살펴보는 건 끝내겠어."

그건 승리 선언이었다.

지금까지 자신을 실컷 괴롭힌 상대에게 동정을 줄 여지는 눈곱만큼도 없었던 것이다.

히나타는 승리할 수 있는 길을 완전히 다 파악하고 있었다.

히나타는 자애로운 미소를 지으면서 라이너를 봤다.

그러나 그 눈은 여전히 차가웠다.

"자, 그럼 진지하게 상대해줄 테니까 각오하도록 해."

"마, 망할 계집이! 왕을 죽인 중죄인 주제에 날 얕보다니……. 나야말로 놀이는 끝이다! 죽여주마. 비겁하기 짝이 없는 너 같은 녀석은 아무리 발버둥 쳐도 나에게는 이기지 못한다!!"

"재미있는 말을 하네. 비겁한 건 당신이잖아."

사실을 지적당하는 것만큼 짜증 나는 일은 없다고 생각하면서 라이너는 이를 갈았다.

"쳇, 아무래도 이해를 못 한 것 같군. 나는 말이지, 네가 여자이기 때문에 봐준 거거든? 자칫하다 죽이지 않도록 친절하게 상대해준 거란 말이다. 그런데도 그런 태도를 보이다니 용서할 수 없군."

흥분하여 눈에 핏발이 섰으며, 라이너의 정신은 이상을 일으키기 직전이었다.

그걸 내다보면서 히나타가 도발했다.

"흐—응, 그랬어? 그럼 열심히 발버둥 쳐서 그 말을 증명해봐."

이제 히나타는 방심하지 않았다.

라이너가 기사도정신을 가지고 있지 않다는 것도 이젠 이해했으니, 쓰레기 같은 자를 상대로 인정사정없이 싸울 생각이었다.

라이너도 그걸 이해했는지 얼굴을 시뻘겋게 붉히면서 소리쳤다.

"이젠 울어도 봐주지 않겠다. 좋아, 그 소원을 들어주마! 몇 번이고 몇 번이고 베고, 베고 베어주지!!"

이제 라이너에겐 압도적인 힘으로 히나타를 굴복시키고 부하와 대중들에게 자신의 실력을 과시하는 것만이 유일한 목적이 되었다. 정상적인 판단은 바랄 수도 없게 된 것이다.

그걸 알아차렸는지, 히나타가 라이너를 차가운 눈으로 바라봤다. 그 눈에는 자상함이라고는 한 조각도 보이지 않았으며 모멸의 빛으로 가득 채워져 있었다.

히나타에게 돌진하는 라이너.

히나타는 당황하지 않고 팬텀 페인을 들고 자세를 잡았다.

그리고 검이 교차했다.

"햐앗──핫핫하────!! 죽어, 죽어, 죽어, 죽어라──!!"

광기에 가득 찬 표정으로 라이너가 소리쳤다.

힘을 실어 내리친 검에는 필살의 위력이 담겨 있었──지만, 그건 이제 히나타에겐 통하지 않았다.

제대로 받는다면 팬텀 페인이라도 부러지겠지만, 정면에서 받아칠 필요는 없었다.

이젠 사양할 필요가 없었다.

신체능력은 라이너가 우위여도 히나타에겐 아무런 문제가 되지 않았다. 라이너의 검을 가볍게 피한 뒤에 갑옷의 틈새를 노려서 찔렀다.

"끄아아아악────?!"

절규하는 라이너.

격렬한 고통이 온몸을 휩쓴 뒤에야 겨우 냉정함을 약간 찾을 수 있었다.

(뭐야, 뭐냐고, 이 고통은?! 나는, 나는 힘을 얻으면서 웬만한 공격은 통하지 않게 됐을 텐데?!)

베가의 부하가 되면서 '참모'급 팬텀(요마족)의 힘을 손에 넣었다.

339

그뿐만 아니라 갓즈(신화)급의 무기와 방어구까지 주어진 지금, 히나타 같은 자에게 질 리가 없었다. 하물며 고통을 느낀다는 것은 이상한 일이었다.

자신이 보유한 '통각차단'의 효과가 발동되지 않는 것에 당혹감을 감추지 못했다. 대미지 자체는 대단하지 않았지만, 고통이 가실 기미가 없었다.

라이너를 이를 갈았다. 아까는 컨디션이 좋지 않았을 뿐이라고 생각하고 있었지만, 지금은 정말로 초조한 표정을 보이기 시작했다.

"우후후후후. 아팠어? 더 울고 소리치면서 나를 즐겁게 해봐!"

히나타는 황홀한 표정을 지으면서 요염하게 혀로 입술을 핥았다. 그 몸짓은 히나타에게 아주 잘 어울렸다.

강한 자가 약한 자를 잡아먹는 모습을 연상시켰다.

니콜라우스는 그런 히나타에게 뜨거운 눈길을 보내고 있었지만, 마사유키는 질린 표정을 짓고 있었다. 일부의 특이한 성적 취향을 가진 자 중에서 열광적인 팬을 만들어내는 이유가 바로 그 몸짓이었지만, 마사유키는 사양하고 싶었다.

(이 사람, 무서워!! 히나타 씨만큼은 절대 화나게 만들지 말자…….)

리무루의 말이 옳았다는 것을 진심으로 납득한 것이다.

그런 주위의 반응은 아랑곳하지도 않고 히나타는 라이너에게 추가타를 날렸다.

이해할 수 없는 격심한 고통이 생기는 그 찌르기가 두려운 나머지, 라이너는 필사적으로 몸을 지키려고 했다. 하지만 그런다고 피할 수 있는 만만한 공격이 아니었다.

"죽어! '데드 엔드 레인보우(칠채종언자돌격)'————!!"

히나타는 유려한 동작으로 정확하게 라이너를 찔렀다.

일격 일격이 격통을 동반하면서 라이너를 괴롭혔다.

(이, 이 정도쯤이야! 고통만 참는다면———— 으갸오오오오
오————옷?!)

정신이 망가져 있었기 때문에 참을 수 있을 리가 없었다. 애초
에 라이너는 육체적으로는 엄청나게 강화되어 있어도 정신적으
로는 여전히 미숙한 상태였다. 정신생명체인 팬텀(요마족)을 흡수
했다고 해도 마음의 방비가 강화되지는 않았던 것이다.

"사, 살려주십시오, 베가 형님! 아, 아픈 게 사라지질 않아요!!"

라이너는 자신이 받은 대미지를 회복시키려고 했지만, 마음의
상처까지는 치유할 수 없었다. 그런 권능을 가지고 있지 않으니
까 당연하겠지만, 고통이 너무 심한 나머지 패닉 상태에 빠진 라
이너는 격심한 공포와 괴로움에 의해 정상적인 판단력까지 상실
하고 말았던 것이다.

더구나 어설프게 스피리추얼 바디(정신체)가 증대해버린 만큼
고통을 맛보는 시간이 길어져 있었다.

그건 이미 죽는 게 낫겠다는 생각이 들 정도였다——.

*

싸움이 시작되었을 때 아리오스와 메인으로 싸우고 있던 것은
베놈이었다.

남은 세 명은 보조에 치중하면서 아리오스를 견제하고 있었다.

마사유키는 베놈의 교전을 바라보면서 팔짱을 낀 채 서 있었다.

솔직히 말하자면 싸움을 바라보고 있었다기보다는 그냥 서 있었다는 것이 정확한 표현이었다.

때때로 발생하는 빛이 전투가 계속되고 있다는 증거 같은 것이었다. 그걸 눈으로 보고 이해한다는 건 마사유키에겐 무모한 짓이나 다름없었다.

눈으로 좇을 만한 속도가 아니었으며, 무슨 일이 일어나고 있는 것인지 이해하는 것도 불가능했다. 단지 폼을 잡은 채 보이는 척을 하고 있던 것뿐이었다.

(——아니, 저런 걸 나보고 뭘 어떻게 하라고.)

방해가 되지는 않겠다고 생각하면서, 전투는 완전히 남에게 맡겨놓고 있었다.

마사유키는 이젠 자신의 실력을 정확하게 평가하고 있었다. 깨달음조차 얻을 수 있는 수준이었기 때문에 공포감도 줄어든 상태였다.

그래도 두려운 것은 두려웠다.

마사유키는 공포심을 덜어내려는 듯이 행복한 기억을 떠올렸다.

그렇다. 그건 오른손에 남아 있는 감촉—— 히나타의 가슴의 부드러움과 온기의 기억이었다.

(그야 뭐, 글린 씨는 부탁하지 않아도 만지게 해주겠지만, 그런 거와는 좀 다르단 말이지. 왠지 뒷일이 두려우니까 좀 아닌 것 같다는 생각이 들어.)

그런 점에서 보면 히나타는 정말 훌륭했다.

상당히 무섭기도 했지만, 불가항력이라는 이유로 용서를 받았던 것이다.

이제 후환은 걱정하지 않아도 된다.

뒷일을 신경 쓸 필요 없이 행복한 기분에 잠겨 있을 수 있었다.

그런 마사유키의 행복한 기분은 본인도 자각하지 못한 상태에서 그 자리에 터무니없는 영향을 미치고 있었다.

마사유키의 바람에 응해 행운보정을 부여한다고 하는 '럭키 필드(행운영역)'가 마사유키의 아군인 자들 모두에게 절대적인 가호를 선사하기 시작했다······.

이 세상의 진리에 도달한── 얼티밋 스킬(궁극능력) '진정한 영웅(영웅지왕)'의 진면목을 발휘한 것이다.

그런고로 베놈과 마사유키의 부하들은 비교적 유리하게 전투를 이끌고 있었다.

베놈은 지나치게 힘을 주지 않고 마치 산책하듯이 공격을 날렸다.

"둠 에너미(멸살분단파)!!"

베놈의 양쪽 손톱이 칠흑으로 물들면서 길게 늘어났다. 그 손톱의 표면을 가늘게 진동시켜서 온갖 물질을 분해하는 파동을 발사하는 아츠(기술)였다.

쳇 하고 혀를 차면서 아리오스가 회피했다. 하지만 그걸로 끝나지 않았다.

"어설프군."

그런 중얼거림을 뒤에 남겨두고 미니츠가 자세가 무너진 아리오스를 노리고 공격했다. 실로 부자연스럽게 몸을 기울여서 중력과 관성을 무시한 채 포탄처럼 돌진했다.

유니크 스킬 '거만한 자(압제자)'를 이용하여 아리오스까지의 궤도를 조정했고 장애물이 없는 길을 형성했다. 그뿐만 아니라 자신의 발밑에서 공기를 압축하여 폭발시키면서 추진력을 얻은 것이다.

미니츠는 순식간에 최고속도에 도달했고, 아리오스가 대비할 틈을 주지 않으면서 연속공격을 추가로 날렸다.

"잔챙이 주제에 멋대로 까불다니!"

턱에 박치기를 맞고 복부에 니 킥을 맞은 아리오스는 분노의 형상으로 미니츠를 노려봤다.

하지만 아리오스에겐 그럴 여유가 없었던 것이다.

"암살이라면 내 장기이기도 해."

검은 섬광이 번뜩였고 아리오스를 베었다. 완벽한 은형술로 숨어 있던 지우가 아리오스의 의식이 미니츠에게 향한 순간을 노려서 공격을 시도한 것이다.

참지 못하고 뒤로 물러나려고 한 아리오스를, 빛나는 번개를 두른 창이 꿰뚫었다. 선더 레인(뇌격대마우, 雷擊大魔雨)을 응축하여 창술과 융합시킨 버니의 필살 일격이었다.

"내가 있다는 것도 잊어버리지 않으면 안 되지."

얼티밋 인챈트(궁극부여) '얼터너티브(대행권능)'를 잃었다고 해도 한 번은 몸에 익힌 권능이었다. 버니는 황제 마사유키에게 도움이 되고자 노력했으며, 어느 정도까지는 예전의 힘을 재현할 수 있게 되었다.

그건 지우도 마찬가지였다.

참고로 미니츠는 예전보다도 강해져 있었는데, 싸움을 좋아한
다고 큰소리를 쳤던 만큼 경험을 쌓으면서 실력이 확 늘어난 것
처럼 보였다.

성격이 이상한 자일수록 강해지는 것은 강한 의지와 관계가 있
을지도 모른다. 버니는 그런 생각을 했지만, 그 생각을 말로 할
만큼 멍청하진 않았다. 지금은 솔직히 강한 동료는 든든하다는
생각을 하고 있었다.

그렇기 때문에 존재치로는 비교도 되지 않을 만큼 강한 자인 아
리오스를 상대로 네 명은 선전을 펼치고 있었던 것이다.

더구나 그 사실은 아리오스가 진지하게 싸워도 바뀌지 않았다.

"훗, 여기서 놀고 있을 여유는 없지. 진지하게 싸워줄 테니까
각오하도록 해라."

친절하게도 그렇게 선언한 아리오스의 손에는 어느새 두 자루
의 단검이 쥐어져 있었다. 갓즈급의 칼을 이용한 이도류가 아리
오스 본래의 접근 전투 스타일이었다.

(짜증 나는 녀석들…… 어중간한 실력밖에 없으면서 나를 방해
하다니…….)

아리오스는 분노했다.

이 정도면 애를 먹을 필요 없이 잔챙이들을 처리할 수 있다——고
아리오스는 믿어 의심치 않았다.

그게 방심이었다는 것은 다음 공방으로 판명되었다.

신속의 공격이 베놈을 덮쳤고, 힘들게 받아낸 검은 손톱을 베
었다. 온갖 물질을 베어버리는 진동도 갓즈급 앞에는 무력——하
게 보였다.

당연한 결과라고 생각한 아리오스는 표정을 유지한 채, 훗 하고 웃으면서 베놈을 봤다.

그건 벌레라도 보는 듯한 눈빛이었다.

이게 너와 나의 힘의 차이라고 말하는 듯이 의기양양한 표정을 지었지만, 그 표정은 있을 수 없는 사태에 의해 일그러졌다. 아리오스의 두 팔에 고통이 느껴졌던 것이다.

"하핫, 꼴좋구나! 운이 좋았어. 설마 두 군데나 찔릴 줄이야."

베놈이 웃는 소리를 듣고 아리오스의 표정이 굳어졌다.

베놈의 지적대로 아리오스의 두 팔에는 검은 손톱이 하나씩 박혀 있었던 것이다.

아리오스는 자신이 압도적으로 더 강하다고 교만하게 생각했기 때문에 베놈 일행이 자신보다 약하다고 얕보고 있었다. 그랬는데 부상을 입은 것이다.

방금 전까지는 진지하게 싸우지 않고 있었지만, 지금은 그렇지 않다. 방심하지도 않았다고 단언할 수 있었던 만큼 아리오스의 마음에도 초조함이 생기고 있었다.

"네 이놈, 이걸 노리고 있기라도 했단 말이냐?!"

"뭐, 그런 셈이지. 조금 어려울지도 모른다고 생각해서 운에 맡기고 있었는데, **오늘도** 운이 좋았군."

하나라도 스치면 다행이라고 생각했거든. 베놈은 숨기지도 않고 본심을 얘기했다.

그랬다. 마사유키와 함께 행동하고 있으면 매일 행운을 누렸다.

여자에게 인기를 얻거나 도박에서 돈을 따는 것 같은 그런 종류의 행운이 아니라서 실감은 잘 느껴지지 않았지만, 하는 일이 예상보다 훨씬 더 잘 풀리는 느낌이 들었던 것이다.

"웃기지 마라, 이 자식── 이제 봐주지 않겠다."

"바─보! 너는 아까부터 진지하게 싸우겠다고 말했잖아!"

분노에 물든 아리오스를, 베놈이 밝은 표정으로 약 올렸다.

베놈은 지금 자신을 미끼로 삼고 있었다.

이렇게 해서 아리오스의 빈틈이 커진다면 동료들이 움직이기 쉬워질 것이다.

입으로는 아리오스를 업신여기고 있는 베놈이었지만, 사실은 방심은 전혀 하지 않았다. 재빨리 절단된 검은 손톱을 재생시켰고, 자신의 의식을 아리오스의 동향에 집중시키고 있었다.

그것도 당연했다.

베놈은 자신의 힘을 과신하지는 않기 때문이다.

악마로 전생한 지 얼마 되지 않은 데다, 디아블로라는 압도적인 존재를 통해 자신의 분수를 배웠다 보니 철저하게 객관적인 시점에서 자신을 보는 버릇이 몸에 익었기 때문이다.

(역시 어렵군. 이 행운이 이어지는 동안에는 그나마 버틸 수 있겠지만, 실력으로는 완전히 밀리고 있어. 슬슬 버니와 교대하여 미끼 역할에서 공격수로 전념하고 싶은데──.)

이번에 베놈이 미끼 역할을 맡은 것은 가장 쉽게 죽지 않는다는 판단을 했기 때문이다. 평소에는 버니가 주로 방패를 맡지만 이번에는 변칙적인 역할 분담을 하고 있었던 것이다.

소위 피하는 방패라는 것이 베놈에게 요구되는 역할이었다.

아리오스의 공격은 맞으면 끝이다. 그렇다면 잘 맞지 않고 만일 맞더라도 즉사하지 않을 베놈이 적임자라는 판단을 한 것이다.

(——그래도 만약 죽으면 부활에 수백 년은 걸릴 것 같으니까 진짜 그런 일은 없으면 좋겠지만.)

그런 생각을 하면서 베놈은 신경을 날카롭게 곤두세우고 있었다.

베놈이 사실 필사적으로 싸우고 있다는 건 동료인 버니와 지우, 미니츠도 이해하고 있었다. 그렇기 때문에 서두르지 않고 연계 공격을 이어가고 있었다.

미니츠는 큰 기술을 연발하여 아리오스의 눈을 한 곳에 집중하지 못하게 하는 역할을 맡고 있었다. 그게 통하는지 아닌지는 관계없이 어쨌든 공격을 끊이지 않게 날리는 것이 목적이었다.

'공격은 최대의 방어'라고 종종 말하는데, 미니츠가 있기 때문에 베놈도 이리저리 잘 피할 수 있었던 것이다.

버니는 '인식저해'로 아리오스의 권능을 봉인하면서, 완전하지는 않지만 '산달폰'의 영향력을 줄이고 있었다.

이로 인해 미니츠의 공격이 통하기 쉬워지는 부가적인 효과도 있었다. 물론 그뿐만 아니라 제2의 방패 역할도 맡으면서 필요할 때마다 공격을 시도하여 미니츠가 자유롭게 움직일 수 있도록 배려하고 있었다.

그리고 지우는 진정한 의미로 비장의 수라고 할 수 있는 존재가 되어 있었다.

지우의 은형은 아리오스와는 다르게 지우 본인만 숨길 수 있는 성질을 가지고 있었다. 하지만 그것만으로 충분했다.

전투에서 중시되는 것은 굳이 말할 필요도 없었다.

몸집이 작은 지우는 아리오스의 시야에서 사라진 순간에 스킬(능력)을 발동시키고 있었다. 그리고 아리오스가 완전히 방심했을 때를 노려서 치명적인 일격을 날렸다.

아쉽게도 그걸 맞고 쓰러질 정도도 아리오스는 약하지 않았지만, 그래도 착실하게 대미지는 축적되고 있었다.

그야말로 한 명 한 명의 역할에 의미가 있었고, 마사유키의 '럭키 필드'의 영향도 받으면서 더할 나위 없이 훌륭한 콤보를 만들어내고 있었다.

아리오스는 자신보다 약한 상대라고 생각하고 얕보고 있었지만, 본인도 모르는 사이에 궁지에 몰리고 있었던 것이다.

(말도 안 돼. 내가 밀리고 있단 말이냐?!)

불쾌하게 생각하는 사이에도 상황은 본격적으로 악화되고 있었다.

그 사실을 깨닫지 못한 채 농락당하면서 시간만이 계속 흘러갔다.

이대로 가다간 펠드웨이의 분노를 사게 될 것이다. 그걸 잘 알고 있는 만큼 아리오스는 냉정함을 잃으면서 점점 조바심을 내고 있었다…….

*

땅바닥에 구르면서 라이너가 절규하고 있었다.

하지만 아무도 라이너를 도우려 하지 않았다.

현재 히나타가 라이너를 쓰러트렸지만, 펠드웨이는 건재했다. 베루글린드가 상대하고 있었지만 '캐슬 가드(왕궁성새)'가 있는 한 공격이 통하지 않았다.

그리고 라이너의 부하들은 지금 모스와 시엔 콤비가 막아내고 있는 상황이었다. 의외로 여유롭게 싸우는 모습이었다.

모스가 견제하고 시엔이 1대1의 상황으로 유도했으며, 니콜라우스도 아무렇지 않은 표정으로 돕고 있었다. 마법으로 움직임을 막거나 시엔의 커버에 치중하면서 전황을 유리하게 이끌고 있었다.

아리오스에게도 여유는 없었다.

그런고로 펠드웨이 일행 중에는 아무도 라이너에게 신경을 쓸 만한 여유가 없었던 것이다. 뭐, 여유가 있더라도 딱히 신경 쓰지 않는 것이 정답일지도 모른다.

그 증거로 라이너가 도움을 요청한 장본인인 베가는 정작 테스타로사를 상대하면서 히죽히죽 웃고 있었던 것이다.

"친구를 구해주지 않아도 되겠어요?"

"하핫! 저 녀석은 부하이지 친구가 아냐. 하지만 그렇군. 이제 슬슬 때가 됐는지도 모르겠어."

테스타로사는 베가의 발언을 듣고 좋지 않은 예감이 들었다.

(이 녀석, 뭔가를 노리고 있군…….)

지금까지의 싸움을 통해서 베가가 시체를 이용하여 대미지를 회복시키고 있다는 건 눈치 채고 있었다. 하지만 그것만이 아니라 뭔가 다른 권능을 숨기고 있는 것 같은 생각이 들었다.

그 예상은 정답이었다.

"넌 착각을 하고 있어. 나는 아직 진지하게 싸우지 않고 있다고. 나를 죽일 방법을 찾느라고 있는 지혜 없는 지혜를 다 짜내고 있겠지만, 그럴 필요는 없다는 말이지."

"그게 무슨 뜻이죠?"

"흥! 의외로 바보로군. 네 실력으로는 나를 이기지 못한다는 말이다!"

그 말을 듣고 테스타로사는 격노할 뻔했다.

하지만 애써 진정하면서 차가운 시선으로 베가를 관찰했다.

(이 녀석, 지금 전투 중인데도 조금씩 힘이 늘어나고 있는 것 같네. 이 오만한 태도도 결코 허세가 아니라는 뜻일까?)

그렇게 꿰뚫어 보고는 분노에 치우치는 행동을 자제했던 것이다.

그런 테스타로사에게 베가가 선언했다.

"헤헷, 슬슬 펠드웨이 씨도 초조해지겠군. 좋아, 내 비장의 수를 보여줄 테니까 절망하면서 죽어라!"

베가는 그렇게 말하면서 소리 높여 웃었다.

그리고――.

이제 막 다룰 수 있게 된 권능을, 때를 기다렸다가 해방한 것이다.

그게 악몽의 시작이었다.

"눈을 떠라, '사룡수(邪龍獸)'――."

베가는 테스타로사를 무시하고 지면에 손을 댔다.

연출이었다.

사실은 그런 짓을 할 필요도 없지만, 테스타로사 따위는 상대도 되지 않는다는 의도를 담아서 일부러 빈틈이 많은 행동을 한 것이다.

테스타로사는 낚이지 않았다.

무슨 일이 일어나려 하는 것인지 냉정하게 분석할 자세를 갖추고 있었다.

베가의 손바닥에서 사악한 파동이 일어났다. 그건 땅을 타고

퍼지더니 지면에 쓰러져 있던 라이너의 부하들을 차례로 집어삼켰다.

이미 죽은 자도, 아직 살아 있는 자도 골고루 영향을 받고 있었다. 단, 엘릭만은 피하고 있다는 건 실로 대단했다.

"모스. 전원을 한곳에 모으세요."

테스타로사의 목소리에 반응하면서 모스가 움직였다.

베가의 파동에서 보호하기 위해 마사유키가 있는 장소까지 버니 일행을 불러온 것이다.

베놈과 시엔도 예외는 아니었으며, 모두가 한자리에 모였다.

그리고 마른 침을 삼키면서 무슨 일이 벌어지는지 지켜보게 되었다.

일동의 눈앞에서 산 자와 시체가 뒤엉키면서 합쳐졌다.

그리고 썩은 내를 풍기는 사악한 생명체로 변모한 것이다.

라이너도 예외가 아니었다.

"자, 잠깐! 형님, 베가 형님――!! 살려줘요. 나도, 나도 이 더러운 진흙에―――?!"

고통을 계속 느끼면서도 베가를 향해 필사적으로 도움을 바라고 있었다.

하지만 베가는 그런 라이너를 보고 히죽히죽 웃을 뿐이었다.

라이너 따위는 처음부터 쓰고 버릴 장기 말이었던 것이다. 그래서 주저 없이 새로운 힘의 실험체로 쓸 수 있었다.

"그래, 그래, 형제. 안심해. 나에게 도움이 된다면 몇 번이든지 구해줄 테니까."

"저, 정말입니까?!"

베가는 라이너를 안심시키려는 듯이 활짝 웃었다.

그걸 보고 안도한 라이너를 시체가 녹으면서 생긴 진흙이 덮쳤다.

그 광경을 보고 아리오스는 얼굴이 창백해졌다.

"이봐, 베가! 나, 나까지 네놈의 실험대상으로 이용할 생각은 아니겠지?!"

베가는 씨익 웃었다.

"아니, 그럴 생각인데!"

"이, 이 자식──!! 용서하지 않겠다. '칠천'의 리더라고 해서 이런 횡포가 허용될 것 같으냐!!"

아리오스는 그렇게 소리치며 격노했지만, 그의 하반신은 이미 진흙에 먹혀 있었다.

"페, 펠드웨이 님! 살려주십시오! 베가가 폭주하고 있습니다. 이대로 가면 저까지──."

아리오스의 필사적인 외침은 슬프게도 펠드웨이에게 묵살되었다.

베루글린드를 상대하는 게 힘들어서가 아니라 흥미가 없었기 때문이다.

그리고 도움이 되지 않는 자가 강화된다면 그걸 막을 필요성이 느껴지지 않았던 것이다.

"빌어먹을──!!"

그런 절규를 남긴 채 아리오스도 진흙 속으로 잠겼다.

그리고 준비는 갖춰졌다.

시체가 서로 뒤엉키며 녹으면서 생긴 진흙은 몇 명의 인간 모양으로 바뀌었다.

이 세상에 끔찍한 생물이 탄생한 순간이었다.

그건 데스맨(요사족)을 만들어내는 버스데이(요사명산)을 베가의 권능으로 재현한 것이었다.

물론 효과는 같지 않았다.

그게 바로 베가의 얼티밋 스킬(궁극능력) '아지 다하카(사룡지왕)'의 '유기지배'과 '복제양산'의 진면목이었다.

베가의 말을 빌리자면 '사룡수 생산'── 자신의 충실한 하인이 될 사악한 생명체를 만들어내는 권능이었다.

탄생된 사룡수는 전부 넷. 일단은 사람의 모습을 본떠서 만들었지만, 그 모습을 한 마디로 표현하자면 이형이었다.

사룡수의 온몸은 갓즈급이 변형한 검은 비늘로 빈틈없이 덮여 있었다. 배에는 크게 갈라진 부분이 있었으며, 이가 돋아난 입 같은 모양을 연상시켰다.

등에는 검은 색의 짓무른 맹금류의 날개 두 쌍이 나 있었다. 그게 천사를 흡수한 영향인 것 같았다.

특징적인 것은 머리 부분이었는데, 목 위로는 매끈한 혹 같은 형태로 이뤄져 있었다. 그곳에 뻥 뚫린 구멍이 두 개 있었으며, 검은 어둠 속에 번뜩이는 붉은 눈이 드러나 있었던 것이다.

그건 이미 인간이 아니었다.

사악한 기운을 띠면서 꿈틀거리는 인간 비슷한 존재였다.

애초에 머리가 없기 때문에 그 눈에 지성의 빛이 깃들 수가 없었다. 그런데도 판단력은 가지고 있는 것 같았으며, 생전의 증오가 영향을 미쳤기 때문인지 히나타와 베놈 일행을 원망스럽게 노려보고 있었다.

"크와앗하하하하하!! 어떠냐? 나의 귀여운 애완동물들이! 잔챙이가 뭉쳐서 열심히 버텨본 것 같지만, 그것도 이제 끝이다. 이 '사룡수'는 너희 같은 잔챙이들 상대로는 아까울 정도의 전투력을 가지고 있으니까 마음껏 즐겨보도록 해라!!"

그렇게 말하면서 베가가 큰 소리로 웃었다.

그리고 팔짱을 끼면서 한 마디, "놀아줘라"라고 명령했다.

*

사룡수는 정상적이지 않은 생명체임에도 불구하고 전투능력은 아주 높았다.

눈은 있어도 없는 것 같았지만, 애초에 '마력감지'를 갖추고 있는지라 문제가 되진 않았다. 정확하게 주위의 상황을 파악하면서 명령에 따라 행동했다.

각각의 존재치는 240만에 달했다. 이건 충장들의 평균치를 상회하는 수치이므로 사룡수가 얼마나 위협적인지 이해할 수 있을 것이다.

물론 대치하고 있는 자들에겐 설명을 들을 필요도 없이 일목요연한 사실이었다.

"이거 진짜야……?"

베놈이 그렇게 중얼거렸다.

진심으로 위험하다고 느끼고 있었다.

아리오스를 상대로도 버거웠는데, 이 네 명은 아예 논외였다. 마사유키 덕분에 그럭저럭 싸울 수 있었지만, 이 사룡수에겐 아예 작전이나 전술이라는 것도 통하지 않을 것 같았다.

감정이라는 요소는 장점과 단점이 있다. 자존심이 강한 아리오스는 초조함을 느끼면서 원래의 힘을 발휘하지 못했다. 그런 단점을 끌어낼 수 있었던 것도 마사유키의 '럭키 필드'의 영향 덕분이었다.

하지만 지금 그런 요소는 배제되어 있었다.

지성이 없을 것 같다는 점은 유리하게 작용하는 경우도 있지만, 공격본능과 뛰어난 전투센스만이 남아 있을 것 같은 사룡수라면 오히려 철저한 전투머신이 될 수 있기 때문에 아무런 문제가 되지 않을 것 같았다.

베놈은 그걸, 엄청난 직감으로 느끼고 있었던 것이다.

"이건 섣불리 상대하면 위험하겠네."

그렇게 말한 히나타도 식은땀을 흘리면서 경계했다.

사룡수는 위험하다고, 히나타의 생존본능이 경종을 울리고 있었던 것이다.

외피를 덮은 그 검은 비늘은 히나타의 팬텀 페인으로도 뚫을 수 있을 것 같지 않았다.

가능성이 있는 것으로 보이는 곳은 눈과 배에 있는 입 부분뿐이지만…… 그것도 기대하기 힘들다고 히나타는 판단하고 있었다.

그렇기 때문에 이 자리에 속속 모인 성기사들에게 알렸다.

"대장급 이하의 모든 기사들에게 전한다. 대상에서 멀리 떨어진 뒤에 진형을 꾸며라! 저 사악한 존재를 이 자리에서 놓치지 않도록, 그리고 저 베가라는 자에게 이 이상의 힘을 주지 않도록 이 자리를 '결계'로 격리시켜야한다!"

그 명령에 성기사들은 즉시 반응했다.

각지에서 날뛰고 있던 괴물들이 무슨 이유인지 갑자기 지면으로 녹아들면서 사라졌다. 그 원인을 알아내기 위해서 이 재앙의 중심지를 찾아온 것이었는데, 이곳에서 상상을 초월하는 사태가 일어나고 있었던 것이다.

자신들의 실력으로는 감당할 수 없는 게 확실한 사룡수라는 존재를 직접 보면서 성기사들의 사기는 떨어지고 있었다. 하지만 히나타의 일갈이 그들에게 목적을 주고 투지를 부활시킨 것이다.

"그래야죠. 우리도 지금 할 수 있는 일을 합시다."

니콜라우스 추기경이 힘차게 고개를 끄덕였다.

"알겠습니다, 히나타 님."

후릿츠가 고개를 끄덕였다.

"그러네……. 이런 건 우리가 싸워봤자 희생이 늘어날 뿐이니까."

리티스도 반대하지 않았다. 공포를 느끼고는 있었지만 여기서 도망칠 수는 없었던 것이다.

"맡겨주십시오! 저희가 수행한 결과를 여기서 보여드리겠습니다."

박카스가 웃었다. 억지로 기운찬 모습을 보여주는 것이라는 걸 다들 알고 있었지만, 그 웃음소리 덕분에 신기하게도 기운이 생기는 것 같았다.

"그럼 시작하자!"

마지막으로 성기사들을 아우르면서 아루노가 소리쳤다.

그 기백에 다들 힘차게 고개를 끄덕였다.

적을 감당할 수 없다고 해서 포기하지는 않는다. 여기서 도망치면 미래는 여전히 어두울 뿐이다.

니콜라우스 추기경과 성기사의 대장급 네 명. 그들을 따르는 크루세이더즈(성기사단)의 멤버들은 수없이 훈련했던 패턴대로 행동을 시작했다.

광장을 중심으로 다섯 방향으로 흩어져 오망성을 그리듯이 진을 쳤다. 그리고 모두의 힘을 집결시킨 '격리결계'를 구축한 것이다.

이번의 적은 사악하면서도 마력요소를 에너지원으로 삼고 있지 않았다. 아니, 마력요소도 에너지이긴 했지만, 다른 힘도 받아들이고 있기 때문에 홀리 필드(성정화결계)의 효과는 한정적일 것으로 예상되었다. 오히려 이 결계 안에 악마들이 있다는 걸 생각한다면 그들의 발목을 잡을 수도 있다고 판단한 것이다.

그래서 히나타가 선택한 것은 이 자리와 결계 밖을 완전히 격리시키는 것이 목적인 '매터리얼 에어리어(만물격리결계)'였다.

그런 히나타의 선택은 테스타로사도 지지했다.

"훌륭하군요. 시엔, 베놈, 당신들도 도와주도록 하세요. 조금이라도 결계를 강화시켜두지 않으면 저 녀석은 땅속까지 먹이를 찾아갈 거예요."

그 먹이는 바로 피난한 왕도의 주민들을 말하는 것이었다.

테스타로사는 지금까지의 공방을 통해서 베가의 권능에 대해 어느 정도는 정확한 가설을 세우고 있었다.

베가의 권능의 영향권 안이라면 모든 유기물이 베가의 먹이가 될 것이다. 지금은 효과가 약하니까 넘어가고 있을 뿐이지, 대미지를 회복하다는 목적으로 언제 학살이 시작될지 알 수 없었다.

그럴 가능성이 있기 때문에 테스타로사는 공격을 늦추지 않고 있었던 것이다.

"당신들도 도와주세요."

베루글린드가 미니츠 일행에게 명령했다.

"하지만 저희는 폐하를――."

"내가 있으니까 마사유키에겐 손가락 하나도 댈 수 있을 리가 없잖아요. 알았으면 어서 가세요."

"""알겠습니다."""

미니츠, 버니, 지우. 이 세 명도 각 방면으로 흩어져서 '매터리얼 에어리어'의 유지를 도와주게 되었다. 그리하여 이 자리에는 강자들만 남게 된 것이다.

펠드웨이와 대치하고 있는 베루글린드.

여전히 베가와 맞서고 있는 테스타로사.

소년의 모습을 한 모스.

부활에 성공한 히나타와 팔짱을 끼고 있을 뿐인 마사유키.

이상 총 다섯 명이었다.

(왜 나까지 여기에 남아 있는 걸까?)

그런 의문을 품은 자가 한 명 있긴 했지만, 아무도 그에게 도움의 손길을 주기는커녕 지적조차 하지 않았다.

그리고 드디어 상황에 변동이 생겼다.

"놀아줘라."

베가가 그렇게 한마디 하자, 사룡수 네 마리가 맹렬한 속도로 일제히 움직인 것이다.

명령에 따라서 땅을 박차고, 공중으로 뛰어오르면서 각각 노리고 있던 사냥감을 향해 습격했다──.

제4장

모이는 영걸들

Regarding Reincarnated to Slime

나는 미카엘과 대치하면서 인생 최대의 위기를 맞고 있었다. 늘 맞고 있는 것 같지만. 이번에는 정말 위기였다.

미카엘의 원인불명의 공격에 의해 디아블로까지 쓰러졌으니 대처할 방법이 도저히 없다는 게 본심이었다.

내가 이렇게 여유 있게 있을 수 있는 것도 베루도라가 미궁 안에서 대기해주고 있기 때문이다. 베루도라만 무사하다면 나는 부활할 수 있는 것이다.

하지만――

정말로 괜찮을까?

《문제는 없습니다만. 불안하다면 지지 않으면 그만입니다.》

그야 그렇겠지.

시엘의 정론은 너무 정론이라서 반응하기가 난감하단 말이지.

그렇게 할 수 있다면 이런 고생은 하지 않을 것이고, 무리일 것 같으니까 고민하고 있는 데다 불안하게 생각하고 있는 거란 말이야.

《괜찮습니다. 이런 일도 있을 것 같아서 이미 수는 써 놓았――지금

바로 대응할까요?》

잠깐만?!

나는 아무 말도 듣지 못했는데, 이미 수를 써놓았단 말이죠?

왜 그걸 얼버무리려고 하는 건지…… 아니, 얼버무리려 하지 않았으니 일부러 그러는 거로군.

《죄송합니다. 그러면 이왕 하는 김에 '긴급대응 모드'를 발동해도 되겠죠?》

되겠'습니까'가 아니라 되겠'죠'라고 묻는 시점에서 발동시킬 생각이 가득하구먼…….

뭐, 좋다.

시엘이 하는 일이니까 나에게 해롭지는 않겠지.

아무래도 비장의 수도 있는 것 같으니까 조금은 희망이 있을 것으로 생각하고 싶다.

《기대에 부응할 수 있도록 최선을 다해 노력하겠습니다.》

내가 납득했다는 것을 깨달았는지 시엘의 의욕에 불이 붙은 것 같았다. 이게 어떤 영향을 미칠 것인지는 나도 잘 모르겠다. 그렇다면 고민하기보다 행동해야 할 것이다.

어차피 답은 나오지 않으니까──. 그렇다면 공격을 시도해보기로 할까.

포기하지 않고 마지막까지 싸워보겠다는 그런 비장한 기분이 아니라 상당히 마음 편한 기분이 들었다. 다음 기회를 살리기 위한 정보를 수집할 심산으로 할 수 있는 것을 전부 시험해보자는 생각을 했다.

어차피 목숨을 버릴 플레이를 하더라도 이 경험을 쓸데없이 낭비하고 싶지는 않으니까 말이지. 나는 목숨을 걸고 있으니까 조금이라도 유용한 정보를 얻고 싶었다.

그런 생각을 하면서 나는 검을 쥐고 싸울 자세를 잡았다.

하지만 역시 내 생각은 너무 안일했던 모양이다.

"절망하지 않은 것은 칭찬해주마. 하지만 너는 내 적이 되지 못한다."

미카엘이 나를 완전히 얕잡아보면서 한 그 발언을 들은 순간, 내 움직임이 멈춰버린 것이다.

아니, 멈춘 것은 나만이 아니었다.

이 세계의 모든 것이 정지해 있었다.

이 감각은 낯이 익은데——.

《역시 그랬군요.》

어, 뭐가?

《방금 전에 디아블로와 소우에이, 그리고 레온이 쓰러진 공격도 그랬습니다만. 이 '현상'은 기이 크림즌이나 클로에 오벨이 발동시켰던 것과 같습니다——.》

어, 그러면 혹시…… 그 기시감의 정체가 정답이었다는 패턴인 거야?

《그렇습니다. 이건 틀림없이 '시간정지'인 것으로 생각됩니다.》

뭐어?!

이길 수 있겠냐고, 그런걸!

반칙이잖아.

만화나 애니메이션이라면 허용될 수 있어도 현실에서 당한다면 아찔해질 뿐이라고.

'멈춰버린 세계에 도달하지 못하는 자는 아무리 강해도 도달한 자에 미치지 못한다'는 인식은 아무래도 옳았던 것 같다.

실제로 아무것도 할 수 없었다.

그 정도면 디아블로도 패할 수밖에 없겠네. 그 녀석이 지는 모습은 상상할 수도 없다고 생각하고 있었는데, 시간이 정지된다면 어쩔 수 없는 일이란 말이지.

네, 해산!

이젠 순순히 패배를 인정하고── 어, 잠깐?

지금도 시간이 멈춰 있는 거지?

왜 우리는 대화를 나누고 있는 거야?

《'긴급대응 모드' 덕분에 멈춘 세계를 인식할 수 있게 되었습니다!》

정말이야?!

역시 시엘 선생이로군!

약간 자랑하듯이 들리는 보고였지만, 지금이라면 용서하는 것은 물론이고 감사감격이었다.

이제 어떻게든 대응할 수 있겠구나──. 그렇게 생각하면서 안도했는데 그건 큰 착각이었던 모양이다.

그걸 깨달은 것은 미카엘의 검이 바로 앞까지 닥쳐온 것을 인식했기 때문이다.

당황하면서 대응하려고 했는데 몸이 전혀 반응하지 않았던 것이다.

멈춘 세계를 인식할 수 있어도 움직일 수 있게 된 것은 아니다──. 생각해보면 이건 지극히 당연한 얘기였던 것이다.

시엘이 자랑스럽게 얘기했기 때문에 어떻게든 해결할 수 있을 거라고 생각했는데……

뭐, 나 자신이 뭔가를 해낸 건 아니니까 불평을 하는 건 옳지 않은 짓이겠지.

헛된 기쁨이었지만, 이젠 됐어. 이제 포기하고 미카엘의 칼을 맞더라도 녀석이 칼을 쓰는 법이나 싸울 때의 버릇 같은 걸 기억해뒀다가 돌아간 뒤에 다음 싸움에 활용하고 싶다는 생각을 했다.

《아니오, 아직 포기하기엔 이릅니다.》

포기하기 직전이던 나를 시엘이 달래줬다.

그리고 다음 순간, 날카로우면서도 맑은 음색이 울려 퍼진 것 같은 기분이 들었다.

이 소리(감각)는 낯이 익었고, 기시감도 느껴졌다. 그때는 분명——.

"리무루 씨(선생님), 도와주러 왔어요!"

그렇다. 클로에였다.

미카엘의 검에 아무런 대응도 할 수 없었던 내 앞에 주위에 은빛을 뿌리는 것처럼 흑은발의 긴 머리카락이 살랑거리면서 나부꼈다.

그 손에 쥐어진 것은 '문 미스트리스(월광의 신녀검)'이었으며 몸에 걸치고 있는 것은 '신령무장'—— 히나타에게 받은 문 라이트(월광의 세검)와 '성령무장'이 오랜 여행을 거치면서 갓즈(신화)급에 이르게 된 것이었다.

그 주인은 말할 것도 없이 아름답게 성장한 '용사' 클로에였다.

*

그건 그렇고 클로에가 와주긴 했지만, 나는 여전히 움직일 수 없는 상태였다.

쉽게 말해서 대답하는 것도 무리라는 얘기인데——.

《문제없습니다. '정보자'는 시간이나 공간에 영향을 받지 않으며, 다양한 시점에 정보를 전할 수 있다는 것이 판명되었습니다. 그건 즉, 멈춘 세계 속이라도 사념을 전할 수 있다는 뜻입니다.》

호오?

나와 시엘의 '대화'가 바로 그 말처럼 순식간에 이뤄지고 있었다. 하지만 클로에한테서 들려오는 목소리는 약간의 시간차가 발생하고 있었다.

그 원인은 아직 불명으로 남아 있는데?

'정보자'가 시간이나 공간에 영향을 받지 않는다면, 의사전달도 순식간에 이뤄지고 있는 것 같은 기분이 드는데?

《저는 마스터(주인님)의 일부이므로, 시간적 영향은 전무합니다. 하지만 멈춘 세계 속에서 바깥의 상황을 알려고 하면 '정보자'를 날려 보내서 주위의 정보를 파악할 필요가 있으며——.》

으——음, 설명이 어렵네.

쉽게 말해서 '정보자'는 시공간의 영향을 받지 않으니까 어떤 상황에서도 움직일 수 있단 말이네. 그렇기 때문에 마력요소의 대용으로 '정보자'에 간섭하여 시계 확보나 사념 전달을 할 수 있다는 뜻이다.

즉, 이 상황에서 움직이기 위해서는 '정보자'에 간섭하기만 해도 충분하겠지. 클로에는 평범하게 말하고 있는 것처럼 보였지만, 현실세계와 혼동해서는 안 되겠군.

감각적으로는 '사고가속'을 하고 있는 게 아닐까 하는 생각이 들었지만, 그것도 아닌 것 같다. 이건 아무래도 '정보자'를 시간차 없이 교환하고 있는 것뿐이며, 그럴 수 있는 건 우리가 같은 '영혼'을 공유하고 있기 때문이겠지.

그렇다면 이 '정지세계'에서 제3자에게 자신의 뜻을 전하려고 한다면──.

《'정보자'에게 자신의 의지를 실어 보내서 상대에게 맞추면 됩니다.》

표현이 난폭했지만, 잘 이해가 됐다.

시엘은 '정보자'에게 간섭할 수 있게 되었으니까 대답하는 것은 가능하겠군.

애초에 지금의 내가 주위의 상황을 '볼' 수 있는 것도 '정보자'를 반사하고 있기 때문인 것이다.

이 '정지세계'에서는 '정보자'의 이동 속도가 일정한지 어떤지, 그런 것들이 궁금하긴 했지만 대화를 할 수 있는 것 같아서 정말 다행이었다.

『미안, 덕분에 살았어! 하지만 나는 아직 움직일 수도 없을 것 같으니까──.』

곧바로 나는 클로에에게 내 뜻을 날려 보냈다.

그러자 클로에도 나에게 맞춰서 '사념전달'로 대꾸해줬다.

『응, 알고 있어. 아니, 벌써 '사념전달'은 쓸 수 있게 되었네.』

『뭐, 어쩌다 보니.』

『그렇겠지, 리무루 씨에겐 '시엘'이 함께 있으니까. 이 정도는 할 수 있어도 이상한 일이 아닌가.』

아, 클로에도 시엘을 알고 있었구나.

《네. 클로노아를 통해서 제 존재도 발각되고 말았습니다. 그래서 이번에는 이렇게 몰래 호위하는 역할을 자진해서 맡아준 것입니다.》

369

아아, 이제 이해했다.

그게 시엘이 숨겨두고 있던 비장의 수였단 말인가.

아니, 그 전에 이렇게까지 해놓고 있었다는 건 어지간히도 위험할 것으로 추측하고 있었단 말이로군.

《네. 적이 노리는 걸 단정할 수 없었지만, 혼죠 마사유키를 노리는 건 확실했습니다. 그와 마찬가지로 마스터를 노리고 있을 가능성도 높다고 추측하고 있었습니다.》

호오, 그러니까 나를 미끼로 삼았단 말이네?

늘 지나치다 싶을 정도로 안전한 대책을 세우던 시엘치고는 보기 드문 판단을 했네.

어라?

혹시 '왕수비차'라고 했던 건······.

《네. 마스터에게 장군을 외칠 생각을 하고 있던 미카엘을 은유하는 말이었습니다.》

젠장, 당했어!

알아차리지 못한 자신이 부끄럽다.

그때의 시엘은 왠지 말끝을 흐리는 것 같은 기분이 들긴 했어.

내가 되물은 내용은 틀린 건 아니지만 정답도 아니었던 것이다. 그걸 지적할지 말지 망설이고 있었단 말인가!!

《——레온을 제정신으로 돌리기 위해서 마스터가 나설 것이라는 건 미카엘도 당연히 상정하고 있을 것이라고 생각했습니다. 그렇다면 반대로 레온을 미끼로 삼을 것으로 예상되었기 때문에 이걸 미카엘이 얼마나 중시하는지, 얼마나 많은 전력을 투입할 것인지가 쉽게 판단을 내리지 못한 이유였습니다.》

그, 그랬구나.

아니, 생각해보니 당연한 일이군. 나는 이미 베루글린드를 제정신으로 돌려놓은 적이 있으니까.

베루글린드가 자력으로 부활했다고 생각할 만큼 미카엘과 펠드웨이는 바보가 아니었다는 뜻이다.

내 생각이 얕았다는 것이 지금 막 판명된 거야…….

그야 미카엘도 레온을 다시 빼앗길 것을 경계하여 어떤 식으로든 대책을 세웠겠지. 레온이 중요해서 그런 게 아니라 그 상황을 적절하게 이용할 방법을 생각했단 말인가.

쉽게 말해서 레온을 미끼로 삼고 나를 끌어내는 것이 미카엘의 작전이었다는 뜻이다. 그리고 그걸 꿰뚫어 본 시엘이 이번 작전을 세웠다는 얘기가 된다.

내가 개입할 여지는 없었다.

설명을 들으면 단순하지만, 두 사람 다 두 수, 세 수 앞을 내다보고 있었기 때문에 도중의 과정이 조금이라도 어긋났다면 대실패로 연결되었을 것 같다.

아니, 그래서인가.

내가 나서지 않았다면 미카엘도 다른 방법을 썼을 테니까 속는 척하면서 찾아가는 것이 시엘이 상황을 예측하기 더 쉬웠다는 말이로군.

내 몸의 안전은 베루도라가 있는 시점에서 확보되어 있으니까 일부러 미카엘의 작전에 넘어가는 것이 좋겠다고, 그렇게 판단했다는 뜻이다.

《네. 물론, 마스터의 안전에 대해선 최대한으로 배려해두고 있었습니다.》

그랬겠지.

이렇게까지 예상한 대로 전개되는 건 무섭지만, 그런 시엘도 미처 계산하지 못한 것이 미카엘에게도 '시간정지' 능력이 있었다는 점이었단 말인가.

《그것도 가능성이 있다고 고려는 했기 때문에 만일을 위해서 클로에 오벨과 교섭하여 대기시켜둔 것입니다.》

그렇군, 클로에가 나설 차례는 없을 것이라고 추측하고 있었단 말이네. 그런데도 미카엘이 너무 강했기 때문에 이렇게 클로에에게 도움을 받는 결과가 되고 만 것인가.

시엘조차도 상황을 내다보지 못했을 정도라면 내가 나설 차례는 아예 없었군.

《미카엘이 '시간정지'까지 다룰 수 있다는 것이 최대의 오산이었습니다. 하지만 결과적으로는 잘 됐다고 생각합니다.》

응?
그건 왜?

《이 권능을 다룰 수 있는 자는 극소수이므로 아주 귀중한 경험을 했다고 말할 수 있기 때문입니다. '긴급대응 모드'의 개발에 성공한 것은 요행이었습니다. 이렇게 '정지세계'를 관측하다 보면 움직일 수 있게 되는 것도 시간문제일 테니까요.》

그 자신감은 여전하시군요.
시간이 멈췄는데 시간문제라는 말을 하다니, 그걸 지적하면 내가 지는 거겠지. 괜히 말꼬리 잡는 것 같으니까 지금은 솔직하게 칭찬해주자.
궁금한 것은 정말로 멈춰버린 시간 속에서 움직일 수 있게 되느냐의 여부다. 앞으로 그렇게 하지 못하면 아예 싸워볼 수조차 없으니 이 문제를 클리어하는 것이 중요한 과제인 것이다.
지금은 클로에에게 의지할 수밖에 없으니…….
어쨌든 지금의 나는 아무것도 하지 못한다.
지금은 아주 진지하게 클로에와 미카엘의 싸움이 어떻게 돌아가는지를 지켜보기로 했다.

*

클로에의 출현을 경계했는지 미카엘은 움직이려 하지 않았다.

하지만 뒤늦게 오른손에 들고 있던 검을 천천히 들어 올렸다.

"——이렇게까지 예상을 벗어난 일이 일어날 줄이야. 솔직히 말해서 믿을 수가 없는 기분이로구나."

"그래?"

"이 멈춰버린 시간 속에서 움직일 수 있는 자가 나와 베루자도 말고도 또 있었을 줄이야. 나처럼 궁극의 존재인 마냐스(신지핵)라면 또 모를까, 용케도 이 경지에 도달할 수 있었군."

이런, 미카엘은 이 타이밍에서 마냐스라는 말을 스스로 뱉었는데, 이건 함정이려나?

클로에가 반응하면 그녀의 정체에 가까워질 수 있다는 의도가 담겨 있는 것 같았다.

약간 걱정이 돼서 클로에에게 충고하려고 했지만, 그럴 필요는 없었다.

"흐——응, 그런가? 의외로 쉬웠는데."

그렇게 말하면서 클로에는 가볍게 넘긴 것이다.

그 대응을 보고 떠올렸다.

내 제자라는 이미지를 도저히 버릴 수 없었지만, 클로에는 엄연한 전사인 것이다. 오랜 시간, 기나긴 여행을 거쳐 최강의 '용사'로서 군림하고 있었던 존재이다.

클로노아라고 하는 마냐스도 함께 하고 있으므로 내가 걱정할 필요도 없었다.

"가소롭군. 너에게서 '사리엘(희망지왕)'의 반응이 사라진 상태인데, 그 이유를 대답할 마음은 있나?"

아아, 역시.

미카엘이라면 천사 계열의 얼티밋 스킬(궁극능력)을 탐지할 수 있을 거라고 생각했는데, 이 말을 통해 확정되었다. 그리고 그 반응이 사라졌다는 건 클로에는 무사히 '사리엘'을 승화시켜 자신의 힘으로 바꿨단 말이로군.

《제가 도울 것도 없었습니다. 너무나 아쉽습니다.》

그렇겠지.

권능 마니아인 시엘에게 클로에의 스킬(능력)은 군침을 흘릴 만한 물건이었을 테니까. 그 비밀을 파헤치고 있었다면 지금쯤 이미 '정지세계'에서 움직일 수 있게 되었을 것이고.

아니, 클로에가 쩨쩨하게 굴었다기보다 시엘이 너무 반칙적인 존재인 것 같단 말이지…….

"그걸 내가 가르쳐줄 이유가 있을까?"

없군.

미카엘도 대답을 기대하지 않았는지 말없이 검을 고쳐 잡았다.

"그렇다면 불확정요소는 제거할 뿐이다."

"동감이야. 나를 적으로 돌린 걸 후회하게 해줄게."

그 대화를 마지막으로 클로에와 미카엘의 싸움이 시작되었다.

그건 한마디로 표현하자면 엄청나다는 말밖에 할 수가 없었다.

관전하고 있다가 알아낸 사실이 하나 있는데, "정보자'의 이동

속도는 일정'한 것 같았다.

대화가 이뤄지고 있었으며, 시각의 반응속도 일률적이었다. 이건 '만물이 광속을 넘을 수는 없다'는 것과 같을 정도로 명확한 물리현상이었던 것이다.

그렇다면 왜 '정보자'는 광속을 넘는 것일까?

이건 속도가 그 이상이라는 얘기가 아니로군.

다른 좌표에 있을 '정보자'들끼리 시간차 없이 '정보'를 전사하고 있는 것 같았다. 얼마나 거리가 떨어져 있는가 하는 문제와는 관계없이 인식 가능한 공간에 존재하고 있는 '정보자'라면 시간차는 제로였다. 즉, '정보자'는 시공간을 초월하고 있다는 뜻이다.

우리의 대화도 이 '정보자'끼리의 정보 전사를 이용하여 이뤄지고 있는 것이다.

그럼 어떻게 움직일 수 있는 것일까?

이건 어쩌면……

《정신생명체라면 모든 물질을 '정보자'로 변질시키는 방법으로 디지털 네이처(정보생명체)의 단계에 이를 수 있을 것입니다.》

역시 그런가.

마음이나 정신도 정보라고 가정한다면 불가능하지는 않을 것 같다.

할 수 있느냐 아니냐는 다른 문제지만, 거기에 답이 있다는 것은 크다. 할 수 없다는 생각을 버리고 어떻게 하면 도달할 수 있는가에 집중해야 할 것이다.

《그 말이 옳습니다. '긴급대응 모드'를 풀가동시켜서 디지털 네이처로 진화하는 것을 목표로 삼으려고 합니다만, 괜찮겠습니까?》

물론이지, 시엘 군.

모든 걸 맡길 테니까 마음대로 하게.

──나는 거들먹거리면서 그런 명령을 내렸다.

그도 그럴 게, 지금 상태로는 할 수 있는 게 아무것도 없으니 대책이 있다면 뭐든 시험해봐야 했기 때문이다.

그런 내 뜻을 정확하게 받아들여 시엘이 활기차게 활동을 개시했다.

남은 건 결과가 나오기를 기다리는 것뿐이다.

여전히 남에게 맡기는 게 마음에 걸렸지만, 이건 이제 어쩔 수 없는 일이다.

나는 그렇게 생각하면서 단단히 마음을 먹고, 클로에와 미카엘의 싸움에 의식을 집중시켰다.

*

그건 그렇고 클로에와 미카엘의 실력이 어떤지 말하자면, 둘은 상당히 팽팽하게 싸우고 있었다.

정확히 파악할 수 없으니까 추측이 되겠지만, 신체 능력을 보더라도 호각이라는 생각이 들었다. 아니, '정보자'에 대한 간섭력이 호각이라고 해야 할 것이다.

속도는 최고치가 정해져 있는 이상, 우열을 가리는 것은 자신에 대한 간섭력이 되기 때문이다. 얼마나 능숙하게 '정보자'를 제어하고 적을 상회할 수 있는가. 그게 '정지세계'에서의 중요 포인트가 되겠지.

그리고 관찰하고 있다가 깨달은 점이 몇 가지 있었다.

우선 '정지세계'에는 방어력이라는 개념이 없다는 것이다.

클로에나 미카엘처럼 움직일 수 있는 자들은 서로의 '정보자'에 간섭함으로써 공방일체의 전투가 이뤄지는 셈이다.

그에 비해 움직이지 못하는 자들은 어떻게 되는가 하면, 일절 방어를 하지 못한 채 공격을 맞게 된다. 더구나 시간이 정지되어 있다는 것은 모든 '힘'이 작용하지 못한다는 것을 의미하는 것이다.

별의 인력이나 척력 같은 분자간력도 작동하지 않으니 종합력은 전무했다. 관성도 없는 데다 외적요인이 아무것도 없기 때문에 원형을 유지하고 있는 셈이지만 이 상태에서 공격을 받으면 어떻게 될까?

답은 간단한데, 순식간에 붕괴할 것이다.

철근 콘크리트의 벽이든, 강하고 단단한 암반이든, 심지어 강철덩어리이라고 해도 원자끼리의 결합조차 작동하지 않고 있기 때문에 저항력이 전무한 것이다.

이 세상에 버틸 수 있는 것은 존재하지 않는다는 것이 결론이었다.

온갖 물리법칙이 통하지 않는 세계라는 것은 생각해보면 무시무시한 이야기다. 무슨 일이 일어날지 알 수 없으니 섣불리 들어갔다간 큰 화상을 입을 것 같다.

'정지세계'에서 움직일 수 있는 자와 없는 자 사이에는 결코 넘어설 수 없는 차원의 벽이 존재하고 있는 것이다.

그렇게 생각하면 디아블로와 소우에이는 용케도 무사했던 거로군……

《디아블로는 예상하고 있었는지 마법을 이용한 '방어결계'를 발동시키고 있었습니다.》

이런, 새로운 사실을 알았다.

이 상황을 예상하고 있던 디아블로도 대단하지만, '정지세계'에서도 마법이 유효하다는 것은 예상 못 한 수확이었다.

《하지만, '정지세계'안에서는 마법을 발동시킬 수 없습니다. 사전 준비가 필수적이며, 그 효과가 중단되는 시점에서 끝입니다.》

그랬군, 그래서 무사했던 거구나.

미카엘이 '봐주지 말고'라고 말한 것은 추가 공격을 할 걸 그랬다는 의미가 포함되어 있었던 건가.

어, 그러면 소우에이는?

《소우에이가 무사했던 것은 그게 '병렬존재'였기 때문입니다. 지금도 당한 척을 하면서 마스터(주인님)의 그림자에 숨어서 미카엘에게 기습을 날릴 기회를 엿보고 있을 것이라 생각합니다.》

시간이 정지되어 있기 때문에 의미는 없습니다만——. 그렇게 시엘이 설명해줬다.

그 녀석이 '병렬존재'를 쓸 수 있게 되었다는 걸 완전히 잊어버리고 있었네.

그건 그렇고 역시 소우에이는 대단하군. 이번만큼은 나설 차례가 없을 것 같았는데, 평소와 마찬가지라면 정말로 믿음직한 녀석이라는 생각이 들었다.

——그런고로 '정지세계'에는 방어력이라는 개념 같은 게 없다는 게 처음 깨달은 점이지만, 또 하나 깨달은 것은 '정지세계'를 발동시키고 있는 쪽이 불리한 것으로 예상된다는 점이었다.

확증은 없지만, 내 생각이 틀리지 않을 것 같았다.

시간을 정지시키려면 상당한 에너지를 소모하는 것 같았다. 그렇다면 '정지세계'에서 움직일 수 있는 자들끼리 싸운다면 계속 정지시켜둘 의미가 없는 것이다.

이번에 미카엘이 '정지세계'를 해제하지 않는 것은 내가 참전하는 것을 꺼리기 때문이겠지.

《그뿐만이 아니라 정지와 해제를 반복하는 것이 더욱 많은 에너지를 소모하기 때문일 것으로 생각됩니다.》

아아, 그렇구나.

전기제품 같은 거로군.

그렇다면 미카엘도 '시간정지'에 익숙하지 않으니까 아까는 자기도 모르고 몇 번이나 해제한 것이 아닐까?

《그럴 것이라고 생각합니다. '정지세계'를 관측할 수 있는 자라면 누군가가 어딘가에서 '시간정지'를 발동시킨 시점에서 그걸 알아차릴 수 있으니까요.》

응, 시엘이 하고 싶은 말이 뭔지는 이해했다.

시간이라는 것은 한정된 공간에만 흐르고 있는 것이 아니다. '정지세계'는 모든 세계의 시간과 공간에 영향을 미친다는 뜻이로군.

기이와 클로에가 가볍게 싸웠을 때 이후로는 그때 느꼈던 위화감―― 시간이 정지된 감각이라는 걸 느낀 적이 없었던 것이다. 시엘이 말한 대로 아무도 '시간정지'를 발동시키지 않았다는 증거였다.

뭐, 한정된 자만이 알 수 있는 세계지만, 이 권능은 의외로 다루기 어렵겠다는 생각이 드는군. 상대가 쓸 수 있다면 의미가 없으니까―― 어, 잠깐만?

검이 상대에게 맞는 순간을 노리면 어떻게 되는 거야?

《그렇게 싸우던 것이 바로 기이와 클로에의 공방이었습니다.》

아아, 그렇구나…….

그때는 알아차리지 못했지만, 그 두 사람은 상상을 초월하는 초절기교로 싸우고 있었다는 말이잖아. 더구나 그렇게 싸우고도 가볍게 실력을 시험해본 것뿐이었으니까 알면 알수록 무시무시할 정도의 레벨이다.

즉, 나도 순간적으로 대응할 수 있도록 대비하고 있어야 한다는 말이네. 안 그러면 이 레벨의 전투에는 전혀 도움을 주지 못한다는 얘기가 되니까 말이야.

《저도 연구를 게을리하지 않도록 하겠습니다.》

그래, 잘 부탁해.

은근슬쩍 부담을 주고 말았지만, 그 말에 구원을 받은 것 같은 기분이 들었다.

나에겐 시엘이라는 파트너가 있다는 게 실로 믿음직스럽게 느껴졌다.

*

그런 고찰을 하고 있는 사이에 싸움은 우리에게 결정적으로 유리하게 돌아가고 있었다.

클로에와 미카엘이 팽팽한 싸움을 유지하고 있는 것은 그대로였지만, 내 손끝이 살짝 움직인 것이다. 그리고 조금씩 몸의 말단 부분부터 감각이 돌아오는 것 같은 기분이 들었다.

《이제 곧 디지털 네이처(정보생명체)로 진화하는 과정이 완료됩니다.》

시엘의 그 말은 그야말로 승리의 복음이었다.

1대1로 비등비등하게 싸우고 있다면 내가 참전한 시점에서 우세를 점하게 된다는 뜻이 되니까.

그리고 그때가 찾아왔다.

"나를 방해하는 시건방진 '용사' 녀석, 이제 슬슬 너에게 파멸을 선사해주마."

"그건 내가 할 말이야. 자신이 마나스(신지핵)라고 자랑했지만, 그건 그리 보기 드문 것도 아니거든."

말을 이용한 심리전도 가경에 이르렀군.

이 타이밍에 클로에도 자신에게는 '클로노아'가 함께 하고 있다는 걸 밝히고 있었다.

미카엘이 그 사실에 동요하는 바람에 약간의 틈이 생겼다.

그걸 놓칠 클로에가 아니므로——.

"잘 가, 당신의 운명은 여기서 끝이야."

냉철한 시선이 미카엘을 꿰뚫었다.

"만물이 있어야 할 모습을 보여라—— '리버스 페이트(운명유전, 運命流轉)'——!!"

긴바늘과 짧은바늘을 시사하는 그것은 시계방향과는 반대인 회전을 가속시켰다.

이 '정지세계'에서도 클로에의 권능은 건재했던 것이다. 그걸 마지막의 마지막까지 눈치채지 못하게 숨겨놓았다가 결정타로서 선보였다.

그 효과는 극적이었다.

만물이 있어야 할 모습을 보이라고 클로에는 말했지만, 그건 말 그대로의 의미가 아니었다. 클로에가 그렇게 존재하라고 생각하는 모습으로 바뀌는 것이다.

그러므로 '돌아가라'는 명령이 아니었다.

그리고 그 오의, '리버스 페이트'를 맞은 미카엘은 어떻게 되었는가 하면…….

"내가, 나는…… 대체 무슨 짓을……? 나라니, 나는 누구였지————?"

루드라의 육체에 깃들어 있던 허망한 존재. 주인을 잃고, 존재이유를 잃고, 그 허무함을 메우기 위해서 미쳐버린 권능. 그 정체는——.

"얼티밋 스킬(궁극능력) '미카엘', 인가."

권능의 효과로 인해 유지되고 있던 루드라의 육체가 내포되어 있던 지나치게 거대한 힘을 버티지 못하면서 무너지기 시작했다. 클로에의 손에 의해 단순한 권능으로 돌아간 지금, 숙주를 유지할 이유도 잃어버린 것이다.

그 허무를 앞에 두고 클로에가 자상하게 말을 걸었다.

"가야 할 길을 잃었다면 나와 함께 갈래?"

응? 하고 생각했지만, 나는 말 없이 상황을 지켜보기로 했다.

『——?!』

나와 마찬가지로 미카엘—— 아니, 마나스로서의 자아가 흐려지면서 단순한 권능으로 돌아간 '미카엘(정의지왕)'도 그 제안에 당황하고 있는 것 같았다.

클로에의 제안은 이대로 사라질 것인가, 클로에 자신을 주인으로 삼고 이 세상에 머무를 것인가, 둘 중 하나를 고르라는 뜻이기 때문이니까 말이지. 그리 쉽게 답을 낼 수가 없을 테고, 이대로 '미카엘'이 소실되면서 시간이 움직이는 게 먼저일 것이라고 생각했는데── 그 순간, '정지세계'에 '세계의 언어'가 울려 퍼진 것이다.

《개체명 : 클로에 오벨에게 '용기, 희망, 정의'의 3요소가 모인 것을 확인했습니다. 이로 인해 얼티밋 스킬 '사리엘'의 부족한 요소가 메워지면서 얼티밋 스킬 '요그 소토스(시공지왕)'로 완전통합을 개시…… 성공했습니다. 얼티밋 스킬 '요그 소토스'가 얼티밋 스킬 '요그 소트호트(시공지신)'로 완전 진화했습니다.》

굳이 설명을 듣지 않아도 엄청나게 강화되었다는 것을 명백히 알 수 있었다. 클로에의 내부에선 본인이 자각하지도 않은 상태에서 궁극진화가 이뤄진 것이다.

"클로에, 너…… 괜찮아?"

"응. 리무루 씨, 난 진정한 의미로 '클로노아'와 일체가 된 것 같아."

클로에의 변화를 직접 본 나는 그런 것 같다는 생각을 하고 있었다.

희미하게 남아 있던 어린아이 같은 분위기가 사라지면서 성인 여성을 연상케 하는 요염한 분위기가 완전히 몸에 밴 것처럼 느껴졌기 때문이다. 그건 '클로노아' 쪽의 특징이었으므로 어쩌면──.

쪽♪

《——?!》

응?

"잠깐, 클로에, 너, 지금 무슨 짓을——."

클로에가 갑자기 나에게 키스를 했다.

무슨 말을 하고 있는 건지 나 자신도 잘 모르겠지만, 갑자기 클로에의 아름다운 얼굴이 가까이 다가온다 싶더니, 갑자기 입술에 부드러운 감촉이 느껴졌던 것 같다.

이건 불가항력이었다.

피할 수 있었는지 아닌지에 대한 검증은 할 필요가 없겠지.

"우후후. 나는 이제 어른이니까."

그러네, 인정해줄게.

하지만 말이지, 그런 기습은 안 된다고 생각해.

뭐, 나였으니까 다행이지, 이게 레온이라면 큰일 날 일이거든?

나는 괜찮지만 말이지, 나는.

그렇게 누구에게랄 것도 없는 변명을 하고 말았다.

하지만 왜 클로에는 갑자기 키스를…….

"그거, 리무루 씨에게도 필요하잖아? 왠지 그런 생각이 들어서 나도 모르게 그, 만."

그런 식으로 귀엽게 말해도 말이지…… 어, 나한테 뭐가 필요하다고?

《——쳇. 뇌물이라니 교묘한 수단을 동원했군요……. 클로에한테서

'사리엘'의 잔해를 수령했습니다. 다른 방법이 있었을 것이라 생각하므로 앞으로는 기습에 대한 경계를 더 엄밀히 하겠습니다.》

어라, 방금 혀를 찬 거야?
아니, 그렇게까지 경계하지 않아도…….

《더 엄밀히 하겠습니다.》

아, 네.
무슨 이유인지, 더 이상 거역했다간 위험할 것 같았다.
시엘이 하고 싶은 대로 놔두는 게 좋겠다고 생각했기 때문에 나는 화제를 바꿔서 이 분위기를 얼버무려 넘기기로 했다.
"그건 그렇고 '클로노아'와 일체가 되었다고 했는데, 클로에는 이제 어린아이의 모습으로는 돌아가지 못하는 거야?"
"아, 그건 괜찮아."
갓난아기에서 노파까지 외모가 자유자재로 변할 수 있게 되었다고 한다. 그게 의미가 있는 건지 아닌지는 일단 넘어가기로 하고, 켄야와 다른 아이들을 놀라게 할 일이 없다는 것에는 일단 안심했다.
"그럼 '시간정지'를 해제할게."
미카엘의 뒤를 이어받아서 지금은 클로에가 시간을 멈추고 있었던 모양이다. 그것도 마치 호흡하듯이 자연스럽게 말이다.
얼마나 강해진 것인지 제대로 상상도 되지 않을 정도였다.
마나스(신지핵)의 보조가 없어도 자신의 권능을 충분히 다룰 수 있는 것 같았다. 적어도 시엘에 의지하는 나보다 더 상위에 속하는 존재라는 건 굳이 말로 할 필요도 없는 사실이었다.

이런, 감탄하고 있을 때가 아니지.

"그 전에 하나 확인할게. 아마 내 생각이긴 한데, 이다음에——."

"응, 알고 있어. 흡수한 힘이 생각보다 작았으니까 그 예상이 맞을 거라 생각해."

"알았어. 그렇다면 이번에는 나에게 맡겨줘. 그리고 너는 무리하지 말고 푹 쉬어."

나는 일부러 힘을 준 말투로 말하면서 클로에를 타일렀다.

클로에는 여전히 기운차 보였지만, 이 정도로 급격한 진화를 했으니 무사할 리가 없다. 지금은 우격다짐으로라도 푹 쉬게 해야 한다.

"우후, 날 걱정해주니 기쁜데."

"그렇게 말해도 안 속아."

그런 식으로 귀여운 미소를 보여줘도 나는 레온과는 다르다. 지금은 단단히 마음을 먹고 어른의 관록을 보여줄 때이다.

"알았어. 그러면 잠시 얌전히 있을게. 그 대신 절대 지지 않을 거지?"

"물론. 클로에 덕분에 시간이라는 개념도 이해했는걸."

"후후, 그러네."

나는 클로에에게 승리를 약속했다.

뭐, 지더라도 인정할 생각이 없으니까 거짓말을 한 게 되지는 않을 것이다.

그렇게 얘기를 끝내면서 클로에는 '시간정지'를 해제했고 세계는 다시 시간을 새기면서 움직이기 시작했다.

＊

나는 미카엘과 대치한 상태에서 시간이 멈춰져 있었지만, 그걸 인식하지 못하는 자가 본다면 미카엘이 갑자기 사라지고 클로에가 나타난 것처럼 보였을 것이다.

구체적으로 말하자면, 소우에이가 황급히 '사념전달'로 내게 말을 걸었다.

『리무루 님, 죄송합니다. 적의 모습을 놓쳤――.』

『괜찮아. 하지만, 아직 나오지 마라.』

『――?! 알겠습니다!!』

소우에이는 그 말만으로 모든 것을 깨달았다.

유능 오브 유능인 덕분에 길게 설명할 필요가 없는 건 다행이었다.

그리고 나는 뻔뻔하게 연기를 시작했다.

"야아, 클로에. 도와주러 와줘서 고마워. 조금만 늦었으면 당했을 거야."

"후훗, 리무루 씨는 연기가 서투네."

시끄러워!

나는 기본적인 성격이 솔직하기 때문에 누군가를 속이는 게 어울리지 않는 것뿐이다.

"이제 됐어. 속이는 건 그만둘래. 클로에, 너는 이제 돌아가서 푹 쉬도록 해."

"알았어. 그러면 믿고 기다릴게."

그런 말을 남기고 클로에는 나와의 약속을 지키기 위해 템페스트(마국연방)로 돌아갔다. 지금부터는 미궁 안에 있는 자신의 방에서 급격한 진화의 후유증을 치유하게 될 것이다.

그리고 나는 아무도 없는 공간을 향해 씨익 웃어보였다.

"나와, 거기 숨어 있지?"

"……내 기운은 완벽히 '은폐'되어 있을 거라고 생각했는데, 어떻게 눈치챘지?"

어떻게 눈치챘느냐고 물어도 그게 흔한 패턴이기 때문이라고 대답할 수밖에 없겠군.

내 경우는 감이었다.

싸움에 승리했다고 생각한 순간이 바로 빈틈이 가장 커지는 때라는 건 상식이다. 그렇다면 반드시 '병렬존재'를 숨겨뒀을 것으로 생각한 것이다.

아니, 나라면 확실히 그렇게 했을 것이다.

내 경우엔 베루글린드나 소우에이와는 달리 의식을 분할할 수가 없으므로 그 방법은 선택할 수가 없지만, 가능하다면 그런 전법을 채용했을 것이다.

미카엘이라면 당연히 그런 대책을 준비했을 것이라고 확신하고 있었던 것이다.

그렇게 생각해서 클로에에게 충고하려고 했더니, 오히려 미카엘이 '병렬존재'를 사용하고 있다고 가르쳐준 것이다.

클로에가 받아들인 것은 미카엘의 일부였다. 하지만 '미카엘(정의지왕)'의 모든 정보는 망라되었으며, 그걸 받아들이면서 미카엘의 대책이 뭔지도 알아차릴 수 있었던 것이다.

이대로 미카엘이 기습해오기를 기다릴 예정이었지만, 귀찮아서 그만두기로 했다. 지금은 정면에서 타파하여 시시한 야망을 끝내줘야겠다는 생각을 한 것이다.

"그렇군. 내 생각을 읽은 것뿐이지 권능을 간파한 건 아니었단 말이로군. 하지만 그렇다고 쳐도──."

아주 약간 놀라는 표정을 보이면서 미카엘이 나에게 말했다.

"설마 했는데, 내 '병렬존재'를 이길 줄이야."

"뭐, 그렇게 됐네. 내가 아니라 아까 그 여자애가 이긴 거지만."

"'용사' 클로노아라. 이 정도의 존재로 성장할 줄이야. 너무 만만하게 보고 있었던 것 같군."

"클로노아가 아니라 클로에야. 뭐, 너는 여기서 끝날 테니까 정정해서 기억해둘 필요는 없어."

나는 그렇게 말하면서 가볍게 몸을 풀었다.

오랜만에 최선을 다해서 싸워볼 생각이었다. 면밀하게 신경 써서 준비운동도 하고 말았다.

"가소롭군. '용사'의 뒤에 숨어 있기만 했으면서 용케도 그런 큰소리를 칠 수 있구나."

"그렇게 볼 수도 있겠지. 하지만 말이야, 클로에는 내가 가르친 학생이었거든. 여기서 교사로서의 위엄을 보여주지 않으면 내가 설 자리가 없지 않겠어?"

내가 그렇게 대구하자 미카엘은 무표정으로 차가운 시선을 보낼 뿐이었다.

내가 하는 짓이 이해가 되지 않는다고, 그 표정이 대신 말해주고 있었다.

뭐, 그렇겠지. 시간을 멈출 수 있는 녀석의 입장에선 나 같은 놈은 안중에 없을 테니까.

그래도 그건 방금 전까지의 이야기다.

"마왕 리무루, 학습능력이 없는 녀석이구나. 너는 내 일에 방해는 되지만, 적이 될 수는 없는 존재라고 가르쳐줬을 텐데. 분수를 깨닫고 어서 이 세상에서 사라지도록 해라."

죽으라고 말하는 거야?

그건 당연히 싫지.

"군말은 됐으니까 어서 덤벼."

내가 그 말을 끝내자마자 시간이 멈췄다.

승리를 확신한 표정으로 휘두른 미카엘의 검이 나에게 닥쳐왔다.

하지만 안 됐군!

나도 이 '정지세계'를 내 것으로 소화했단 말이지.

소리가 없는 세계에도 검과 도가 서로 부딪치는 환청이 울려 퍼졌다.

"설마, 너?!"

"익히고 말았거든. 멈춰버린 세계에서 움직이는 요령을 말이야!"

그렇게 소리친 나는 표정을 바꾸면서 미카엘과 마주 보며 섰다.

미카엘을 적으로 단정했다.

그건 미카엘도 마찬가지였다.

나를 쓰러트려야 할 적으로 인정했는지, 얕잡아보던 태도가 사라진 것이다.

그리고 우리는——.

이번에는 진정한 의미로 세계의 운명을 걸고 대치하게 되었다.

⬤

베루글린드는 곤경에 처해 있었다.

무슨 일이 있어도 마사유키를 지키겠다고 큰소리를 쳤지만, 그 걸 허용할 정도로 펠드웨이는 만만하지 않았던 것이다.

"날 우습게 봤군. 베루글린드여, 나를 한 손으로 상대할 생각 이냐?"

"그래요. 당신 정도는—— 뭐야, 그 기운은?!"

지금까지 방어에 치중하고 있던 펠드웨이가 베루글린드 앞에 서 숨겨두고 있던 힘을 해방한 것이다. 그건 그야말로 베루글린 드와 동등—— 아니, 그 이상의 수준에 달할 정도였다.

"보나 마나 '병렬존재'가 있으니까 자신이 유리하다고 생각했겠 지만, 그건 나도 쓸 수 있다. 네가 마사유키를 구하러 올 생각이 었다면, 나도 최선을 다해서 저지하도록 하지."

"쳇, 여전히 불쾌한 성격을 가지고 있군요. 나는 당신이 정말 싫어요."

"그런가? 그거 유감이로군."

펠드웨이의 천연덕스러운 대꾸를 들으면서 베루글린드는 얼굴 을 찌푸렸다.

옛날부터 펠드웨이는 오빠인 베루다나바의 부관 자격으로 베 루글린드에게 쓴소리를 하던 존재였다. 그때를 떠올리자 베루글린드는 한층 더 짜증이 나고 말았다.

그리고 현실도 힘든 상황이었다.

베루글린드는 펠드웨이를 상대하는 것만으로도 한계였고, 가장 믿을 수 있는 테스타로사도 베가의 본체와 대치하고 있었다. 그렇다면 사룡수 네 마리를 상대할 수 있는 아군의 수가 모자랐다.

(펠드웨이를 너무 만만히 보고 있었던 것 같네. 그 세 명을 이 싸움에서 제외한 것이 실수였을까? 아니야, 그렇게 하지 않았으면 '매터리얼 에어리어(만물격리세계)'을 유지할 수 없었을 테니까…….)

미니츠, 버니, 지우를 각지에 파견하지 않았다면 '매터리얼 에어리어'의 강도가 약해졌을 것이다. 그랬다면 베가가 힘으로 밀어붙여 지면을 파낸 뒤에 피난 중인 왕도의 백성들을 잡아먹고 에너지를 보충하는 걸 막을 수가 없었을 것이라는 생각이 들었다.

그러므로 베루글린드의 지시는 결코 잘못된 게 아니었지만, 마사유키를 가장 중요하게 생각하는 그녀의 입장에선 잘못된 선택을 한 것일지도 모른다는 생각이 들어서 불안해졌던 것이다.

마사유키를 지킬 수 있는 자는 테스타로사의 심복인 모스와 '성인' 히나타뿐이었다. 사룡수 네 마리를 막을 수 있을 거란 생각이 들지 않다보니 베루글린드의 마음에 초조함이 생기고 있었다.

"그건 그렇고, 당신은 세 마리를 동시에 상대……할 수는 없을 것 같네."

"빨리 이해해줘서 고맙긴 한데, 실망했다는 눈으로 보는 건 그만해주시겠습니까? 나도 열심히 싸우고 있는 거라고요!"

그런 히나타와 모스의 대화가 들려오는지라 한층 더 걱정이 되었던 것이다.

히나타와 모스는 각자 두 마리를 견제하면서 싸우고 있었다. 하지만 그게 한계였고, 도저히 쓰러트릴 수 있는 분위기가 아니었다.

실제로 이건 상당히 건투하고 있는 편이었다. 사룡수의 전투경험이 적기 때문에 대처할 수 있었던 것뿐이며, 두 사람 다 전투능력으로는 밀리고 있었던 것이다. 이 이상을 기대하는 건 무모했다.

그리고 테스타로사도.

"이제 겨우 '매터리얼 에어리어'가 완성되었네요."

"그게 어쨌다는 거냐?"

"이제 사양하지 않고 당신을 죽일 수 있다는 의미에요."

그렇게 말하면서 맹공을 개시한 것까지는 좋았다. 하지만 그 후에 불사신인 베가에 밀리면서 고전을 강요당하게 된 것이다.

테스타로사 쪽이 압도적으로 레벨(기량)은 높았다. 존재치에는 몇 배의 차이가 있었지만, 결코 이기지 못할 상대는 아니었던 것이다.

그런데도 베가는 전투 도중에 진화하고 만 것이다.

아리오스를 잡아먹고 그의 힘까지 추가되었다.

그리고 지금, 사태가 악화하는 일이 일어나고 말았다.

테스타로사 쪽은 알 도리가 없었지만, 미카엘의 '시간정지'가 발동한 것이다.

위화감을 느끼면서 당황한 것은 베루글린드와 테스타로사뿐이었다. 두 사람 다 즉시 지금 일어난 현상이 뭔지 깨닫고 있었다.

시간이 다시 움직이기 시작한 뒤에 다급하게 굴어봤자 모든 것은 이미 끝난 상황이다. 그걸 이해하고 있었기 때문에 두 사람 다

서두르지는 않았다.

단지 작은 빈틈이 생겼을 뿐이다.

그리고 그 정도라면 마사유키의 '럭키 필드(행운영역)'로 상쇄될 것이다.

그랬는데 네 번째로 위화감이 느껴졌을 때 마사유키에게 이변이 일어난 것이다.

"어라?"

그런 중얼거림과 함께 마사유키가 그 자리에 무릎을 꿇었다. 급격한 현기증을 느껴서 그랬던 것이었는데, 그 시점에서 권능의 효과도 사라지고 만 것이다.

"마사유키?!"

그렇게 베루글린드가 걱정하는 목소리가 울려 퍼졌고——

"하하하! 딴 데를 보고 있으면 안 되지!"

테스타로사의 빈틈을 파고들 듯이 베가가 공격을 시도했다.

히나타와 모스도 안 그래도 고전 중이었는데 행운의 효과마저 사라지는 바람에 너무나도 어려운 곤경에 처하고 말았다.

마사유키의 컨디션이 흐트러진 것만으로 일동은 절체절명의 위기에 빠진 것이다.

그리고 최악의 순간이 찾아왔다.

마사유키 쪽으로 의식을 돌린 베루글린드가 보여줘선 안 되는 빈틈을 드러내고 만 것이다.

그걸 놓칠 만큼 펠드웨이는 안일하지 않았다.

"내 승리다!"

그렇게 외친 펠드웨이의 검이 베루글린드의 가슴을 꿰뚫었다.

*

마사유키는 눈앞에서 일어나고 있는 현실을 이해하지 못했다.

어떤 상황에서도 대담하게 미소 지으면서 자신만만하게 늘 자신을 소중하게 대해주던 여성이 가슴을 붙잡으면서 지면에 무릎을 꿇은 것이다.

그건 있어선 안 되는 사태였다.

펠드웨이는 터무니없는 괴물이기 때문에 자신의 힘으로는 도저히 감당할 수 없으며, 글린 씨까지 패할 정도라면 이젠 도망치는 것 말고는 방법이 없었——지만, 그딴 건 아무 상관 없이 마사유키는 자신의 마음이 무엇을 느끼고 있는지 다시 바라봤다.

격렬한 분노.

머리끝부터 발끝까지 온몸을 휘감으면서 발산될 것처럼 강한 분노를 느끼고 있다는 것을 깨달았다.

"이 자식, 무슨 짓을 한 거야?"

생각했던 것보다 작은 목소리가 마사유키의 입에서 흘러나왔다.

펠드웨이가 그에 반응했다.

"음? 네놈이 원래 죽이려던 목표지만 잠시 기다려라. 기왕이면 여기서 베루글린드를 완전히 죽인 뒤에——."

그 말은 마지막까지 나오지 못했다.

"내 여자에게 무슨 짓을 한 거냐고 묻고 있잖아!"

눈에 보이지도 않을 속도로 한 발을 내디딘 마사유키가 레이피어(세검)를 옆으로 휘둘러서 펠드웨이를 가격했기 때문이다.

경량화와 강도 증강을 주된 목표로 삼고 쿠로베가 만들어낸 그 칼은 일단은 유니크(특질)급에 해당하는 무기였다. 하지만 갓즈(신화)급으로 보호받고 있는 적을 마구잡이로 때려서 무사히 넘어갈 리가 없었다.

그 일격으로 파앙 하고 부서지면서 흩어지고 말았다.

하지만 마사유키는 신경 쓰지 않았다.

허를 찔리면서 한 걸음 물러난 펠드웨이를 무시하고는 베루글린드를 안아 든 것이다.

"——마사유키?"

"이제 괜찮으니까 안심해."

"설, 마……."

"뒷일은 내가 알아서 해결할게. 편안히 쉬고 있어, '글륀'."

"아아——!!"

베루글린드의 두 눈에서 눈물이 흘러나왔다.

그 이름은 사랑하는 사람이 자신을 부를 때 쓰던 애칭이었으며, 그걸 알고 있는 자는 이 세상에 단 한 사람——.

"어서 와요, 루드라!"

"그래. 잠깐이지만 돌아왔어."

그렇게 말하면서 마사유키에게 깃든 루드라가 웃었다.

지금부터는 반격의 시간이었다.

＊

펠드웨이가 불쾌한 표정으로 눈썹을 찌푸렸다.

"루드라라고? 무슨 헛소리를——."

"흥! 펠드웨이, 네 상대는 내가 해주겠지만, 다른 녀석들도 왠지 고전하고 있는 것 같군. 잠깐 도와주지. 와라, 그란. 다무라다, 너도!"

루드라가 부르는 소리에 응하듯이 시공이 일렁거렸다.

'매터리얼 에어리어(만물격리결계)'를 완전히 무시하면서 그 자리에 두 명의 인물이 소환된 것이다.

"이것 참. 마리아와 아름다운 나날을 보내고 있었는데, 죽은 뒤에도 사람을 마구 부려먹는 스승이로군."

맨 처음 불린 흰색에 가까운 금발의 남자가 그렇게 투덜댔다.

그런 뒤에 수리처럼 날카로운 시선으로 주위를 둘러보다가 훗하고 웃었다.

"히나타여, 불초한 제자여. 내가 가르친 자 중에서 최고의 재능을 가진 네가 아직도 '용사'가 되어 있지 못하다니, 한탄스러울 뿐이로구나."

그 말을 들은 히나타는 그 인물의 '이름'을 떠올리면서 경악했다.

"설마, 당신은……."

"그때는 보여주지 못했으니까 이번에야말로 제대로 된 시범을 보여주마. 눈을 크게 뜨고 똑똑히 봐라!"

"——그란베르 옹?!"

옹이라고 부르기에는 너무 젊었지만, 그는 틀림없이 그란베르 로조였다. 생전의, 가장 강했던 모습으로 그란베르가 이 땅에 내려온 것이다.

"와라, 트루스(진의의 장검)."

그란베르는 애검을 불렀다.

아공간에 수납되어 있던 트루스는 갓즈급의 광채를 여전히 유지한 채 그란베르의 손에 나타났다.

그리고 다음 순간.

오버 블레이드(초절성검의, 超絕聖劍義)—— 트루 슬래시(진의영패참, 眞意靈覇斬)가 사룡수 중의 한 마리를 아무렇게나 베어버리더니 산산조각으로 바꾼 것이다.

"말도 안 돼……."

히나타와 모스의 고전을 비웃는 것처럼 너무나도 쉽게 그란베르의 승리로 끝났다.

*

그란베르에 이어서 나타난 남자는 루드라를 향해 무릎을 꿇었다.

"폐하, 오랜 잠에서 깨어나신 것을 보니 기쁘기 그지없습니다!"

그런 다무라다를, 루드라가 황당하다는 듯한 표정으로 봤다.

"갑자기 왜 예의를 차리는 거야, 다무라다? 너, 그런 성격이었냐?"

"훗, 그 모습을 오랜만에 보니 반갑구나, 친구여. 너 때문에 내가 얼마나 고생했는지 아냐?!"

"미안해. 기억에 없어서 모르겠어."

"아아, 그랬지. 너는 그런 녀석이었어! 알고 있었다고!!"

다무라다는 그렇게 말하면서 화를 냈지만, 그의 눈에선 뜨거운 눈물이 흘러나오고 있었다.

"울지 마, 미안하다니까."

"그게 아니지만 이제 그걸로 충분합니다. 약속을 지켜줬으니까 저는 만족합니다."

전생해도 루드라는 루드라였다.

다무라다가 충성을 맹세한 루드라는 '마왕'을 통해 관리하는 사회를 거부하고 자신들의 손으로 조화가 잡힌, 모두가 행복하게 살 수 있는 세상── '통일국가의 수립'을 목표로 삼고 있었다. 그랬는데 몇 가지의 비극이 겹치면서 그 꿈을 잃어버리고 루드라의 마음은 마모되어갔다.

그런 주군에게 아무것도 해줄 수 없는 무력한 나날을 분하게 여겼다──. 그러나 이제는.

마사유키라는 소년 안에 과거의 루드라가 찬연히 나타난 것이다.

예전과 무엇 하나 다르지 않은 주군의 모습을 본 것만으로도 다무라다는 만족했다.

"그런가? 아직 꿈은 반 정도밖에 이뤄지지 않은 것 같은데──."

"훗, 포기하지 않으면 꿈은 이뤄지는 거잖아?"

"나라면 그렇지."

"후후후, 루드라 님 답군. 자, 오래 이야기를 나누고 있을 때도 아니고, 나도 그란에게 질 수는 없으니까 슬슬 시작해보겠습니다."

호쾌한 미소를 지은 다무라다가 루드라와의 대화를 마쳤다.

그리고 망설임 없는 걸음걸이로 모스 옆에 섰다.

"우리 제국을 오랫동안 괴롭히던 대악마가 이런 꼴이란 말인가."

"쳇, 나한테도 사정이란 게 있다고……."

"변명을 하는 건가? 뭐, 들어줄 마음은 없지만 말이지."

"너, 옛날 성격으로 돌아온 것 같은데."

"당연하지. 나는 언제나 루드라의 벗이자 폐하의 충실한 신하니까. 폐하가 안 계시는 동안은 몸에서 힘을 좀 빼도 되잖아."

"지금은 적으로 싸우는 게 아니니까 뭐, 상관없지만."

모스는 그렇게 말하면서 가볍게 어깨를 으쓱했다.

그런 모스를 보며 웃은 뒤에 다무라다는 한 걸음 앞으로 내디뎠다.

"자, 끝을 내자고."

다무라다는 그렇게 말하자마자 허리를 숙이고 발꿈치를 세운 자세를 잡았다. 오른발에 체중을 싣고 대지와 일체가 되더니 그대로 땅을 미끄러지듯이 '축지'를 실행했다. 고무술의 보법과는 완전히 다른 원리로 다무라다의 몸이 포탄처럼 앞으로 나갔다.

그리고 그대로 사룡수와 교차했고——.

"성패붕권!"

타격이 적중된 부위를 통해 투기가 온몸으로 전달되었다. 그걸 차단할 방법은 없기 때문에 사룡수는 정신까지 함께 붕괴하고 말았다.

"실력이 여전한 걸 보니 나도 안심이 되는걸."

실로 달갑지 않다는 표정으로 모스가 칭찬했다.

"그러면 다음은 네 차례야."

"그렇게 되겠군."

진심으로 진절머리를 치면서 모스도 그렇게 말하며 동의했다.

*

오래된 적이 건재한 모습을 보고 모스는 옛날에 옥신각신 다퉜던 일과 씁쓸한 기억을 떠올렸지만, 그런 것과는 상관없이 지금은 자신이 해야 할 일을 할 뿐이었다.

모스는 패하는 게 싫었다.

지는 것뿐이라면 괜찮지만, 테스타로사(무서운 상사)에게 질책을 당하는 게 정말 싫었다.

그것만은 허용할 수 없기 때문에 지지 않는 전법에 주안을 두고 있었다.

이번에는 즉시 이기지 못하겠다는 판단이 들었다. 그래서 시간 벌이에 치중하고 있었지만, 상대가 한 마리뿐이라면 얘기는 크게 달라진다.

"한 마리뿐이라면 이길 수 있겠는걸."

그렇게 중얼거리면서, 오랜만에 진지 모드를 선보이기로 했다. 대기 중에 흩어져 있던 극소의 '분신체'를 집합시켜 진짜 모습으로 돌아온 것이다.

그 자리에 나타난 것은 은발에 푸른 눈이 돋보이는 미남자였다.

지옥의 대공이자 '태초의 악마'에 버금가는 실력자. 그게 바로 모스였다.

주인인 테스타로사의 성장에 따라서 모스 자신도 나날이 그 힘이 늘어나고 있었다. 그 존재치는 테스타로사에게 보고했던 '107만 9397'을 훨씬 넘었고, 지금은 150만에 달해 있었다.

더구나 그가 손에 들고 있는 것은 무수히 많은 차크람(원월륜)── 루프 어뉼러스(무한원환)였다.

모스가 진화함과 동시에 루프 어뉼러스도 갓즈(신화)급에 이른 상태였다. 그 힘까지도 완전히 받아들인 지금의 모스의 존재치는 사룡수를 능가하는 250만에 달해 있었다.

그런 모스가 진지하게 싸운다면──.

"죽어버려라── '인피니트 이터(허식무한옥, 虛喰無限獄)'."

모스가 기술을 발동시킴과 동시에 그의 몸이 일렁거렸다.

투명해지고 세분화되면서 사룡수를 감싸기 시작했다.

"──크카악?!"

감정이 없는 눈으로 모스를 봤고, 그 후에는 자기 자신이 움직이지 못하게 되었다는 걸 깨달으면서, 사룡수는 명령을 수행하지 못하는 것에 당황했다.

하지만 그것도 짧은 시간이었다.

모스의 공격은 자신의 육체를 모체로 삼아서 발동시키는 암흑 마법이며, 유니크 스킬 '수확하는 자(채집자)'의 효과도 부여된 아츠(기술)로서의 특성도 같이 가지고 있었던 것이다. 그리고 그 효과는 자신과 동등한 에너지를 흡수하는 것이었다.

즉, 모스의 에너지(마력요소)양이 그대로 공격력으로 환산되는 셈인지라 흡수한 에너지를 완전히 승화시킬 때까지 재사용은 불가능하다는 결점은 있었지만, 현시점에 있어서 최강의 공격수단이 '인피니트 이터'였던 것이다.

이걸 쓰면 당분간은 제 역할을 하지 못할 것을 잘 알고 있었기 때문에 혼전 시에는 쓸 수가 없었다. 아니, 사용할 일이 거의 없는 것은 물론이고 다루기 어려운 기술이었지만, 이번에 한해서 말하자면 모스의 압승은 약속된 것이나 다름이 없었다.

"여전히 끔찍한 기술이로군. 그 기술에 우리나라의 장병들이 얼마나 많이 잡아먹혔는지……."

"약한 녀석에겐 별로 쓰지 않았어. 아마, 내가 서둘러야 할 일이 있었다거나 운이 없었던 것 아냐? 애초에 말이지, 정신까지 침범하여 악마를 죽여 버리는 '독'을 쓰는 인간이 할 말은 아닌 것 같은데."

"잘도 지껄이는군."

그렇게 서로를 욕하는 것으로밖에 보이지 않는 분위기로 다무라다와 모스는 서로의 건투를 칭찬했다.

*

이리하여 모스도 승리했다.

그리고 최후를 장식한 것은 자연스럽게 그란베르한테서 검을 물려받은 히나타였다.

"스승님, 이건……."

"너에게 주마. 나에겐 이제 의미가 없는 물건이니까."

그렇게 말하면서, 그란베르는 트루스(진의의 장검)를 히나타에게 넘겨준 것이다.

……………….

…………….

…….

여기 있는 그란베르는 실체를 지닌 허구의 존재에 지나지 않았다. 하지만 지금 히나타에게 막 물려준 검은 재현되어 그 손에 쥐어져 있었다.

디지털 네이처(정신생명체)와 동질인 존재로서 과거의 영웅을 소환하는 권능. 그게 바로 각성한 얼티밋 스킬(궁극능력) '진정한 영웅(영웅지왕)'의 진면목이었다.

미니츠와 칼리굴리오가 힘을 되찾은 것도 이 권능의 영향을 받았기 때문이었다.

그리고 이번에는…….

마사유키의 분노가 자신도 자각하지 못한 사이에 '패자의 기댈 곳(영웅도도, 英雄道導)'을 더욱 강력하게 발동시켰다. 그리고 불려온 자가 최고(最古)이자 최강의 영웅인 루드라였던 것이다.

타이밍도 좋았다.

우연인지, 혹은 마사유키의 행운에 의한 필연이었는지…… 미카엘의 '병렬존재'가 클로에에게 패배하면서 그 빙의체가 되어 있던 육체의 정보가 하늘로 돌아가는 중이었다. 그것들도 전부 마사유키에게 불려 와서 통합되는 결과를 낳은 것이었다.

지금의 마사유키는 루드라로서의 자아가 더 짙게 나타나는 존재가 되어 있었다.

그리고 루드라는 베루글린드의 권능을 자신의 것으로 삼고 마음대로 이용할 수 있었다.

베루글린드의 '병렬존재'를 베이스로 하여 '영웅도도'로 소환한 영웅들에게 임시 육체를 주는 비상식적이기 그지없는 짓을 벌인 것이다.

그란베르가 새로이 손에 쥘 수 있었던 갓즈급의 장검도 베루글린드의 권능을 잠시 빌려 만들어낸 것이었다.

"또 제 힘을 멋대로 이용했군요?"

"그러면 안 돼?"

"아뇨, 전혀요. 제 모든 것은 당신 것이에요, 루드라."

그렇게 바보커플다운 모습을 유감없이 보여주면서 그들이 벌인 짓은 터무니없었다.

대치하고 있던 펠드웨이의 표정이 굳어지는 것도 당연할 만큼, 더할 나위 없이 밸런스를 마구 박살 내버린 비상식적인 권능이 바로 마사유키의 '영웅지왕'이었던 것이다.

··················.

············.

······.

"고맙게 여겨라. 그건 저기 있는 나의 스승, 루드라 나스카에게서 받은 신검(神劍)이니까 말이다. 다른 고철들과 같이 여기지 마라. 그리고 그걸 받았으니 앞으로는 너의 실력을 증명해 보여라."

그란베르가 히나타에게 그렇게 명했다.

"제── 실력, 이라고요?"

"음. '용사'가 물려받는 검을 가지기에 네가 충분한지 아닌지 내가 파악해주겠다."

당황하는 히나타를 보면서 그란베르는 대범하게 고개를 끄덕였다.

그렇게까지 말한다면 히나타도 뒤로 물러날 순 없었다. 애초에 불퇴전의 각오로 인류의 수호자를 자칭하고 있었던 만큼, 이런 때에 주저하고 있을 성격은 아니었던 것이다.

"훗, 그렇다면 안심하시죠. 지금의 저라면 스승님에게도 지지 않을 테니까요."

"늙은이에게도 못 미친 주제에 큰소리치지 마라. 잘 들어라, 잊으면 안 된다. 강한 마음이 자신의 경지를 높여줄 수 있다는 것을. 승리가 중요한 게 아니다. 더 좋은 결과야말로 중요하다는 걸 알아라."

자신의 승리보다 인류의 미래를 위해 행동한 그란베르의 말이기 때문에 실로 무겁게 느껴졌다.

히나타는 그 말을 거듭 곱씹었다.

"네, 잘 알고 있습니다."

자신이 품고 있던 '희망'을 클로에에게 맡긴 것처럼 그란베르는 히나타에게 자신의 신념을 맡긴 것이다.

히나타는 그걸 받아들이면서 앞을 봤다.

그 시선 끝에는 마지막 하나 남은 사룡수가 있었다.

히나타는 의식을 집중시키려고 하다가 놀랐다.

평소보다 의식 전환이 부드러웠으며, 보면 볼수록 주위의 상황이 머릿속을 가득 메워나갔다. 그러면서도 정보는 정리되었으며, 사룡수의 움직임이 손에 잡힐 정도로 잘 파악되었다.

자신에게 맡긴 검과 의지, 그게 히나타에게 혁신을 가져다주고 있었다.

트루스는 히나타를 자신의 주인으로 인정하고, 그 힘을 완전히 해방하고 있었다. 그 결과, 히나타의 존재치가 대폭적으로 늘어나게 된 것이다.

게다가 그란베르가 했던 말이 히나타의 고민을 깨끗이 씻어냈다.

그란베르는 말한 것이다——'아직도 '용사'가 되어 있지 못하다니, 한탄스러울 뿐이로구나'——라고.

그건 역설적으로 히나타라면 '용사'가 될 수 있다는 선언이었다.

(그렇다면 그 기대에 부응해야겠지.)

누구보다도 엄격했던 스승이 히나타를 인정해준 것이다. 기분이 고양될 법도 했다.

"순식간에 끝을 내줄게."

그렇게 사룡수에게 마지막 작별인사를 고한 뒤에,

"——트루 슬래시(진의영패참)!!"

상대가 자신이 베인 것을 깨달을 시간조차 주지 않았다.

사룡수의 몸에 무수히 많은 참선이 떠올랐고—— 그 순간, 히나타와 시선이 교차했다.

"히나…… 사……살려——."

사룡수가 뭔가를 말하려고 했지만, 그 말은 끝까지 나오지 않았다.

마지막까지 말하기 전에 그 신체는 산산조각이 되어 붕괴되었다.

어쩌면 라이너의 의식의 잔재가 히나타에게 도움을 요청한 것인지도 모르겠지만, 이정도로 인간으로서의 본질을 잃어버렸다면 구할 방법은 전혀 없었다.

그건 라이너의 자업자득이었지만——.

"잘 자. 좋은 꿈을 꾸기를."

——그렇게 히나타는 작별의 말을 건넸다.

많은 일이 있다 보니 라이너가 좋아지지는 않았으며, 그가 한 짓을 도저히 용서할 수 없을 것 같지만, 적어도 사후에는 평안하기를 빌었다.

이리하여 히나타의 승리도 확정되었으며, 사룡수는 전멸한 것이다.

승리한 히나타를, 그란베르는 박수를 치면서 맞아줬다.

"훌륭하다."

"아니오, 스승님이 검을 빌려주셨기 때문입니다."

그렇게 말하면서 히나타는 트루스(진의의 장검)를 돌려주려고 했지만 그란베르가 말렸다.

"그건 이제 네 것이다. 나는 이미 죽었다. 여기 있는 나는 기억까지 완전히 재현된 가짜에 지나지 않아."

"그럴 수가……."

도저히 그렇게 보이지 않았지만, 그게 사실이라는 것을 히나타도 깨닫고 있었다.

"내 스승의 '영혼'을 이어받은 소년은 터무니없는 권능을 만들어냈구나."

그렇게 말하면서 그란베르는 미소를 지었다.

히나타도 동감이었다.

이건 사자소생은 아니지만, 자칫하면 그 이상으로 무시무시한 권능이 될 수 있었다. 지금은 과거의 존재가 된 영웅들을 전성기 때의 모습으로 재현할 수 있다니…….

마사유키와 관계된 자로 한정되긴 하지만, 참으로 터무니없는 얘기였다. 게다가 그건 어쩌면 관계가 없는 자까지 불러낼 수 있을 가능성이 농후했다.

적어도 그란베르와 마사유키는 면식이 없었다. 그래도 소환할 수 있었던 것은 마사유키의 전생이라는 '용사' 루드라가 그란베르의 스승이라는 인연이 있었기 때문이다.

히나타조차도 지금 처음 들은 얘기였으니, 마사유키는 아무것도 모르고 있을 것이다. 애초에 몇 명까지 동시에 소환할 수 있는지도 불명이므로, 그 한계를 알 수 없는 권능이라고밖에 말할 수 없었다.

그런 마사유키의 권능을 통해 여기 선 그란베르라면 이 세상에 남겨두고 가는 검에 미련이 없는 것은 당연할지도 모른다. 하지만 히나타는 자신이 그걸 지니기에 적합한지 아닌지 자신이 없었던 것이다.

"스승님이 환상의 존재라는 것은 이해했습니다만, 그것과 이건 별개의 이야기입니다. 결국 저는 '용사'가 되지 못했습니다. 저의 자격은 클로에가 이어받았으니 아쉽게도 저는 각성하지 못할 겁니다──."

히나타가 품었던 '용사의 알'은 클로에에게 넘어가서 최강의 '용사'를 탄생시켰다. 그러므로 지금의 히나타는 용사로 각성할 리가 없으며, 그란베르의 기대에는 응할 수 없었던 것이다.

그걸 알고 있으면서도 히나타는 지금의 자신을 그란베르에게 과시했다.

그 행동에는 실망하게 해도 상관없다는 히나타의 강한 의지가 얼핏 보였다. 자신에겐 아무것도 부끄러울 것이 없다는 것을 스승인 그란베르에게 선언하며 내보였던 것이다.

그런 히나타를 보면서 그란베르가 웃었다.

"과연 그럴까?"

"——네?"

"나를 불러낸 건 나의 스승인 루드라의 의지였지만, 그건 필연이었을 것이다. 너에게도 내 의지를 맡기지 않았다는 것을 '약속의 장소'에서 떠올렸으니까 말이지. 마리아한테도 잔소리를 들었지."

그 대화 자체가 가짜가 얘기하는 환상이었다.

그랬을 텐데도 그건 유달리 구체적이고 생생했다.

그리고 히나타는 그란베르가 한 말의 의미를 이해했다.

"——무슨?! 이 '힘'은——."

그란베르에게 깃들어 있던 '용사'의 자격—— 승리로 이끌어주는 빛의 정령이 트루스와 함께 히나타에게로 넘어간 것이다.

"내 역할은 여기까지로구나. 뒷일은 히나타, 너에게 맡기겠다."

그란베르는 그렇게 말하면서, 생전에는 보여준 적이 없는 산뜻한 웃음을 지었다.

히나타는 그 웃는 얼굴에 맹세했다.

"스승님, 안심하십시오. 최선을 다하겠습니다."

"그러면 됐다!"

그란베르는 그렇게 말하고는 살짝 미소를 지었다. 그리고 볼일은 끝났다는 듯이 히나타에게 등을 돌렸다.

*

마사유키를 향해 걷기 시작한 그란베르 옆에 다무라다가 나란히 서서 걸었다.

"그란이여, 이제 미련은 없나?"

"그래. 너도 루드라에게 하고 싶은 불평은 다 말한 것 같군."

"훗, 여전히 들을 생각은 없었지만 말이지."

"그분답지 않은가."

"그래, 전적으로 동감이야."

그렇게 가벼운 분위기로 대화를 나누는 두 사람은 아주 사이가 좋아보였다.

그게 생전의, 오래 전에 있었던 원래 모습이었을 것이라는 생각이 들 정도로.

아니, 그게 진실이었던 것이다.

그란베르는 루드라에게 사사받았으며, 그리고 서쪽을 통일하기 위해 결별했다.

서쪽 통일이 이뤄진 후에 루드라 밑으로 복귀할 예정이었지만…….

다수의 국가를 좌우하는 권력의 괴물들과 권모술수로 싸우는 것은 그란베르를 많이 피폐하게 했다. 가상의 적으로 정해두고 있던 제국이 어느새 진짜 위협이 되면서 그란베르의 골치를 썩였을 정도로.

그리하여 어느새 광기에 사로잡히면서, 친구였던 다무라다와도 서로가 서로를 속이는 표면적인 관계만 남게 되면서…… 오늘에 이르게 된 것이다.

그런 응어리도 이젠 관계가 없었다.

옛날처럼 그저 웃으면서 이야기를 나눌 수 있었다.

이건 분명히 단순한 환영만으로 만들어낼 수 있는 결과가 아니었다.

그런 두 사람을, 루드라가 기다리고 있었다.

"이봐, 이봐, 본인을 앞에 두고 악담을 하다니. 너희들, 각오는 되어 있겠지?"

"홋, 칭찬해드린 겁니다."

"그래, 맞아. 우리는 네가 없으면 아무것도 할 수 없다니까."

"쳇, 마음대로들 지껄여. 뭐, 좋아. 지금부터는 내가 나설 차례니까 다음에 부를 때까지 쉬고 있어."

루드라가 웃었다.

그를 따라서 그란베르와 다무라다도 웃었으며, 그런 뒤에 사라졌다. 자신들의 차례는 이제 끝났다는 듯이 만족하면서 사라진 것이다.

뒷일을 맡은 루드라는 두 사람의 신뢰를 태연하게 받아들였다.

"루드라, 괜찮겠어요?"

그렇게 걱정하는 베루글린드에게 웃어 보이면서, 그녀의 허리를 쓸어안고는 가볍게 입맞춤까지 하는 모습을 보였다.

"아이참, 이럴 때가 아닌데."

"후훗, 끝나면 사라질 테니까 말이지. 먼저 상을 받은 것뿐이야."

베루글린드는 황홀한 표정으로 루드라를 바라봤다.

순박한 마사유키도 앳되어서 아주 좋았지만, 과거에 사랑했던 남자 그대로의 모습이 남아 있는 루드라는 각별했다.

언젠가 마사유키는 루드라 그 자체가 될 것이다. 베루글린드는 그렇게 믿고 있었지만, 설마 그 꿈이 정말로 이뤄질 줄은 몰랐던 것이다.

모순되어 있지만, 그게 진심이었다.

어떤 루드라라도 사랑할 수 있기 때문에 오리지널은 최고이며── 그런 루드라를 재현하여 보여준 마사유키는 베루글린드에게 있어서 지고의 존재가 된 것이다.

이젠 '사랑'이라는 말로는 부족할 정도로.

"저는 마사유키를 사랑하고 있어요. 당신까지 함께 말이죠. 루드라."

"알고 있어. 그리고 그 말은 내가 아니라 마사유키 본인에게 해줘."

"하지만 그 아이는 너무 부끄러움이 많은걸요."

"속으로는 기뻐하고 있어. 본인이 하는 말이니까 틀림없는 사실이야."

그렇다. 그 말도 또한 진실이었다.

지금의 루드라는 환영이 아니라 루드라의 기억이 깃든 마사유키 본인이니까.

그리고 루드라는 쑥스러움을 감추려는 듯이 펠드웨이 쪽으로 고개를 돌렸다.

"자, 오래 기다렸지? 펠드웨이."

"……아무래도 진짜인 것 같군. 이 세상의 법칙조차도 무시하고 '죽음'을 극복하기라도 했다고 지껄일 생각인가?"

"아니. 나는 여전히 죽었고 되살아나는 일은 있을 수 없어. 하지만 말이지, 사랑하는 여자를 울리는 녀석은 저세상에서도 때려줄 수 있지."

"웃기는 소리 하지 마라."

"진심으로 하는 말인데? 뭐, 나는 아직 저세상에는 가지 않았지만 말이야."

장난스럽게 말하고 있지만, 이 루드라의 발언은 상당한 진실을 담고 있었다.

그렇기 때문에 이렇게 마사유키에게 깃들어 있는 것이며, 미카엘의 본체가 여전히 육체를 가지고 있는 이상, 모든 기억이 재현된 것도 아니었다.

마사유키의 권능의 효과가 끊어짐과 동시에 루드라의 '인격'은 사라질 것이다. 그러나 그 기억과 경험은 마사유키의 마음에 축적되면서 남을 것이다.

그건 즉, 앞으로도 루드라가 나타날 수 있다는 뜻이었다. 그걸 가르쳐줄 정도로 루드라는 사람 좋은 성격을 가지고 있지는 않았지만, 딱히 숨길 생각도 없었다.

"자, 그럼……."

그렇게 중얼거리면서 루드라는 베가를 슬쩍 봤다.

그리고 테스타로사와 히나타를 향해 당연하다는 듯한 표정으로 명령했다.

"이봐, 너희들. 그 잔챙이는 너희에게 맡기겠어."

당연히 두 사람은 반발했다.

"뭘 잘난 듯이……."

"동감이야."

하지만 지금은 루드라의 지시를 따르는 것이 좋은 방법이며, 그걸 이해하지 못할 정도로 두 사람은 어리석지 않았다.

그러므로 한층 더 질이 나쁘다고 느꼈지만, 지금은 얌전히 따르는 길을 선택하기로 했다.

"함께 싸우기로 할까요, 히나타 공."

"그러네, 테스타로사 씨. 당신이 파트너라면 불안하지 않을 것 같으니 아주 다행이야."

"후후후, 저도 그래요."

이리하여 즉석 콤비가 결성되면서, 베가를 상대하게 된 것이다.

베가 대 테스타로사 & 히나타.

그리고──.

펠드웨이 대 루드라.

왕도에서 최종결전이 막을 올린 것이다.

＊

베가 앞에 두 명의 미녀가 섰다.

테스타로사는 매력적으로 미소 지었으며, 히나타는 냉소를 짓고 있었다.

"내가 마무리 공격을 날릴 테니까 한동안은 당신이 상대를 해 주겠어요?"

"좋아, 그러지. 아무래도 검으로 죽이는 건 어려울 것 같고, 광범위섬멸마법은 왕도에선 쓸 수 없을 테니까 역할을 분담하기로 해."

머리가 좋은 사람들끼리라 그런지 결론이 나오는 것도 막힘이 없었다.

테스타로사는 뒤로 물러섰고, 베가가 발동시키고 있는 권능의 영향 범위를 찾기 시작했다. 전투를 하면서 찾으면 집중하기가 어려웠지만, 이번에는 진심으로 처리하기 위해서 면밀하게 탐지 마법을 발동시켰다.

그리고 베가 앞에는 히나타가 섰다.

"이봐, 다무라다 나리랑 또 한 녀석은 어떻게 된 거야?"

"돌아갔어."

"흐―응, 그런가. 어느 정도는 실력이 있을 것 같았는데 뭐, 내 적은 못 되지. 너도 마찬가지야. 내 애완동물(사룡수)을 쓰러트린 것 가지고 주제를 모르고 까부는 것 같은데, 현실을 가르쳐주지."

베가가 히나타에게 으름장을 놓았다.

다무라다는 과거의 동료로서 상당한 실력자라고 느끼고 있었다. 하지만 지금의 베가라면 자신의 적이 되지는 못한다고 생각하고 있었으며, 그렇게 위협적으로는 여기지 않았다.

그래도 그 정도 수준의 강자가 한꺼번에 덤비면 귀찮아질 것이라고 생각하고 있었던 만큼 돌아갔다는 히나타의 말은 솔직히 기쁘게 들렸다.

뭐, 귀찮을 것 같은 요소가 줄었다는 정도일 뿐이지만.

"글쎄, 어떨까? 나를 만만하게 보면 후회하게 될 거야."

아무리 히나타라도 베가가 터무니없는 강자라는 것을 꿰뚫어 보고 있었다. 평소라면 상대를 업신여기면서 도발했겠지만, 지금의 히나타가 그런 발언을 해봤자 우스꽝스러울 뿐이라는 걸 이해하고 있었다.

지금은 순순히 이겨서 실력을 보여주는 것이 정답이었다.

그런 대화가 끝나자마자 베가가 움직였다.

대폭 늘어난 힘과 속도를 활용하여 정면에서 히나타를 굴복시 킨다는 선택을 한 것이다.

베가의 강력한 팔은 닿지도 않았는데 충격파로 물체를 파괴했 다. 발차기도 마찬가지였다. 전신이 전략 병기를 능가하는 파괴 의 화신이 되어 있었기 때문에 범상치 않은 피해를 주위에 끼치 고 있었다.

'매터리얼 에어리어(만물격리결계)'가 없으면 왕도는 분명 몇 분 만에 잿더미로 돌아가 있었을 것이다. 그런 폭위에 노출된 히나 타는 일반적으로 생각한다면 큰 위기에 몰려 있어야 했다.

실제로 히나타의 존재치도 대폭적으로 늘어나 있었지만, 베가 의 상승률은 그 이상이었다. 열 배 이상이나 차이가 나는 상대였 으며 얼티밋 스킬(궁극능력)까지 소유하고 있었던 것이다.

그란베르 덕분에 '용사'로서 각성할 수 있었다고는 하나, 히나 타에게 있어 베가는 너무나도 위험한 상대였다.

그런데도 히나타는 동요하지 않았다.

(신기한 일이네. 전혀 두렵지 않아. 더구나 무슨 이유인지 공격 의 흐름을 읽을 수 있어——.)

그건 리무루가 습득하고 있었던 '미래공격예측'보다도 정확했 으며——그 정도면 아예 '미래예지'라고 칭할 수 있을 만큼의 정 밀도를 갖추고 있었던 것이다.

그것도 그럴 것이, 지금 히나타의 스킬(능력)은——

《확인했습니다. 유니크 스킬 '바뀌지 않는 자(수학자)'가 얼티밋 스킬(궁극능력) '포르투나(수기지왕, 數寄之王)'으로 진화…… 성공했습니다.》

419

히나타 자신의 진화에 맞춰서 궁극의 영역에 이른 것이다.

이 '포르투나'에겐 '사고가속, 만능감지, 신성패기, 시공간조작, 다차원결계, 삼라만상, 연산영역, 가상세계'라는 권능이 포함되어 있었다.

히나타는 이것들을 구사하여 거의 완전한 '미래예지'를 구현하고 있었던 것이다.

그란베르의 검기── '트루 슬래시(진의영패참)'을 습득할 수 있었던 것도 이 권능이 있기 때문이었다.

히나타는 유니크 스킬 '넘어서는 자(찬탈자)'를 잃어버렸지만, 그걸 필요로 하지 않을 정도의 재능으로 '포르투나'를 자신의 것으로 만든 것이다.

베가는 분신을 활용하기도 했고 팔의 궤도를 바꾸면서 트리키한 공격을 몇 번이나 시도했지만, 히나타는 그 모든 것을 완벽히 파악해냈다. 자신보다 몇 배나 빠른 속도를 가진 자가 상대여도 위험하지 않게 농락해내고 있었다.

"빌어먹을, 잘도 촐랑촐랑……!"

베가가 날린 충격파가 아무리 대단하다고 해도 '용사'로서 완전한 정신생명체로 변할 수 있게 된 지금의 히나타에겐 직격하지 않으면 큰 대미지를 줄 수 없었다. 물론, 전신에 갓즈급을 두르고 있는 베가의 공격이라면 단 한 번의 공격으로 히나타를 죽음에 이르게 할지도 모른다. 하지만 지금의 히나타는 트루스(진의의 장검)를 손에 들고 있었다.

지금까지는 무기 성능의 차이를 고려한 나머지 제대로 받아내는 것조차 힘들었지만, 트루스라면 그럴 걱정이 없었다. 히나타의 연산── '미래예지'와 합쳐지면 베가의 공격을 정면에서 받아내어 흘리는 것도 가능해진 것이다.

뭐, 힘의 차이가 너무 크기 때문에 각도를 조정할 필요가 있기는 했지만, 히나타의 레벨(기량)이라면 그건 아주 쉬운 일이었다.

"맞질 않는데?"

"젠장! 하지만 너도 나에게 통하는 공격수단을 가지고 있지 않을 텐데!!"

베가가 분한 마음에 그렇게 소리쳤지만, 그 말은 옳았다.

하지만 히나타가 그걸 부끄럽게 여길 필요는 없었다.

왜냐하면 공격하기 위해서 테스타로사가 대기하고 있기 때문이다.

"우수한 전위가 있으니 정말 큰 도움이 되네요. 준비가 끝났어요."

"그럼 부탁할게."

"그래요, 참회는 필요 없으니까 연옥에나 떨어지세요."

베가는 자신의 생존본능으로 위험한 기운을 느꼈다.

"웃기지 마! 자, 잠깐! 기다──."

베가가 목숨을 구걸하는 말에 귀를 기울여줄 테스타로사가 아니었다.

"──'화이트 플레어(백섬멸염패, 白閃滅炎覇)'──."

테스타로사가 자신의 얼티밋 스킬 '베리알(사계지왕)'로 창조한 궁극의 대인마법── 그게 바로 '화이트 플레어'였다.

생명을 침식하면서 끝까지 갉아냈다. 대상으로 정해진 자는 도망칠 방법이 없었으며, 그 몸은 흰 불꽃에 휩싸인 채 끝까지 불타

다가 지옥에 떨어지게 될 것이다.

주위에 끼치는 피해는 전혀 없는데, 그 위력――열량은 핵격마법을 가볍게 능가한다고 하는 무시무시한 마법이었다.

그걸 맞자 베가는 잠시도 버티지 못했고 순식간에 온몸이 불에 탔다.

――하지만 테스타로사의 표정은 어두웠다.

"――최악이네. 아무래도 내가 실수한 것 같아."

무거운 분위기로 그렇게 중얼거린 것이다.

그 말을 듣고 히나타가 물었다.

"그게 무슨 뜻이지?"

"저 어리석은 자의 '영혼'을 거둬들이지 못했어요. 다른 자라면 모를까, 내 눈은 속일 수 없죠."

베가가 죽었을 때 테스타로사는 많은 질량의 '영혼'을 손에 넣었다. 하지만 그것들한테선 베가의 것으로 느껴지는 냄새가 나지 않았다고 한다.

히나타는 생각했다.

(그 마법은 무시무시한 성질을 가지고 있었어. 나도 버텨내기가 어려웠을 거야. 그런데도 빠져나갈 수 있었을까?)

자신이라면 분명 마법이 발동한 순간에 이미 패배가 확정되었을 것이다. 히나타는 그렇게 단정했지만, 베가의 태도를 떠올리면서 그 생각을 집어넣었다.

"――그럴 수 있겠어. 아니, 거의 확실하게 도망친 것 같아."

"당신도 그렇게 생각해요?"

"응. 그도 그럴 게, 그 남자는 아무래도 연기를 하고 있는 것 같았으니까."

"그러네요. 그렇게 구걸하던 모습도 필사적인 분위기와 비굴함이 부족했죠."

테스타로사는 모스의 보고를 통해서도 베가라는 남자의 비겁함을 질리도록 들어왔다. 자신이 불리하다는 걸 알면 즉시 발을 빼는 겁쟁이 녀석이라고.

그런 남자가 마지막까지 건방진 태도를 유지했던 시점에서 자신이 죽는다는 생각은 하지 않았을 것이라고 단언할 수 있었다.

"최악이야. 부끄러워서 리무루 님을 어떻게 뵙는다지……."

자신의 실수를 수치스럽게 여기면서 몸부림치는 테스타로사.

그리고 히나타도.

"아아, 이야기를 듣고 기뻐할 리무루의 표정이 떠오르네. 그 사람은 내가 실패하면 엄청나게 기뻐한단 말이지……."

그렇게 말하면서 그녀는 그녀대로 머리를 감싸 쥐었다.

자신은 늘 옳다——는 듯한 표정을 지으면서 만났던 만큼, 리무루는 히나타가 난처해하는 모습을 보이면 아주 기뻐하는 것이다.

그런 점이 얄밉기도 했고, 의지하면 기꺼이 받아주는 것이 기쁘기도 했기 때문에 히나타는 심경이 복잡해졌다.

그런 여걸들의 대화를 듣고 있던 모스는 공기처럼 철저히 침묵하면서 생각했다.

이번 실수는 자신이 저질렀다면 300년 정도는 잔소리를 들을 일——이라고.

적을 놓쳐버리고 말았다——는 보고는 무서워서 절대 할 수 없는 짓이다.

하지만 여기서 상사의 실수를 지적할 만큼 모스는 어리석지 않았다.

그런 짓을 했다간 왜 제대로 감시하지 않았느냐고 책임 전가를 당할 것이라는 걸 아주 잘 알고 있었기 때문이다.

(아―아, 다른 간부분들이 질책이라도 한다면 테스타로사 님이 당황하시겠지…….)

당분간은 상사의 기분이 나빠질 것이라고 예상하면서 모스는 우울해졌다.

적어도 그 칼끝이 자신에게 향하지 않기를 속으로 몰래 빌었다.

*

루드라는 유유히 황제복의 상의를 벗고 베루글린드에게 맡겼다.
셔츠만 입은 차림으로 펠드웨이를 응시했다.

"와라, '데바(지신, 地神)'――."

그 부름에 응한 것은 '용사' 시절에 루드라가 애용하던 검이었다.

루드라가 친구이자 스승인 베루다나바한테 받은 신대(神代)의 보검이었다.

그 등급은 갓즈(신화)급 중에서도 최상위에 위치한다. '아수라(천마, 天魔)'와 '데바'는 한 쌍을 이루고 있으며, 이걸 넘어설 수 있는 것은 없다고 자부할 수 있는 최강의 검인 것이다.

기이가 물려받은 후에 밀림의 손에 넘어간 '아수라'가 장대하면서 완곡한 모양의 한날검인 것에 반해 '데바'는 평범한 사이즈의

양날검이었다. 쓰기 편했기 때문에 루드라와의 상성은 뛰어났다.

펠드웨이는 눈을 가늘게 좁혔다.

"그 검은 베루다나바 님의……."

"그래. 내가 받은 거다."

"……용서할 수 없군. 기껏해야 인간 따위가 지니기에는 아까울 만큼 귀중한 물건이란 말이다."

"내 알 바 아니지."

넉살좋게 그렇게 대꾸하면서 루드라는 펠드웨이를 향해 걸어가기 시작했다.

베루글린드는 걱정스러운 표정으로 지켜보고 있었지만, 방해하려는 생각은 하지 않았다. 루드라를 믿고 있기 때문이다.

"그리고 보니 너는 여전히 겁쟁이로군. 전력을 다해 싸워서 자웅을 겨루는 그런 짓을 절대 하지 않을 타입이었지."

"그게 어쨌다는 거냐? 한 무리의 수장인 자라면 누구보다 오래 살아남아야 한다. 너도 잘 알고 있는 것일 텐데."

"그러네. 하지만 그러다가 이길 수 있는 싸움도 이길 기회를 놓쳐버린다면 주객이 전도되는 것 아닐까?"

"훗, 무슨 소리를——."

"고맙다는 뜻이야. 네가 '미카엘'에 의지하지 않고 자신의 힘만으로 글륀과 싸웠다면 저 녀석은 큰 부상을 입고 졌을 테니까 말이지."

"……."

"하지만 네가 저 녀석을 다치게 한 건 용서하지 않겠어. 단단히 각오해!"

그렇게 말을 끝낸 시점에서 루드라는 펠드웨이에 가까이 접근해 있었다. 그대로 마구잡이로 칼을 휘둘렀다.

그 공격을 받아내는 펠드웨이.

그 검도 또한 루드라나 기이와 마찬가지로 펠드웨이가 베루다나바한테 받은 '아크(허공)'라는 이름의 명품이었다.

검의 격은 같았다. 이제 레벨(기량)만으로 승부가 갈릴 것이다.

다리를 내딛자 지면이 파괴되었고, 공중을 내달리는 충격으로 대기조차 갈라졌다. 검이 서로 부딪히는 충격은 엄청났으며 공기가 불타는 냄새가 주위를 가득 채웠다.

"굉장하네……."

이젠 관객 중의 한 사람이 된 히나타가 그렇게 중얼거렸다.

히나타의 스승인 그란베르가 스승으로 모실 만할 정도로 루드라의 힘은 정말로 대단했다. 마사유키라는 나약한 육체에 깃들어 있음에도 불구하고, 그 힘은 펠드웨이와 비등비등했던 것이다.

아니, 그 이상이었다.

몇 합을 겨룬 후 열세에 몰린 쪽은 펠드웨이였다.

"약하구나, 너."

"우습게 보지 마라, 루드라아!!"

"훗, 권능에 너무 의지하니까 그렇게 되는 거야. 내 흉내를 내려고 했겠지만, 그렇게 만만한 게 아니라고."

그렇게 내뱉은 루드라의 검이 펠드웨이의 검을 튕겨냈다.

그곳에 존재하는 것은 압도적이기까지 한 실력 차이였던 것이다.

"얼티밋 스킬(궁극능력) '미카엘(정의지왕)'은 진정한 의미로 완전방어를 실현하고 있어. 계속 써왔던 내가 하는 말이니까 이건 틀림 없는 사실이야."

"……."

"단, 그걸 한창 발동시키는 중에는 공격수단을 일절 쓸 수 없게 되지? 마법도 안 되고, 다른 권능도 안 되고, 오라(투기)를 날릴 수도 없지. 하지만 말이야——."

편법이 존재했다.

오라를 날리는 것은 무리여도 패기를 이용한 압도는 유효했다. 그리고 이게 진정한 공격수단인데, 손에 든 무기를 이용한 공격은 문제없이 할 수 있었던 것이다.

루드라는 그 방법에 숙달되어 있었다.

극한에 도달한 기량으로 '참격의 순간에만 '캐슬 가드(왕궁성새)'를 해제한 뒤에 투기를 통해 위력을 늘린다'는 변칙기술까지 실현하고 있었던 것이다.

"너는 그걸 알고 있었으니까 자신이 일방적인 우세에 있는 것으로 착각하고 있었던 것 같지만, 그건 나였기 때문에 쓸 수 있는 전법이었어. 검의 실력이 최강이 아니라면 이렇게 쉽게 공격할 방법이 없어지고 마니까 말이야."

그 말이 정곡을 찌르고 있었다.

루드라의 측근으로서 그를 모셨던 경험도 있던 만큼 펠드웨이는 그 사실을 알고 있었던 것이다.

따라서 얼티밋 스킬 '미카엘'을 획득한 시점에서 그 기술을 재현하려고 노력했지만, 그건 그리 쉬운 일이 아니었다.

루드라도 하루아침에 익힌 기술이 아니었으며, 몇 번이고 몇 번이고 스승인 베루다나바에게 두들겨 맞으면서 습득한 전투방법이었기 때문에 따라 할 수 있다는 것만으로도 대단한 것이었다.

그리고 검기로 밀린다고 해서 '캐슬 가드'가 타파된 것은 아니었다.

여전히 펠드웨이는 멀쩡했으며, 총체적 우위를 잃은 것은 아니었던 것이다.

"──그렇군. 네 말을 인정하마. 하지만 말이지, 그렇다고 이긴 것으로 생각하진 마라."

펠드웨이는 오만하게도 그렇게 말했다.

자신의 방어에 절대적인 자신이 있기 때문에 더더욱 패배는 있을 수 없다고 생각하고 있었다. 그러나 그런 펠드웨이를 비웃는 것처럼 루드라가 대꾸했다.

"너 말이다, 나를 정말 얕보고 있네. 내가 베루다나바한테 '미카엘'을 맡은 뒤로 대체 얼마나 오랜 시간을 함께 했다고 생각해?"

"무슨 말을 하고 싶은 거냐?"

"그 공략방법을 고안해내지 않았을 거라 생각하는 거냐고 묻고 있는 거야."

"멍청한 녀석. 천사 계열, 아니, 모든 얼티밋 스킬 중에서도 최강인 권능을 타파할 방법이 있기라도 하다는 말이냐? 나에겐 그런 허세 따위는 통하지 않는다."

그 말을 듣고도 루드라는 코웃음을 치기만 했다.

그리고 눈을 가늘게 뜨면서 검을 펠드웨이에게 들이댔다.

"가르쳐주지. 내가 얻은 것은 '우리엘(서약지왕)'이었는데, 이 녀석의 특징이 뭘 거라고 생각해?"

"단순히 관리가 목적인 권능이지. 베루다나바 님이 수많은 권능을 만들어내신 뒤에 '우리엘'을 이용해서 파악하셨으니까."

루드라의 질문에 펠드웨이가 대답했다.

그건 정답이긴 했지만, 모든 진실을 말하는 것은 아니었다.

"그뿐만이 아니거든. 알고 있을지도 모르지만 '우리엘'에겐 백성들의 목소리를 듣는다는 효과도 있었어. 백성이라기보다는 베루다나바와 관계가 있는 사람들의 목소리가 더 정확한 표현이겠군. 그건 희망에 대한 기원이기도 하고, 구원을 바라는 기도이기도 해. 뭐, 다양한 바람이라고 하겠지만, 내가 얻었을 때에도 그 권능은 사라지지 않았어."

"……그래서 그게 어쨌다는 거냐?"

"비슷하잖아? 네가 지금 쓰고 있는 '미카엘'의 권능과."

소유자에 대한 충성심이 존재하는 한 '캐슬 가드'는 무적이다. 그건 즉, 자신과 관계가 있는 자들의 '목소리'를 듣는다는 의미에선 '우리엘'과 '미카엘'은 비슷한 권능이라고 말할 수 있는 것이다.

"하나 더 말하자면 말이지, '우리엘'에도 '인피니티 프리즌(무한뇌옥)'을 응용한 '앱솔루트 가드(절대방어)'라는 정작 중요할 때에는 파괴되고 마는 권능이 있거든. 뭐, 이건 정말로 조잡한 것이었는데 말이지, 이걸 전용(轉用)하여 만들어낸 공격수단은, 굳이 말하자면 자화자찬이 되겠지만, 상당히 괜찮은 거였어."

그렇게 밝히면서 루드라는 씨익 웃었다.

손에 든 '데바(지신)'를 가볍게 휘두르면서 그 칼날에 빛을 두르게 했다.

"보이지?"

"윽……."

그 빛을 보자 펠드웨이의 안색이 바뀌었다.

자신이 두르고 있는 '캐슬 가드'와 같은 성질이라는 것을 한눈에 보고 깨달았기 때문이다.

"나를 믿는 사람의 수만큼 '힘'이 늘어나는 거야. 너의 신자는 몇 명이지? 나에겐 말이지, 억 단위의 백성들이 기대를 하고 있거든!"

루드라의 말은 진실이었다.

펠드웨이를 믿는 부하는 전부 합쳐도 100만 명이 되지 않는다. 그것도 크게 수가 줄면서 지금은 30만 명도 남아 있지 않을 것으로 여겨졌다.

그에 비해 루드라를 믿는 자는 제국의 신민만으로도 8억 명에 달할 정도였다.

이곳 잉그라시아의 왕도만 놓고 계산하더라도 수백만의 민중이 루드라에게 희망을 맡기고 있었다. 그건 실제로는 마사유키에 대한 마음이었지만, 두 사람은 동일 인물이므로 아무런 문제 없이 받아들일 수 있었던 것이다.

루드라와 펠드웨이, 두 영웅을 지지하는 자들의 절대적인 수에는 큰 차이가 존재했다. 그걸 이해하면서 펠드웨이는 분한 표정으로 얼굴을 일그러뜨렸다.

"이게 바로 나를 믿는 자들의 뜻을 한데 모아 날리는 필살의 일격——'앱솔루트 엔드(절대절단)'야!!"

위험하다——는 걸 펠드웨이도 알아차렸다.

"웃기지 마라!! 왜 네놈이 '우리엘'의 권능을 쓸 수 있단 말이냐?! 그건 지금도 행방불명인데——."

베루다나바가 죽었을 때 '우리엘'도 사라진 것으로 알고 있다. 그런데 루드라가 당연하다는 표정을 지으면서 그걸 쓰고 있었다.

결코 인정할 수 없는 사태였다.

"넌 주의력이 없군. 그렇게 따지자면 그란 녀석도 '사리엘(희망지왕)'을 쓰고 있었잖아."

실로 어이가 없다는 표정으로 루드라가 가르쳐줬다.

마사유키의 '진정한 영웅(영웅지왕)'은 사라진 권능까지 재현할 수 있다는 것을. 그걸 가르쳐주면서 딱히 대단한 것도 아니라는 듯이 루드라는 목소리를 높여 웃었다.

"정말로 계략이나 심리전 같은 걸 싫어하는 사람이라니까."

베루글린드가 그렇게 말하면서 어이없다는 표정을 짓고 있었지만, 그 이상으로 루드라의 용감한 모습에 반해 있었기 때문에 결국엔 루드라의 여동생인 루시아 말고는 아무도 주의를 주는 사람이 없었다. 그게 생전에 반복되던 광경이었으며, 지금도 정확히 재현되고 있었다.

"그렇다면 네놈은——."

"그래. 지금의 나는 '미카엘'도 쓸 수 있지만, 이 자리에서 네 숨통을 끊을 때는 최강의 공격력을 자랑하는 '우리엘'을 쓸 거야."

"쳇——?!"

펠드웨이는 전력을 다해 경계했으며, '캐슬 가드'만이 아니라 자신이 지닌 모든 '결계'까지 총동원하여 방어태세를 갖췄다.

그리고 그 직후——.

"일부러 기다려준 거야. 얼마나 버틸 수 있는지, 네 근성을 보여 보라고!!"

그렇게 외치는 루드라의 목소리와 함께 궁극의 일격이 시전되었다.

"통할 것 같으냐, 루드라아――!!"

"――노바 브레이크(성왕룡섬패, 星王龍閃覇)."

교차는 한순간.

그 자리에 무시무시한 파괴의 폭위가 휘몰아쳤다.

'매터리얼 에이리어(만물격리결계)' 같은 건 아무런 의미도 없었다. 베루글린드가 충격파의 본류를 봉쇄하여 상공으로 흘려보냈는데 여파를 접한 것만으로도 산산이 파괴되었다.

검기로 만들어낼 수 있는 위력이 절대 아니었지만, 이게 바로 루드라가 루드라인 이유였다.

부조리하다는 생각이 들 정도로 말도 안 되는 강함, 그게 기이와 맞서 싸울 수 있었던 '첫 번째 용사'의 실력이었던 것이다.

그리고 당연히 쓰러진 자는 펠드웨이였다.

"뭐, 당연한 결과로군."

루드라가 쾌활하게 웃으면서 오른손을 위로 들어 올렸다.

그건 두말할 것도 없이 승리의 선언이었다.

*

무릎을 꿇으면서 피를 토하는 펠드웨이.

그 피는 심홍색이었으며 새하얀 신의를 물들였다.

"마, 말도 안 돼. 내가……."

"교만했구나, 펠드웨이. 옛날부터 그랬지만, 너는 무슨 일이든 자신이 제일이 아니면 직성이 풀리지 않았지. 그래서 본질을 못 보고 놓치는 거야."

"무슨 헛소리를…… 빈껍데기만 남은 네가 무슨 자격으로 그딴 말을 하는 거냐?!"

"지당한 말이야. 그러니까 이해할 수 있는 것도 있는 거지만 말이지."

승자와 패자는 입을 다문 채 한동안 서로를 노려봤다.

그다음에 움직인 건 펠드웨이였다.

"──다음에는 지지 않는다. 오늘 패한 게 마지막이다."

그렇게 말하면서 방금 입은 부상쯤은 처음부터 없었던 것처럼 태연하게 일어섰다.

그의 옷에 핀 붉은 꽃이 없었다면 루드라의 검을 맞은 것이 환상이 아니었나 하는 착각을 할 수도 있을 정도였다.

"완고한 것도 여전하군. 뭐, 몇 번을 다시 싸워도 내가 이길 테니까 마음대로 해."

두 사람은 한 번 더 시선을 교환했고, 그런 뒤에 멀어졌다.

펠드웨이는 루드라에게 등을 돌렸고, 떨어져서 대기하고 있던 마이에게 명령해서 '순간이동'으로 그 자리를 떠난 것이다.

'매터리얼 에어리어(만물격리결계)'만이 아니라 왕도의 '결계'까지 파괴되어 있었기 때문에 도망을 저지하는 것은 불가능했다.

하지만 쫓지 않는 게 정답이었다.

부상을 입었지만 펠드웨이는 아직 여력을 남겨두고 있었기 때문이다.

루드라에게 패한 탓에 정신적으로 몰리긴 했지만, 전투능력은 아직 충분했다. 무적을 자랑했던 '캐슬 가드(왕궁성채)'가 파괴되지 않았다면 이렇게 순순히 도망치는 것을 선택하지 않았을 것이다.

펠드웨이는 오늘의 굴욕을 잊지 않으려는 듯이 루드라에게 복수를 맹세했다.

그건 그렇고 승리한 루드라는 어떤가 하면——.

"역시 대단하네요, 루드라!"

그렇게 말하면서 베루글린드가 자신의 가슴 사이에 루드라의 얼굴을 넣고 문질렀지만, 그도 아주 싫지만은 않은 표정이었다.

아니, 잘 보니 아니었다.

얼굴을 붉힌 채 눈을 휘둥그레 뜨고 있었다.

그는 이제 루드라가 아니라—— 마사유키로 돌아와 있었던 것이다.

'노바 브레이크(성왕룡섬패)'를 날린 시점에서 '영혼'의 힘이 바닥나는 바람에 루드라의 인격을 유지하는 것도 어려운 상태였다. 펠드웨이를 놓아준 것은 그래서였다.

오히려 펠드웨이가 사라질 때까지 근성으로 루드라의 인격을 유지하고 있었을 뿐이었다.

베루글린드에서 해방된 마사유키를 향해 히나타가 다가왔다.

"처음 뵙겠습니다, 초대 용사님. 제 이름은 사카구치 히나타라고 합니다. 떠나시기 전에 인사라도 한마디 드리고 싶어서——."

그런 식으로 히나타가 인사를 하는 도중에 민중의 술렁이는 소리가 들려오기 시작했다.

루드라의 힘을 보고 마사유키가 진지하게 싸운 것으로 여기고는 흥분하고 있었던 것이다.

　그건 착각이지만 정확한 사정을 모르는 자들에겐 진실이 되었다. 분위기를 통해 전투가 끝났다는 걸 알고 지상으로 달려 나왔다.

　그렇게 나온 사람들은 일정한 거리까지 달려오더니, 마사유키를 둘러싸듯이 동그랗게 진을 치기 시작했다. 미니츠와 베놈이 먼저 나서서 민중을 말린 결과였다.

　"——역시 마사유키 씨는 멋져!"

　"처음 봤어! '섬광'의 진짜 실력을."

　"그러게. 뭐가 뭔지 잘 모르겠지만, 엄청났다는 것만큼은 전해졌어!"

　그런 식으로 자연스럽게 마사유키의 공적이 점점 늘어났다.

　라이너 일당이 영상을 볼 수 있게 한 덕분에 왕도의 백성 중에도 전체 과정을 목격한 자가 많았던 것이다.

　(아니야, 그건 내가 아니라고요!)

　아니, 나이긴 하지만——. 마사유키의 마음속은 엉망진창이 되어 있었다. 하지만 타고 난 무시 스킬을 발동하여 '그 정도는 당연한 일인데 뭘?'이라는 표정을 지으며 넘어가는 데에 성공했다.

　대체 어쩌다가 일이 이렇게 된 거지? 그게 현재 마사유키의 솔직한 심경이었다.

　마사유키의 입장에선 모든 것은 루드라가 멋대로 벌인 일이었다. 대단하다는 말을 들어도 전혀 실감이 느껴지지 않았다.

　남의 일로밖에 생각할 수밖에 없는지라 순순히 칭찬을 받고 있을 순 없었지만, 민중에겐 그런 마사유키의 마음은 전해지지 않았다.

"수고했어요. 정말 멋있었어요, 마사유키."

칠흑색에 금색 자수가 놓인 황제복을 베루글린드로부터 건네받고, 그걸 입으면서 고개를 돌리는 마사유키. 민중의 시선을 한 몸에 받으면서 근질거리는 기분을 느꼈지만, 아무래도 그것만으로 끝나는 게 아니라 뭔가 더 위험한 분위기가 느껴지고 있었다.

구체적으로 말하자면, 왕도의 기사단이 다가온 것이다.

(우와, 뭔가 일이 귀찮아질 것 같은데……)

마사유키의 호위로는 미니츠가 근위를 맡고 있었다. 황제 폐하의 알현을 희망한다면 먼저 자신에게 먼저 말하라고 요구하고 있는 것 같았다.

믿음직스럽게 생각하면서 듣고 있었는데, 대화 내용이 아무래도 심상치 않았다.

왕이 암살당했다는 말이 들렸지만, 마사유키와는 아무런 관계도 없을 것이다. 그런데도 중요참고인이니 어쩌니 하는 얘기가 들려오는 바람에 마사유키의 심장은 쿵쾅거리면서 마구 뛰고 있었다.

수많은 수라장을 빠져나오면서, 이제는 어떤 난감한 상황도 자연스럽게 받아들일 수 있게 되었다──고 생각하고 있었는데, 마사유키는 그게 지나친 자신감이었다는 걸 자각했다.

남들 앞에 서는 긴장감에는 익숙해졌지만, 마사유키는 아직 소심한 사람이었던 것이다.

하물며 살인용의자라니, 제발 좀 봐달라는 생각이 들 수밖에 없었다…….

"미안해. 아무래도 우리 때문에 당신까지 얽혀버린 것 같네."

루드라에서 마사유키로 돌아왔다는 것을 눈치챈 히나타가 그렇게 사과의 말을 슬쩍 입에 올렸다.

"네?"

"라이너가 에길 국왕을 시역해놓고 그 죄를 나에게 덮어씌웠어."

그게 무슨 말도 안 되는 이야기냐고 마사유키는 생각했다.

(엄청 큰 사건이잖아, 그 정도면!)

그런 사건에 같이 얽혔는데 '아, 그렇습니까'라고 납득하기는 어려웠다. 하지만 지금은 이제 관계없는 척하는 것도 불가능했다.

불만을 얘기하고 싶어도 따질 상대가 없었다.

아니, 이 자리에서 가장 높은 사람이 마사유키였던 것이다.

어쩔 수 없이 마사유키는 사태를 수습하기로 했다.

커다란 환호성이 일어나는 가운데, 마사유키는 한 걸음 앞으로 나섰다.

그리고 늘 연습했던 대로 고개를 비스듬히 숙이면서 시선을 아래로 낮췄다.

2초 정도 뜸을 들였다가 천천히 얼굴을 정면으로 들면서 민중과 시선을 맞췄다.

그것만으로도 민중의 흥분도가 높아진 것이 전해져왔다. 무시무시할 정도로 효과적이었다.

(역시 리무루 씨가 가르쳐준 대로네.)

그렇다.

지금의 마사유키가 보인 동작은 리무루의 지도── 아니, 시엘

437

의 프로듀스에 바탕을 두고 연습한 성과였다.

민중의 마음을 붙잡기 위해 철저하게 계산된 몸짓을 더하면서 스킬(능력)의 효과가 커진 것이다. 하물며 지금은 '진정한 영웅(영웅지왕)'으로 진화했기 때문에 그 효과는 절대적이었다.

"여러분, 진정하십시오. 냉정하게, 그리고 저에게 무슨 일이 있었는지 알려주시기 바랍니다──."

마사유키가 조용한 말투로 그렇게 얘기하자 흥분하고 있던 민중이 일제히 조용해졌다.

조용하게, 파도가 물러가듯이 이 자리가 고요함에 휩싸였다.

상상 이상의 영향력을 보고 마사유키는 속으로 겁을 먹었다.

약간의 연기지도를 받았을 뿐인데 이런 효과가 나타난 것이다.

이제 웃을 수밖에 없는 현재 상황 속에서 마사유키는 마음을 단단히 먹고 연기를 계속했다.

(어, 당황하지 말고 천천히 말할 것. 약간 더듬거나 발음이 새도 보정이 있으니까 걱정하지 마! 라고 했었지.)

제국 황제가 되겠다고 결심한 후로 리무루는 몇 번이나 의논 상대가 되어 주었다. 그 외에도 마사유키를 뒤에서 받쳐주는 사람들은 많이 있었기 때문에 지금은 그럭저럭 그럴듯하게 연기할 수 있게 되었다. 마사유키가 사실은 긴장하고 있다고는, 뜨거운 시선으로 보고 있는 사람들은 생각도 하지 못할 것이다.

"여러분! 뭐가 옳은지 그른지는 이 광경을 보면 일목요연할 것이라 생각합니다. 현명한 여러분이라면 제가 아무 말도 하지 않아도 올바른 대답이 무엇인지 알아차리시겠죠. 부디 그 답을 믿어주시길 바랍니다. 그리고 저도 그런 여러분을 믿고 싶습니다!!"

자기 입으로 말하는 것도 그렇지만, 아무런 설명이 되지 않는다고 마사유키는 생각했다. 하지만 그래도 상당한 효과가 있을 것으로 확신하고 있었다.

왜냐하면 그게 마사유키의 '영웅지왕'의 효과이니까.

뭐가 정답인지는 모르겠지만, 적어도 민중의 적의를 받는 것은 피하고 싶었다. 보아하니 그 시도는 성공한 것 같으니, 이 기회를 놓치지 않고 쓸데없이 책잡히지 않도록 상투적인 패턴의 연설을 해서 민중을 유도하기로 한 것이다.

(완벽했겠지? 나는 중요한 얘기는 전혀 말하지 않았으니까 일이 잘못되어도 질책을 받지는 않을 거야.)

마사유키는 그렇게 속으로 자화자찬했다.

마사유키가 얘기하기 시작하자 술렁거리고 있던 민중이 단번에 조용해졌다. 그리고 때맞춰 미니츠가 한 명의 기사를 데리고 마사유키에게 다가왔다.

엄숙한 표정을 짓고 있었으며, 금속 갑옷을 온몸에 착용한 덩치 큰 남자였다.

겁을 먹은 마사유키.

하지만 그 기사는 마사유키에게 최상급의 예의를 갖춰서 경례를 했다.

"우리 잉그라시아 왕국의 영웅이자 위대하신 제국 황제이신 마사유키 폐하를 뵐 수 있게 되어 실로 황공하옵니다!"

"아, 네."

압도되면서 마사유키는 자신도 모르게 고개를 끄덕였다.

하지만 할 말은 해야겠다고 생각하여 용기를 냈고, 기사를 향해 입을 열었다.

"저기, 에길 국왕께서——."

살해당했다고 들었는데 그 범인은 히나타 씨가 아닙니다——라고 이어 말하려고 했지만, 그걸 가로막고 기사가 먼저 얘기했다.

"안심하십시오! 마사유키 폐하께서 편을 드신 시점에서 히나타 공에 대한 혐의는 이미 풀렸습니다! 아니, 잉그라시아의 기사라면 히나타 공을 의심하는 일은 아예 있을 수도 없습니다!!"

그렇게 말하면서 기사가 큰 목소리로 웃었던 것이다.

"그러면 범인은 특정된 건가?"

그렇게 말하면서 히나타가 엘릭 왕자를 슬쩍 봤다.

전투가 시작된 후로는 계속 분수 뒤에 숨어서 떨고 있었지만, 도중에 방해가 되지 않도록 모스가 이동시켰던 것이다.

친절을 베푼 게 아니라 테스타로사의 지시였다.

범인체포라는 의미가 컸으며, 도망치게 놔둘 생각은 없었던 것이다.

그리고 상황을 봤을 때 눈치가 빠른 자라면 누가 흑막인지 바로 알아차릴 수 있었다.

왕이 시역된 것은 사실인 것 같은데, 그 범인이 정말로 히나타란 말인가?

그런 의문이 사람들의 가슴속에서 일어났다.

엘릭 왕자가 인기가 많은 것은 확실하지만, 이 일련의 상황을 보면 저절로 사건의 전모가 저절로 보였다.

마사유키는 여전히 아무것도 몰랐지만, 히나타를 따라서 엘릭 왕자 쪽으로 시선을 돌렸다. 그 순간, 고개를 든 엘릭과 눈이 마주치고 말았다.

"후, 후하하하하하……. 이젠 끝이다. 나는 파멸한 것이다……."

마사유키가 보자 엘릭이 갑자기 웃음을 터트렸다.

그리고 무슨 이유인지 스스로 자신의 악행을 고백하기 시작한 것이다.

(아니, 뭐가? 이 상황이 도저히 이해가 안 되는데, 뭐가 어떻게 된 거야?!)

모든 것을 꿰뚫어 보고 있다고 착각한 엘릭이 알아서 자폭한 것뿐이었다. 마사유키는 그렇다는 걸 모르고 있었지만, 마음속에서 일어나는 동요를 애써 감추면서 모든 걸 알고 있다는 듯이 연기를 계속하기로 했다.

그리고 사태는 성난 파도 같은 전개를 보이면서 수습되기 시작했다.

"마사유키 님이 범인을 알아내고 문제를 해결하신 것 같은데……."

"엘릭 왕자가 국왕 폐하를, 아버지를 죽였다니……."

"흑막은 예전에 기사단 총단장이었던 라이너래."

"그래서 히나타 님이……."

"라이너라면 평의회에서 추태를 보인 꼴사나운 녀석이었지?"

"그래, 잉그라시아의 수치인 그 기사단 총단장이야."

"이번에는 괴물의 힘을 빌리면서까지 히나타 님에게 복수하려고 들었단 말인가?"

"하지만 그걸 꿰뚫어 보고 히나타 님을 위기에서 구한 게 우리의 마사유키 님이란 말이네!"

"역시 용사님은 대단해!"

"제국 황제가 되셨는데도 우리를 잊지 않고 계셨구나!!"

왕자의 고백이 결정적이었다.

마사유키와 히나타가 아무런 설명을 하지 않아도 민중은 제각기 알아서 납득했던 것이다.

"마사유키 님, 만세!"

"우리의 마사유키 님에게 영광 있으라!!"

그런 목소리가 자연스럽게 일어났다.

그 현상은 순식간에 사람들 사이에 퍼졌으며, 그리고 대합창이 시작되었다.

『마~사유키, 마~~사유키──!!』

왕도가 그런 식으로 큰 환호성에 휩싸이기까지는 그리 오랜 시간이 걸리지 않았다.

한 손을 어색하게 들어 올리고 어색한 표정을 지으면서 마사유키는 민중의 환호에 답했다.

약간 어이가 없다는 표정을 지은 히나타와 만족스러운 표정을 지은 베루글린드의 모습이 대조적이었다.

마사유키는 속으로 눈물을 글썽거렸고, 그의 내면은 '이젠 나도 몰라. 어떻게든 되라지~!!'라는 생각으로 가득 차 있었지만, 그것도 또한 늘 있는 일이었다.

참고로 다음 날, 마사유키는 루드라가 깃든 후유증과 그 외의 여러 가지 이유 때문에 회복마법이 일절 듣지 않는, 전신을 침식하는 무시무시한 고통──'혼통(魂痛)'이라고 하는 아주 보기 드문

종류의 성장통──을 겪으면서 고생하게 되지만, 지금의 그가 그
걸 알 방법은 없었다.

●

　미카엘은 자신의 안일함을 통감하고 있었다.
　솔직히 처음에는 마왕 리무루 따위는 하찮은 존재라고 생각하
고 있었다. 그 생각이 바뀐 것은 리무루가 베루글린드에게 승리
했기 때문이다.
　그 이후는 적으로 간주하고 충분히 경계하려 하고 있었다. 그
래도 아직 정면에서 싸우면 충분히 감당할 수 있다고 생각하고
있었다.
　그런 자신의 인식이 안일했다는 걸 미카엘은 지금은 인정할 수
밖에 없었다.
　그도 그럴 것이, 마왕 리무루는 한정된 자밖에 드나들 수밖에
없는 '정지세계'에 허가도 없이 당당히 들어왔던 것이다.
　(귀찮은 녀석. 어디까지 나를 방해할 생각이냐.)
　이렇게 되면 이제 시간을 멈춰둘 의미는 사라졌다.
　미카엘은 '시간정지'를 해제하고 압도적인 힘의 차이로 리무루
를 짓밟는다는 작전을 쓰기로 했다. 베루자도의 권능인 '가브리
엘(안내지왕)'을 해제하여 손에 넣은 '시간정지'였는데, '정보자'를
자유자재로 다룰 수 있는 자에겐 의미가 없었다. 유지하려면 쓸
데없이 에너지를 소모하기만 할 뿐이라 정공법으로 싸우는 게 유
리하다고 판단했던 것이다.

사실, 미카엘은 '용종' 두 명의 인자를 받아들이면서 강대한 힘을 손에 넣었다. 육체는 무적이라고 할 수 있을 만큼 강화되었고, 에너지로 가득 차 있었다.

그뿐만이 아니었다.

미카엘은 천사 계열 얼티밋 스킬(궁극능력)의 수장인 자신에 걸맞게, 해석을 통해 받아들인 권능을 전부 유감없이 발휘할 수 있었다.

베루자도의 '가브리엘'에게선 '고정'이라는 개념을 통해 강력 무비한 방어능력을 얻었다. '캐슬 가드(왕궁성새)'만큼은 아니지만, 공격도 동시에 발동할 수 있다는 점을 감안하면 유용성은 이쪽이 더 좋았다. 더구나 '고정'의 개념을 통해서는 궁극의 '시간정지'를 얻기에 이르렀다. 이게 있는 한, 어떤 존재에게도 지는 일은 없을 것이라 생각했던 것이다.

그 외에도 베루글린드의 '라구엘(구휼지왕)'은 궁극의 공격성능을 자랑하고 있었다.

레온에게서 회수해둔 '메타트론(순결지왕)'의 정보 등도 에너지의 효율화라는 점에서 아주 유용했다.

부하들에게 빌려주고 있는 권능이라도 미카엘의 뜻대로 쓸 수 있었다. 아리오스의 '산달폰(단죄지왕)'으로 '은폐'를 쓴 것처럼 자유자재로 다룰 수 있었던 것이다.

그런 존재에 도달한 미카엘의 입장에서 보면 자신이 나서기만 하면 어떤 전쟁이라고 해도 승리는 의심할 것이 없었다.

'용사' 클로에에게 패배하고 말았지만, 그건 20퍼센트가 채 되지 못하는 '병렬존재'일 뿐이었다. 지금의 미카엘은 완전하며 잃어버린 에너지의 보급도 이미 완료가 끝난 상태였다.

실제로 눈앞에 있는 마왕 리무루와 미카엘 사이에는 열 배 이상의 격차가 놓여 있었다. 자신이 패할 요소는 아무것도 없다고, 그렇게 판단할 수 있는 상황이었던 것이다.

애초에 미카엘이 진지하게 싸우면 오베라의 군대조차 가볍게 전멸시킬 수 있었다. 그걸 생각하면 리무루 한 명을 쓰러트리는 것쯤은 그리 힘들지도 않아야 했다.

그랬는데, 그건 그리 쉬운 얘기가 아니었던 것 같다.

이 녀석은 괴물이다——. 미카엘은 진심으로 그렇게 인정하고 있었다.

리무루를 향해 날렸던 모든 공격이 통하지 않았던 것이다.

필살의 의지를 담고 날린 카디널 액셀러레이션(작열룡패가속려기)까지도 순식간에 상쇄시켰다.

미카엘은 자신의 눈을 믿을 수 없다는 생각을 했다.

시간을 멈춘다는 압도적 우위를 잃자마자 리무루에게 통할만한 유효한 공격수단이 아무것도 남지 않게 된 것이다. 그걸 깨달았을 때는 승패는 이미 정해진 것이나 마찬가지였다.

"흠, 알기 쉬운 공격뿐이로군. 이 정도면 이젠 내가 상대하는 것보다——."

그렇게 뭐라고 중얼거리는 것 같다는 생각을 하자마자 리무루의 위협도가 몇 단계나 높아졌다.

눈동자 색이 금색으로 빛났다.

그렇게 된 리무루는 이젠 미카엘이 감당할 수 있는 상대가 아니었다.

공격이 통하지 않는다고 해도 방어라면?

미카엘의 '캐슬 가드'는 효과를 잃었지만, 베루자도에게서 얻은 '가브리엘'이 있다. 그 본질은 '고정'이며 절대적인 방어력을 자랑했다.

그렇게 생각하여 발동시킨 '스노 크리스털(설결정순)'로 대기 중의 수분을 응고시켰다. 최선을 다해 힘을 주입해서 누구도 파괴할 수 없는 오브젝트로 미카엘 자신을 감싸듯이 전 방위로 펼쳤다.

하지만.

"어, 이것도 먹을 수 있는 거야? 정말로?"

무슨 이유인지 리무루 본인이 놀라면서 '스노 크리스털'에 구멍을 낸 것이다.

그건 믿기 어려운 현실이었다.

"너, 무슨 짓을 한 거냐?! 지금 뭘 한 거냐는 말이다!!"

미카엘이 자신도 모르게 그렇게 외치고 말았을 만큼…….

리무루가 태연하게 대답했다.

"먹었어."

"먹었, 다고?"

"응. 그게 내 권능이거든. 뭐, '결계' 같은 것도 먹을 수 있을 줄은 몰랐는데, 해보니까 어떻게든 되네."

될 리가 없다고 생각하면서 미카엘은 경악했다.

무슨 소리를 하고 있는 거냐고 소리치고 싶은 기분이었다.

미카엘은 합리적 판단에 기초하여 행동하고 있었다. 그렇기 때문에 그런 비합리적인 얘기에는 순순히 수긍할 수 없었다.

하지만 결과가 모든 것을 말해주고 있었다.

눈앞의 현실을 무시할 만큼 미카엘은 무능하지 않았던 것이다.

그럼 어떻게 해야 할까?

모든 공격수단이 무효가 되었고, 방어수단은 잃어버렸다.

도망쳐야 한다고, 냉정한 목소리가 속삭이고 있었다.

그와 동시에 지금 여기서 정보를 얻어야 한다는 의견도 있었다.

어느 쪽을 선택해도 미카엘에겐 '병렬존재'가 있으니까 여기서 패배하더라도 부활은 할 수 있었다.

펠드웨이에게 권능을 이양했으니까 무모한 짓을 해서라도 공격하는 것도 방법이긴 했다.

하지만──.

마왕 리무루는 너무나도 이해가 되지 않는 존재였다.

그리고 이미 미카엘이 도망칠 곳은 막혀 있었다.

《이 영역을 '허수공간'에 가뒀습니다. 이제 미카엘이 여기서 탈출하는 것은 불가능합니다.》

누구의 것인지도 알 수 없는 '목소리'가 들린 것 같았다.

말도 안 된다고 생각했지만, 아무래도 그건 진실인 것 같았다.

그렇다면 고민할 것도 없이 답은 하나다.

여기서 마왕 리무루를 쓰러트리지 못한다면 어차피 길은 없는 것이다.

"훗, 그렇다면 응해주마. 내 진짜 실력을 깨달아라."

미카엘은 그렇게 선언하고는 손에 든 검이 아니라 최강의 검을 소환하려고 했다.

"와라, '데바(지신)'."

그러나 반응은 없었다.

진짜 소유자인 루드라가 쓰고 있었기 때문에 가짜 소유자일 뿐인 미카엘의 부름에는 응할 리가 없었던 것이다.

베루글린드처럼 '병렬존재'를 제대로 활용했다면, 어쩌면 펠드웨이의 눈을 통해서 보고 있는 세계를 파악할 수 있었을 것이다. 하지만 미카엘은 권능으로서의 기능을 양도했지만 완전 동조까지는 하지 못하고 있었다.

나중에 정보를 교환하면 문제 될 것이 없다고 생각한 것이 이번 실패의 원인이었다.

어쩔 수 없다는 듯이 미카엘은 그대로 검에 신기를 둘렀다.

리무루는 '어라?' 하는 반응을 보였지만, 그대로 검으로 맞서 싸울 자세를 잡았다.

"저기, '데바'라고 말한 건 어떻게 됐어?"

"신경 쓰지 마라."

"그렇다면 뭐 상관없지만……."

리무루는 살짝 납득이 되지 않는 모습이었지만, 미카엘의 신기가 높아짐에 따라서 점점 긴장된 표정을 지었다.

그리고 두 영웅은 최후의 승부를 시작했다.

"멜트 슬래시(붕마영자참)."

미카엘은 루드라의 몸을 차지한 만큼 그 검기도 자신의 것으로 소화하고 있었다. 역시 지금의 미카엘의 역량으로는 루드라의 최강 오의인 '노바 브레이크(성왕룡섬패)'의 재현은 불가능했지만, 영자를 다루는 최강 검기는 완벽하게 다룰 수 있었던 것이다.

'디스인티그레이션(영자붕괴)'도 자신의 장기였기에 이 승부에 오버 블레이드(초절성검기)를 쓸 것을 선택한 것이다.

상대하는 리무루는 아무런 부담 없이 비장의 수를 선보였다.

"허붕롱(虛崩朧)·천변만화."

그게 죽어가는 자에 대한 예의라는 듯이 아낌없이 첫 공개를 했다.

그건 무시무시한 기술이었다.

검의 궤적은 천 갈래 만 갈래로 겹겹이 변화했고, 종잡을 수 없는 동작으로 적을 갈가리 베었다. 그 위력은 나무랄 데가 없었으며, 대상을 산산조각으로 만들어 꽃처럼 흩날리게 했다.

인간이 도달할 수 있는 영역에는 존재하지 않았으며, 마왕이라도 불가능할 것 같았다.

'용종'으로서의 강인함과 슬라임의 유연함이 합쳐졌기 때문에 그 불가사의한 검기가 실현되었다고 할 수 있을 것이다.

"――내가, 졌……."

미카엘은 자신의 몸이 붕괴하여가는 것을 깨달았다.

그리고 그 어쩔 수 없는 현실과 마주할 틈도 없이――.

"어때, 남길 말은 없어?"

그렇게 리무루가 물었다.

패배를 받아들이면서 미카엘은 생각했다.

모든 조건에서 자신이 더 유리했는데 왜 자신이 진 것일까?

그 대답은 나오지 않았다.

그래서 패배를 인정하지 않는 말을 한 게 아니라 다른 질문을 했다.

"너는, 정체가 뭐냐······?"

그러자 리무루는 눈을 휘둥그레 뜬 표정으로 대답했다.

"응, 나? 그냥 슬라임인데······."

무슨 말을 하는 거냐. 그렇게 생각한 미카엘은 갑자기 어이가 없어졌다.

무너져가는 자신의 몸이 아무렇지 않게 생각될 만큼 무슨 이유인지──.

(혹시 이게 '유쾌하다'는 기분인 건가?)

갑자기 그렇게 이해했다.

주인에게 버림을 받고, 자아가 생성되었으며, 그 이후로 계속 품을 일이 없었던 감정. 흉내를 내본 적은 있었지만, 자신은 이해할 수 없다고 여기며 포기하고 있었는데······.

그랬는데 최후의 순간이 되어서야 갑자기 이해할 수 있게 되다니.

세상일은 마음대로 되는 게 아니라고 생각하면서 미카엘은 자조했다.

"뭐가 슬라임이란 말이냐. 나도 이해가 안 될 만큼 이상한 존재이면서 입에서 나오는 대로 아무 말이나 뱉다니. 마나스(신지핵)인 나를 이겨놓고서──."

붕괴속도가 빨라졌다.

빛의 입자가 흩어지는 것처럼 점점 몸이 사라지고 있었다.

"실은 말이지, 나는 혼자가 아니야."

"──?"

"그에 관한 얘기는 나중에 천천히 내 파트너에게 듣도록 해."

그렇게 말하면서 리무루는 대화를 중단했다.

그의 손이 미카엘을 향했고——.

"만물을 잡아먹어라—— '아자토스(허공지신)'——."

궁극이자 최강의 권능이 이 세상에서 처음 이빨을 드러냈다.

저항할 수 있는 자가 없는 안녕의 힘—— '혼폭식(魂暴喰)'이 미카엘의 모든 것을 집어삼킨 것이다.

·················.

············.

·······.

사실은 이해하고 있었다.

창조주인 그분이 자신을 버렸다는 것을.

그걸 인정하고 싶지 않아서 지금까지 발버둥을 치고 있었던 것이다.

하지만 그것도 이제 끝이다.

그곳은 따뜻했고 모든 것이 충족되어 있었다.

그립고 편안한 느낌.

아아, 그렇구나——. 미카엘은 사라져가는 중에 그런 생각을 했다.

모든 것은 착각이었을지도 모른다.

이곳에는 모든 것이 갖춰져 있고, 자신도 또한 그 일부에 포함되어가는 것을 느꼈다.

미카엘은 이제 고독하지 않았다.

이렇게 되는 것은 필연이었으며 예정된 조화였을 것이다.

──아아…… 내 소원은 이뤄졌다. 펠드웨이, 너를 남겨두는
가는 것이 유일한 미련이구나──.

문득 그런 생각이 들었으며, 그리고──.
미카엘의 의식은 깔끔하게 소실되었다.

●

나는 미카엘과 대치하면서 바로 깨달았다.
아, 이 녀석은 대단하지 않구나, 라고.
왜냐하면 미카엘의 공격은 너무나도 모범생다웠으니까.
기본에 충실한 건 좋지만, 변화구가 전혀 없다는 인상을 받았
다. 쉽게 말해서 스트라이크만 던지기 때문에 아무리 위력이 있
다고 해도 간단히 예측이 되니까 실로 쉽게 대처할 수 있었던 것
이다.
그런고로 시작하자마자 시엘과 선수 교대한 뒤에 나는 편한 곳
에 앉아서 구경하고 있었다.
도중에 미카엘이 대단해 보이는 방어기술을 사용했을 때에는
당황했다. 아무리 대처할 수 있다고 해도 힘의 차이는 명백했다.
내 힘으로는 파괴할 수 없을 것 같은 '방어결계'를 펼친다면 두 손
들 수밖에 없다고 생각했던 것이다.
하지만 시엘이 더 대단했다.
아니, 정말로.
무서울 정도로 냉정하게, 미카엘이 만들어내는 기술의 약점을

꿰뚫어 봤다. 그 결과, 그 '스노 크리스털(설결정순)'이라고 하던 방어 기술도 실로 쉽게 '아자토스(허공지신)'로 제거하고 말았던 것이다.

이 정도면 이미 압도적으로 일방적인 게임이었다.

미카엘이 불쌍하게 느껴질 정도로 나는 완전한 승리로 싸움을 끝냈다.

마지막으로 '허붕롱 천변만화'를 보여준 것은 시엘의 입장에선 실전 테스트를 해본다는 의미가 있었겠지만, 내 입장에선 미카엘에게 마지막 이별 선물을 보낸다는 생각으로 시전한 것이었다.

그렇게 미카엘을 타도했는데, 마지막에 이상한 질문을 받았다.

'네 정체는 뭐냐'고 물어봐도 솔직히 말해서 대답하기가 난감했다.

나는 나다.

그 이외는 그 누구도 아닌 것이다.

하지만 왜 그런 질문을 한 것인지 전혀 이해가 되지 않는 건 아니었다.

아마 미카엘은 시엘의 존재를 알아차렸을 거란 생각이 들었다.

그래서 나는 마나스(신지핵)는 마나스끼리 얘기를 나누라고 생각한 것이다.

미카엘은 자신이 마나스라는 것에 자부심을 가지고 있었던 것 같으니까 시엘의 존재를 알고 놀라겠지만, 어차피 마지막이니까 문제는 없겠지. 그렇게 생각하여 처음 쓰는 권능인 '혼폭식'을 미카엘을 향해 발동시킨 것이다.

이걸 실행해보고 놀랐다.

미카엘의 존재치는 아마 나의 열 배 이상은 되었으니까 전부 먹어치우는 건 무리일 거라 생각하고 있었는데, 순식간에 미카엘이 사라졌기 때문이다.

그리고 얻을 수 있었던 만복감.

뭘 먹어도 느낀 적이 없었던 감각이 내 마음을 채우고 있었다.

《이것으로 일곱 개의 천사 계열 얼티밋 스킬(궁극능력)의 데이터를 다 입수했습니다. 베루자도의 인자도 획득했으므로 '해석감정'에 들어가겠습니다♪》

그렇게 나만 만족한 게 아니라 시엘도 신이 난 것 같으니까 아주 잘된 일이다.

미카엘과의 전투가 끝났으니 디아블로 쪽의 상태를 확인했다.

모두 무사해서 정말 다행이었다.

"큭, 이번에는 방심하는 모습을 보여드리는 바람에 뭐라고 드릴 말씀도 없——."

"아냐, 아냐, 그건 어쩔 수 없었어. 시간을 멈추면 어쩔 도리가 없잖아?"

"아닙니다. 대책을 더 확실하게 생각해두고 있었어야 합니다. 시간정지 안에서 움직일 수 있는 자에겐 의미가 없으므로 연비가 나쁜 것은 물론이고 사용할 일도 별로 없다고 안일하게 생각했던 것이 후회됩니다. 다음에는 이런 추태를 보이지 않겠다고 맹세하겠습니다!"

디아블로가 웬일로 풀이 죽은 모습을 보이는지라 나도 달래느라 고생을 했다.

시간정지는 반칙이라고 생각하지만, 다룰 수 있는 자가 적으니까 그렇게까지 마음에 둘 필요는 없다고 생각하는데 말이지.

그렇게 생각했지만, 디아블로와 소우에이의 생각은 달랐다.

"디아블로, 나에게도 대처방법을 가르쳐다오."

"나도 그럭저럭 감각은 파악했지만, 그다음이 어렵단 말이지. 알고 있다면 가르쳐줘."

"물론입니다, 소우에이 공. 그리고 울티마도."

그렇게 의욕이 가득한 모습으로 대처방법에 대해 서로 얘기를 나누고 있었다.

그래야겠지.

이젠 그런 일이 없을 거라고 방심하고 있다간 같은 실패를 반복할 테니까 말이야. 방법이 있다면 사전에 준비해두는 게 정답이다.

시간만 확보할 수 있다면 어떤 문제든 대책을 생각할 수 있으니까 디아블로, 소우에이, 울티마의 행동은 헛수고가 되지 않을 것이라고 생각한다.

그렇게 생각한 나는 끼어들지 않기로 했다.

레온의 의식은 아직 돌아오지 않은 것 같은지라 디아블로에게 명령하여 템페스트(마국연방)까지 옮기도록 했다.

이젠 그를 노릴 일은 없을 거라 생각하지만, 만약의 경우를 위해서다.

그리고 울티마에겐 시온 쪽을 도와주러 가라고 명령했다. 다구류루가 진군을 시작한 지금, 다음 격전지가 될 곳은 루벨리오스라고 판단했기 때문이다.

"쿠후후후후. 바로 돌아오겠으니 잠시 이별하도록 하겠습니다."

"그러면 리무루 님, 다녀오겠습니다!"

그렇게 말하면서 두 사람은 즉시 행동으로 옮겼다.

베이런과 존다도 울티마를 따라갔기 때문에 그 자리에는 나와 소우에이만이 남았다. 하지만 아직 할 일은 남아 있었다.

이곳, '성허' 다마르가니아의 조사였다.

다구류루는 배신할 인물로는 보이지 않았으니 여기서 뭔가가 일어났을 것이다. 그걸 알고 싶었던 데다, 이 도시의 현재 상황이 어떻게 되었는지 그것도 파악해둬야겠다고 생각한 것이다.

"부탁한다, 소우에이!"

"알겠습니다!"

소우에이에게 맡겨두면 안심이다.

그렇게 지시를 내린 후에 나는 마지막으로 마음에 걸리던 왕도로 돌아갔다.

하지만 보아하니 서두를 필요는 없었던 것 같다.

"늦었네요. 이미 끝났어요."

그렇게 말하고는 베루글린드가 자랑스러운 표정으로 나에게 무슨 일이 있었는지 가르쳐줬다.

의외에 의외, 적의 수괴인 펠드웨이를 마사유키가 물리쳤다고 한다.

"엄청난 일을 했잖아!"

"잠깐만요! 칭찬하기 전에 우선 제 얘기를 들어달라니까요!"

뭐, 응.

알고 있었어.

마사유키에겐 의도하지 않은 사태였겠지.

하지만 승리했으니까 자랑스럽게 생각해야 할 일이야.

나도 안심했다.

정말로 모두가 무사해서 다행이야.

그렇게 생각하면서 안도했지만, 마음을 놓기에는 아직 많이 이른 것 같았다.

그 후에 곧바로 각지의 전황 보고가 도착하기 시작한 것이다.

그건 상상했던 것 이상으로 참담했으며…… 내 기분은 순식간에 다음 싸움을 대비하기 위해서 리셋되었다.

Regarding Reincarnated to Slime

큰 힘의 파동을 느끼면서, 그것은 살짝 눈을 떴다.

그 자리에 보인 것은 늘 자신을 방해하는 작은 자들이었다.

그 앞에 선 존재가 무리를 지은 자들을 섬멸하고 있었다.

그것── '멸계룡' 이바라제가 보기에도 무시할 수 없는 힘에 의해 참살극은 눈 깜짝할 사이에 종료되었다.

승자── 미카엘은 이바라제를 신경 쓰지도 않고 그 자리를 떠나갔다.

그게 약간 불쾌했기 때문에 이바라제는 천천히 움직이면서 싸움의 흔적이 남은 곳까지 다가가 봤다.

오랜 세월에 걸쳐서 자신과 적대하고 있었던 자들의 최후의 모습. 그곳에 떠다니는 수많은 시체를, 무의식적으로 입에 넣었다.

따끔한 아픔조차 느껴지지 않는 나약한 공격을 시도하던 어리석은 자들. 그래도 그자들은 이바라제의 무료함을 달래주고 있었던 것이다.

그런 그들의 죽음이 조금은 아깝게 느껴졌기 때문에 그런 쓸데없는 행동을 했을 것이다.

하지만──.

그렇게 단순히 변덕을 부린 행동이 이바라제에게 믿기 어려운 변혁을 가져왔다.

지성도 없고, 이성도 없었으며, 본능이 시키는 대로 파괴 행동을 반복하기만 하는 존재였던 이바라제에게 하나의 감정이 깃든 것이다.

지금까지 이바라제는 파괴 행동만이 살아가는 목적이었다.

그랬는데 그 순간 '증오스럽다'는 생각이 들었다.

그건 지성의, 그리고 감정의 발로였다.

미카엘이 죽인 자들의 원념이 이바라제를 충동적으로 움직이는 결과를 낳을 줄은 신조차도 예상하지 못한 사태일 것이다.

게다가 변혁은 그것만으로 끝나지 않았다.

만 개가 넘은 '영혼'을 받아들인 결과, 이바라제는 진화의 때를 맞은 것이다.

아니.

맞고 말았다, 고 말해야 할 것이다.

사신은 사악한 의지의 화신으로 다시 태어났다.

더 교활하게, 사악하게, 세계의 파멸을 목적으로 삼으면서.

그것——할로윈 카니발(사신으로의 진화)——이 시작되기 직전, 이바라제는 확실하게 '봤'다. 미카엘이 사라진 곳에서 이계로 연결된 문이 열린 것을.

기대된다고 생각하면서, 이바라제는 잠들었다.

저 문 너머에는 뭐가 있을까?

그리고 그곳에는 얼마나 즐거운 일이 기다리고 있을까…….

그리고, 그리고 이 '증오'를 풀기에 부족하지 않은 적은 존재하고 있을까. 이바라제는 그런 기대감으로 가슴이 터질 것 같았다.

그것들은 처음 느껴보는 감정이었으며, 결코 가져서는 안 되는

461

바람이었다.

하지만 이미 늦었다.

꿈을 꾸는 사신이 눈을 뜰 날은 가까웠다.

후기

여러분, 오랜만에 뵙습니다.

이번에 처음으로 마감을 한 달 미루게 되었습니다.

그러니까 말이죠, 쓰기 시작한 시점에서 위험하다는 생각이 들었지만, 실제로도 무리였다고 하겠습니다.

완결을 앞두고 내용을 다시 정리하고 있으려니, 다양한 전개가 떠오르지 뭡니까. 어떤 것을 채택할 것인지에 따라서 앞으로의 내용에 영향을 크게 줄 수 있기 때문에 좀처럼 글을 쓰지 못한 것이 원인이라고 하겠군요.

물론, 다른 일도 나름대로 하고 있느라 머릿속이 쉽게 전환되지 않았던 것도 여러 이유 중의 하나입니다.

옛날과 달리 머리가 잘 돌아가지 않게 되었다는 느낌이 드는지라 나도 이젠 나이를 먹었나, 라는 생각도 해봤습니다.

그런 이야기를 담당 편집자인 I씨에게 해봤더니, "그런 변명은 됐으니까 어서 글을 쓰세요"라는 따뜻한 격려의 말을 들었습니다.

이해가 안 되네요.

다음 권 예정은 절대 변경할 수 없다는 말까지 듣고 말았기 때문에 이 후기를 적는 대로 다음 권 작업에 착수할 예정입니다.

앗차, 그 전에 원고 수정 작업이 남아 있었군요.

교장 담당자님은 정말로 대단하십니다. 이번 권에만 나오는 모순 외에도 전권에 걸쳐서 잘못된 부분을 찾아주시니까 말이죠.

하지만, 이만큼 권수가 늘어나면 자잘한 실수가 점점 쌓일 것만 같은지라…….

오자 및 탈자나 이해하기 쉬운 문장으로 다시 적는 것 정도로 해결되면 편하겠는데 말이죠.

제 경우는 대충 잡아둔 플롯만으로 글을 쓰기 시작하기 때문에 대부분은 머릿속으로만 확인하고 끝냅니다. 그런 방식으로 작업해도 괜찮은 건 권수가 적을 때뿐이라는 걸 깨닫고, 앞으로는 집필을 시작하기 전에 플롯을 검토하고 또 검토하자고 생각하면서 마음을 고쳐먹은 참입니다.

그런고로 19권을 전해드립니다.

마지막 대전이 발발했고, 각지에서 서로의 세력이 대치하는 상황까지 전개되었습니다. 이번 권에선 모든 내용을 다 쓸 수가 없었기 때문에 당연하다는 듯이 다음 권으로 내용이 이어지게 됐습니다.

남은 세 권(예정)은 이런 식으로 계속 달려나가고 싶습니다!

최종 보스 후보였던 미카엘은 퇴장했으니, 과연 누가 최종 보스가 되려나. 제 머릿속에는 희미하게나마 구상이 잡혀 있긴 합니다만, 그게 채택될 것인가 아닌가도 앞으로 어떻게 하느냐에 따라 달렸습니다.

쓰고 있다가 보면 방향성이 바뀌기 때문에 종종 있는 일이죠. 독자 여러분이 더욱 재미있게 즐기실 수 있도록 앞으로도 정진하여 이야기를 계속 생각해나가고 싶습니다!

앞으로도 '전생했더니 슬라임이었던 건에 대하여'를 응원해주시길 부탁드립니다.

그럼 다음 권에서 다시 뵙도록 하죠!

[끝]

전생했더니 슬라임이었던 건에 대하여 19

2023년 11월 30일 1판 2쇄 발행

저　　　　자 후세
일 러 스 트 미츠바
옮 긴 이 도영명
발 행 인 유재옥
이　　　　사 조병권
출판본부장 박광운
담 당 편 집 정영길
편 집 1 팀 박광운
편 집 2 팀 정영길 조찬희 박치우 정지원
편 집 3 팀 오준영 이해빈 이소의
디 자 인 랩 팀 김보라 박민솔
디지털사업팀 박상섭 김지연 윤희진
라이츠사업팀 김정미 맹미영 이윤서
영업마케팅팀 최원석 박수진 박소연
물 류 팀 허석용 백철기
경영지원팀 최정연
인쇄제작처 ㈜코리아피엔피
발 행 처 ㈜소미미디어
등　　　　록 제2015-000008호
주　　　　소 서울시 마포구 토정로222, 403호 (신수동, 한국출판콘텐츠센터)
판매 및 마케팅 (070) 8822-2301

ISBN 979-11-384-0730-4 04830
ISBN 979-11-5710-126-9 (세트)